COLLECTION FOLIO

Nathan Harris

La douceur de l'eau

Traduit de l'anglais (États-Unis)
par Isabelle Chapman

Gallimard

Titre original :
THE SWEETNESS OF WATER

Nathan Harris vit à Austin, Texas. Son premier roman, *La douceur de l'eau*, a été largement salué aux États-Unis. En 2021, il s'est vu décerner le Ernest J. Gaines Award for Literary Excellence, et a figuré dans la sélection du Man Booker Prize.

1

Une journée entière s'était écoulée depuis que George Walker avait parlé à sa femme. Il s'était enfoncé dans les bois ce matin, à la poursuite d'une bête qui lui échappait depuis l'enfance, et maintenant la nuit tombait. Il avait vu la bête à son réveil avec l'œil de son esprit et, à la traquer tout le jour, il avait eu l'impression de vivre une aventure si satisfaisante que l'idée de rentrer lui avait été insupportable. C'était la première de ces excursions depuis le début du printemps et, foulant aiguilles de pin et champignons gorgés de pluies matinales, il venait de déboucher sur un coin de forêt qu'il n'avait pas encore exploré en entier. La bête, il en était certain, se trouvait en permanence sur le point de tomber dans sa ligne de mire.

La propriété que lui avait léguée son père s'étendait sur plus de quatre-vingts hectares. Les grands chênes rouges et les noyers autour de la maison s'ingéniaient si bien à masquer le soleil que son éclat en était réduit à un doux clignement du ciel filtrant entre leurs branches. Ces arbres qu'il observait depuis toujours étaient pour la plupart devenus aux yeux de George aussi familiers que des poteaux indicateurs.

Il se frayait un chemin entre de grandes bardanes dont les capitules adhéraient à son pantalon. Ces dernières années, il s'était mis à boiter, ce qu'il avait attribué à un faux pas sur la pente qui menait à la forêt depuis la maison, mais il savait que c'était un mensonge : sa claudication s'était imposée avec persistance et au rythme de l'évolution continue de son vieillissement, aussi naturelle que ses rides, ses cheveux blancs. Elle freinait sa marche. Il s'était arrêté pour reprendre son souffle et s'orienter, quand il se rendit compte qu'une chape de silence s'était abattue sur les bois. Le soleil, présent au-dessus de lui une fraction de seconde plus tôt, n'était plus qu'une lumière évanescente à l'autre bout de la vallée, presque invisible.

« Par tous les diables ! »

Il n'avait aucune idée de l'endroit où il se trouvait. Sa hanche lui faisait mal comme si un corps étranger s'y était niché et essayait de s'en échapper. Et puis il avait terriblement soif, la bouche sèche à avoir la langue collée au palais. Il s'assit sur une bûche et attendit que l'obscurité fût totale. Si les nuages voulaient bien s'écarter, les étoiles apparaîtraient et il ne lui en faudrait pas davantage pour retrouver son chemin. Au pire, s'il se trompait, il échouerait à Old Ox. Même s'il n'avait aucune envie de se frotter à ces misérables de la ville, l'un d'eux au moins accepterait de lui prêter un cheval qui le ramènerait chez lui.

Il eut une pensée fugitive pour sa femme. D'ordinaire, il serait déjà presque arrivé, la bougie laissée par Isabelle sur le rebord de la fenêtre guidant ses derniers pas. Elle lui pardonnait souvent ces absences après une longue et muette étreinte, jusqu'à ce que les mains de George, tachées par l'encre noire des arbres, eûssent laissé de légères marques sur sa robe, ce qui avait pour effet de raviver son agacement.

Le bois céda sous son poids et ses fesses s'enfoncèrent dans une bouillie humide. C'est seulement au moment de se relever, alors qu'il allait se tapoter pour se sécher, qu'il les vit, assis pile en face de lui. Deux Nègres, habillés pareillement : chemise blanche en coton déboutonnée, culottes longues en lambeaux comme s'ils avaient fourré leurs jambes dans des sacs de jute entrecroisés. Ils se tenaient parfaitement immobiles. D'ailleurs, si la couverture ne s'était pas agitée dans le vent tel un drapeau, signalant leur présence, ils auraient tout aussi bien pu se fondre dans le décor.

Le plus proche de lui rompit le silence.

« On s'est perdus, m'sieur. Faites pas attention à nous. On s'en va. »

Ils se dessinaient avec plus de précision, et ce ne furent pas ses paroles qui frappèrent George, mais le fait que le jeune homme avait précisément l'âge de son Caleb. Certes, son compagnon et lui s'étaient introduits sans autorisation sur ses terres, mais cela l'indifférait. Ce débit heurté et nerveux, cette façon de darder les yeux de droite à gauche comme ceux d'un prédateur à l'affût attirèrent la sympathie de George, le peu qui lui en restait dans son cœur brisé.

« D'où vous sortez, tous les deux ?

— On appartient à Monsieur Morton. Euh... appartenait. »

Ted Morton était un abruti, le genre d'individu qui, si vous lui tendiez un violon, était tout aussi capable de le fracasser sur son crâne pour voir quel son en sortirait que de placer un archet sur les cordes. Sa propriété était attenante à celle de George et, lorsqu'un problème survenait – le plus souvent un fugitif –, s'ensuivait un déploiement de contremaîtres armés et de chiens à long museau, de lanternes dont l'éclat éblouissant empêchait toute la maisonnée de dormir, bref, un spectacle si désagréable que George s'en remettait souvent à Isabelle pour traiter avec eux, rien que pour s'épargner cette épreuve. Mais cette rencontre inattendue sur ses propres terres avec d'anciennes possessions de Morton ne manquait pas d'ironie, une ironie bienvenue : l'Émancipation avait rendu ce pitre impuissant devant leurs errances. En dépit de ses démonstrations de force, ces hommes étaient désormais libres de s'égarer à leur guise, tout comme George lui-même en les présentes circonstances.

« On vous demande pardon », dit celui qui se tenait devant l'autre.

Ils se mirent à replier leur couverture, ramassant un petit couteau, des rognures de viande de bœuf, des bouts de pain, mais leurs gestes se figèrent lorsque George reprit la parole tout en promenant son regard à ses pieds, comme s'il avait perdu quelque chose.

« Je suis sur la piste d'une bête de grande taille, dit-il. Toute noire, elle marche parfois dressée sur ses pattes arrière, même si en général elle va sur quatre. Des années que je ne l'ai pas vue de mes propres yeux, mais son souvenir, lui, me réveille souvent, comme pour m'avertir de sa présence toute proche. Parfois, quand je fais la sieste sous mon porche, ce souvenir est si poignant, si vivant, je revois la bête avec une telle netteté. Elle se déplace dans ma tête à la façon d'un écho. Elle bondit à travers mes rêves. À la chasse, je dois bien avouer qu'elle est plus forte que moi. »

Les deux hommes échangèrent un regard, puis se tournèrent de nouveau vers George.

« Ben ça… c'est vraiment curieux », lâcha le plus petit.

Dans les dernières lueurs du jour, George distinguait tout juste les traits du grand, au regard si placide et inexpressif que l'homme paraissait un peu simplet. Sa bouche ouverte découvrait une rangée de dents qu'il ne cherchait pas à cacher. C'était l'autre, le plus petit, qui se chargeait de la conversation.

George leur demanda comment ils s'appelaient.

« Ça c'est mon frère, Landry. Moi, c'est Prentiss.

— Prentiss l'apprentie… C'est Ted qui a trouvé ça ? »

Prentiss interrogea du regard Landry, comme s'il pouvait fournir une meilleure réponse.

« Je sais pas, m'sieur. Je l'ai reçu à ma naissance. Si c'est lui ou sa dame.

— Ted, j'imagine. Moi, c'est George Walker. Vous n'auriez pas un peu d'eau ? »

Prentiss lui tendit une gourde. Ils s'attendaient manifestement à ce qu'il les interroge et exige de savoir ce qu'ils fabriquaient là, mais cette question occupait une place si infime dans les pensées de George qu'elle ne valait pas la peine de gâcher la petite dose d'énergie qu'il lui restait. Les allées et venues des autres ne l'intéressaient pas beaucoup. D'ailleurs, c'était en partie à cause de cette indifférence qu'il avait choisi de vivre isolé du reste de la société. Et puis, comme souvent, il avait la tête ailleurs.

« J'ai l'impression que vous êtes ici depuis longtemps. Vous n'auriez pas... Si par hasard vous aviez aperçu cette bête dont je vous parlais ? »

Prentiss dévisagea George pendant un bon moment. Puis George s'aperçut que son regard était en fait posé sur un point derrière lui.

« Je peux pas dire. Monsieur Morton me prend des fois avec lui à la chasse. J'en ai vu de toutes sortes, mais rien comme vous décrivez. Des oiseaux surtout. Ses chiens les ramènent dans leur gueule tout tremblants et il m'oblige à les attacher ensemble sur une ficelle. Je dois les porter sur mon dos. Y en a tellement, on me voit plus à travers les plumes. Les autres sont jaloux parce que je pars en balade, mais ils se rendent pas compte. Je préfère trimer dans les champs que d'avoir tout ça sur moi.

— Ça, c'est quelque chose, dit pensivement George, imaginant la scène. Quelque chose, oui. »

Landry détacha un lambeau de viande froide qu'il tendit à Prentiss, puis il se servit lui-même.

« T'oublies la politesse », intervint Prentiss.

Landry regarda George et désigna la viande. George refusa d'un signe de tête.

Ils restèrent assis en silence. George leur savait gré de ne pas chercher à faire la conversation. En dehors de sa femme, ils étaient les premiers depuis un bon bout de temps à préférer laisser passer le moment plutôt que de le bitumer de mots creux.

« C'est vos terres, alors, dit finalement Prentiss.

— À mon père, maintenant à moi, et un jour elles devaient revenir à mon fils... »

Ses paroles s'évaporèrent dans l'obscurité. Après

une pause, quand il rouvrit la bouche, elles prirent un autre cours.

« Ça m'a tourneboulé et puis je me suis perdu, à cause de ces satanés nuages. »

En proie à la sensation que la forêt elle-même le narguait, il voulut se mettre debout pour protester. Mais le nœud douloureux de sa hanche se resserra et il s'écroula sur le tronc dans un jappement.

Prentiss se leva et s'approcha de lui, le regard plein de sollicitude.

« Qu'est-ce que vous vous êtes fait ? Pourquoi vous criez comme ça ?

— Si vous aviez traversé l'enfer que j'ai traversé aujourd'hui, vous seriez peut-être aussi en train de crier de douleur. »

Prentiss était si proche que George sentait l'odeur de sueur sur sa chemise. Soudain, le jeune homme se pétrifia. Mais pour quelle raison ? se demanda George. Et cette expression sur son visage, c'était déroutant !

« Vous seriez gentil de vous taire, m'sieur Walker, dit-il. S'il vous plaît. »

George se rappela le couteau à côté du simple d'esprit et, dans un accès de panique, s'en fit une image tellement précise qu'il vit presque la lame se matérialiser dans l'obscurité. Loin de chez lui, égaré dans la forêt, il n'était qu'un homme en présence de deux autres et il avait été stupide de se croire à l'abri du danger.

« Qu'est-ce que vous voulez ? Ma femme va lancer l'alerte d'une minute à l'autre, vous le savez, hein ? »

Leurs yeux au regard fixe et désespéré restaient braqués non sur lui mais derrière lui. Soudain, un bruit de fouet qui claque déchira l'air et, se retournant, George vit une corde et une grosse pierre en guise de contrepoids. Sur le sentier, la patte prise dans un beau piège à collet, un lièvre se débattait de toutes ses forces. Landry, avec une célérité dont George ne l'aurait pas cru capable, se leva et acheva l'animal. Prentiss, lui, recula d'un pas et, avec une rotation du poignet, balaya d'un geste ce qui venait de se passer.

« Je veux pas vous inquiéter, dit-il. C'est juste qu'on avait encore rien pris… On n'a presque rien mangé depuis un bout de temps.

— Je vois, dit George reprenant ses esprits. Vous êtes ici depuis plus longtemps que je le croyais. »

Prentiss lui expliqua qu'ils étaient partis de chez Morton une semaine plus tôt, emportant ce qui était transportable à dos d'homme : une faucille trouvée dans les champs, quelques victuailles, les minces matelas de leurs grabats. Et, avec tout ça, ils n'étaient pas allés plus loin que là où George les avait trouvés.

« Il a dit qu'on pouvait prendre quelques affaires dans les cabanes, l'informa Prentiss à propos de la parcimonieuse générosité de Morton. On a rien volé.

— Personne n'accuse personne. En ce qui me concerne, je m'en moque, ce crétin a déjà trop de biens dont il ne sait que faire. D'ailleurs je me demande pourquoi il en a autant. Quant à vous, vous avez le droit d'aller où vous voulez.

— On y compte bien. Mais on profite.

— De quoi ? »

Prentiss regarda George comme si la réponse allait de soi.

« De ce qu'on nous fiche la paix. »

Landry, que la conversation ne semblait pas

intéresser, s'était écarté pour couper les petits rameaux morts d'un chêne.

« Mais vous-même, monsieur Walker, c'est pas pour cette raison que vous êtes là ? »

George tremblait. Il se remit à parler de la bête, à raconter comment elle l'avait mené jusqu'ici, mais, distrait par le bruit du couteau de Landry, il s'interrompit. Ainsi que cela se produisait depuis la veille, il se mit à penser intensément à son fils. Lorsque le garçon était plus jeune, ils s'étaient promenés ensemble dans la forêt et s'étaient amusés à couper du bois, oubliant volontairement qu'à la maison les attendait dans l'âtre un feu perpétuel. Ce souvenir réveilla tout un flot de petits moments qui avaient scellé leur complicité : il le bordait dans son lit, il remerciait Dieu avec lui avant le repas ; toutes sortes de gestes insignifiants appuyés de clins d'œil semblables à des secrets chuchotés. Et au moment de lui dire au revoir lors de son départ à la guerre, cette poignée de main qui aurait dû être tellement plus… Tout cela avait été pulvérisé quand, ce matin, August, le meilleur ami de Caleb, était venu lui annoncer la mort de son fils.

L'entrevue avait eu lieu dans le petit bureau de George. August ressemblait beaucoup à son père, même tête blonde, même visage d'éternel adolescent, même allure vaguement aristocratique que rien ne justifiait sinon une légende familiale. August et Caleb avaient quitté Old Ox en bottes cirées et dans des uniformes gris irréprochables. George s'était figuré le retour de son fils sous l'aspect d'un sauvage tout crotté vêtu de hardes. Il s'était imaginé Isabelle et lui en parents vertueux le ramenant à une vie normale. Si bien qu'il avait trouvé quelque chose d'indécent à l'élégance d'August : la chemise à jabot, la chaîne d'une montre de gousset en or dépassant de son gilet empesé. Si August avait tourné la page de la guerre avec autant de légèreté, cela signifiait que Caleb était déjà pour lui une figure du passé bien avant que George eût appris que son fils lui avait été enlevé pour toujours.

Le face-à-face avec August assis de l'autre côté de son bureau lui était si pénible que George s'était levé, lui avait tourné le dos et avait regardé par la fenêtre. August, à l'en croire, avait été blessé à cause d'une mauvaise chute lors d'une ronde, ce qui lui avait valu d'être renvoyé à la vie civile une semaine plus tôt seulement, le 1er mars. Il avait néanmoins l'air en parfaite santé, avait constaté George, persuadé que le père avait soudoyé qui il fallait pour rapatrier son fils à une heure où la guerre, dans ses ultimes soubresauts, devenait plus meurtrière. Mais ces soupçons ne pesaient rien devant ce qui avait mené à la présente rencontre. Et ainsi August n'avait pas prononcé trois mots que George avait senti combien ses paroles étaient creuses et son attitude celle d'un poseur. Il l'avait imaginé en chemin dans son landau, répétant chaque phrase, chaque syllabe, afin d'obtenir le maximum d'effet.

À entendre August, Caleb avait fait son devoir de patriote avec dignité, et affronté la mort avec honneur et courage. Dieu, disait-il, lui avait accordé une fin paisible. Caleb s'était lié à ce garçon à une époque où ils étaient tous les deux hauts comme trois pommes. Ils se sauvaient dans les bois pour jouer. De ces équipées Caleb rentrait si penaud, et August si réjoui, que George avait cru qu'ils se livraient à un concours dont la nature lui échappait mais dont l'issue était susceptible de leur servir de leçon de morale. « Accepte de perdre en homme », avait dit George à son fils. Mais par la suite, le jour où Caleb avait refusé de s'asseoir à table, puis grimacé de douleur rien qu'à cette suggestion, George avait baissé son pantalon. Les fesses de son fils étaient striées de coups de fouet, des traces rouge sang, d'autres violacées. Caleb avait dit qu'August avait inventé un jeu, « Maître et esclave », et qu'ils s'étaient contentés d'assumer leurs rôles respectifs. S'il avait mal, ce n'était pas à cause de ses blessures, avait poursuivi Caleb, mais parce qu'il ne pouvait plus les dissimuler et craignait que George ne parle au père d'August. George avait été obligé de jurer à son fils le secret.

Toujours à la fenêtre de son bureau, George avait soupiré et manifesté à August sa conviction qu'il lui mentait. Son fils pouvait être fier de ses nombreuses qualités, mais le courage ne comptait pas parmi elles. Cette remarque avait suffi à faire craquer le vernis. August s'était mis à bredouiller, avait croisé les jambes, consulté sa montre, cherchant désespérément une échappatoire que George se refusait à lui offrir.

Non ! Son fils était mort. Il méritait de connaître la vérité.

George n'avait pas vu Landry allumer le feu, mais voilà que les flammes illuminaient leur coin de forêt et sculptaient son grand corps. Landry ramassa le lièvre dépouillé et embrocha dans une branche taillée la viande sanguinolente pour la faire rôtir. Les nuages s'étaient écartés sur un ciel piqué d'étoiles si étincelantes, si magnifiques, qu'on les aurait dites assemblées là-haut rien que pour eux trois.

« Je devrais rentrer chez moi, dit George. Ma femme va s'inquiéter. Si vous pouviez m'aider… Je vous revaudrai ça. »

Prentiss était déjà debout, prêt à rendre service.

« Par exemple, vous deux pourriez continuer à camper ici, si vous voulez. Temporairement.

— C'est pas le moment de s'occuper de ça, dit Prentiss.

— Et si je peux faire autre chose pour vous. »

Ignorant George, Prentiss glissa une main sous son bras et le souleva d'un seul élan, sans laisser le temps à la douleur de frapper.

« Et hop ! dit Prentiss. On y va doucement. »

Ils traversèrent la forêt soudés l'un à l'autre comme un seul corps. Landry marchait derrière. Même s'il avait besoin des étoiles pour s'orienter, George parvenait à peine à voir devant lui et à ne pas tomber, à ne pas s'écrouler sous la douleur. Il logea sa tête dans le creux de l'épaule de Prentiss et se laissa soutenir.

Au bout d'un moment, il demanda à Prentiss s'il savait où ils étaient.

« Si c'est bien vos terres comme vous dites, alors j'ai vu votre maison, déclara Prentiss. C'est un bel endroit, non ? Pas loin d'ici. On y est presque. »

Alors qu'ils débouchaient dans l'espace dégagé devant chez lui, George se rendit compte qu'il était mort de fatigue. Soudain, la bulle temporelle dans laquelle s'étaient déroulés les événements de la soirée éclata, la réalité prenant la forme de sa maison en rondins et, comme gravée dans la fenêtre obscure, celle d'une silhouette qui ne pouvait être qu'Isabelle.

« Vous allez y arriver ? demanda Prentiss. Vaut mieux que vous terminiez sans nous.

— On ne peut pas attendre encore un petit moment ? dit George.

— Vous avez besoin de vous reposer, m'sieur Walker, lui dit Prentiss d'un ton suppliant. Y a rien pour vous là-dehors.

— C'est vrai, mais... »

Cela ne lui ressemblait pas. Ce devait être à cause de la déshydratation. Il était déboussolé, l'esprit embrouillé. Ces larmes, sans doute, n'étaient qu'un symptôme de son malheur. Et de toute façon, il y en avait si peu.

« Je ne suis pas dans mon état normal. Pardonnez-moi. »

Prentiss le soutenait toujours. Il ne le lâchait pas.

« J'ai pas... Je lui ai encore rien dit, soupira George. C'était trop pour moi.

— Dit quoi ? »

George repensa à la scène qui le hantait depuis sa conversation avec August. Son fils abandonnant la tranchée creusée avec ses camarades, chiant de peur, fuyant, s'élançant vers la ligne unioniste comme si de l'autre côté on allait avoir pitié de ses cris de terreur, comme si on allait le voir à travers l'épaisse fumée et accepter sa capitulation. Et ne pas l'abattre à l'égal d'un autre. Il lui vint à l'esprit que Caleb avait peut-être hérité d'une tare de son père. Car des deux qui était le plus lâche, le jeune homme mort sans courage, ou le vieux incapable d'annoncer à sa femme qu'elle ne reverrait jamais son fils ?

« Rien, dit George. J'ai été solitaire pendant de si longues périodes, il m'arrive de parler tout seul. »

Prentiss hocha la tête, comme si cela lui paraissait logique.

« Cette bête que vous dites… Morton m'a appris des trucs de chasseur, vous savez. Demain, je peux vous aider à la pister. »

Des paroles pleines de compassion. Saisissant l'ironie qu'il y avait à ce qu'un homme vivant de si peu lui tendît une main charitable, George se redressa et rassembla le peu d'énergie qui lui restait pour retrouver son aplomb.

« Ce ne sera pas nécessaire. »

Il regarda Prentiss des pieds à la tête, songeant que c'était peut-être la dernière fois qu'ils se voyaient.

« Je vous suis reconnaissant de m'avoir aidé, Prentiss. Vous êtes une bonne personne. Je vous dis bonsoir maintenant.

— 'soir, m'sieur Walker. »

George monta l'escalier du perron en boitillant. Le froid avait déjà quitté ses os quand la porte s'ouvrit sur la chaleur de l'âtre. Sur le seuil, il jeta un bref regard en arrière à la forêt inerte et silencieuse dans les ténèbres. On aurait dit que, là-bas, il n'y avait rien du tout.

2

George aimait faire la cuisine, c'était une de ses nombreuses excentricités. Isabelle, au début de leur mariage, avait essayé de se mettre aux fourneaux, mais les idées de son mari sur la préparation d'un jarret de porc, ou sur la cueillette d'un champignon, ou la fabrication d'une balançoire, étaient raffinées, spécifiques et exécutées avec application. Assise à table, elle assistait au rituel du petit déjeuner transportée par un mélange de fascination et de délectation. Peaufiné par la pratique, le savoir-faire de son mari datait de l'époque où il était encore célibataire : casser un œuf d'une seule main, avec une rotation fluide du pouce, un geste féminin qui brisait la coquille en deux ; graisser une poêle chaude avec pas moins d'un quart de beurre que l'on étale en faisant tourner jusqu'à ce que le beurre fondu crépite et se volatilise.

Il tirait plus de satisfaction de la préparation que de la consommation. Manger, pour lui, semblait une corvée. Pendant les repas, ils échangeaient à peine trois mots. Mais, ce matin, le rituel n'avait pas eu lieu. George s'était levé avant elle, un exploit en soi, compte tenu de l'heure tardive à laquelle il était rentré. Et quand elle était descendue, elle l'avait trouvé assis, le regard fixé sur un point du mur, comme s'il mettait au défi les lattes en bois brut de se détacher et de cuisiner à sa place.

« Et le petit déjeuner ? » lui rappela-t-elle.

Le visage de George ne changea pas d'expression. Il n'était pas beau, la régularité des traits définissant les critères de la beauté ayant fait l'impasse sur lui. Un nez trop gros, des yeux trop petits et des cheveux qui ceignaient son front à la façon d'une couronne de laurier. Il avait un ventre rebondi de femme enceinte, dont la partie la plus protubérante était perpétuellement contenue par des bretelles.

« Je pourrais faire des crêpes », proposa-t-elle.

George parut enfin s'apercevoir de sa présence.

« Si ça t'embête pas trop. »

Elle prépara la pâte à crêpes sans même essayer de se rappeler la recette. Elle procéda en se basant non sur sa propre pratique, laquelle était inexistante, mais sur ses souvenirs. Après tout, depuis près d'un quart de siècle, elle regardait son mari faire la cuisine. La maison était modeste avec son unique étage et son escalier planté au milieu. De la cuisine, elle voyait George assis dans la salle à manger, mais dès qu'il bougeait, il disparaissait derrière la cloison de la cage d'escalier, comme pour mieux réapparaître l'instant d'après.

« J'en fais plus que d'habitude ? Tu dois avoir bon appétit, après cette nuit. »

Ce devait être sa seule tentative de lui tirer une explication. Non qu'il détestât les questions (elles l'indifféraient plutôt), mais l'interroger davantage menait rarement à en découvrir plus. Elle avait appris à économiser sa salive.

« Tu l'as trouvée ? Ta bête ? J'imagine que tu lui courais encore après.

— Elle m'a échappé. Dommage. »

Les crêpes grésillaient, des bulles éclataient à la surface comme si un poisson tétait l'air. George, à ce stade, les aurait retournées. Rien que pour le plaisir d'expérimenter, elle les laissa cuire telles quelles.

Après avoir mis deux assiettes sur la table, elle retourna à la cuisine chercher les deux tasses de café. Manger, chez eux, suivait un certain rythme. Ils prenaient des bouchées à tour de rôle et ces minuscules signes de reconnaissance, semblables aux soupirs qu'ils échangeaient au bord du sommeil, se combinaient jour après jour, nuit après nuit, telles les touches d'un pinceau, pour brosser le portrait de leur mariage, une esquisse plaisante mais terriblement difficile à interpréter.

À son retour la nuit précédente, devant son visage empourpré et ses tremblements, elle avait hésité entre le débarbouiller avec un linge de toilette et le mettre directement au lit. À cause de sa mauvaise hanche, il oscillait sur chaque marche et avait gravi l'escalier dans des douleurs atroces, en repoussant son aide. À peine pouvait-il marmonner trois mots, et encore moins lui exposer la raison de sa longue absence. Il s'était endormi si vite qu'elle s'était demandé s'il n'avait pas marché jusqu'ici dans un rêve, ses jambes ne pouvant le porter nulle part ailleurs pour finir sa nuit. Elle se prit à songer qu'en dehors de ses allusions à la poursuite d'une bête mystérieuse, la même qu'il chassait jadis en compagnie de son père – une aventure partagée –, cette bête qu'elle n'avait personnellement jamais vue de ses propres yeux, il se montrait déterminé à garder le secret de ses escapades nocturnes. Ce qui l'aurait prodigieusement agacée si elle n'avait pas elle-même eu quelque chose à cacher.

Un choix bien involontaire de sa part. Elle ne se rappelait pas avoir jamais dissimulé quoi que ce soit à George, d'ailleurs le poids de son silence l'oppressait parfois au point de l'empêcher de respirer.

« Comment s'est passé ton thé ? dit George sans lever les yeux de son assiette.

— Aussi atroce que les dernières fois. Katrina est partie tout de suite après et je l'ai suivie. Leur seul sujet de conversation, c'est qui est déjà rentré et qui on attend encore. Détestable ! Celles qui ont un fils libéré sur parole d'un camp de prisonniers s'en vantent comme si elles avaient gagné à la "Dame de pique". J'ai arrêté de jouer. Ça m'est égal qu'elles gagnent, mais si jamais je perdais…

— Il faut savoir perdre avec élégance, Isabelle, lui rappela George entre deux bouchées.

— Pas à ce jeu-là. »

George haussa un sourcil.

« Je ne vois pas la différence avec un autre.

— Je ne te parle pas des cartes. »

Il haussa les épaules comme s'il n'avait pas compris un traître mot de ce qu'elle lui avait raconté. Le voyant perdu dans ses pensées, elle se tourna vers la fenêtre et observa l'allée et l'espace libre en demi-lune devant la maison. Elle n'avait pas la main verte, ce qui ne l'avait pas empêchée d'y planter une bordure de buissons trapus et disgracieux. Sur le côté se dressait la vieille grange, où étaient toujours entreposés les outils agricoles du père de George, outils pour lesquels le fils manifestait peu d'intérêt. Derrière, hors de vue des passants, s'étirait la corde à linge, pour l'instant nue, simple trait blanc souligné par la rosée. C'était là, à cet endroit, que son secret avait pris naissance et, rien qu'à cette idée, elle sentit le rouge lui monter aux joues.

Elle laissa tomber sa fourchette dans son assiette.

« Ça ne me plaît pas du tout, George. Vraiment. Comment dire... Je ne pense pas qu'on ait été francs l'un avec l'autre. Toi et tes expéditions à des heures indues. Et tu n'as rien dit quand j'ai brûlé les crêpes. »

Il leva les yeux de son assiette et posa à son tour sa fourchette.

« Eh bien, il va sans dire que tu les as retournées trop tard. »

Elle secoua la tête pour bien lui montrer qu'elle ne se laisserait pas faire.

« Simple question de goût, et de toute façon là n'est pas la question. Que tu veuilles ou non me dire pourquoi tu es rentré aussi tard, moi, je ne peux pas continuer à me taire. »

Il allait répliquer, mais elle s'éclaircit la gorge et ajouta d'une voix si sourde que c'est à peine s'il entendit :

« Hier matin, après la pluie, j'ai étendu le linge et, le soir, un homme a essayé de voler tes chaussettes.

— Quoi ? Mes *chaussettes* ?

— Oui. Les grises, celles que je t'ai tricotées. »

Enfin, elle avait réussi à capter son attention.

« Qui ferait une chose pareille ? »

Elle lui fournit une explication partielle : elle était allée rentrer le linge avant le coucher du soleil, avait eu l'impression d'une présence, avait senti l'odeur de George, pensant qu'il s'agissait de lui, alors que c'était juste l'odeur de ses vêtements.

« J'ai failli hurler, mais quand j'ai vu qu'il avait encore plus peur que moi, beaucoup plus, j'ai éprouvé… de la sympathie, je crois.

— Ça s'est passé hier ?

— Deux fois, dit-elle, le nez dans son assiette, incapable de soutenir le regard de son mari. J'aurais dû te le dire tout de suite. Il se cachait derrière la grange. Quand il a fait mine de déguerpir, nos regards se sont croisés. Il était grand. Un Nègre… »

Elle leva les yeux pour constater que George la regardait sans manifester plus qu'une vague curiosité. D'ordinaire, pourtant, sous son air imperturbable, il était friand de commérages, d'incidents scandaleux et bizarres. Aussi était-elle navrée de voir que son histoire éveillait chez lui un intérêt aussi tiède.

« … Il paraissait complètement perdu. Pas seulement perdu comme quand on perd son chemin. C'est difficile à décrire. Je voyais bien qu'il avait encore moins envie que moi de se trouver là. Il est reparti aussi vite qu'il était venu. »

Il y avait des émotions qu'elle gardait pour elle. Surtout le choc, la première fois, en découvrant la présence de cet homme. Sa vie d'adulte lui avait laissé peu d'occasions d'éprouver des émotions fortes, et celle-ci avait été la plus forte de toutes. Sur le moment, elle avait été saisie d'une peur bleue, et pourtant elle avait vécu ces quelques instants d'affolement tel un don du ciel plutôt qu'une menace. Après la première intrusion, elle y avait repensé le soir, allongée auprès de George. Elle y pensait encore le lendemain matin. La figure de cet homme : sa mâchoire inférieure pendante, comme un tiroir de commode laissé ouvert, et la drôle de bosse que formaient ses larges épaules.

Elle s'était dit qu'il était peut-être dangereux. La voix de la raison lui soufflait de s'inquiéter de ce qu'il pourrait faire à l'avenir. Aussi, une fois que George s'était assoupi sous le porche derrière la maison, ou quand il était parti marcher dans les bois, elle avait trouvé tout naturel d'épier du côté de la corde à linge. Le soir venu, toutefois, elle avait été surprise de se sentir plutôt déçue que soulagée devant l'absence de tout signe de l'intrus. Dès lors, elle l'avait guetté en redoublant d'attention, comme si le mystère qui l'auréolait allait lui révéler quelque chose sur elle-même. Si seulement il revenait, se disait-elle, pour l'éclairer !

Le retour de l'homme deux jours plus tard, qu'on eût dit convoqué par le désir d'Isabelle, avait été un nouveau choc, un événement qui, selon elle, aurait dû se produire dans son imagination et nulle part ailleurs. Elle l'avait vu la première, forme mouvante dans l'ombre, en équilibre si précautionneux qu'on aurait dit un tout petit enfant. Elle l'avait observé de l'intérieur, à l'abri des murs en rondins, sachant qu'à tout moment elle pouvait appeler George là-haut dans son bureau et qu'il descendrait aussitôt prendre la situation en main. Mais voilà qu'elle s'approchait de la porte de la cuisine, à l'arrière. Les doigts sur la poignée, puis la voici dehors, scrutant l'homme qui, comme la dernière fois, inspectait le linge étendu.

Elle n'était pas impressionnable de nature. Un soir, bien des années auparavant, Silas, son frère, avait tenté de lui faire peur avec des histoires de fantôme, alors que le clair de lune jetait autour de leur chambre des lueurs dansantes, de pâles tentacules caressant l'obscurité. Ces histoires, Silas les tenait de leur père qui l'avait prié de les garder pour lui, car elles étaient réservées aux garçons, destinées à être transmises à la future progéniture mâle de son fils. Il n'en était qu'à la moitié de son récit d'épouvante quand, devant l'indifférence affichée de sa sœur, son silence incrédule, il avait fini par bredouiller, puis se taire. De plus, ce n'était pas comme s'il avait été le dernier à la tester. Aussi refusait-elle de battre en retraite devant ce visiteur qui avait déjà réussi une fois à la désarçonner.

Soulevant sa jupe pour traverser les herbes folles, elle s'était élancée vers l'inconnu sans lui laisser le temps de réagir. Le premier détail qui l'avait frappée, c'étaient ses ongles noirs de crasse. Il avait décroché une chaussette de George, puis la deuxième, et s'était tourné pour faire face à Isabelle, qui n'avait pas su quoi dire. Il ne se sauvait pas. Il ne bougeait même pas. Ses yeux étaient inexpressifs, il tenait dans son poing les chaussettes comme s'il ne possédait rien d'autre au monde et qu'elles aient été déjà à lui pour toujours.

« Je peux savoir ce que vous faites ? »

Pas de réponse.

« D'où venez-vous ? »

Elle trouvait agaçante sa façon de garder la bouche ouverte, sans que jamais un mot en sorte.

« Dites quelque chose, voyons ! »

Si le motif de sa première visite restait obscur, le but de celle-ci était on ne peut plus clair et se passait d'explication. Ses hardes étaient encore mouillées par les trombes d'eau tombées la nuit précédente, ses chaussures noires de moisissures et en lambeaux ressemblaient à un assemblage de bouts de cuir cuits au four. Pour quelqu'un d'aussi démuni, rien n'était sans doute plus désirable qu'une paire de chaussettes bien sèches.

Elle avait laissé l'ourlet de sa robe retomber sur l'herbe.

« Je vois. Vous avez été surpris par l'orage. »

Cette évidence l'avait frappée en même temps qu'un sentiment de gêne. Comment s'était-elle retrouvée dans une situation à ce point indigne qu'elle tolérait d'être seule en la présence de cet homme ? Elle se rappelait un temps où son existence était corsetée par son mari, son fils, une vie sociale active, des relations qu'elle cultivait depuis son mariage et son emménagement à Old Ox. Mais depuis le départ de Caleb à la guerre, les lacets de ce corset se desserraient. Elle s'était sentie nue devant le visiteur, dépitée non par son silence, mais par ses propres attentes stupides.

« Je vous en prie, avait-elle dit. Allez-vous-en. Prenez-les. Ça m'est égal. »

Il avait cillé, une seule fois. Jeté un coup d'œil aux chaussettes, puis fait mine de les remettre où il les avait trouvées, comme si, à la réflexion, elles n'étaient pas assez bonnes pour lui.

« Vous n'avez pas entendu ? Je vous ai dit de les prendre. »

Immobile, il avait contemplé ce qu'il venait de faire d'un air satisfait, puis, sans se presser, avait pivoté sur lui-même et s'était dirigé vers la forêt sans un regard pour elle.

« Où croyez-vous aller comme ça ? avait-elle demandé à son dos en haussant la voix. Il risque de pleuvoir encore. Revenez donc. Vous allez attraper froid. Pourquoi ne m'écoutez-vous pas ? »

Il avait continué à s'éloigner, roulant ses épaules à chaque pas jusqu'à se couler dans la pénombre du sous-bois et se perdre parmi les arbres. Ni vue ni entendue, Isabelle s'était encore attardée quelques minutes, troublée seulement par un vent coulis sous sa jupe. Le linge se balançait sur la corde à côté d'elle. En regagnant l'intérieur, elle ravalait encore sa honte.

À présent, assise à table avec George, tout ce qu'elle divulguait de cette interaction, c'était le comportement de l'homme, son mutisme et son départ brusque.

« Je l'ai envoyé paître, dit-elle pour résumer l'affaire pendant qu'elle débarrassait la table. Il est parti tout de suite. Ce n'est pas sûr qu'il ne reviendra pas. Je n'ai pas voulu t'inquiéter, mais je me suis dit qu'il valait mieux t'en parler. »

Elle fila à la cuisine, souhaitant très fort une réponse, au moins une réaction qui lui permettrait de mettre l'incident derrière elle.

« Je crois que je l'ai rencontré, dit George en s'essuyant la bouche avec sa serviette. Il n'a pas prononcé un mot, tu dis ?

— Pas un.

— Alors, en effet. Et d'après ce que j'ai cru comprendre, il est tout ce qu'il y a de plus inoffensif. Tu n'as pas à te tracasser.

— Bon, alors, je ne me tracasserai pas. »

Les questions ne manquaient pas. Elles ne manquaient jamais. Mais peu lui importait que George ait vraiment rencontré cet homme, et dans quelles circonstances, car son flegme avait sur elle l'effet d'un baume instantané. Avec quelle facilité il tournait la page et minimisait les soucis de sa femme. S'il se montrait parfois, assez souvent même, un peu froid, il se rattrapait par son aptitude indéfectible à la ramener à bon port lorsqu'elle se laissait dériver dans des eaux noires. Personne n'offrait un soutien tel que le sien, et n'était-ce pas là le summum de la compassion ?

« Je suis contente de t'en avoir parlé, dit-elle. Rien que pour ne plus y penser. »

Son mari n'avait toutefois pas changé d'attitude, comme s'il avait endossé d'avance la culpabilité de sa femme. Les épaules voûtées, les joues creuses. À cet instant seulement elle comprit qu'il souffrait. Lorsqu'il se tourna vers elle, son regard blessé, laminé, exprimait une douleur dont l'acuité aurait paralysé un homme moins vaillant.

« Moi aussi, j'ai quelque chose à te dire. Et je te demande pardon de ne pas l'avoir fait hier, mais je ne savais pas comment. Je ne sais toujours pas. Isabelle… »

Les mots moururent au bord de ses lèvres.

Le son de sa voix ! Quand lui avait-elle entendu ce ton la dernière fois ? Peut-être le jour où, avec une timidité presque tragique, il avait demandé sa main à son père, sans s'apercevoir qu'elle était assise en face d'eux dans la voiture ; ou bien des années plus tard, quand il avait passé la tête dans l'entrebâillement de la porte de leur chambre pour demander à la sage-femme si Caleb était né, comme si les cris du bébé n'avaient pas été une preuve suffisante. Ainsi, ce qu'elle avait pris pour de la froideur ce matin était en réalité le signe de son désarroi. Et avant qu'il ne prononçât un mot de plus, elle sut qu'elle ne lui pardonnerait pas de lui avoir caché la vérité, quelle qu'elle fût. Elle brûla soudain de s'enfuir à toutes jambes, mais celles-ci restèrent rivées sur place. Quand il se tut, l'assiette dans sa main avait séché à l'air. Elle eut le réflexe de la poser, comme s'il valait mieux que ses larmes tombent sur le sol plutôt qu'elles ne souillent un objet qu'elle venait de laver.

3

Prentiss tenait les pieds de son frère sur ses genoux. Il massait chaque orteil, puis la plante, puis le talon, malaxant si profondément avec son pouce le pied gauche que celui-ci devenait d'une pâleur inouïe avant que le sang n'afflue de nouveau et ne lui rende sa couleur. Landry était étendu sur le sol de la forêt, la tête reposant sur une bûche, les yeux levés vers la cime des arbres qui se découpaient sur le ciel.

« Tu sais que tu es un peu ficelle. »

Landry poussa un grognement de contentement.

« T'as vu comment t'as avalé le dernier morceau du lièvre, tu croyais peut-être qu'il allait détaler ? Tu me crois assez bête pour pas remarquer. »

Il frappa en travers la plante de pied de son frère qui baissa les yeux, comme pour regarder comment il s'y prenait, avant de se replonger dans la contemplation du soleil pas encore levé.

« On a rien d'autre à se mettre sous la dent. Tu peux toujours chaparder des restes mais on sera mal si on attrape pas quelque chose d'ici la fin de cet après-midi. »

Landry garda un silence d'homme n'ayant que

faire des paroles, tout à l'écoute de ses sens et de sa propre réalité. C'était toujours la même chose quand on lui massait les pieds. À sa respiration suspendue, à ses épaules molles, Prentiss voyait que son frère se détendait, qu'une douce torpeur s'emparait de lui. Landry excellait dans la recherche du plaisir, dans l'immersion au sein d'un monde de sensations.

C'était une tradition remontant à leur enfance aux cabanes, au temps où Landry était encore entier. Ils s'asseyaient l'un en face de l'autre sur leurs grabats, et longtemps après que la chandelle de suif s'était éteinte, soufflée par leur mère, ils se massaient mutuellement les pieds en préparation de la journée du lendemain dans les champs. Prentiss se rappelait le jour où Morton avait cru les allécher en promettant au plus productif une paire de gants, promesse vide mais qui prouvait combien il savait peu de chose sur eux, car si les mains devenaient calleuses à force de résister à la douleur brûlante de la cueillette, les pieds, même solidement protégés, trouvaient toujours moyen de les faire souffrir, obligés de soutenir pendant des heures un corps recru de fatigue.

Ils avaient travaillé côte à côte sur les terres de Morton, et côte à côte ils avaient quitté la seule vie qu'ils avaient connue jusqu'alors. La même pensée leur venait souvent en même temps, à croire qu'ils ne faisaient qu'un. Aussi, lorsque Prentiss se leva, il ne fut guère étonné de trouver son frère déjà debout, sans qu'une seule parole eût été échangée.

Landry allait attraper la corde à collet, quand Prentiss posa une main sur son épaule.

« On arrête avec ça. Il faut aller aux camps retrouver les nôtres. »

Son frère inspecta leur installation d'un rapide regard circulaire.

« C'est pas pour toujours, le rassura Prentiss. On prend de quoi manger et on est de retour avant le coucher du soleil. »

Il y avait des lieux et des sons qui réconfortaient Landry, de sorte que tout ce qui se situait hors de la sphère du connu se heurtait à une vive résistance. Jusqu'à la semaine dernière, c'était le cas de la forêt. Avec derrière eux les cabanes où ils avaient vécu toute leur vie, devant eux le grand inconnu, les deux frères, leurs maigres effets sanglés sur l'échine, voyaient se profiler un mutique et sombre mystère. Landry ne pouvait même pas faire un pas en avant. Ses pieds avaient pris racine, sa tête dodelinait : non. Non ! Puis, après s'être fait prier pendant une heure par Prentiss, finalement il s'était mis en marche, comme si cet effort avait nécessité une dose précise de courage ne pouvant être sollicitée qu'à cet instant-là.

Prentiss craignait que la perspective de marcher jusqu'aux camps ne provoque chez son frère la même aversion. Aussi, avant de bifurquer sur la route, attendit-il d'avoir laissé loin derrière eux le Palais de Sa Majesté, afin de ne pas croiser leur ancien maître ni ceux qui parmi les anciens esclaves étaient volontairement restés chez le planteur.

Était-ce il y a une semaine seulement ? Cette étrange matinée. Les soldats de l'Union approchaient, chuchotait-on, créant une rumeur analogue à celles qui circulaient régulièrement dans les cabanes depuis plusieurs années, depuis en fait le début de la guerre. L'idée d'une véritable émancipation semblait tellement fantastique que, si elle devait se produire, Prentiss s'attendait à une sonnerie de clairon ouvrant le chemin à une colonne de soldats descendant au pas sur le Palais de Sa Majesté, une armée d'anges envoyée par le bon Dieu. En réalité, ce fut une poignée de troupiers aux uniformes bleus aussi en lambeaux que les hardes de Prentiss et Landry. Ils avaient déboulé par le chemin et les avaient appelés pour qu'ils sortent des cabanes, Maître Morton avançant derrière, encore en pyjama, avec un air désemparé que Prentiss ne lui avait jamais vu. Morton avait supplié les soldats de se montrer compréhensifs et leur avait juré que ses esclaves souhaitaient demeurer sous sa tutelle. Les jeunes gens refusèrent de l'écouter et annoncèrent que chaque homme, chaque femme et chaque enfant tenus en servitude étaient désormais libres d'aller où cela leur chantait.

Maître Morton avait qualifié ses esclaves de bons à rien et de nouveau imploré les soldats, sans se rendre compte que, aux yeux de tous, c'était lui le bon à rien, bon qu'à pleurnicher comme un gosse perdu sans sa maman. D'abord, personne n'avait bougé. Prentiss s'était détaché de l'auvent de sa cabane pour aborder un Blanc, à la figure poupine, sans doute plus jeune que lui. Manifestement, le soldat n'avait pas plus de considération pour cette ferme qu'il n'en aurait pour la suivante, où il ne tarderait pas, se doutait Prentiss, à répéter son laïus sur le même ton monocorde.

« On peut partir quand ? » avait-il soufflé, assez bas pour ne pas être entendu de Morton, au cas où il y aurait des conditions et si le simple fait de poser la question pouvait lui valoir une punition.

Jamais paroles ne l'avaient autant empli de joie

que celles qui jaillirent des lèvres du jeune homme :

« Quand vous en avez envie, je suppose. »

Prentiss s'était retourné spontanément pour faire face à Landry. Leur vraie vie allait enfin commencer, enfin ils allaient pouvoir la rendre conforme à leurs attentes. La mâchoire tremblante de Landry, sa façon de hocher la tête, lui indiquèrent que son frère était d'accord avec lui.

Pénétrer dans la forêt avait été toute une expédition et, à présent qu'ils en sortaient, ses bruits s'amenuisaient et se fondaient dans le silence. Un attelage parfois faisait son apparition et passait très vite à côté d'eux. Ils cheminaient sans se presser, un pas après l'autre, la terre colmatant les trous de leurs chaussures. Les bâtisses étaient plus ou moins imposantes que le Palais de Sa Majesté, mais toutes étaient spectaculaires, et toutes étaient blanches.

« Ça te dirait d'habiter là ? » dit Prentiss.

Mais Landry ne quittait pas la route des yeux. Le porche de la demeure devant laquelle ils passaient était assez large pour abriter une foule d'invités. Entre les colonnes du portique, de petits arbustes bleutés avaient la place de déployer leurs branches.

« Ça me dirait rien non plus, celle-là ou une autre, ajouta Prentiss. T'imagines la taille de cette baraque ? Comment tu expliques après aux gens que tu t'es perdu chez toi ? Tu peux me le dire ? »

Ce n'était pas la première fois qu'il se posait la question, mais comme il ne connaissait jusqu'ici que le Palais de Sa Majesté et les demeures voisines, il découvrait que la folie des grandeurs n'était pas réservée à son ancien propriétaire, la ville tout entière y avait succombé.

Ils ne transportaient rien ou presque. Ils croisaient plus souvent le regard des bœufs que celui des hommes et, pourtant, ils avaient sans cesse l'impression d'être observés, ainsi que par le passé où l'on épiait chacun de leurs mouvements dans les champs de coton. Mais plus ils progressaient, moins ils doutaient de la réalité, car chaque pas leur apportait la confirmation qu'ils étaient bel et bien libres.

« Regarde-nous, dit Prentiss. Des voyageurs. Des promeneurs. C'est pas quelque chose ? »

Il donna un coup de coude dans les côtes de son frère, mais ces douces paroles ne les menèrent pas plus loin que le poteau indiquant « Old Ox ». Landry s'arrêta d'un seul coup, comme s'il avait heurté un mur. Soudain on entendait des bruissements, des soupirs – des mugissements de bétail caché à l'intérieur d'étables hors de vue, des cris d'enfants chamailleurs, un crachat de jus de chique hasardeux par-dessus la balustrade d'un porche. Tout cela, Prentiss le perçut simultanément et, se mettant à la place de son frère, évalua les ennuis en perspective.

« C'est quand même pas compliqué d'avancer un pas après l'autre », dit-il.

Landry le dévisagea d'un œil sévère qui valait déclaration.

« Bon, dit Prentiss. D'accord. »

Il ne forcerait pas son frère à entrer dans la ville, pas plus qu'il ne l'avait obligé à pénétrer dans la forêt. Tant de choses leur avaient été imposées qu'il semblait normal de peser chaque décision – elle leur revenait à eux et à eux seuls.

« Bien, alors… pourquoi traverser la ville quand on peut en faire le tour ? C'est pas ton avis ? »

Landry le dévisagea de nouveau. Il se balança un peu d'avant en arrière, prêt à repartir, le bout de ses chaussures se soulevant et s'abaissant comme pour acquiescer à ce compromis. Prentiss n'avait pas besoin d'en voir davantage pour se remettre en route, sachant son frère à son côté.

La ville était cernée par la forêt, de sorte qu'il était aisé de la contourner sans éveiller l'attention, non que quiconque eût envie de leur en prêter même un peu. Ils se coulèrent à l'arrière des bâtiments. Derrière une clôture, ils avisèrent une marmite bouillonnante où mijotaient des morceaux de porc, un récipient tellement énorme qu'on aurait pu s'y baigner. Des éclats de voix que Prentiss prit pour celles d'hommes affamés leur parvinrent de l'intérieur de la maison. Un peu plus loin, une femme nettoyait les accoudoirs d'un fauteuil de jardin au moyen d'une brosse qu'elle maniait aussi délicatement que si elle passait une couche de peinture. Après quoi, Prentiss cessa de regarder. Ses vêtements étaient mouillés de sueur. Il s'aperçut qu'il marchait très vite, comme s'ils étaient poursuivis, traqués. Jamais il ne lui avait été donné de voir sans autorisation spéciale des gens ordinaires vaquant à leurs tâches quotidiennes dans l'intimité de leur foyer. Soudain, il flairait le danger.

« On arrive presque », déclara-t-il au petit bonheur.

La rumeur situait les camps de l'autre côté d'Old Ox, mais il n'y croyait qu'à moitié. Sa remarque était moins destinée à rassurer Landry qu'à stimuler sa propre confiance en lui-même, une sorte de réflexe dans une vie où son seul compagnon ne lui dispensait ni paroles ni encouragements excessifs.

Prentiss ne tenait pas rigueur à son frère de ses

faiblesses : ce qui le distinguait d'autrui était en réalité ce qui faisait sa force. Car, si Landry était enclin à temporiser, jamais il ne déviait de son chemin. Landry allait où il était attendu. Un indéniable courage était nécessaire pour choisir entre aller de l'avant ou bien affronter ses peurs, sans ciller, même si parfois il se braquait au point de se pétrifier sur place. Ce courage dans l'obstination était inné chez Landry, à l'instar de son amour de la nourriture, ce qui promettait de rendre encore plus difficile le jour où le grand départ s'imposerait à eux.

Cela s'était passé jadis, au temps où ils n'étaient pas encore des adultes, mais plus tout à fait des enfants, le torse mince, les jambes longues, assez jeunes pour avoir leur mère sur le dos aussi souvent que le contremaître, mais assez grands pour qu'on attende d'eux qu'ils aient fourni au bout de la journée une part complète de la cueillette. Ce matin-là, ils s'étaient rangés sous l'auvent de leurs cabanes, ce qui en soi n'avait rien d'extraordinaire, puisque chaque matin ils s'alignaient pour l'appel, les endroits où ils posaient les pieds creusés si profondément dans le sol que leurs empreintes y restaient visibles d'un jour à l'autre. Il lui avait fallu moins d'une seconde pour repérer leur absence devant la cabane en face de la leur. Là où auraient dû se tenir Little James et Esther, il n'y avait personne. Cette rupture dans la routine avait provoqué un silence d'une intensité inconnue jusqu'ici de Prentiss. Il avait senti son cœur devenir énorme dans sa poitrine. Lui qui était censé regarder droit devant avait soudain les yeux partout, dans l'espoir de les voir sortir de derrière le linge étendu ou bondir des branches d'un saule, avant l'arrivée de Cooley, avant que l'on constate la perte.

L'instant d'après, Cooley arrivait. Il s'était arrêté à leur hauteur entre les cabanes, sans descendre de cheval. Il s'était borné à ôter son chapeau et à les inspecter les uns après les autres avant de demander où étaient passés les deux absents. Sans obtenir de réponse.

« Restez tous où vous êtes », avait-il crié, puis il avait fait faire volte-face à son cheval et était parti au grand galop vers le Palais de Sa Majesté.

« Pas un mot, ni l'un ni l'autre », avait soufflé leur mère, une main posée sur l'épaule de chacun d'eux, faisant bouclier de son corps.

Nul n'avait osé broncher au retour de Cooley flanqué de son patron. Les cavaliers dominaient le groupe de toute leur hauteur et Monsieur Morton avait chassé une mèche de ses yeux en respirant fort par la bouche.

« Le soleil va pas tarder à taper dur, avait-il dit. Et Monsieur Cooley vous dira que la chaleur m'a jamais convenu.

— C'est vrai, avait enchéri Cooley.

— Pourquoi, à votre avis, je suis jamais avec vous dans les champs ? Parce que j'apprécierais pas votre compagnie ? Vous y êtes pas du tout ! J'ai le sang chaud, moi, c'est comme ça, alors vaut mieux pas le chauffer encore plus. Le soleil me donne le tournis. La chaleur me brasse l'estomac.

— C'est bien vrai, avait enchéri son second.

— Monsieur Cooley, avait dit Morton en le faisant taire d'un geste. Alors dites-moi avant que le soleil me cogne sur la nuque où sont passés ces deux-là, ou bien je vais être de mauvaise humeur.

Et si ma journée est gâchée aussi tôt le matin, vous autres qui êtes des créatures si compréhensives, j'imagine que vous compatirez à ma contrariété. »

Comme il n'obtenait aucune réponse, Morton avait continué son prêchi-prêcha. Sans Little James et Esther, avait-il ajouté, la plantation accuserait une baisse de rendement, qui s'ajouterait à la perte de deux esclaves. Et pour quelle raison, n'est-ce pas, lui qui ne faisait de mal à personne, lui, un homme pieux et vertueux, serait-il puni pour la désobéissance d'ingrats qu'il avait nourris et vêtus loyalement ? De sorte qu'au cas où personne n'était disposé à lui indiquer où étaient passés Little James et Esther, il choisirait un esclave, et cet esclave, à la fin de chaque mois, serait fouetté pour expier les fautes des uns et des autres. Les torts de chacun seraient pris en compte et retomberaient uniquement sur le dos de cet esclave. Si l'un d'eux était prêt à se sacrifier et à prendre la faute sur lui, il n'avait rien contre le volontariat.

« Allons, allons, avait-il dit en promenant son regard à la ronde. N'importe lequel d'entre vous fera l'affaire. »

Landry n'était pas sorti du rang. Il s'était contenté de se gratter le bras. Prentiss n'avait jamais su si son frère avait compris ce qu'il avait fait. Il se rappelait seulement que Landry était en train de contempler une nuée de mouches devant leur cabane, l'esprit ailleurs, pour changer.

« Et voilà mon homme ! » s'était exclamé Morton à la surprise générale, y compris à celle de Cooley, le contremaître tout aussi stupide mais moitié moins cruel que le maître.

Prentiss n'avait pas osé se tourner vers sa mère suppliante, ni même vers Landry. Et depuis ce jour, il s'en voulait de ne pas s'être porté volontaire, de ne pas avoir sauvé la seule personne qu'il était chargé de protéger.

Chaque mois, Monsieur Morton surveillait la séance du fouet comme s'il s'agissait d'un événement d'une importance capitale. Les coups pleuvaient pour expier la faute d'Etty qui s'était réveillée en retard, ou de Lawson qui avait traîné à finir sa rangée. Une fois, en plus du fouet, Morton avait brisé la mâchoire de Landry. Il n'avait pas fallu plus d'une saison pour que celui-ci renonce une fois pour toutes à l'usage de la parole. Leur mère disait de Landry qu'il avait d'abord été « entier », puis réduit à sa demi-portion et, petit à petit, à des morceaux épars si nombreux qu'elle ne reconnaissait même plus le garçon qu'elle avait autrefois appelé son fils.

Morton ne tenait pas rigueur à Landry d'opposer à ses apostrophes un mutisme absolu. C'était là sa seule mansuétude.

« Je ne le considère pas comme une insolence, disait-il assez fort pour être entendu de tous. Ça me plairait que les autres aiment autant le silence que toi, Landry, tu peux me croire. »

Restait aux autres la satisfaction de voir la cabane vide. Elle narguait Monsieur Morton lors de ses visites, car sa honte s'étalait aux yeux du monde entier. À chaque coup de fouet, on aurait dit qu'il convoquait Little James et Esther. Prentiss se frottait intérieurement les mains en songeant qu'ils étaient loin, si loin que jamais ils n'entendraient les cris de Landry, et que jamais ils ne reviendraient pour rendre au maître sa précieuse tranquillité d'esprit.

*

Une fois dépassé Old Ox, ils n'eurent aucun mal à localiser les camps, il leur suffisait de suivre la piste des corps. De plus en plus nombreux au bord de la route, quelques-uns enfouis sous de grands feuillages de pommiers sauvages, d'autres sous des débris ramassés en ville. Il y avait là un tas d'hommes et de femmes cuvant une vie entière de travail forcé. À une fourche, ils prirent par le chemin où, dans la boue d'un sol saturé d'eau, les pas de ceux qui les avaient précédés avaient tracé un sentier qui les invitait à le suivre. Ils s'enfoncèrent ainsi entre d'épais rideaux de grandes prêles, puis ils marchèrent le long d'un cours d'eau et, peu à peu, le chemin déboucha sur une ville de tentes habitée par des gens venus de nulle part, une ville sans constructions en dur, sans poteaux, une ville sans nom.

« C'est sûrement là », dit Prentiss.

Au début, personne ne fit attention à eux. Des rangées de tentes, souvent rien qu'un assemblage de couvertures, se serraient les unes contre les autres. Des enfants pieds nus grimpaient aux arbres tandis que leurs parents dormaient ou bavardaient avec des voisins.

Lorsque les deux frères se remirent en marche, quelques regards inquiets les effleurèrent. Ils ne rencontraient aucune hostilité, plutôt une docilité collective que Prentiss repéra d'autant plus facilement qu'il l'avait lui-même partagée. Voilà ce qu'était leur nouvelle vie. Le travail avait été remplacé soit par une oisiveté creuse, soit par une recherche de nourriture digne d'un animal. Il ne reconnaissait aucun visage. Prentiss songea à lancer quelques noms tout haut, mais il ne voulait pas se faire remarquer.

« Qu'est-ce que t'as là ? » dit une voix sortant d'une tente proche.

Prentiss vit des hommes et des femmes agglutinés autour d'une poêle à frire ne contenant que des restes carbonisés. Ils tenaient chacun un cornet de papier journal plein de pelures de pommes de terre. Prentiss s'aperçut soudain qu'il avait horriblement faim. Il ne pouvait détacher les yeux du jus d'encre qui coulait du papier imbibé de graisse de friture. Landry s'approchait lui aussi lentement de la tente, l'eau à la bouche. De l'intérieur, le chef les apostropha de nouveau.

« Vous avez un truc à vendre ou bien vous cherchez des emmerdes. Qu'est-ce que vous foutez ici ? »

Prentiss répondit qu'il voulait retrouver leurs anciens camarades du Palais de Sa Majesté.

L'homme se pourlécha les doigts.

« Ben dis donc... Nous, mon gars, on est de Campton.

— Jamais entendu parler de cette maison, dit Prentiss.

— Vous entendez ça ? Il croit que Campton est une baraque ! »

Comme Prentiss se taisait, l'homme se donna une claque sur le genou et redemanda aux autres s'ils avaient entendu le jeune.

« Campton, en Géorgie, mon p'tit gars, c'est une

ville ! À moins de quinze kilomètres d'ici par la route. »

L'homme, prenant pitié d'eux, leur expliqua que le camp se trouvait à la croisée des chemins de plusieurs gros bourgs. Beaucoup d'esclaves affranchis étaient déjà partis dans le Nord avec à peine plus de deux jours de vivres. D'autres s'étaient contentés d'aller au bout de la route où une scierie proposait des emplois de saisonniers. D'autres encore avaient poussé plus loin. Il cita Baltimore, Wilmington et des tas d'endroits si nombreux que Prentiss ne pouvait pas retenir leurs noms.

« J'ai rien à faire à Baltimore, lâcha Prentiss.

— Aucun de nous a rien à foutre nulle part. Mais ça arrête personne.

— Vous êtes partis comme ça, sans savoir où vous alliez ? »

L'homme opina.

« Bon, j'ai répondu à ta question, mais toi t'as pas répondu à la mienne. T'as quoi au juste ? »

Il convoitait leur gourde. Prentiss, qui l'avait à la main, l'inspecta de plus près. La question de sa valeur ne lui avait même pas traversé l'esprit. Peut-être existait-il une inscription gravée dans le fer-blanc, ou bien l'encoche dans le liège du bouchon était un poinçon ? En échange, il obtint trois pommes de terre. Et l'homme racla le fond de la poêle pour le donner à Landry, qui l'ingurgita à une vitesse inouïe.

« Je parie qu'un peu plus loin sur la route vous trouverez à vous loger », leur dit l'homme.

Le soleil avait grimpé dans le ciel. La lumière du jour était tellement éclatante, et il faisait si sombre à l'intérieur de la tente, que Prentiss y distinguait à peine l'homme. Il se tourna vers son frère.

« Rends-lui la poêle. »

Landry tendit l'objet. Ils revinrent sur leurs pas jusqu'au chemin. Alors qu'ils étaient déjà loin, l'odeur de pommes de terre flottait encore dans l'air. Landry, plus calme après avoir mangé ces quelques rogatons, marchait en tête vers la forêt en suivant une ligne sinueuse.

« Reste sur le chemin », lui recommanda Prentiss.

Il envisageait déjà leur départ et réfléchissait à la manière dont il s'arrangerait pour l'annoncer à son frère, en temps voulu. Sa décision était prise mais en même temps il ne pouvait s'empêcher de penser à l'injustice qui leur était faite : pour chaque kilo porté sur leur dos, chaque goutte de sueur versée, pas la moindre parcelle de cette terre ne leur avait été accordée. Tant qu'ils restaient sur place, ils ne seraient pas mieux lotis que les autres, repoussés vers la périphérie de la ville, cachés parmi les arbres comme leurs frères et leurs sœurs. Finalement, le seul moyen d'avoir une vie qui en vaille la peine, c'était d'aller la chercher ailleurs, là où ils n'auraient peut-être pas plus, mais, avec un peu de chance, pas moins.

Il décela un mouvement un peu plus loin.

« Landry ! » hurla-t-il.

Son frère s'était écarté du sentier pour s'enfoncer dans les taillis. Prentiss, qui n'avait pas eu le temps de le retenir, se lança à sa poursuite au milieu d'une végétation exubérante, de la boue jusqu'aux chevilles, ses chaussures aspirées vers le fond, la tête dans des essaims de moustiques dont le bourdonnement vrombissait sous son crâne. Des roseaux hauts comme lui. Des orties brûlant ses jambes à travers son pantalon. Il ne voyait plus son frère et, l'espace de quelques instants, il ne sut plus dans quelle direction aller, ni même comment continuer tout droit. Il ferma les yeux face à un mur végétal, se jeta en avant, piétina sauvagement les broussailles. Et puis, soudain, il se dégagea et respira un grand bol d'air frais qui lui fit tourner la tête. Il serait tombé dans l'eau si, dans son élan, il ne s'était pas heurté au corps de Landry accroupi.

« Qu'est-ce qui t'a pris ? Dis… »

C'est alors qu'il le vit. L'étang. Pas plus large que quelques hommes couchés bout à bout, couvert de nénuphars, bordé de quenouilles dressées tels des doigts tendus vers le soleil. Au milieu, un îlot de carex. Son frère plongea la main dans l'eau, encore et encore. Il but, ou plutôt lapa. Prentiss regarda la main de son frère toucher la surface, s'enfoncer et reparaître dans un éventail de rides scintillantes qui s'estompaient sous la chaleur. Pour Landry, la magie du spectacle semblait toujours neuve.

Devant son enthousiasme, Prentiss se rappela les abreuvoirs placés au bout des rangées dans les champs de coton. Les contremaîtres y laissaient souvent leurs montures s'y désaltérer durant la journée, et quand tout un rang avait été récolté en un temps record, ils permettaient quelquefois aux cueilleurs de boire à leur tour, de laper l'eau à genoux. La cueillette se faisait en suivant un côté d'un rang, puis l'autre. Quand il avait fini sa rangée, avant de tourner le coin et de repartir en sens inverse, Landry buvait rarement mais gardait les yeux fixés sur la fontaine du Palais de Sa Majesté. Prentiss avait beau l'encourager à se désaltérer, son frère semblait trouver la fontaine plus attirante, comme s'il valait la peine de différer l'étanchement de sa soif pour choisir ce qu'il y avait là-bas, une eau à laquelle il n'avait aucune chance d'avoir jamais accès. Ici, d'une certaine façon, il avait trouvé l'équivalent de sa fontaine.

« C'est bon, pas vrai ? » dit Prentiss, plus détendu.

Il s'assit auprès de Landry, émerveillé non par la beauté du paysage mais par la grâce de son frère, une lueur frémissante de curiosité lisible dans le regard qu'il portait au loin, les parties de son corps que les autres ne remarquaient même pas. Ses doigts étaient très délicats, d'une exquise finesse. Leur mère disait qu'ils étaient faits pour jouer d'un instrument, un bel instrument, sa préférence à elle étant dévolue à l'orgue. Elle avait un jour confié à Prentiss que c'étaient ses doigts qu'elle regardait quand ils attachaient Landry les jours du fouet. Ils avaient le moyen d'atteindre certaines parties de votre corps, disait-elle, et d'autres pas. Les mains de son fils, même ligotées à un poteau, conservaient leur beauté, alors que le reste était massacré. Si seulement elle avait pu voir quelle force Landry avait acquise au fil des jours, des mois et des années, longtemps après qu'elle avait été vendue, et même après que le supplice de son fils avait cessé sans pour autant en éliminer la menace.

Quelques semaines plus tôt, Monsieur Morton était descendu aux cabanes trouver les esclaves encore debout après une rude journée de travail, sustentés seulement par la ration de guerre alors qu'ils étaient soumis à un doublement du quota de production. Il avait réveillé le petit nombre déjà couché. À un groupe sélectionné parmi les hommes les plus costauds, il avait déclaré vouloir leur faire une généreuse proposition en accord avec son propre patriotisme, sur ordre du président Davis : il s'engageait à les affranchir s'ils acceptaient en échange de se porter volontaires et de partir se battre pour la cause.

« Prentiss, avait-il dit en les passant en revue, tu as toujours été un bon ouvrier. Ils ont besoin d'hommes de ta trempe. Qu'est-ce que tu en dis ? »

Prentiss avait levé vers Morton un visage aussi candide que possible.

« C'est que, Landry et moi, on va jamais nulle part l'un sans l'autre. »

Il s'était tourné vers son frère et avait ajouté :

« Landry, ça te dit d'aller te battre pour la cause ? »

Morton s'était penché sur l'encolure de son cheval, impatient d'obtenir une réponse, mais Landry n'avait pas ouvert la bouche et son hochement de tête ne disait ni oui ni non.

« Pour moi, c'est pas un oui, maître, avait dit Prentiss. Mais il est pas bavard. C'est pas par manque de respect. »

Un léger tiraillement du coin des lèvres de Landry, l'ébauche d'un sourire assez discret pour échapper à Morton, avait paru tellement clair à Prentiss qu'il avait eu du mal à se retenir lui-même de sourire.

Depuis, leur vie avait changé si radicalement qu'il avait l'impression d'évoquer un passé lointain. Il regrettait de ne plus éprouver le bonheur de ce jour-là. Désormais les seuls souvenirs susceptibles d'accélérer les battements de son cœur étaient ceux dont il aurait tant voulu se débarrasser. Sa plus grande crainte, sans doute, était de ne jamais y parvenir ; il continuerait à avoir la gorge serrée à la vue des ombres portées des quenouilles à haute tige derrière lui comme à l'approche de la jument du contremaître ; les ondes à la surface de l'eau feraient toujours surgir le souvenir des spasmes sur le dos de son frère sous l'impact du fouet de Morton.

Il posa sa main sur l'épaule de Landry, précautionneusement, pour ne pas le faire sursauter.

« Ça suffit pour aujourd'hui, tu crois pas ? »

Et quand il se leva pour repartir, Landry l'imita.

4

Old Ox avait brûlé à deux reprises au cours des cinquante dernières années et, chaque fois, après avoir pansé ses plaies, la ville renaissait de ses cendres avec une ardeur décuplée, comme si elle avait puisé un regain de vitalité dans les flammes qui l'avaient ravagée. La logique y avait peu cours : il valait mieux se faire couper les cheveux à la boucherie Rainey que chez le barbier, et, si on aimait la bonne viande, il était préférable de l'acheter au chariot du Chicacha lors de son passage hebdomadaire. Cela dit, la résilience de la ville était incontestable, car à chaque résurrection elle se retrouvait plus effervescente que jamais.

Le quadrillage lâche d'immeubles et de maisons n'avait, dans l'esprit de George, ni queue ni tête. Et il se méfiait des nouveaux commerçants, pour la seule raison que, lors de sa prochaine visite, ils auraient peut-être disparu, à la suite d'un incendie, ou de dettes impayées, ou encore d'un déménagement en temps opportun vers une localité proche, Selby, Chambersville ou Campton. De sorte qu'il ne prêtait attention qu'aux établissements qu'il fréquentait le samedi matin, et seulement quand il avait quelque chose à y faire.

En une demi-heure, son âne l'amena aux abords de la ville. Comme d'habitude, il attacha Ridley à la balustrade branlante devant la petite maison de Ray Bittle. Et comme d'habitude, Ray dormait sous son porche. La propension merveilleuse au rêve du vieil homme faisait l'admiration de George. Malgré tout, Ray se fendait souvent d'un petit coup de chapeau pour saluer ceux de passage : le seul échange que George avait eu avec lui en bien des années.

« Je ne serai pas long », dit George, s'adressant plus à l'âne qu'à Bittle.

Puis il décrocha ses sacoches de selle et se dirigea vers la grand-rue.

Les planches des trottoirs en bois étaient par endroits aussi minces et disjointes que les couvercles d'un cercueil. Il ne fallait pas beaucoup de pluie pour les inonder d'une eau qui suintait entre elles comme le jus d'un rôti. La rue principale se prolongeait par des ruelles débouchant sur des constructions neuves et, plus loin, sur le quartier le plus ancien, une rangée réchappée du croupissement général. Si le paysage donnait l'impression d'être vaste, on y suffoquait tant il y avait de monde dans les rues. Un grouillement où s'était engloutie toute prétention à la bienséance que ces lieux avaient jamais pu revendiquer. Les murs de Vessey Mercantile étaient couverts d'excréments de toutes origines, larges touches semblables aux barbouillis d'un enfant qui aurait mélangé toutes ses couleurs et obtenu un marron boueux. Entre le Blossom's Café et le magasin général, dans des renfoncements pas plus larges qu'une cage à chien se pressaient des abris de vagabonds. Des Blancs de retour de la guerre toujours dans leur uniforme en lambeaux, et des affranchis. Un contraste qu'aurait pu croquer un satiriste à l'humour malsain.

Soulagé de laisser derrière lui la foule, il entra dans la boutique d'Ezra Whitley où l'air que l'on respirait semblait avoir été préservé du monde extérieur, conservé entre ces murs depuis des lustres.

« Ezra ? » appela George en déposant ses sacoches près de la porte d'entrée et en regardant autour de lui.

De longues tables, où les fils d'Ezra avaient appris la profession familiale avant de fonder leurs propres affaires, s'étiraient, vides. Une bibliothèque commençant sur le mur du fond faisait presque le tour de la pièce.

Il allait lancer un nouvel appel quand un bruit sourd lui parvint de l'escalier. Ezra, le dos voûté, descendait précautionneusement les marches, avec à la main un sandwich dans lequel il mordit en même temps qu'il salua George d'un :

« Monte !

— Alors, vous, ne descendez pas ! »

Ezra, toutefois, était arrivé en bas. Il repoussa d'un geste l'assistance de George.

« L'exercice est bon pour mes jambes. Le toubib m'a trouvé une pustule derrière chaque genou. Quand je suis allongé, elles sont aussi grosses que des melons.

— Mon Dieu. Et il existe un remède ?

— Le temps, d'après le docteur, ça partira avec la bête. Mais les escaliers me soulagent. »

Il posa la main sur l'épaule de George.

« Suis-moi. »

George obtempéra docilement, comme il l'avait fait presque toute sa vie avec Ezra. Personne n'avait été plus proche de Benjamin, son père. Ezra s'occupait des finances de la famille depuis que celle-ci était descendue de l'île de Nantucket jusqu'en Géorgie dans l'espoir d'y acquérir une parcelle de terre bon marché ouvrant la voie à la fortune. Alors que Benjamin était prêt à acheter des terrains agricoles, Ezra lui avait conseillé d'investir plutôt dans la ville d'Old Ox elle-même. Benjamin y était devenu, pour un temps, le plus gros agent de location immobilière. Depuis lors, Ezra informait la famille des bonnes affaires, tenait leurs livres de comptes et leur dévoilait des secrets du marché que le commun des mortels ne soupçonnait même pas. George, né à la ferme de ses parents, était encore tout petit à l'époque où Ezra avait commencé à venir chez eux. Il gardait un bon souvenir de ses visites, car Ezra ne manquait jamais de lui offrir un caramel salé pour qu'il ne s'ennuie pas trop pendant que les hommes discutaient.

Avec les précautions d'usage chez ceux qui ont les os fragiles, ils gravirent l'escalier jusqu'au bureau. Ezra avait eu le temps de terminer son sandwich. Il invita George à s'asseoir en face de lui. Une peau de bison à laquelle il ne tenait pas particulièrement décorait le mur derrière lui. Comme il l'avait confié un jour à George, certains clients affectionnaient ces choses-là, et leur faire ce petit plaisir s'avérait une méthode souveraine pour les fidéliser.

« J'espère que tu as traversé la ville sans ennuis ? dit Ezra.

— Je suppose que oui. On dit que c'est devenu

un enfer, mais je ne vois pas la différence avec ce qu'elle était avant l'occupation.

— Tu changerais d'avis si tu étais là tous les jours. Ces soldats de l'Union patrouillent constamment et nous traitent comme si on allait se rebeller à tout moment. Et je ne dis rien des esclaves qu'ils ont affranchis.

— Ah, vraiment.

— Une horreur. On en voit dans tous les coins, de ces pauvres diables en mal de charité. Ils se réunissent le dimanche sur la place pour la prière. À entendre leurs pleurs et leurs cris, je me demande s'ils prient par gratitude pour avoir obtenu leur liberté ou par détresse devant les conséquences.

— Leurs mains ont été déliées il y a seulement quelques jours. Vous ne pouvez pas leur reprocher de sentir encore la marque des chaînes.

— On fait dans la piété, je vois, dit Ezra. Tu peux toujours m'accuser d'être cruel, toi qui vis retiré à la campagne. Moi, je ne mets le nez dehors qu'en fin de journée. Et je ne dors que d'un œil. »

George bâilla.

« Faut-il vraiment parler de ça ? »

Ezra haussa ses épaules ankylosées, et son regard traduisit le découragement qui l'accablait.

« Nous sommes des amis. Les amis discutent de choses qui les concernent l'un et l'autre. Cela s'appelle une conversation polie.

— Eh bien, moi, ça m'ennuie.

— Bon, mais alors que fais-tu ici ? »

George commença par tripoter un bouton de sa chemise, puis il déclara à Ezra qu'il comptait désormais garder son patrimoine.

« Tu ne veux plus rien vendre ? »

Depuis le décès de son père, George avait choisi

de se passer de travailler et de se délester peu à peu de parcelles pour joindre les deux bouts. La liberté qu'il y avait gagnée était précieuse, plutôt que de s'embêter à exploiter une terre qu'il n'avait aucune envie de cultiver. Ezra s'était montré un acheteur assidu, aussi jaloux de ses affaires que George de son oisiveté. Alors que de nombreux spéculateurs avaient cessé d'acheter pendant la guerre, Ezra, pour sa part, avait continué à se montrer désireux d'acquérir les terres qu'il avait autrefois aidé Benjamin à négocier.

Ezra secoua la tête.

« Ça ne te ressemble pas. C'est trop brutal.

— Les gens changent.

— Oui, oui, je croirais plus volontiers qu'un putois se mette à sentir la rose, George. Je sais que tu n'es pas fier, mais tu n'es pas non plus le genre à perdre ton intérêt de vue.

— Croyez ce que vous voulez.

— Il doit bien y avoir une raison…

— Mon fils est mort. »

Il avait lâché ces paroles d'un ton aussi monocorde que s'il lisait le titre d'un article de journal.

Le visage d'Ezra se contracta. Il se leva et fit le tour de son bureau. George s'attendait presque à une accolade consolatrice, le premier contact physique qu'ils auraient eu depuis la mort de son père, alors qu'il n'était encore qu'un enfant. Mais Ezra se borna à faire la grimace, les paupières tremblotantes, les mots manifestement impuissants à traduire ses sentiments de commisération.

« Je suis désolé, dit-il. Désolé. »

George lui parla de la visite d'August et du mutisme de sa femme depuis qu'il lui avait annoncé la nouvelle ; elle n'avait toujours pas prononcé un seul mot ce matin, quand il était parti pour la ville.

« Isabelle se remettra, dit Ezra. Laisse-lui le temps. C'est le seul remède. »

George se leva à son tour. Il essuya les traces de terre sur sa chemise, à croire qu'après tant d'années elles le dérangeaient.

« Je n'ai aucune prise sur ses réactions. Mais je peux contrôler ce qui est à moi. Ces terres... Je veux juste garder ce qu'il m'en reste. En faire quelque chose. Quelque chose de beau. »

Ezra ne disait rien.

« Il faut que j'y aille », ajouta George.

Ezra profita de cette ouverture pour reprendre pied.

« Oui, absolument ! Ce n'est pas le moment de parler gros sous. Va retrouver ta femme. Même si elle refuse de te parler. Même si elle crache par terre en te voyant.

— Espérons qu'on n'en arrivera pas là. »

George regarda les profonds sillons que la vieillesse avait creusés au coin des yeux d'Ezra. Et pourtant le duvet sur ses joues était celui d'un jeune homme.

« N'hésite pas à me faire signe si tu as besoin de quoi que ce soit, dit-il.

— Merci. Au revoir, Ezra. »

Ce n'est qu'une fois la porte franchie, sacoches à la main, passant de l'ombre du mur à la caresse du soleil déclinant, qu'il évalua l'habileté de son vieil ami. Ezra avait traité sa décision de conserver ses terres comme un simple coup de tête causé par son chagrin, sans éliminer l'éventualité d'une nouvelle négociation à une date ultérieure. Une ruse que George voyait d'un œil amusé. Il y décelait la marque du respect à la racine de leurs relations. Le vieil homme n'allait pas chambarder sa façon de faire sous prétexte qu'un de ses clients était affligé par un deuil. George n'aurait pas voulu qu'il en aille autrement.

La grande place d'Old Ox était en forme de rond-point au centre duquel s'épanouissait un parterre toujours en fleurs grâce aux bons soins de la Société des jardins. Un soldat de l'Union s'y était installé, oisif, son fusil couché à côté de lui. Il roulait une cigarette, léchait le papier comme un chien une plaie. George baissa la tête, accéléra le pas et bifurqua dans la rue pour se diriger vers le magasin général. La porte était déjà grande ouverte.

Avec à peine un regard pour George, Rawlings, le propriétaire, lui demanda ce qui l'amenait.

« Comme d'habitude », répondit George.

Rawlings se leva de la caisse sur laquelle il était assis et se mit à rassembler les quelques emplettes sur la liste hebdomadaire de George : sucre, café, pain. Dans le fond du magasin, près du rayon des outils, le petit Rawlings, chiffon au poing, astiquait une faux dont on pouvait craindre que la lame ne lui tranchât la main ; un savoir-faire dont l'apprentissage laissait peu de place à l'erreur.

« Quelque chose vous fait envie ? dit Rawlings. On reçoit tout le temps des nouveautés. Des fois on sait pas ce qu'on a besoin avant d'le voir. »

George fit machinalement non de la tête, puis réfléchit.

« Si, il y a une chose… » dit-il.

Une fois qu'il eut payé, George ressortit du magasin en pensant à Ridley. L'âne lui manquait déjà. Non l'animal lui-même, mais le havre de paix vers lequel il le ramènerait. Devant chez Bittle, Ridley broutait les rares touffes d'herbe alentour. George caressa sa crinière et salua de la tête Ray qui, bien qu'endormi, paraissait plus énergique que de coutume, assis droit comme un piquet dans une attitude stoïque, au lieu d'être, comme d'habitude, avachi dans son fauteuil.

« On y va », dit George à Ridley.

Soudain un bruit stupéfiant s'échappa de Bittle et le tressaillement de son chapeau sur son crâne ressembla fort à un au revoir.

L'été avait beau être encore loin, les premiers signes annonciateurs étaient là. À Old Ox, il n'y avait pas de meilleur endroit pour se protéger de la chaleur que sous les grands conifères de Stage Road, à croire que le soleil, en dépit de ses efforts obstinés, n'avait jamais réussi à accéder à l'humus sous le couvert de ces arbres tutélaires. Ridley trottait avec l'alacrité d'un âne qui aurait eu la moitié de son âge. George lui rappelait de temps à autre qu'il ne fallait pas qu'il se fatigue, car mieux valait réserver ses forces pour des circonstances où l'urgence serait de mise.

En fait, cela aurait arrangé George que le trajet ne se termine jamais, car son retour signifiait qu'il devrait des explications à Isabelle. Bien sûr, il avait l'intention de prendre soin d'elle. Bien sûr, il voulait l'aider à faire face au malheur. Mais ce qu'ils avaient en commun avait ses limites. Réunis au départ par une passion partagée pour l'indépendance, la capacité de traverser une grande partie de la journée en silence, ils avaient, pour exprimer leurs sentiments, seulement l'échange de regards et d'effleurements. Ainsi le lien qui les unissait s'était solidifié au fil des années, mais si ce lien était peu enclin à plier, il présentait néanmoins un point de faiblesse, un seul, du fait que son existence même était pour eux une source d'embarras. Ils étaient deux à prétendre n'avoir besoin de personne et voilà à présent qu'ils avaient désespérément besoin l'un de l'autre.

« Qu'est-ce qu'un homme peut faire ? » dit-il à son âne.

Tout en remuant ces sombres pensées, George arriva à la hauteur de la demeure de Ted Morton. Contrairement aux autres maisons isolées dans la campagne, celle de Ted était construite au bord de la route, comme si l'abondance d'hectares à l'arrière dont il était le propriétaire n'existait pas. Cette topographie ne lui avait pas facilité la tâche le jour où son épouse, une femme au visage si sévère et translucide qu'on l'aurait dit sculpté dans du cristal de roche, l'avait prié de lui construire une fontaine devant la maison. Avec pour résultat une pièce montée, décorée de petits amours et d'une nymphe, presque collée à Stage Road, de sorte que de l'eau débordait au-delà de la limite de propriété et jusque sous les pieds des passants. George se prit à songer que c'était une preuve de décadence, une intrusion sur le domaine public, et ce genre de réflexion, alors qu'une eau boueuse encrassait les sabots de Ridley, ne faisait que ranimer son mépris à l'égard du planteur.

Un mépris qu'il se serait empressé de refouler si Morton, de sous son chapeau, n'avait pas observé sa fontaine avec une intense concentration. Des mèches jaune paille bouclaient sur sa nuque. Il clignait des yeux d'un air égaré, ce qui donnait l'impression qu'il avait quelque chose dans l'œil et n'améliorait pas sa dégaine habituelle.

Lorsque Ridley s'approcha, il adressa à George un sourire aigre-doux.

« George, vieux voleur de chevaux, comment va ?

— Bien, mentit George. Et toi ?

— On fait aller. »

À la façon dont Ted inspectait sa fontaine sous toutes les coutures, George comprit qu'une conversation était inévitable.

« Ce petit salopard, j'ai dû raquer pour l'envoyer en ville apprendre le métier de maçon. Il avait pas mal entretenu ce machin et maintenant il a déguerpi Dieu sait où. J'ai investi dans son éducation et lui, ce gueux, il me plante là comme si j'avais jamais rien fait pour lui !

— Quel dommage », dit George.

Ted cracha par terre un glaviot marron.

« Tu peux le dire. »

En général, un grand nombre de gens s'affairaient autour de la propriété, mais à présent l'endroit était sinistrement désert. Ted lui avait donné un nom, ce qui aggravait encore son cas dans l'esprit de George que révoltait l'idée de nommer une chose qui ne respire pas. *Le Palais de Sa Majesté*. Une maison assez grande pour nécessiter un entretien constant, et dont la fonction principale était de tenir la domesticité occupée. À l'arrière du bâtiment, tout un village de cabanes avait il y a peu fourni suffisamment de main-d'œuvre pour rebâtir Rome, en tout cas assez de personnel pour assurer la maintenance d'une grande demeure et d'une plantation.

« Ça pourrait être pire, reprit Ted. J'en ai encore une bonne quinzaine prêts à travailler ici. Paraît qu'Al Hooks les a tous perdus, soixante en tout, et en bonne santé avec ça. C'est lui qui les avait élevés pourtant, et ils étaient bien nourris. T'imagines ?

— Pas du tout », répliqua George.

Ted lui jeta ce regard de dégoût dont il le gratifiait chaque fois qu'il était fait allusion aux origines nordistes de George. Les Ted de ce monde le jugeaient souvent peu digne de confiance, comme si le fait de s'enfuir de chez soi était foncièrement louche, quelle que soit la couleur de votre peau. Pour eux, fuir l'île de Nantucket ou fuir la plantation, c'était du pareil au même.

« Paraît que le général au pouvoir maintenant... comment il s'appelle déjà celui-là ? »

George se rappela le tract qu'il avait ramassé sous son porche, proclamant la ville d'Old Ox sous gouvernance nordiste, sur l'ordre du président Lincoln et sous la responsabilité du général de brigade Arnold Glass. D'après ce que George avait compris, les nordistes voulaient surtout faire main basse sur la scierie Roth. Il cita à Ted le nom du général.

« Ouaipe, c'est ça, Glass, dit Ted. On raconte qu'il va pas fourrer son nez dans nos affaires et que tout le monde est libre de faire comme il veut. Mais il a pas dit comment on doit s'y prendre sans personne pour faire le boulot. Comment qu'on va produire si on n'a plus d'ouvriers ? Je sais même pas comment je vais faire réparer cette putain de fontaine ! »

Pitoyable, songea George en regardant Ted planté face à sa construction qui fuyait, désarmé devant une fissure qu'il n'était pas fichu de boucher lui-même.

« Je te souhaite bon courage pour les réparations... comme pour le reste.

— Ouaipe. Et toi, va pas attraper une insolation ! »

George allait mettre un petit coup de talon à Ridley quand Ted leva le doigt en l'air.

« Avant de partir, je peux te poser une question ? »

George n'eut pas le temps de répondre.

« Mon p'tit William, eh ben, il aime tirer au pistolet. En ce moment, il s'exerce dans les bois avec son pistolet à grenaille. Je sais qu'il est encore à l'âge où on croit facilement voir des lutins ou je sais pas quoi. Bref, il me jure qu'il t'a aperçu de loin marcher tout seul du côté de la limite de notre propriété. Je lui ai dit que t'étais un type casanier, que tu descendais jamais de ton porche, et que t'étais même jamais sorti du comté. Dis-moi que tu penses comme moi que mon p'tit gars voit des choses. »

George s'accorda un moment de réflexion. Il allait de nouveau être obligé de mentir et il s'en voulait d'avance de le faire aux dépens du jeune Morton, qui n'avait pas encore eu le temps de développer le même caractère que son père.

« À cet âge, on peut voir bien des choses, dit-il, des lutins ou des ombres de rien. Ton William a trop d'imagination, voilà tout, ça lui passera. »

Ted hocha la tête, l'air satisfait de cette réponse, à croire que la constance des habitudes de George le confortait dans l'idée que le monde avait repris sa marche normale.

« Fais attention à toi, George. »

George le salua d'un léger coup de chapeau et, plus détendu, reprit la route au petit trot. En cette fin d'après-midi, le soleil jouait dans les arbres une douce mélodie tandis que la route devenait plus étroite à mesure qu'il se rapprochait de chez lui.

Après avoir installé Ridley à l'écurie attenante à la grange, il s'accorda un moment pour méditer, la forêt dans son dos, la maison face à lui. À la fenêtre de leur chambre était tiré le mince rideau qu'Isabelle avait tissé, à présent usé jusqu'à la trame. Il crut une seconde apercevoir sa silhouette en train de le regarder la regarder, mais l'ombre ne bougeait pas, et il renonça vite à cette illusion.

La porte d'entrée paraissait lui tendre les bras. À l'intérieur, il y aurait les marches familières de l'escalier, les craquements du parquet du couloir de la chambre, le lit auprès duquel il s'agenouillerait pour poser sa tête sur la cuisse d'Isabelle, quémanderait son pardon pour des fautes qu'il n'avait pas commises. Mais les mots, eux, ne sortiraient pas, en dépit de son désir de les trouver. Et puis de toute façon, d'abord, lui restait une tâche à accomplir.

Il déposa sur le sol près de la porte de derrière ses sacoches de selle dont il tira la seule chose qui lui importait pour le moment : une paire de chaussettes. Après avoir jeté un dernier coup d'œil à la fenêtre, à cette ombre qui n'était pas sa femme, il tourna le dos à la maison et disparut dans la forêt afin d'honorer une dette.

5

Prentiss et Landry retournèrent tellement tard à leur campement que la pénombre dense sous le couvert des arbres leur donna la chair de poule. Prentiss n'avait pas faim, malgré le poids dans sa besace des pommes de terre échangées avec l'homme de la tente. Faim de sommeil, voilà ce qu'il avait.

« Je vais te préparer un truc, dit-il à son frère. Mais je garde ma part pour demain matin et en attendant, pas touche, compris ? Si tu crois que parce que c'est cuit, c'est pour tout le monde. C'est comme ça que tu raisonnes, je sais, mais tu te trompes… »

Il se figea soudain à la vue de nul autre que George Walker debout devant les vestiges de leur feu.

« Rebonjour ! s'exclama George en les saluant de la main.

— M'sieur, dit Prentiss. M'sieur Walker.

— George tout court. J'ai un cadeau pour votre frère. Ma femme m'a informé qu'il s'est intéressé à notre corde à linge l'autre jour. Il était trempé par la pluie. »

Il tendit à Landry une paire de chaussettes.

« Landry ? s'étonna Prentiss. Elle fait erreur.

— Elle m'a donné de lui une description précise. Il n'y en a pas deux qui correspondent à ce signalement. »

Le vieil homme bâilla et se gratta le dos. Une lassitude aussi extrême, Prentiss n'avait jamais vu ça, ni chez un Blanc ni chez un Noir. George, dans cet état, aurait été capable de se promener en ville sans pantalon et de ne trouver là rien de bizarre, encore moins de penser à rentrer chez lui avant de terminer ses courses. Mais étant donné que Landry s'était retrouvé un peu plus tôt au bord d'un étang que ni l'un ni l'autre des frères n'avait jamais vu avant, Prentiss ne se sentait pas en droit de protester davantage. Qui sait si Landry n'avait pas poussé ses déambulations du côté de la corde à linge des Walker ?

« Pour vous remercier de votre aide, dit George. Comme ça, on est quittes.

— Je suis sûr qu'il vous est très reconnaissant. »

Landry jeta un coup d'œil à George, s'assit devant le tas de cendres et inspecta les chaussettes.

« Vous serez heureux d'apprendre qu'on va partir, dit Prentiss. On va, je crois, s'installer dans les camps là-bas. Vous avez été chic.

— Si vite ? Rien ne presse, je vous assure. Et puis vous aviez dit que vous m'aideriez à traquer cette bête. Je me permets de vous le rappeler. »

Prentiss posa les pommes de terre. Sa promesse de la nuit précédente lui était sortie de la tête. Il avait été tellement touché par les souffrances du vieil homme, qu'il lui aurait dit qu'ils étaient nés de la même mère si cela avait pu lui apporter un peu de paix.

« J'ai pas oublié », dit-il.

George croisa les mains dans son dos.

« Que penseriez-vous d'une petite expédition, là, tout de suite ? Sur mon chemin de retour. »

Après tous ces kilomètres, Prentiss avait mal aux pieds. La forêt l'enveloppait d'une douce fraîcheur qui le menait à l'orée du sommeil, il était prêt à dormir debout. Pendant ce temps, Landry examinait la maille des chaussettes, content de s'occuper de lui-même. Devant la fascination de son frère pour cet objet, Prentiss vit soudain George sous un nouveau jour. Si ce type voulait se balader, il ne lui refuserait pas ce plaisir.

« J'ai rien contre. »

George eut un sourire encourageant.

Après un regard pour Landry assis tranquillement auprès du feu, Prentiss s'en fut avec George. Il songea à lui demander des détails sur la bête qu'ils pourchassaient. D'après ce que leur en avait déjà dit George, cette espèce était inconnue de lui.

Sans laisser à Prentiss le temps de l'interroger, scrutant les alentours d'un air méfiant, les yeux plissés, comme s'il craignait qu'on les écoutât, George souffla :

« Vous vous y connaissez en cacahuètes, Prentiss ?

— En cacahuètes ?

— Dans la culture de l'arachide. La plante, vous savez ce que c'est.

— Oui, et après ? »

Les coins de la bouche de George tremblotèrent, au bord du renoncement, mais il ne lâcha pas.

« Je vous parle de cultiver cette terre. Il le faut,

si je veux gagner de quoi la conserver. Mais j'ai besoin d'aide. J'y ai plus longuement réfléchi que vous ne pouvez l'imaginer. »

Les Blancs aimaient qu'on leur réponde ce qu'ils souhaitaient entendre, mais le problème de George, c'était que ses questions n'étaient jamais assez claires ; jamais il ne vous tendait la perche. Et Prentiss, après cette journée, sous l'emprise de la faim et de la fatigue, ne voyait pas comment calmer son excitation.

« Vous, Landry et moi, dit George, nous pourrions apprendre ensemble. Vous seriez partants ? Si vous restiez ? »

Qu'est-ce qui n'allait pas chez ce bonhomme ? Le seul mal dont il paraissait souffrir, c'était la solitude. Il devait avoir une nouvelle crise, comme la veille pendant sa visite nocturne.

« Pardon, m'sieur Walk... George. J'viens de me débarrasser d'un propriétaire, c'est pas pour en prendre un autre. La journée a été longue. Vaut mieux rentrer chez vous. J'vous dis bonne chance, ajouta-t-il en tournant le dos à George pour s'éloigner.

— Ne faites pas l'idiot. On vous logera. Et je vous payerai comme n'importe quel ouvrier. De quoi manger à votre faim et vous acheter des vêtements convenables.

— Je peux pas vous aider, déclara Prentiss, mais prenez soin de vous. »

Prentiss accéléra le pas.

« Tout à l'heure je vous apporterai à manger. Il y a un ragoût qui mijote dans la marmite. Je crois...

— Pourquoi vous comprenez pas quand on vous dit non, monsieur ? dit Prentiss en se retournant pour faire face à George. On est pas vos domestiques !… Je dis ça pour rire !… Mais faut que je retourne avec mon frère. »

L'espace d'une fraction de seconde, le visage de George avait paru se scinder en deux sous l'effet d'une douleur insoutenable, qu'il était parvenu à dissimuler derrière un grand sourire.

« Entendu. Vous aussi, Prentiss, prenez soin de vous. »

Prentiss, frappé par la fragilité qu'il venait d'entrevoir chez George, allait s'excuser, mais le vieil homme était déjà loin.

« Vous trouverez votre chemin ? » lui cria Prentiss.

Pas de réponse. Le vieil homme parti, les bois sombrèrent dans le silence. Prentiss se retourna et vit que son frère était en fait à quelques pas derrière lui, aux aguets.

« Je voulais pas que ça sorte comme ça, lui expliqua Prentiss en allant à sa rencontre. J'ai essayé d'être poli, mais ils vous cherchent. Ils vous cherchent toujours. »

6

Son amour pour elle n'avait jamais été affable, il n'avait dès lors aucun moyen de savoir ce qu'Isabelle pouvait bien vouloir de lui, comment l'accompagner dans cette épreuve. Il avait été intimidé plusieurs fois au cours de sa vie d'adulte, mais jamais comme devant la porte de la chambre de Caleb, où elle s'était enfermée. Son émotion avait été telle qu'il avait dû s'appuyer contre le mur du couloir pour se remettre d'aplomb. Rassuré par le rai de lumière visible sous la porte, un rai qui éclairait ses pieds – seul indice de la présence de sa femme à l'intérieur –, il s'approcha.

« Isabelle. » Sa voix se brisa sur ce seul mot. Il esquissa un pas en arrière, mit ses mains sur ses hanches et s'avança pour un nouvel essai. « Isabelle. J'ai fait un ragoût. »

La tentative était d'emblée vouée à l'échec pour la simple raison qu'il n'était pas capable de consoler Isabelle, ce dont ils avaient conscience tous les deux. N'avait-il pas passé les funérailles du père de sa femme non à ses côtés, dans la chapelle, mais dehors, à donner des pommes aux chevaux qui tiraient le corbillard ? Et au début de leur mariage, n'avait-il pas provoqué chez elle une terrible colère par une nuit d'hiver ? Alors qu'il la tenait dans ses bras, l'enveloppant de la chaleur de son corps, il avait estimé qu'il faisait froid, avait allumé un feu dans la cheminée et s'était endormi devant, tout seul. Ses paroles, en dépit du choix des mots et de leur sincérité, seraient forcément jugées trop discordantes avec l'image qu'elle se faisait de lui pour être dignes de considération.

« Tu ne veux pas manger ? insista-t-il. Je peux te monter une assiette ? »

Il laissa un moment passer et, quand le silence lui devint insupportable, descendit dîner en solitaire. Combien d'heures tiendrait-elle cloîtrée là-haut ? Il songea à lui présenter des excuses. Mais son retard à lui transmettre la nouvelle n'était pas forcément la cause de sa réclusion. Peut-être avait-elle besoin de temps pour se ressaisir et qu'une nuit en tête à tête avec elle-même lui ferait du bien. Quant à lui, taraudé par la culpabilité comme jamais, il ne tenait pas en place. Il ajouta du petit bois dans l'âtre, arpenta le parquet qui craquait aux endroits où les lattes étaient polies par l'usure. C'était détestable de se laisser envahir par le chagrin de sa femme, mais moins terrible que de se pencher sur le sien, ce lieu de ténèbres dont il détournait les yeux depuis la visite d'August en messager du malheur. La quiétude du soir l'oppressait. Contre le mur, les ombres des branches se mouvaient comme des doigts appuyant sur les touches d'un orgue. Il se réfugia entre les bras de son fauteuil, au coin du feu.

Il ne parvint à s'extraire de sa rumination que le lendemain matin. Résigné à ce qui l'attendait, il se reprochait à présent d'avoir agi de manière ridicule. Ses pas gravissant l'escalier, le coup frappé à la porte de la chambre de Caleb, sa proposition de lui apporter une assiette. Tout cela n'avait été pour elle que déception, car celui sur qui elle souhaitait poser les yeux, celui qui aurait été capable de réparer son cœur brisé, celui-là, elle ne le reverrait jamais. Comment avait-il pu penser un instant qu'elle lui ouvrirait ?

*

Cela se passa trois jours avant l'apparition des fleurs sur le perron. Les visiteuses affluaient, qui à pied, qui en voiture, et le martèlement des sabots des chevaux suffisait à le faire fuir à l'arrière de la maison. Il attendait leur départ, comme jadis que s'apaise la mauvaise humeur de ses parents après une dispute, quand, caché dans l'ombre fraîche du poulailler, il se bouchait les oreilles pour ne pas entendre ces bruits effrayants. Aujourd'hui, c'étaient les amies d'Isabelle qu'il esquivait, des dames volubiles coiffées de chapeaux hauts comme des pots de fleurs.

Isabelle, pour sa part, refusait de répondre aux appels. Ils avaient au moins cela en commun, se dit-il, la volonté d'ignorer leur ingérence et leurs cadeaux. Il déchanta lorsque, après avoir donné à boire à Ridley, à son retour de la grange, il lui apparut que les choses n'étaient pas telles qu'il se les était figurées : le pot d'œillets qui avait été déposé sous le porche trônait désormais sur la table de la salle à manger. Le lendemain, un bouquet de lys s'était perché sur la cheminée. La mince étagère au-dessus du fourneau ne tarda pas à être décorée d'un assez grand nombre de plantes en pot pour que la pièce embaumât le jardin – la terre et ses arômes – plutôt que la cuisine.

George avait l'impression de vivre avec un fantôme. Isabelle avait fait des apparitions au rez-de-chaussée, tel un être immatériel, aux heures où il dormait, si bien qu'il aurait pu croire à un songe. Les deux fois où il s'était réveillé, dans son fauteuil, ses tentatives pour lui parler avaient été dédaignées et il avait eu peur de la regarder dans les yeux, comme si ses jours de douleur et d'isolement avaient opéré chez elle une métamorphose macabre.

Un matin, alors qu'il se préparait des œufs brouillés, on frappa à la porte à coups redoublés. Les œufs n'étant pas tout à fait cuits, de plus en plus agacé par ces coups insistants qui le distrayaient de sa tâche, il saisit la poêle et se dirigea vers l'entrée en pestant tout haut contre l'importun qui se permettait d'interrompre son repas. Mais dès que ses yeux se posèrent sur Mildred Foster, il comprit que le combat était vain : le semblant de paix que lui avait apporté la matinée venait de s'évanouir.

« George. »

Mildred portait des bottes d'équitation en cuir brillant. Son cheval, qu'elle avait attaché un peu plus loin, broutait tranquillement.

« Madame Foster. Je n'ai vraiment pas le temps. Nous sommes en deuil.

— Je sais combien vous aimiez tous les deux votre fils. Et je vous présente mes plus sincères condoléances. J'apprécie la chance que j'ai eue, puisque mes garçons sont déjà rentrés. Sinon, je me serais effondrée. Je compatis à votre peine. »

Moins avisé, il l'aurait remerciée. Mais avec

Mildred, un propos cordial avait de fortes chances d'être aussitôt suivi d'une pique au vitriol.

« Il paraît qu'Isabelle s'est enfermée quelque part dans cette maison. Je suis venue vérifier ce qui se murmure en ville, monsieur Walker. Maintenant, si vous voulez bien l'appeler ? Je veux l'entendre me dire de m'en aller si c'est là ce qu'elle souhaite. »

Comme d'habitude, son regard était dur et hostile. Elle était plus âgée qu'Isabelle. Après la mort de son mari, Mildred avait occupé la place du père auprès de leurs quatre fils. D'une certaine façon, son veuvage l'avait rendue plus virile que ne l'avait jamais été John, de santé fragile depuis sa naissance. Elle ôta ses longs gants d'équitation et resta campée devant George, comme si même un énorme rocher ne pouvait lui barrer la route.

« Laissez-moi au moins poser ça. »

Sa brouillade était fichue. Il replaça la poêle sur le fourneau, essuya ses mains sur sa chemise et, en bas de la cage d'escalier, appela doucement sa femme.

« Isabelle. Madame Foster est ici pour toi. »

Ce frileux effort n'impressionna pas Mildred qui entra dans la maison. Un autre homme que George aurait peut-être protesté, mais il n'avait pas cette énergie.

« Isabelle ! hurla-t-elle. Isabelle, c'est moi. Je veux juste m'assurer que ça va. »

Puis, d'un ton prosaïque, elle demanda à George si Isabelle s'alimentait.

« Un peu.

— Et la toilette ?

— Ça, je ne saurais vous le dire.

— Je vois. Isabelle ! »

Mildred Foster était une des plus vieilles amies

de sa femme. D'emblée, elle lui avait fait comprendre qu'il n'était pas digne d'être son mari. Personne ne l'était, d'ailleurs. Il ne se souvenait pas de Mildred prononçant une seule fois quelque chose de gentil à propos d'un homme quel qu'il fût, même son propre époux, dont elle regrettait ouvertement le manque de cran, allant jusqu'à le traiter de « chiffe molle » ! Ce que George trouvait grotesque. John, quoique réservé, faisait partie des quelques personnes dont il tolérait la compagnie autour d'une table, car il choisissait ses mots avec discernement et partageait ses réflexions avec intelligence. Mildred ne laissait jamais passer l'occasion de le discréditer et discernait les mêmes défauts chez George, s'efforçant toujours de démontrer combien elle était plus proche d'Isabelle qu'il ne pourrait jamais l'être. Aussi ne fallait-il pas s'étonner qu'il accueillît le silence dans la cage d'escalier avec une certaine délectation. Il se félicitait presque qu'elle fût venue, rien que pour lui donner, à lui, le plaisir d'assister à cette rebuffade.

« Ma femme préfère, semble-t-il, qu'on la laisse tranquille. Maintenant, si vous voulez bien... (Il désigna la porte du menton.) Je n'ai pas fini mon petit déjeuner. »

Les yeux de Mildred papillonnèrent. N'ayant pas eu souvent l'occasion de la voir désarçonnée, il savoura le moment.

« Soyez là pour elle, lui recommanda-t-elle en prenant le chemin de la sortie. Vous lui devez bien ça, George. »

Il la raccompagna à la porte.

« Je lui dirai que vous êtes passée. Merci de votre visite. »

À un bruit de pas feutrés dans l'escalier, il se retourna, sidéré : Isabelle descendait, soulevant sa robe. Elle flotta devant lui et sortit sans lui accorder un regard – pour elle il était invisible.

Mildred prit Isabelle dans ses bras. Elle lui caressa les cheveux comme s'il s'agissait de la crinière d'un cheval, et lui murmura à l'oreille :

« Ça va aller. Oh, Isabelle. Oh ! »

George mangea ses œufs froids à même la poêle en observant les deux femmes enlacées. Aucune parole n'aurait pu exprimer la rancœur qui s'empara soudain de lui, une jalousie d'une intensité telle qu'il aurait volontiers envoyé la poêle valser dans le jardin. Elles parlaient trop bas, il n'entendait pas ce qu'elles se disaient, si bien qu'au bout d'un moment il renonça à tendre l'oreille. Sa curiosité se reporta sur l'aspect de sa femme, qui ne justifiait pas sa propre crainte de la voir se laisser aller et s'enlaidir. Elle s'était fait une queue-de-cheval avec ses cheveux gris parsemés de mèches châtain foncé qui brillaient comme de la cannelle au soleil. Son visage était doux et plein, aussi pétillant de vie que le jour où il l'avait rencontrée.

L'espace d'un instant, aussi fugace qu'un éblouissement, il revit cette jeune femme, sa future épouse. Lui accusait déjà la trentaine, décrépit même selon la norme admise chez un vieux garçon, mais pas inquiet pour un sou de rester seul dans la vie, seul maître chez lui. Libre de faire ce qu'il voulait de ses journées. Aucune femme ne lui apporterait le bonheur puisqu'il le possédait déjà. Cette situation aurait peut-être perduré si un orchestre itinérant d'instruments à vent n'avait pas donné un concert en plein air à Old Ox. Ezra avait insisté auprès de George pour qu'il y assiste, juste pour se frotter à d'autres êtres humains le temps d'un après-midi. Lors de cette première rencontre, rien d'extraordinaire ne s'était produit. Elle était en compagnie de son père. Tous deux bavardaient avec un jeune homme et, quand celui-ci s'était éloigné, elle l'avait suivi des yeux en fronçant les sourcils, comme si sa conversation l'avait emplie de dégoût, et son père avait ri dans sa barbe. Devant cette petite comédie intime qui manifestait un exceptionnel degré d'indifférence pour la bienséance, George s'était dit, voilà, c'est celle qu'il me faut. Ezra lui avait tout de suite donné le nom de la jeune personne en question et, surtout, lui avait confirmé qu'elle n'était pas encore mariée. En revanche, Ezra n'avait pas eu le temps de la lui présenter, car George s'était dépêché de déguerpir, terrorisé à la seule perspective de lui adresser la parole.

Isabelle. Il n'avait pu chasser de son esprit ni ce nom ni ce souvenir. Les jours passaient, cela restait une idée fixe, au point qu'il avait finalement éprouvé comme d'importance vitale la nécessité d'agir. Il avait sculpté une figurine aux formes fluides représentant une belle femme (avec la précision que lui permettait le travail sur bois) et la lui avait envoyée par la poste. Une semaine après, il lui avait adressé un panier de fleurs cueillies dans le jardin de la ferme, cette fois livré par messager, de sorte que les fleurs n'arrivent pas fanées. Comme il n'obtenait toujours aucune réponse, il avait rassemblé son courage et s'était rendu à Chambersville. Il avait demandé où était la maison d'Isabelle et s'était retrouvé devant une construction en brique de style colonial. La pelouse était entretenue par un nombre modeste de Nègres pour l'heure plongés dans une discussion si animée qu'il n'avait pas osé les interrompre. Quand ils s'étaient tournés vers lui, ils l'avaient regardé des pieds à la tête et il s'était senti mollir, comme dans son imagination les pétales des fleurs dépêchées quelques jours plus tôt à la même adresse. Ils avaient voulu savoir à qui il venait rendre visite.

« Je crois qu'elle s'appelle Isabelle.

— Elle est à l'intérieur. »

Le majordome l'avait annoncé et, lorsqu'elle s'était approchée, il avait été tellement stupéfait du privilège qui lui était donné de revoir une femme aussi belle, qu'il était resté sans voix.

« Ils sont de vous, ces cadeaux, n'est-ce pas ? » avait-elle dit avant même d'arriver en bas des marches.

Il avait bredouillé. Bafouillé. Il ne se rappelait plus ce qui était sorti de sa bouche, et si même il avait réussi à l'ouvrir.

« Vous savez, un mot aurait suffi. Il est plus facile d'y répondre qu'à une sculpture. Les fleurs, c'est gentil, mais il vaut mieux les présenter en personne. J'ai conclu que pour vous remercier je n'avais qu'à attendre de le faire de vive voix. »

Tant d'impertinence, d'intelligence (sans parler de la présence intimidante de son père à l'autre bout de la pièce, attentif à chacun de leurs gestes). Il ne tarderait pas à comprendre pourquoi un aussi grand nombre de prétendants avaient capitulé face à Isabelle, beaucoup n'ayant même pas essayé de lui faire la cour. Mais lui n'était pas comme eux. Et elle n'était pas comme les autres femmes.

Tout avait commencé cet après-midi-là. Un nouveau bonheur qui avait transcendé l'ancien, une union authentique. Deux vies se fondant en une.

Sa beauté n'était surpassée que par sa force de caractère, l'ardeur avec laquelle elle défendait ses convictions, son mode de vie, et puis cette obstination qu'elle avait en commun avec lui. Au fil des années, elle s'était adoucie en se frottant à la société des dames d'Old Ox dont elle avait intégré le cercle fermé. Ces dames qui considéraient d'un œil soupçonneux son mari, ce curieux propriétaire terrien qui ne comptait pas un seul ami. Elle était devenue aimable, et la naissance de Caleb avait fait d'elle une matrone. Mais, en son for intérieur, elle avait conservé le même mordant. Aussi ne fallait-il pas qu'il s'étonne de la voir tenir aussi bien le choc après leur malheur désormais de notoriété publique.

Son admiration lui donnait plus que jamais envie de parler avec elle et de participer à la conversation que Mildred Foster était en train de lui dérober. Au bout de quelques minutes, Isabelle revint à l'intérieur et passa devant lui de nouveau sans un regard.

Mildred renfila ses gants.

« Reposez-vous, ma chérie ! » cria-t-elle à Isabelle, deux fois, par-dessus la tête de George.

Il sortit sur le perron, poêle en main, retenant une envie de mendier une petite bribe de ce qui se disait, tel un mendiant tendant sa sébile aux passants.

Mildred ouvrit et ferma ses mains gantées. Sa peau luisait comme de la porcelaine sous le soleil matinal.

« Soyez patient avec elle, dit-elle calmement. Elle ne sait pas encore combien vous allez avoir besoin l'un de l'autre. »

George, surpris, s'attendait à une remarque

sarcastique, une dernière pique avant qu'elle prenne le large. Le temps de s'apercevoir que Mildred était sincère, il était trop tard, elle était à mi-chemin dans l'allée. Il lâcha sa fourchette dans la poêle, retourna à la cuisine et posa la poêle sur le fourneau. Depuis quelques jours il étouffait entre ces quatre murs, à cause, surtout, des souvenirs qui le guettaient dans chaque coin et recoin. Une bonne marche, se dit-il, lui permettrait d'oublier un peu.

Il attrapa sa veste au dos de sa chaise et, après un ultime regard vers le haut de la cage d'escalier, sortit dans la fraîcheur du matin. Il n'avait pas en tête un sentier précis, mais il prit soin de ne pas choisir le chemin qui l'avait mené à Prentiss et Landry. En marchant dans une tout autre direction, il se rendit compte de son manque de tact à leur égard. Celui qui se faisait leur porte-parole, Prentiss, avait eu raison de le rabrouer. N'empêche, s'il voulait garder ses terres, il fallait les cultiver, ce qui ne pouvait se faire sans assistance. Et à Old Ox il n'y avait personne à qui il accordait sa confiance. Plus que jamais, sa vie privée était ce à quoi il tenait par-dessus tout, et il comptait la préserver coûte que coûte.

Les feuilles bruissaient comme si on les piétinait, pourtant, en l'absence de vent, les arbres ne bougeaient pas et il n'y avait rien d'autre à voir autour de lui. Telle était la beauté de la nature, elle avait toujours une longueur d'avance sur vous, au courant d'une blague que vous ignoriez, d'une énigme sans solution. Il s'assit au pied d'un chêne et s'adossa à son tronc large, les yeux fixés devant lui sur un point tourbillonnant en spirales d'écorce rutilante et de végétation vert foncé qui en s'enroulant finissaient par se mélanger.

Il était tombé sur une partie de la propriété qu'il connaissait bien, d'autant qu'elle avait été un des lieux de promenade préférés de son père. C'était ici, peut-être, que Benjamin avait commencé à instiller l'idée de la bête dans l'imagination de son fils, l'idée que quelque chose de monstrueux, de sinistre même, rôdait dans la propriété. Pendant qu'ils marchaient, il lui prenait la main et la serrait si fort dans la sienne que George sentait le cœur de son père battre en même temps que le sien. Il lui parlait alors d'une voix si basse que, pour l'entendre, George devait fournir un effort au moins égal à celui qu'il lui fallait pour aligner ses pas sur les siens. Cela dit, son énergie était toujours décuplée par l'aura sacrée de l'histoire que son père lui racontait.

Les origines de la bête demeuraient obscures. Son père l'avait aperçue un jour qu'il vadrouillait seul. La description qu'il en donnait était d'un réalisme stupéfiant : une fourrure noire indissociable de la pénombre, la fluidité de ses mouvements qui se fondaient dans les ténèbres. Dressé sur ses pattes arrière, dès qu'on cherchait à mieux le voir, ce bipède décampait sur quatre pattes et disparaissait aussi vite qu'il était apparu. La bête avait des yeux exorbités d'un blanc laiteux reconnaissables entre tous, des yeux d'aveugle, si envoûtants, si effrayants que, la peur lui donnant des ailes, Benjamin avait pris ses jambes à son cou (pour le regretter par la suite).

Leurs balades s'étaient muées en parties de chasse. Ils traquaient la bête, réelle ou imaginaire, peu lui importait, du reste. Car même à un âge tendre, George avait compris que c'était surtout là l'occasion de partager une aventure avec son père et de découvrir les terres qui un jour lui appartiendraient. Jusqu'au soir où, de la fenêtre de sa chambre, il l'avait vue de ses propres yeux, cette bête, pour la première fois...

Un cri interrompit ses réminiscences. Il lui sembla que c'était Isabelle : elle l'appelait ! Il se leva d'un bond. Évidemment, rien ne prouvait qu'il n'avait pas été le jouet de son imagination. Mais lorsqu'il déboucha dans la clairière, elle était debout sur le perron, la main devant la bouche, le regard au loin. Alors qu'il accélérait le pas, sa hanche irradia une douleur lancinante, mille piqûres d'aiguilles sur tout le côté de sa jambe.

« Je suis là ! s'écria-t-il en arrivant devant la maison. Je suis là ! »

Il se redressa et épousseta la terre sur son pantalon avant de préciser inutilement :

« Je me baladais. »

Il porta son regard derrière elle, au cas où elle aurait reçu une autre visite, mais la maison paraissait vide.

« C'est bien ce que je pensais, dit-elle. J'espérais que tu puisses aller en ville envoyer un télégramme de ma part. À Silas. On doit l'avertir pour son neveu.

— Comme tu voudras. Mais je te rappelle que, d'après son dernier message, il ne s'est mis en route que la semaine dernière, alors il ne sera pas rentré chez lui de sitôt. Ton télégramme ne le trouvera pas avant un bout de temps.

— Envoie-le quand même. Lilian le réceptionnera. Il faut la mettre au courant, elle aussi.

— J'irai demain à la première heure.

— Merci. Je ne souhaite pas organiser de... funérailles avant le retour de Silas. Il voudra être là. »

George n'avait pas l'intention de discuter. Il répliqua qu'il se plierait à sa décision. Ils restèrent plantés là. C'était le moment. George avait la sensation que se jouait quelque chose d'important pour eux. Ensuite, Isabelle se retirerait au salon ou à l'étage, loin de lui. Il ne fallait pas tergiverser. Il fallait la garder près de lui, rectifier tout ce qui était allé de travers dans leur couple.

« On pourrait lire quelque chose à voix haute tous les deux », proposa-t-il.

Elle ne se troubla pas, elle n'était même pas assez concernée pour répondre. Et lorsqu'elle reprit la parole, ce fut la douche froide.

« Je pense que tu peux lire sans mon assistance, George. Je serai à l'étage si tu as besoin de moi. »

À la cuisine, il vit qu'elle avait nettoyé les œufs collés au fond de la poêle, qui avait repris sa place au-dessus du fourneau. Ne lui restait plus qu'à finir de ranger, ce qu'il fit en méditant. La conduite de sa femme ne pouvait être motivée que par la douleur ou la révolte, la seconde dirigée contre lui et la première causée par leur perte à tous les deux. Et il pleura. Debout devant l'évier, à l'endroit même où elle se tenait quand il lui avait annoncé la nouvelle, il poussa de longues plaintes et éclata en sanglots embarrassants. À l'heure du dîner, il se prépara de nouveau des œufs. Les poules avaient beaucoup pondu ces dernières semaines, il était le seul à en manger et tenait à réparer l'injure faite à son petit déjeuner.

Il mangea avec pour seule compagnie, dans le soir déclinant, un roman de Dickens, dont il reprenait de temps à autre la lecture, le posant quand il était interrompu. Cette fois il avait l'intention de lire plusieurs pages mais un bruit venu de la forêt ne tarda pas à lui faire lâcher le livre. Il entendait une voix au loin, suppliante, de plus en plus stridente. Il ne voyait rien par la fenêtre, même pas la lune. Finalement, avec un craquement, deux ombres se détachèrent en vacillant de la ligne des arbres pour s'approcher, l'une derrière l'autre. George reconnut Landry, s'avançant de face derrière Prentiss, qui, le dos tourné à la maison, marchait à reculons en appuyant ses supplications de gestes montrant qu'il cherchait à persuader son frère de rebrousser chemin.

« Tu réfléchis pas, t'as jamais réfléchi. Je devrais te donner une fessée comme le papa que t'as pas eu. Il t'aurait renvoyé dans les bois vite fait, je te jure. »

Les frères étaient à présent devant chez lui. Non sans hésitation, George ouvrit la porte d'entrée, tout doucement, pour ne pas faire de bruit. D'un pas raide et frissonnant dans le froid, il alla à leur rencontre.

« Que se passe-t-il ?

— M'sieur Walk… George, dit Prentiss.

— Pas si fort. Isabelle dort. Je vous croyais partis tous les deux.

— J'ai fait de mon mieux », répliqua Prentiss d'une voix sifflante en se tournant d'un air accusateur vers son frère.

Landry soutint son regard avec une intense concentration. Ils étaient l'un comme l'autre en sueur. Prentiss plus que Landry. Ses cheveux comme saupoudrés de givre luisaient dans l'obscurité.

« Commencez par le commencement, dit George.

— Y a pas de *commencement*. Cet imbécile, là,

dit-il en montrant du doigt son frère, il refuse. Vous lui avez fourré dans la tête votre histoire de ragoût. Il parle que de ça.

— Il en *parle* ?

— Si, de votre ragoût.

— Oui, oui, j'ai bien compris, s'impatienta George. Mais il parle ? »

Prentiss lui retourna son impatience :

« J'ai vu sa tête quand vous lui avez dit pour le ragoût. Depuis, il est fourré par ici la nuit. Il veut plus quitter les bois et veut pas m'écouter. La seule raison que je vois, autre qu'il est têtu comme une mule, c'est ce ragoût, il peut pas penser à autre chose.

— Bon, mais, voyez-vous, je l'ai mangé il y a déjà un moment, ce ragoût. Et s'il m'en restait, je ne vous en donnerais pas. Je ne manque pas à ma parole, mais ces bouts ne seraient pas bons, non, pas bons du tout.

— C'est ce que je lui répète. La faim le rend fou, voilà la vérité. »

L'atmosphère apaisée, George s'aperçut que les meuglements des grenouilles-taureaux couvraient le bruit de respiration des frères. Ils semblaient en piteux état. Landry, encore plus maigre que la fois précédente, était manifestement mal nourri. Prentiss, trop fier pour se plaindre, l'était sûrement tout autant.

« J'ai beaucoup d'œufs, dit-il. C'est pas de la viande, mais nous en avons plus que nous pouvons en manger, Isabelle et moi. »

Que ce soit ou non pour le bien-être de son frère, Prentiss ne fit pas d'objection.

« Si vous voulez bien attendre ici, je vais vous les préparer.

— Et votre dame ? avança Prentiss.

— Elle est allée se coucher. On ne la reverra pas tout de suite. »

Landry passa devant son frère et se planta sur les marches du perron, le dos tourné à la façade en rondins.

« De toute façon ces œufs auraient pourri, je pense », dit Prentiss.

George se remit au fourneau avec le même plaisir qu'il prenait toujours lorsqu'il avait des invités. Il avait l'impression de compenser son manque de personnalité, ou de charme, par la saveur de ses plats, si simples fussent-ils : la dose parfaite de sel et de poivre et, sur les œufs brouillés, une fine pellicule de fromage fondu, miraculeusement lisse. Une façon à lui de manifester sa bienveillance. Les frères furent étonnés lorsqu'il ressortit avec leurs assiettes, suivies de tranches de pain, puis de verres d'eau.

« Merci beaucoup, dit Prentiss, son frère enchérissant d'un hochement de tête. Si j'avais seulement un dollar dans ma poche. »

George fit comme s'il n'avait pas entendu. Ils mangèrent lentement, même Landry. Savourèrent chaque bouchée. Une fois que Landry eut terminé, Prentiss lui donna spontanément ce qui restait dans son assiette. George, debout derrière eux sous le porche, s'abstint de tout commentaire.

Ce fut Prentiss qui brisa le silence.

« Le terrain que vous voulez déboiser, c'est celui qui est là devant nous ? »

George s'avança pour pointer le doigt vers les bois derrière la grange, à la droite de la maison. C'était, dit-il, la parcelle un peu plus loin vers le bas de la colline, à moitié cachée derrière la première rangée d'arbres.

Prentiss but une gorgée d'eau.

« Faudra du soleil, beaucoup de soleil, ces arbres, ça va pas aider.

— J'y connais rien, lui avoua George.

— Nous on va au Nord, c'est sûr, mais pour ça, faut de quoi. Tout ça pour dire, on peut pas travailler gratuitement. »

À la perspective de donner finalement suite à son projet, George eut une montée d'adrénaline. Il leur expliqua que son argent était investi dans ses terres mais qu'il pouvait en parler à quelqu'un. Les rémunérer ne serait pas un problème.

« Un salaire correct ? Autant le dire tout de suite car je préférerais encore lui casser les genoux et le traîner de force loin d'ici. Parce que si c'est pour travailler pour une misère, on s'en ira jamais.

— C'est tout à fait normal. Je vous payerai de manière équitable comme je le ferais pour n'importe quel ouvrier.

— Blanc ?

— Je n'ai jamais cherché à truander qui que ce soit. Maudite histoire de couleur de peau ! »

Il n'y eut pas un hochement de tête, ni aucune autre parole. Prentiss empila les assiettes, se leva et les rendit à George.

« Je prélèverai le prix des œufs sur votre premier salaire, dit George. Cela vous paraît correct, j'imagine. »

Lorsque Prentiss pencha la tête de côté, comme si George venait de s'exprimer dans une langue étrangère, George le rassura en avançant que c'était une simple boutade pour mieux sceller leur accord.

Prentiss ne dit rien ni ne changea d'expression.

« Je disais ça juste comme ça, insista George.

— Bon, eh bien, bonsoir, dit finalement Prentiss.

— Les garçons. »

George les regarda s'éloigner. Derrière le grand corps de Landry, on ne voyait plus son frère. Ils se fondirent dans l'obscurité mais la voix de Prentiss flotta jusqu'à lui.

« Maintenant, plus de bêtise ! Tu me suis. Et t'arrête de te dandiner comme une oie gavée. »

À cette heure tardive, la lumière était éteinte à l'étage, les rideaux fermés, le silence épais. Il décida de s'installer dans le fauteuil, de nouveau, sachant d'avance qu'il n'arriverait pas à dormir, hanté par tout ce qui s'était passé au cours de la nuit et des jours écoulés. Il se lèverait de bonne heure pour concrétiser les idées qui lui tournaient dans la tête. Mieux valait ne pas déranger Isabelle et la laisser vaquer à sa guise dans le reste la maison.

7

George ne fut pas le premier levé. Ce fut la voix d'Isabelle qui le tira en sursaut du sommeil. Le feu s'était éteint. La pièce ruisselait de soleil.

« George. Tu as de la visite. »

Il suivit Isabelle sous le porche. Prentiss et Landry attendaient devant la maison avec leurs balluchons. Il ne les avait jamais vus que dans la pénombre de la forêt ou au milieu de la nuit. Le jour éclairait d'une lumière crue les marques de leurs souffrances, le creux de leurs joues hâves, les crevasses de leurs lèvres gercées, l'étoffe de leurs guenilles semblable à du toast brûlé, sans doute tomberait-elle en miettes si on y passait la main.

« C'est celui-ci, dit Isabelle à George, comme si les frères ne pouvaient pas l'entendre. Celui dont je te parlais, celui de la corde à linge.

— Je vous demande pardon pour mon frère, dit Prentiss. Il va jamais très loin d'habitude. Mais votre propriété l'attire. Il veut pas faire peur ou voler, il est juste curieux. »

Isabelle se tourna vers George. Elle était toute fraîche après le rituel de ses ablutions matinales, les cheveux peignés, brillants, les joues rondes et rosies par l'application d'un linge mouillé bien chaud. Toutefois, George décelait de l'agacement dans sa manière de pincer les lèvres. Elle craignait peut-être que, après avoir tardé à lui annoncer la mort de Caleb, il dissimulât un autre terrible secret qu'il s'apprêtait seulement maintenant à lui révéler.

« Je vais t'expliquer, dit George. Tu n'as pas à t'inquiéter. J'ai un projet en tête.

— George », dit-elle d'un ton neutre.

Elle se retira à l'intérieur et George fit signe aux frères de patienter une minute, puis il la suivit dans la maison.

Le café infusait. Il s'en servit une tasse et la rejoignit à la table de la salle à manger.

« Je voudrais *posséder* quelque chose, Isabelle. Je me sens si désarmé, notre perte est si terrible. Je ne voudrais pas, en plus, perdre cette terre. Après ce qui nous est arrivé, je me sens changé. En tout cas en partie. Toi aussi tu as changé. Et ces garçons, eh bien, ils viennent de quitter la ferme Morton et eux aussi ont envie de changements. Ils voudraient, comme n'importe qui, gagner leur vie en faisant ce qu'ils savent faire. »

Elle but une gorgée de café et, le regard tourné vers la fenêtre, sembla remuer de profondes pensées.

« Je voudrais utiliser ces terres pour ce à quoi elles sont destinées, reprit-il. Je veux planter, sans reculer devant le dur labeur. Je veux faire quelque chose de tangible, tu vois, quelque chose de... *vrai*. Je veux que cette terre soit mon héritage, comme elle l'a été pour mon père. Dis-moi que tu approuves. Ton approbation fera toute la différence pour moi. »

Seulement à cet instant daigna-t-elle lui accorder un regard.

« Quelle différence ? Tu agiras à ta guise de ton côté et moi de même de mon côté. Et ce qui en résultera, eh bien, nous le tolérerons. »

Lui qui s'était senti grandir à mesure qu'il lui exposait ses sentiments, devant sa froideur, éprouva l'impression pénible d'être soudain diminué et reprit son attitude coutumière de repli résigné.

« Tu trouveras quand même un moment pour poster mon télégramme ? demanda-t-elle.

— Oui.

— Tu as dit à la première heure ce matin.

— Alors, vaut mieux que je me mette en route tout de suite. »

Il se leva, prit deux tasses dans le buffet, supposant que les frères seraient contents d'avoir un peu de café. Avant de sortir, il se retourna.

« Isabelle. Tu vas mieux aujourd'hui ? »

Elle inspira violemment par le nez, but une gorgée de café et adressa à George un haussement d'épaules plutôt amical.

« Il fait beau ce matin. »

*

Avant de partir, George mit les frères au travail dans la remise. À son retour, il les trouva munis de deux haches qu'ils avaient déterrées dans un coin couvert de crottes de souris. Trouver la meuleuse pour les affûter leur avait pris plus de temps. Mais ils s'étaient bien débrouillés et les haches étaient si bien aiguisées qu'à leur vue George éprouva un certain effroi.

Prentiss, qui avait déjà arpenté le coin à déboiser, expliqua à George quelles dimensions ce terrain pourrait atteindre en s'y mettant à trois, une estimation calculée en cartographiant de mémoire le labeur de trois hommes sur la plantation de Morton.

« Rien ne presse, dit George. L'efficacité avant toute chose, on ne voudrait pas s'épuiser. »

Prentiss le dévisagea d'un air sidéré, une expression qui commençait à revenir souvent quand il parlait avec George. Il était prêt à mettre à exécution le projet.

Aucune allusion ne fut faite à la course en ville de George. Il avait envoyé le télégramme au domicile de Silas. Silas lui-même était sur le chemin du retour d'une de ses tournées au cours desquelles il vendait au prix fort ses marchandises dans des localités que les autres voyageurs de commerce préféraient éviter, la dernière en date étant située aux abords d'un fort confédéré en état de siège, dans les Everglades, où George l'imaginait sirotant paresseusement un verre de whisky aux abords d'un marais, exactement comme il le faisait chez lui dans sa ferme de Chambersville.

Il avait rédigé son télégramme de manière concise et explicite. *Caleb mort au combat. Informations succinctes. Ta sœur dans la peine.* Il avait hésité à évoquer la sienne (*Nous pleurons sa perte* ou *Nous sommes dans la douleur*) mais, tout bien considéré, ce que George éprouvait ne regardait pas Silas, de sorte qu'il ne toucha pas à ce qu'il avait écrit.

Après quoi, il avait traversé la rue et passé dix minutes en compagnie d'Ezra dont il avait interrompu un rendez-vous pour lui demander un modeste prêt, que celui-ci lui accorda sans poser de question ni lui faire signer quoi que ce soit. Ce qui déconcerta en revanche le financier, c'est que George souhaitait toucher cette somme pour moitié en menue monnaie et l'autre moitié en petites coupures. Il avait grommelé qu'il n'était pas une banque, puis l'avait quand même satisfait. À son retour, George avait encore devant lui toute une belle journée ensoleillée mais il ne comptait pas commencer le travail, même si Prentiss et Landry – d'après le peu que ce dernier exprimait, stoïque devant la grange – étaient plus que disposés à attaquer.

À présent, Prentiss l'observait d'un œil critique.

« Votre jambe, ça fait mal, je vois. J'ai cru que vous alliez pas pouvoir descendre de votre âne. »

Mais sur ce point, George serait intraitable. S'il laissait faire le travail par d'autres, son projet perdrait à ses yeux tout intérêt, en particulier son potentiel de distraction. Il répugnait à avouer combien lui pesait l'idée de passer du temps chez lui, combien peu de choses avaient le pouvoir de retenir son attention. Il se borna à répéter qu'il était très important pour lui de se joindre à leur équipe, qu'il voulait travailler au coude à coude avec eux, de manière à ce que, après leur départ, il eût assez de connaissances pour continuer seul.

« Vous dites que vous avez hâte de vous y mettre, m'sieur Walker, mais vous donnez l'impression d'avoir jamais travaillé avec vos mains de toute votre vie.

— *George*, s'il vous plaît ! Je ne suis pas comme mon père. Et jusqu'à aujourd'hui, je considérais qu'une bonne journée était une journée passée à ne rien faire. Vous n'êtes donc pas loin de la vérité. »

Prentiss se redressa comme s'il allait claquer les talons.

« Ben ça, vous allez rattraper le temps perdu, je vous garantis.

— Qui est le responsable ici, exactement ? » répliqua George.

Prentiss eut un petit sourire. Était-il doué d'une prescience qui échappait à George ?

*

Cette première journée fut suivie de nombreuses autres semblables. Les trois hommes prenaient leur hache à tour de rôle. Lorsque George en avait le courage, il la maniait mollement. Et quand il se sentait trop faible, il passait son tour en essuyant la sueur sur son front. Chaque abattage lui procurait le même choc émotionnel intense, du premier au dernier. Le sens de l'acte en soi le galvanisait : l'écorce volant en éclats sous les coups de la lame, le grognement déchirant de l'arbre et, telle une violente rafale de vent ébranlant la forêt tout entière, sa chute soudaine, menaçante, stupéfiante.

George était loin de pouvoir fournir les efforts déployés par les frères. Lorsque la journée se traînait et qu'il était à bout – sa hanche une torture, ses bras courbatus –, Landry se penchait vers lui et posait une main sur son épaule, comme pour lui dire qu'il en avait assez fait. Il lui ôtait la hache des mains. George se récriait qu'il avait à peine commencé, mais Landry, ignorant ses protestations, prenait sa place et fendait l'arbre avec des cris rauques si sauvages que George en était réduit au silence.

Il veillait à les payer très régulièrement – un

dollar par jour chacun –, de sorte qu'ils puissent économiser assez pour acheter non seulement des billets de train, mais aussi de quoi se vêtir, se loger et se nourrir en attendant de retomber sur leurs pieds. À l'heure du déjeuner, George remontait en général prendre du garde-manger un peu de porc salé et du pain rassis de la veille afin de leur préparer un repas roboratif leur permettant de tenir jusqu'à la fin de la journée.

Certains après-midi, au lieu de travailler, ils partaient marcher ou bien s'octroyaient un moment de repos, ce qui rendait Prentiss nerveux. Il n'en écoutait pas moins attentivement les histoires de George, celles d'un vieil homme ruminant son passé. George avait évidemment conscience que Prentiss l'écoutait par politesse, tout comme celui-ci se serait bien gardé de lui faire remarquer combien sa participation au déboisement était nulle. George n'était pas moins ravi de l'attention que lui prêtait le garçon.

Un jour, alors qu'ils avaient fini plus tôt que d'habitude, ils s'assirent sur un tronc d'arbre qu'ils ne tarderaient pas à débiter avant de l'empiler sur le traîneau, que Ridley serait ensuite chargé de tirer jusqu'à la maison. George leur reparla de la bête. Prentiss affectionnait cette histoire, il semblait y reconnaître la manifestation de phénomènes nés de l'obscurité ; des créatures qui existaient à la frontière de la réalité et de la légende.

George leur décrivit aussi un exercice mental inventé par son père : chaque jour, un homme visualise un arbre. Cet arbre, quand l'homme agit pour le bien, grandit et devient un spécimen superbe, au tronc épais. Mais chaque fois que l'homme se conduit mal, l'arbre se met à pourrir, ses racines deviennent noueuses, ses branches malingres se brisent comme des brindilles. À la fin d'une période donnée – un mois, un an – il est sage d'examiner où en est son arbre, et les décisions qui ont mené à son état actuel. C'est à vous qu'il revient de le laisser grandir ou mourir.

« Ça me plaît bien, approuva Prentiss.

— Vous êtes une des rares personnes à croire à cette histoire, dit George. Je n'ai pas suivi ces conseils. Mon père lui-même ne s'est pas conformé aux instructions, alors que c'était lui l'auteur de ce fichu système. Mon propre fils, grands dieux, m'a ri au nez, et il avait la moitié de votre âge. Mais c'est sympathique, n'est-ce pas ? »

Prentiss le dévisagea et au bout d'un moment George comprit que, pour la première fois depuis leur rencontre, il avait évoqué Caleb alors qu'il avait pris soin de ne pas le mentionner en la présence des frères. Prentiss lui demanda, un peu brusquement mais d'un ton empreint de tendresse, ce qu'il était advenu de son fils.

George voulut d'abord se défiler, puis il répondit.

« C'est dommage, dit Prentiss sur le point d'ajouter quelque chose, mais il se tut.

— C'est indescriptible, opina George. Je ne le souhaiterais pas à mon pire ennemi. J'espère que vous ne connaîtrez jamais un malheur pareil. »

Landry, qui jusqu'ici s'était tenu assis à côté d'eux, parfaitement immobile, se mit à tailler une branche avec sa hache qu'il tenait par la lame comme si c'était un jouet.

« J'ai perdu mon cousin quand il a été vendu, j'avais treize ans, dit Prentiss. C'était après le feu qu'a détruit la récolte. Monsieur Morton a vendu notre maman quelques années plus tard. Lorsqu'elle pouvait plus faire sa part dans les champs, il l'a mise au métier à tisser à la maison mais ses mains tremblaient trop, et il s'est débarrassé d'elle. Mon père est mort quand maman attendait Landry. Moi j'étais trop petit pour me souvenir. »

George plissa les yeux sous l'éclat du soleil. Il ne savait pas quoi dire et regrettait de ne pas avoir suivi son instinct et de ne pas s'être empêché de parler de Caleb.

« Personne n'a l'exclusivité de la douleur, dit-il enfin.

— Possible que non. »

Alors que l'air fraîchissait, ils s'en retournèrent. George avait permis à Prentiss et Landry de dormir dans la grange. Isabelle était assise sous le porche, au même endroit que le matin quand il était parti. Elle avait reçu une ou deux visites depuis celle de Mildred Foster, mais adressait toujours aussi peu la parole à George. Ce jour-là, Mildred devait passer la voir. George se félicita de s'être attardé assez longtemps dans la forêt pour avoir manqué la visiteuse. En présence d'Isabelle, ils se turent tous les trois comme une bande d'écoliers chahuteurs pris en faute. Landry, tripotant bizarrement le tissu de sa chemise, essaya de se cacher derrière son frère, en vain, étant donné sa haute stature.

George demanda à Isabelle comment avait été sa journée.

« Bonne. Mildred te salue.

— Eh bien, c'est gentil de sa part.

— C'est une femme qui a du caractère. Ça aide en des temps comme celui-ci. »

Il avait espéré que Mildred saurait remonter le moral de sa femme, mais Isabelle était manifestement morose. Elle se leva et disparut à l'intérieur, puis reparut avec un pichet de limonade et des tasses dont elle avait enfilé les anses à son index. Elle descendit l'escalier, distribua à chacun une tasse et les servit. Son regard restait fixé sur le sol, comme si elle accomplissait une obligation qui l'exaspérait. Prentiss la remercia, plus d'une fois, et George, quoique désarçonné, réussit finalement à marmonner un merci tandis qu'elle remontait sous le porche pour se servir à son tour. Étant donné que jusqu'ici elle avait fait comme si les frères n'existaient pas, ce changement d'attitude semblait indiquer une trêve avec George et une meilleure compréhension de ce qui motivait leur emploi.

« Nous devrions la laisser seule, dit-il doucement.

— Elle a l'air bien là, remarqua Prentiss en sirotant sa limonade. Je crois pas qu'on la gêne tellement. »

Mais ils se dirigèrent vers la grange en silence, en groupe serré, l'herbe croustillant sous leurs pieds.

« Vous croyez qu'elle en a assez de vous, avança Prentiss.

— Je n'ai pas dit ça.

— Mais vous vous conduisez comme si. »

Une perche lui était tendue, mais George, se rappelant la conversation de tout à l'heure à propos de Caleb, s'abstint de la saisir.

« Voyons ce qu'on aura au menu et je vous apporterai ce que je peux », dit-il.

Landry entra dans la grange et ôta sa chemise. Ils avaient à leur disposition un baquet pas plus grand qu'un évier qu'ils pouvaient remplir d'eau pour se laver. George les quitta.

Il devait aussi se laver et, pour ce faire, entrer prendre des vêtements propres dans la chambre. La maison était silencieuse au crépuscule, pour lui le moment le moins agréable de la journée. Son bureau était la première pièce en haut de l'escalier, leur chambre la dernière, la chambre de Caleb entre les deux, à l'endroit où l'étroitesse du couloir était le plus apparente. La porte de la chambre de Caleb, légèrement entrouverte, attirait George, on aurait dit qu'elle l'appelait, mais il n'osa pas céder à la tentation. Un seul coup d'œil et un flot sans fin de souvenirs jaillirait comme d'une bouteille sous pression que l'on débouche : son fils se coulant dans son bureau en catimini pensant que son père ne l'avait pas vu, Caleb tout jeune lisant au pied de son lit devant la fenêtre et se tournant vers son père dans le couloir avec un sourire qui lui mange le visage, sa petite bouille.

Ne pas ouvrir la porte, c'était faire comme si Caleb était encore là, plongé dans un livre pour l'éternité. George comprit alors qu'il se réfugiait dans un déni infantile parce qu'il était incapable de faire face à la réalité. Cette prise de conscience le peina autant que la mort de son enfant. Il n'avait peut-être pas une forte personnalité, ni une volonté d'acier, mais il s'était toujours enorgueilli de son aptitude à analyser ses sentiments avec une honnêteté que peu pouvaient se vanter de posséder. Sauf là. Sauf devant la porte de la chambre de son fils.

Il prit une chemise dans la chambre conjugale et se dépêcha de redescendre.

*

Pour la première fois depuis qu'il lui avait annoncé l'horrible nouvelle, Isabelle mangea à la même table que lui. Et dans les jours qui suivirent, elle commença à reprendre ses activités habituelles, quoique à la manière d'une nouvelle incarnation d'elle-même – transformée en une femme glacée disposée à s'occuper du ménage, à faire la cuisine, à jardiner, à recevoir des visites l'après-midi, sans plus l'ombre de cette gaieté qui autrefois adoucissait sa personnalité.

Ils faisaient toujours chambre à part. Chaque matin, en se réveillant dans son fauteuil, George doutait que les frères referaient leur apparition. Il était persuadé qu'ils avaient réuni le peu d'argent qu'il leur avait donné et qu'ils étaient partis. Pourtant chaque matin ils émergeaient de la grange et s'approchaient de l'escalier du perron. George, assis sous le porche, se grattait le dos et se levait, plein de gratitude, pour les accueillir. Adossés au mur de la grange, ils buvaient leur café et discutaient de l'organisation de la journée, puis ils se mettaient à l'ouvrage. Leurs tâches quotidiennes s'achevaient dans les dernières lueurs du soir. Ils se pressaient pour terminer l'abattage des arbres, pour avoir le temps de labourer le sol avant la saison des semailles.

Tout en parlant librement avec eux, il taisait son seul mensonge, à savoir que l'allégorie de son père ne lui avait servi à rien. Dans son esprit, sa vie ressemblait à un chêne souffreteux, aux branches torturées selon des angles impossibles, à l'écorce tachetée de champignons jaunes, aux feuilles brûlées par le soleil. La décrépitude de son arbre s'aggravait avec les années, mais George était persuadé qu'il avait été pourri d'avance, sans espoir de s'épanouir sur cette terre ingrate. Doté d'un sens moral approximatif et volatile, il ne pouvait envisager aucune amélioration.

Un matin où un vent terrible soufflait et par un froid extraordinaire pour un début de printemps, ils tombèrent sur un arbre à moitié mort dont l'aspect correspondait étrangement à l'image qu'il se faisait du sien. George déclara qu'il tenait à le couper lui-même, et seul. Cela lui prit une heure mais ses efforts le remplirent d'allégresse. Comme si exciser de sa propriété cet arbre, si chétif fût-il comparé aux autres, équivalait à extraire tout un passé de déceptions. Aussi balança-t-il sa hache avec abandon et la certitude naïve qu'il rattrapait des années d'inaction, de terres dilapidées, d'affections gâchées. Il éprouvait un profond soulagement, comme si en son for intérieur s'était ouvert un espace prêt à accueillir de nouvelles germinations – quelque chose de bien, quelque chose qui donnerait un sens à sa vie.

L'arbre chétif tomba sans un bruit, de sorte que celui qui résonna soudain à ses oreilles avait forcément une autre provenance : de longues plaintes semblables aux hurlements d'un enfant. George, suivi de Prentiss et Landry, s'élança dans la direction du son et, la poitrine serrée d'angoisse, courut de plus en plus vite vers la maison. Lorsqu'ils débouchèrent sur le terrain dégagé devant le perron, ses pires craintes se confirmèrent comme pour mieux s'évanouir l'instant d'après.

C'était Isabelle. Elle gémissait, bouleversée par quelque chose. Puis il le vit. C'était à n'y pas croire : le rideau de cheveux blonds claquant dans le vent comme un drapeau devant le visage de son fils.

Caleb tenta de se retourner, mais sa mère le retenait dans une étreinte si énergique que ses traits étaient cachés. Lorsque George fut assez près, leurs regards se croisèrent comme les regards de deux étrangers. Isabelle s'écarta un instant de Caleb, mais le père et le fils restèrent immobiles, figés à quelques mètres l'un de l'autre, comme s'ils avaient besoin qu'on les présente.

« Eh bien. » Ce fut tout ce que George fut capable d'articuler. « Eh bien. »

Sa voix se brisa. Il fit de son mieux pour ne pas se laisser submerger par la vague qu'il avait réussi longtemps à contenir. Il ne pouvait pas se ruer à sa rencontre, ses jambes refusaient de lui obéir, mais ils avaient le temps maintenant. Enfin il s'approcha, prudemment, et parvint à discerner les lignes du visage de son fils, celles-là mêmes qu'il voyait en esprit, nuit après nuit, lorsqu'il se rappelait le garçon lisant au bout de son lit et lui adressant un petit signe. Comme toujours lorsqu'il était sous l'emprise d'une émotion violente, il ne savait pas ce qu'il devait faire, ni dire, ni l'attitude qu'il devait prendre, celle qu'adopterait un homme meilleur que lui.

Il posa sa main sur la joue de Caleb et s'assura qu'il ne rêvait pas.

« J'ai entendu ta mère, mais j'étais loin de me douter. » Il glissa ses mains dans ses poches. « Et si on allait à l'intérieur. »

8

Caleb n'avait pas réussi à tuer son père, mais une chose était sûre : il lui avait fait prendre un sacré coup de vieux. George avait l'air de souffrir quand il marchait, et son visage était parsemé de rides semblables à un réseau de petites fissures dans du verre. Sa mère, de prime abord, était une présence plus réconfortante. Elle lui avait manqué tout autant que leurs mères avaient manqué aux autres soldats. Dans son esprit, le foyer n'était pas tant la maison que l'endroit où sa mère se trouvait, guettant son retour, ses bras ouverts d'avance. Lorsqu'ils s'étreignirent, lorsqu'il sentit contre lui sa douceur maternelle, il eut l'impression de redevenir un jeune garçon, et songea qu'il aimerait tant pouvoir retrouver cette sensation à volonté.

À présent, à table, elle caressait son visage et passait la main sur la cicatrice qui barrait sa joue, la courbe altérée de son nez, et lui demandait si sa santé n'était pas compromise.

« Est-ce qu'on appelle un médecin ? dit-elle. Je crois qu'il le faut. C'est décidé.

— Je suis guéri. Il n'y a plus rien à faire. N'en parlons plus. »

Après une aussi longue absence, la maison lui paraissait appartenir à la sphère du rêve. Il se sentait poussé à inspecter chaque pièce, afin de vérifier les particularités de chacune en relation avec l'ensemble. Et puis d'autres envies plus simples : voir Ridley qui, contre toute attente, lui avait beaucoup manqué ; prendre un bain ; dormir dans son lit.

Sa mère l'installa à table devant du fromage blanc crémeux et du pain, et lui promit une tourte aux pommes – sa seule spécialité – une fois qu'elle se serait procuré les ingrédients. Elle se montra intarissable, subjuguée par l'excitation due à l'arrivée de son fils au point que son esprit s'était rétréci à cette seule idée fixe : vider la pomme, rafraîchir la pulpe avec un peu de cidre, doser la farine pour la pâte, etc.

« Si tu continues comme ça, dit le père, je redoute ce qu'on va entendre sur le menu du dîner. »

Il était assis dans son vieux fauteuil fatigué. Caleb ne put se retenir de rire.

« Ne l'encourage pas, dit-il.

— Trop tard, manifestement », répliqua son père.

Sa mère, imperméable à leurs taquineries, respira un grand coup, attrapa l'avant-bras de Caleb et se mit à le frictionner avec une vigueur que l'on appliquerait à faire naître une flamme entre deux silex.

« Une mère a le droit d'être nerveuse. Mon fils est de retour ! Maintenant, raconte un peu ce qui t'est arrivé. August est venu ici. Il nous a annoncé une terrible nouvelle. Que… euh…

— Que tu avais été tué », compléta son père.

Pas tout à fait, dit Caleb. Il avait été fait prisonnier. Puis échangé. Libéré sur parole. Comme tant d'autres. On lui avait donné un document l'enjoignant de se plier à la loi de l'Union et de rentrer chez lui. Ce résumé des événements semblait un premier pas vers un retour à l'ancienne vie. Improbable, mais il pouvait toujours essayer.

« August est rentré, alors, dit-il sans trahir la moindre émotion.

— Il a été lui-même blessé, expliqua son père, quoique cela ne se voie pas. Une mauvaise chute, apparemment. »

Caleb changea de position et un peu de terre se détacha de son pantalon pour atterrir sous sa chaise. Sa mère, en dépit de son euphorie, ne put s'empêcher de regarder le tapis comme si un animal venait de s'y soulager.

Son père lui demanda jusqu'où il avait été.

« Aux Carolines.

— À pied ? »

Quelques ambulances lui avaient ménagé une place et, de temps à autre, un fermier dont la charrette n'était pas pleine à craquer avait eu pitié de lui. Mais avant qu'il pût expliquer tout cela, sa mère lui coupa la parole.

« Qu'est-ce que tu t'es fait au visage ? Une blessure grave ? Tu dois tout nous raconter, tout !

— C'est pas grand-chose. C'est arrivé avant ma capture. Juste un jeu stupide entre nous. Il était tard et nous avions trop bu. Rien d'extraordinaire. »

Il mordit dans le pain et engloutit la totalité du fromage. Ses parents paraissaient s'attendre à ce qu'il anticipe leurs questions en se livrant à son propre interrogatoire, ce qui était pire que s'ils le mettaient eux-mêmes sur la sellette.

« Tout s'est bien passé ici ? » demanda-t-il.

Sa mère regarda de nouveau par terre à côté de la chaise de son fils.

« À part ma mort prématurée, plaisanta-t-il dans un effort pour détendre l'atmosphère.

— C'est une période difficile pour tout le monde, dit son père. Je pense que ta mère sera d'accord avec moi. »

C'est alors qu'il remarqua la nouvelle distance qui séparait ses parents : la façon dont ils évitaient de se regarder dans les yeux, ou de se rapprocher l'un de l'autre, ou même de se parler. Il avait fait tout ce chemin pour retrouver le peu qu'il connaissait et voilà qu'il découvrait que ce peu n'existait plus. Pendant qu'ils attendaient interminablement son retour, ils avaient changé, et désormais ils étaient tous les trois différents quoique toujours dans le même lieu.

Il avait du mal à se tenir tranquille, son genou tressautait, son pied tapait contre le bois du parquet.

« On n'a qu'à reprendre cette conversation plus tard, dit-il. J'aimerais me reposer un peu, je crois que cela me fera un bien fou. »

Sa mère se leva.

« Bien sûr. Ton lit est fait. Tout est prêt. Tu as des serviettes propres sur ta commode. »

En le prenant dans ses bras, elle le plaqua si fort contre elle qu'il en eut le souffle coupé. Puis sa main coula sur son flanc et atterrit sur le cuir de son holster. On les avait forcés à remettre leur fusil à l'Union, mais il s'était débrouillé pour cacher son arme de poing, se doutant des dangers qui l'attendaient sur le chemin du retour, des dangers qui menaçaient tout voyageur solitaire. Sa mère s'écarta et regarda fixement l'arme.

Son père se leva, lui aussi, et posa un regard circonspect sur le pistolet.

« Tu n'as plus besoin de ça, dit-il. Je vais le ranger à la cave avec les fusils de ton grand-père. »

Si cela leur faisait plaisir, autant obtempérer, se dit Caleb ; réintégrer autant que possible la personnalité du garçon qu'ils avaient connu : un garçon qui ne se permettrait pas de manier quelque chose d'aussi vulgaire. Il ôta le pistolet de son holster et le tendit à son père.

À l'étage, sa chambre était aussi propre que l'avait affirmé sa mère, mais il flottait dans l'air quelque chose de macabre. Les bâtons qui lui avaient servi de canne quand il était petit, appuyés contre le mur, avaient été encaustiqués. Il n'y avait pas un grain de poussière, nulle part, y compris sur ses chapeaux empilés en une seule colonne. Combien de temps sa mère aurait-elle tenu ? Des mois ? Des années ? La mort d'un fils était-elle un malheur qu'il valait mieux lessiver, épousseter, balayer ?

Il ôta ses bottes et son pantalon et s'écroula sur son lit où il se pelotonna. Il dormit paisiblement. Ainsi qu'à chacun de ses réveils, il se sentit perdu, ne sachant ni où il était ni comment il était arrivé là. Mais aujourd'hui, en tendant la main vers son pantalon, il ne rencontra que du vide. Il regarda d'un œil vaseux par la fenêtre et vit que son pantalon était entre les mains de sa mère. Elle le trempa dans le bouillonnement de la lessiveuse en cuivre, puis le martela avec un battoir en bois afin de faire dégorger à cette guenille l'équivalent d'une vie entière de crasse. Caleb envisagea de se promener jambes nues dans la maison, puis se rappela qu'un tiroir de sa commode était rempli de pantalons, autant dire l'opulence pour un jeune homme qui s'était cramponné désespérément à si peu, pendant si longtemps.

*

La veille au soir, son père avait tué une poule pour le dîner, mais Caleb ne s'était pas réveillé. Le matin, il mangea la volaille en la déchirant avec ses mains. Assise en face de lui, sa mère l'observait comme si elle était au spectacle et qu'il fût lui-même un animal dévorant des rogatons. Une fois qu'il eut terminé, il déclara qu'il allait en ville mais, voyant la déception qui se peignit sur le visage de sa mère, il faillit changer d'avis.

« On dirait que toi aussi tu veux me retenir prisonnier, lui reprocha-t-il.

— Ne dis pas ça, ne dis jamais ça. Je veux juste passer un peu de temps avec toi.

— On a tout le temps du monde devant nous. On n'a plus rien d'autre à faire qu'à se tenir compagnie. Rien ne presse. » Il se pencha pour déposer un baiser sur son front et recula sa chaise avant de se lever. « Où est le vieux, au fait ? »

Sa mère indiqua de la tête la grange, dont son père venait de surgir. Caleb sortit sous le porche. Son père monta précautionneusement les marches et lui demanda comment il se sentait.

« En pleine forme », répondit Caleb.

À la vue des volutes de fumée s'élevant de la tasse de café dans la main de son père, il se rappela sa dernière campagne sous le drapeau ennemi, lorsque les grandes plaines s'étaient transformées en front meurtrier glacial. Il se trouvait alors sous les ordres de garçons de son âge, brutaux et pressés de piller les fermiers et les gens des villes dès qu'ils pouvaient le faire sans risquer leur peau. Ils avaient chapardé des manteaux pour se protéger des rigueurs du climat, et le jour où le soleil s'était remis à briller, ils avaient décidé de s'en débarrasser, sauf qu'ils ne voyaient pas pourquoi ils les abandonneraient dans les bois là où nul n'en aurait l'utilité. Un maigre lieutenant leur avait rappelé que Caleb s'était souvent plaint d'être trop loin du feu. D'un commun accord ils lui avaient donc fait profiter de ce surplus de manteaux et s'étaient empressés de les empiler sur ses épaules jusqu'à ce que ses genoux plient sous l'excès de poids. Il avait eu si chaud ce jour-là que la sueur s'accumulait en petites flaques aux revers de ses manches et de ses pantalons.

Rien qu'à ce souvenir, des gouttes de transpiration lui coulaient dans la nuque. Mais quand le souvenir s'estompa, sa bonne humeur revint. À cet instant, il vit les deux hommes quitter la grange, l'un d'eux d'un gabarit impressionnant, pourvu d'une musculature hors du commun qui saillait au niveau de ses épaules, sa haute stature dominant son compagnon qui semblait petit en comparaison.

« Tu vas m'expliquer ce qu'ils font là ? » demanda-t-il à son père.

Ces deux frères, l'informa George, allaient l'aider à cultiver de l'arachide dans le bas de la colline.

« Si tu veux, je peux te montrer où sera la plantation.

— Une plantation ? Toi ?

— C'est si difficile à croire ?

— Tu n'avais pas beaucoup aidé maman à planter ses rosiers. Tu l'as accusée d'en vouloir rien que parce que Madame Foster en avait et tu as même ajouté que concurrencer les passe-temps futiles des autres était sans intérêt. Si je me souviens bien !

— En effet, dit son père en buvant une gorgée de café. Mais cette fois c'est différent.

— Toujours différent quand c'est toi qui le fais, n'est-ce pas ? » répliqua Caleb en songeant à l'époque où son père s'était mis en tête de distiller de l'alcool de contrebande soi-disant mieux que n'importe quel autre amateur, se vantant de son nez exceptionnel pour le whisky. Et sa décision, du jour au lendemain, de fabriquer un buffet, entreprise qu'il avait jugée méritoire, jusqu'au moment où George s'était aperçu que, faute de savoir-faire, il n'y arriverait jamais. Dès lors l'ébénisterie en général était devenue une occupation triviale, une telle perte de temps qu'il n'était plus jamais passé devant un atelier de menuiserie sans hocher la tête de désapprobation.

Caleb cracha par-dessus la balustrade et déclara à son père qu'il avait déjà vu ces hommes en sa compagnie la veille.

George le lui confirma. Leurs noms étaient Prentiss et Landry. Il expliqua comment ils s'étaient retrouvés dans les bois. À présent, ils dormaient dans la grange.

« Tu gardes les Nègres de Morton.

— Tu te trompes. C'est eux qui ont choisi de s'installer ici.

— Bon, d'accord. Je suppose que d'avoir des

Nègres, ce n'est pas pareil quand on travaille avec eux. »

Son père sirota encore un peu de café et déglutit bruyamment.

« On dirait que tu fais exprès de ne pas comprendre. Ton entêtement est un peu trop pour moi d'aussi bon matin. »

Ce n'était pas la première fois que son père l'attrapait mais ses critiques avaient perdu de leur mordant. Et puis il se sentait de si bonne humeur qu'il n'avait vraiment pas envie de se vexer. Il tendit l'oreille aux chants des oiseaux où il décela progressivement un rythme qui le replongea dans la mélodie du monde de sa jeunesse.

« Je leur ai donné quartier libre pour la journée, l'informa son père. Je compte bien passer du temps avec toi.

— En fait, je voulais te demander si je pouvais prendre Ridley Je voudrais aller en ville.

— Tu en as déjà assez de nous.

— Tiens ! Je crois entendre maman. J'ai des gens à voir, voilà tout. Je serai de retour avant la nuit. On terminera la poule ce soir.

— Tu n'es plus un enfant, dit George. Tu fais ce que tu veux. »

Caleb se tint debout devant lui, immobile.

« Tu n'as pas besoin de ma permission pour prendre Ridley Si tu veux la selle, elle est à côté du sac d'avoine. »

Laissant son père sous le porche, Caleb s'en fut sortir Ridley de son écurie. L'âne avait si peu changé que les retrouvailles lui parurent fades tant l'animal était familier : ses oreilles de lapin sans cesse agitées, sa crinière aussi dentelée que des pics montagneux mais dont les crins frémissaient au contact de sa main. On aurait dit que, pour l'âne, Caleb ne s'était même pas absenté. Il n'eut aucun mal à l'étriller et à le seller, puis il l'enfourcha et, en passant devant la maison, fit au revoir de la main à sa mère et eut un dernier aperçu de son père qui finissait son café.

« Salue August de ma part ! lança George. Et à ton retour, j'aimerais savoir comment tu t'es blessé au visage. Tu me parleras de ce jeu stupide auquel tu faisais allusion. »

Caleb remonta l'allée vers la route. Les pépiements des oiseaux remplissaient l'espace comme si c'était l'air lui-même qui chantait. L'éclat du soleil printanier étalait une lumière dorée sur le chemin qui se déroulait à la façon d'un tapis céleste, telle la promesse que ses plus chers désirs seraient exaucés.

*

Ils y avaient été à coups de crosse de fusil. Il avait tenu son visage en coupe entre ses mains pour tenter d'arrêter l'hémorragie, mais il n'avait pu empêcher le sang de pisser entre ses doigts et d'asperger le sol. Cette nuit-là, il avait pleuré, non de douleur mais de peur d'être défiguré à vie, de peur de devenir un de ces pitoyables mutilés de la guerre, une bête curieuse bonne à faire rire les enfants ou à se produire dans un cirque. Par la suite, comme si cela pouvait lui remonter le moral, ils lui avaient dit que, même si ce n'était pas leur armée à eux qu'il avait désertée, il méritait d'être puni, et qu'importe la couleur des uniformes.

Ils n'avaient heureusement pas tiré à vue quand il avait pointé sa tête hors de la tranchée où ses camarades et lui s'étaient mis à couvert. Grâce à ses relations, le père d'August leur avait jusqu'ici évité les premières lignes et les pires dangers. De fait, il n'avait même pas vu une seule balle voler avant de tomber sur cette batterie de canons crachant du feu et des nuages de fumée, à se croire devant un incendie de forêt. Il avait été convaincu qu'il se trouvait au milieu d'une bataille historique, propre à se magnifier en récit épique une fois de retour à la maison, le genre d'histoire à raconter plus tard à ses petits-enfants. Mais ces soldats aux tuniques bleues, ils s'étaient juste moqués de lui et l'avaient giflé. La chique plantée entre lèvre supérieure et gencive, ils riaient en astiquant leurs fusils avec de la cendre. « Nous, lui avaient-ils dit, on appelle ça une escarmouche. »

Il n'avait pas eu honte de sa désertion – à ses yeux, elle s'était imposée comme une évidence, une question de vie ou de mort. En revanche, il se doutait de la réaction qu'elle susciterait chez les autres. Son seul regret, c'était d'avoir abandonné August. Heureusement, aucun autre soldat originaire de son pays natal n'avait été témoin de sa lâcheté. Monsieur Webler s'était arrangé pour qu'ils fussent tous les deux, August et lui, affectés à un régiment différent des autres gars d'Old Ox. Pendant que tant de leurs camarades perdaient leur vie ou des membres, ils avaient été en sécurité à l'arrière où ils gardaient les voies ferrées et passaient des soirées insouciantes à jouer aux dames et à des jeux puérils. Ils auraient tout aussi bien pu être en vacances.

Un jour, leur régiment s'était replié dans la forêt et ils s'étaient perdus. Une erreur fatale, répétait Caleb aux soldats nordistes qui le retenaient captif.

Cela n'aurait pas dû se passer comme ça, disait-il, il n'aurait pas dû être là. Mais s'il croyait qu'ils allaient le relâcher, il se faisait des illusions. Le seul avantage, c'est que, fatigués de ses litanies, ils s'en étaient pris à son entrejambe, permettant à son visage de cicatriser.

À Old Ox, Ridley et lui furent accueillis par le spectacle d'une vieille prostituée en train de se découvrir sur les planches du trottoir devant des cavaliers : dérapant sur une flaque de boue, elle évita de peu la chute et retourna au bordel en riant à gorge déployée. La ville s'était peuplée en son absence. S'il se fiait au petit nombre de visages connus, elle avait même beaucoup changé. Une ou deux personnes lui jetèrent un regard pour se détourner aussitôt. À cause de sa balafre ou parce qu'il était un revenant ? Il n'aurait su le dire.

Des soldats de l'Union, postés çà et là devant quelques commerces, le suivirent des yeux d'un air soupçonneux, avec moins d'hostilité que de lassitude. L'école près de la grande place paraissait leur servir de quartier général. Une femme cherchait querelle à un soldat à qui elle réclamait de quoi manger, alors qu'il avait les mains vides. Caleb ne put s'empêcher de se demander quelle punition était la pire : être prisonnier après avoir fait la preuve de sa lâcheté ou, comme ces pauvres diables, se retrouver stationné loin de chez soi au milieu de gens qui vous méprisaient.

Caleb engagea Ridley dans une rue moins encombrée. Progressivement, les masures cédèrent la place à de vraies maisons, à savoir des constructions aptes à tenir debout en cas de fortes pluies. Toits pentus, jardins, balançoires suspendues aux arbres. La lumière rasante du soleil dispensait ses grâces à deux très jeunes filles qui jouaient au badminton, raquette dans une main, chapeau dans l'autre. Tout près, un petit enfant se tortillait pour quitter les genoux de sa mère et courir jouer avec elles. Devant les autres maisons, il n'y avait personne. Les portes closes laissaient deviner des familles vaquant à leurs occupations comme si de rien n'était, comme si on était un jour comme les autres, ce qui d'ailleurs était vrai pour elles, reconnaissait Caleb.

À l'endroit où on aurait pu s'attendre à ce que la ville s'arrête, la vue s'élargissait, la nature regagnant ses droits sous la forme d'immenses pelouses roulant des tapis d'herbe tendre jusqu'aux belles demeures nichées à l'orée des bois. Pas plus de dix en tout. Les gens du cru appelaient cette suite architecturale l'« avenue du maire ».

La résidence des Webler était la dernière : un toit mansardé, deux étages confortablement aménagés, des buissons taillés avec soin composant une haie assez haute pour protéger les habitants des regards indiscrets, mais tout de même suffisamment basse pour ne pas décourager les visiteurs, ceux qui étaient les bienvenus. Levant les yeux vers la chambre d'August, Caleb se demanda si, comme autrefois, il faisait sentinelle là-haut, s'il allait dans un instant se pencher et lui adresser de grands signes, puis disparaître pour se matérialiser ensuite sous le porche et le convier à l'intérieur. Mais la fenêtre resta obscure. Il se retourna, au cas où quelqu'un dans son dos lui soufflerait ce qu'il devait faire, mais il n'y avait que les buissons. Depuis qu'il avait été libéré par les soldats de l'Union et renvoyé chez lui, Caleb attendait ce moment. Et ce moment le trouvait à califourchon sur un âne, le visage laqué de sueur. Il se sentait aussi accablé qu'à la minute de sa désertion.

Soudain une voix s'échappa de la porte d'entrée. Ridley et lui sursautèrent et levèrent en même temps la tête, quoique l'âne se remît vite à brouter. On l'avait appelé par son nom. Caleb chercha désespérément quoi répondre. Son embarras n'avait rien de nouveau, Wade Webler l'avait toujours intimidé.

« Bonjour ! »

Ce fut tout ce qu'il trouva à articuler, bêtement.

« Caleb Walker. Par tous les diables ! August m'avait pourtant dit… Bon… En fait, je te croyais mort. Apparemment ce n'est pas le cas. Voyons, tu as l'air de fondre au soleil. Faut avouer qu'il cogne dur. Tu es bien le fils de ton père, va. Pas un os de sudiste dans le corps. »

Caleb attacha Ridley et s'avança jusqu'au portique de la grande demeure. Webler était en habit de soirée – pantalon bien coupé, queue-de-pie –, mais sa chemise en soie s'ouvrait sur la toison qui frisottait sur son poitrail bossu. Caleb ne l'avait jamais vu aussi débraillé. Il ne savait pas s'il devait lui tendre la main ou attendre qu'il rentre remettre de l'ordre dans sa tenue.

« Pardi ! s'écria Webler. Je n'en crois pas mes yeux. »

Ils se donnèrent une poignée de main. Caleb, sur les nerfs, aurait volontiers échangé sa place contre celle de Ridley, qui broutait son herbe tranquillement sans que personne songe à l'importuner.

« Comment vas-tu ? Tes parents ? Ils doivent être aux anges.

— Ils sont contents, oui, monsieur.

— Eh bien, dommage que tu débarques seulement maintenant. Tu as raté mon gala. Hier soir a été un franc succès, c'est moi qui te le dis. »

D'un geste ample, Webler l'invita à entrer. Caleb lui emboîta le pas. Des Nègres à genoux lavaient le sol. Des enfants, filles et garçons, assis par terre, passaient le chiffon derrière les meubles et les canapés, dans les encoignures hors d'atteinte de leurs aînés. Sur des plateaux, des verres sales attendaient d'être débarrassés. Caleb ne fit qu'entrevoir la salle à manger avant que la porte ne se referme, mais il eut le temps de remarquer que la nappe était maculée de taches de vin. Conduit au salon, il fut prié de s'asseoir à côté d'une pendule dont les carillons plaintifs se répétaient, semblait-il, sans justification. Webler continuait à lui parler, comme si c'était lui que Caleb était venu voir. Et il n'imaginait aucun moyen de s'esquiver sans paraître mal élevé.

« J'ai pensé que c'était le bon moment d'organiser une levée de fonds pour la cause. On a récolté une somme dont je suis fier, elle servira les intérêts de notre noble pays. Les gens d'ici, même en état d'urgence, sont toujours aussi bons chrétiens. L'armée entière de Grant pourrait occuper la ville, que nous défendrions quand même nos valeurs, nos traditions… »

Wade Webler était surnommé « le train de marchandises » parce qu'il était capable, à grand renfort de tabac et d'alcool, de parler toute une nuit sans s'accorder une minute de répit. Il ne s'était jamais présenté à aucune élection, mais il possédait le bagou d'un homme politique et se comportait en maître de la ville, en fait comme s'il en était le maire. Il fit allusion à une compotée de fruits de mer à la cajun, à des femmes mariées qui dansaient alors que leur époux dormait dans un fauteuil. Tout cela, conclut-il, lui avait rappelé l'époque où le monde tournait encore normalement, et lui avait permis de caresser l'espoir qu'Old Ox puisse se défaire de l'emprise de l'Union.

« Un sacré bal, monsieur.

— Pas un bal, Caleb. Un gala.

— Je suis pas sûr de voir la différence. »

Webler poussa un grognement et Caleb comprit enfin ce qui se passait : le père d'August n'avait pas encore dessoûlé. Son hôte se tut, le temps de remettre ses idées en place. Puis il feignit de s'intéresser au visiteur.

« Mais n'en parlons plus. Raconte-moi plutôt ce qui t'est arrivé. Je sais que avez été séparés, August et toi. Pour le reste, je suis dans le flou. »

Caleb regretta de ne pas s'être mieux préparé à ce genre de question. Après sa libération par les troupes nordistes, chaque fois qu'il avait été interrogé sur ses états de service – les batailles auxquelles il avait participé, les rudes labeurs endurés –, il avait fourni des réponses vagues, juste de quoi réduire ces importuns au silence : « Je préfère pas me vanter du nombre de fois où j'ai appuyé sur la détente ni des endroits où je me suis battu. » (En réalité, il n'avait pas tiré une seule fois.) Mais comme Webler ne serait pas long à le percer à jour, ne valait-il pas mieux éviter d'emblée de s'aventurer sur ce terrain ?

« J'imagine qu'August vous a raconté tout ce qu'il y a à en dire. »

Le regard pénétrant de Webler se posa sur lui, rempli de dégoût ou de remords, Caleb ne parvint pas à le déterminer. Soudain, la moustache de Webler se hérissa comme une chenille qui se déplie. Il se tourna vers un petit bahut dont il sortit un gobelet en argent et un carafon débouché à moitié vide.

« Permets-moi de te faire une remarque, mon petit. »

Il commença à remplir son verre en s'appliquant avec un si grand soin que le filet de liqueur accompagna le flot de ses paroles et que les arômes puissants du whisky se mêlant à sa verve corrosive parurent rendre l'air inflammable.

« Je me suis battu au Mexique. August était encore dans les langes à l'époque. J'ai participé à une expédition militaire à Puebla. On n'avait pas encore vu un seul tir d'artillerie. Le temps qu'on arrive, nos couleurs flottaient déjà dans la ville. J'ai passé la nuit à fêter ça avec mes camarades. Normal, n'est-ce pas ? Mais voilà qu'un de ces Mexicains rapplique en titubant, il cherche la bagarre, il est sans doute aussi soûl que moi. Je flaire un mauvais coup et je me dis, C'est le moment de prouver ce que t'as dans le ventre, mon vieux. J'interpelle le Mexicain, je le provoque, vraiment. Et la seconde d'après, je le plaque au sol. Mes camarades me crient des encouragements. Et moi je le tiens, ce péquenaud, j'ai l'impression d'être invincible. Ah ! Je ne suis pas près de le lâcher. »

Webler se renversa dans son fauteuil et soupira d'aise comme s'il découvrait un nouvel angle à son histoire. Caleb, pour sa part, ne savait pas quelle réaction était attendue de lui. Devait-il applaudir, rire ou pleurer ? Ignorant où le père d'August voulait en venir, il attendit la fin, tout simplement.

« Je me mets en position et j'appuie sur ses yeux avec mes doigts, j'écrase, je presse, je tords, et ces machins sortent gentiment, très facilement, deux limaces visqueuses sous mes pouces. Puis je me lève en souriant. Je ne m'en suis pas aperçu sur le moment, mais dans la bagarre, je me suis pissé dessus. Bien sûr, à mes camarades, je dis que c'est à cause de l'effort, car, n'est-ce pas, autant avouer et ne plus y penser ! Mais le soir, avant de me coucher sous la tente, je me tourne et pousse un cri de surprise : je me suis encore pissé dessus ! Encore une fois ! Là, mes camarades n'en ont rien su. Je l'ai gardé pour moi. »

Autour de Caleb et de Wade Webler, les femmes et les enfants continuaient à récurer le sol en silence. Caleb se serait cru dans une prison où il aurait été contraint, au même titre que ses codétenus, d'écouter pérorer le geôlier désireux d'étaler son pouvoir devant les malheureux sous sa garde. Il avait pitié de ces gens qui supportaient la tyrannie depuis si longtemps et qui, après des années de servitude, travaillaient à présent pour des gages misérables. Si jamais une mutinerie se produisait un jour parmi le personnel domestique, se demanda Caleb, y aurait-il une seule personne, à l'exception de son épouse et de son fils, pour s'opposer à ce qu'on lui fracasse le crâne ?

« Je crois sincèrement que j'ai eu des remords, poursuivait le maître de maison. Pas au sujet de mon petit accident, je n'étais pas le premier jeune soldat à me pisser dessus. Mais parce que le Mexicain n'avait rien fait pour mériter d'être traité avec autant de brutalité. Ce n'était pas comme s'il avait déserté son camp. Il était toujours à Puebla. Il cherchait simplement à poursuivre le combat. En tout bien tout honneur. »

Caleb demeura coi. Il laissa passer les carillons de la pendule. Puis lâcha :

« Ç'avait l'air d'une sacrée pagaille, monsieur. »

Webler vida son gobelet d'une traite et gratifia Caleb d'un bref sourire.

« Je parie que tu sais de quoi je parle. »

À cet instant, la cage d'escalier s'assombrit : une porte s'était ouverte, masquant le soleil. Il faisait soudain très sombre dans le petit salon. La seconde suivante, la porte se referma et la lumière sembla si éblouissante que même Webler marqua une pause, quoique le lessivage du sol autour d'eux continuât sans répit.

Caleb ne put s'empêcher de se mettre debout.

« Ah, le voilà », dit Webler.

Dès que des pas résonnèrent dans l'escalier, Webler se leva pour prendre congé.

« Il vaut mieux que je vous laisse tous les deux. »

*

August invita Caleb à l'accompagner à cheval dans leur retraite préférée, le lieu où ils avaient passé tant d'heures de leur jeunesse. En chemin, August lui présenta des excuses pour la façon dont s'était conduit son père. (Il ne s'était pas couché, comme s'en était douté Caleb, et apparemment l'occupation d'Old Ox par les troupes de l'Union le poussait à chercher chaque soir des solutions dans l'alcool.) Mais ni l'un ni l'autre des deux amis ne semblait enclin à échanger autre chose que des banalités.

Caleb s'enquit de ce qu'avait fait August après leur séparation.

« Surtout creusé des tranchées. Quelques échauffourées, on a croisé des nordistes égarés, je leur ai tiré dessus… des fois.

— Je parie que cela t'a plu.

— Un temps, oui. »

Leurs pieds foulaient l'herbe avec des craquements familiers.

« Je peux te demander pourquoi ils t'ont renvoyé chez toi ? » dit Caleb.

Silence. Un petit sourire releva lentement les commissures des lèvres d'August. Sur la fin, expliqua-t-il, ils avaient reçu l'ordre de gagner Fort Myers, en Floride. Enfin, il allait livrer une vraie bataille ! Mais la malchance avait voulu qu'en route, il s'était pris une bûche sur un chemin en pente pendant une ronde. Il s'était presque cassé la jambe. Il avait passé une semaine à l'infirmerie avant d'être renvoyé à la maison.

Comme son père avant lui, Caleb avait beau regarder, il ne voyait pas ce qu'August pouvait bien avoir à la jambe. Il était exactement comme il avait été lors de leur départ d'Old Ox, sinon plus fringant. Caleb savait, bien entendu, qu'August n'avait jamais approché un véritable champ de bataille. Son père ne l'aurait pas permis. Mais son ami n'était pas prêt à l'admettre.

« Tu ne boites même pas un peu.

— Je sais, j'ai eu beaucoup de chance. »

Plutôt que d'entamer à son tour un interrogatoire, August informa Caleb que depuis son retour il travaillait pour son père. Un apprentissage. Le bois de construction, la construction elle-même, l'achat et la revente de propriétés. August avait toujours donné l'impression que les affaires paternelles n'étaient pas assez excitantes pour lui, mais, à l'entendre aujourd'hui, il avait l'air décidé à vivre des aventures, des aventures éphémères et sans danger, en explorant la triste réalité quotidienne.

Lorsque la ville fut derrière eux, ils s'arrêtèrent et attachèrent Ridley et le cheval d'August à un arbre dépouillé de ses feuilles. Il y avait dans les parages une grosse pierre qu'ils avaient marquée autrefois d'une trace de peinture blanche. Ils la cherchèrent avec une concentration intense, ce qui leur procura sans doute une excuse supplémentaire pour garder leurs distances et éviter à leurs regards de se croiser. La pierre leur parut plus petite que dans leur souvenir, mais Caleb repéra le trait à moitié effacé. Ils passèrent de l'autre côté et s'enfoncèrent dans l'épaisseur des taillis. Les hautes herbes craquaient et claquaient sous leurs semelles. Le seul bruit. Enfin l'étang fit son apparition, ses eaux cristallines bordées de nénuphars et de mouron des oiseaux.

« Inchangé », dit August.

La marche du temps avait oublié ce coin de nature. Caleb n'y avait jamais vu personne d'autre. Sauf, une fois, un canard solitaire flottant au fil de l'eau, mais ce canard n'étant jamais revenu, ils en avaient un souvenir flou, entre réel et imaginaire. Caleb s'assit au bord de l'eau et August l'imita. Il ne fallut pas longtemps pour qu'ils se tournent l'un vers l'autre, face à face.

Voilà, pensa Caleb. Enfin ! Les yeux d'August, des yeux d'enfant, si bleus, captivants de candeur et de charme, capables de soutenir le regard inquisiteur des officiers les plus cruels ; sa bouche rose, ses lèvres au dessin délicat laissaient supposer une nature timide, en réalité une apparence derrière laquelle se dissimulaient ses véritables sentiments.

Face à ce visage, Caleb se sentit fondre. Et quand il se rappela l'aspect du sien, c'était trop tard. Il détourna les yeux avec une pudeur de jeune fille.

« Qu'est-ce qu'ils t'ont fait ? demanda August plutôt froidement.

— C'est si moche que ça ?

— C'est pas ce que je dis. »

Caleb lui apprit qu'il avait été passé à tabac.

August se gratta distraitement le cou, puis lui jeta un regard perçant avant de détourner, de nouveau, la tête.

« Ce qu'ils t'ont fait, ça t'a cassé le moral ?

— Sans doute. Mais pas plus que le remords de t'avoir quitté. En tout cas, ç'a été tout aussi dur. »

Aucun autre commentaire ne tomba des lèvres d'August. Devant sa réserve, Caleb sentit les battements de son cœur s'accélérer. Il avait toujours aimé plier. Dès sa première rencontre avec August, il avait su qu'il pouvait le suivre, adopter ses intérêts, faire siennes ses pensées. August présentait en somme le plus court chemin vers le plaisir. Mais si cette soumission lui convenait, pourvoyeuse de repères et de motivation, elle avait un inconvénient dans le cas où, comme à présent, son ami le laissait volontairement dans le noir sur ce qu'il devait faire ou penser. August faisait traîner la conversation, ce qui plongeait Caleb dans une terrible angoisse, car, si August ne lui permettait pas de vider son sac, comment allaient-ils se réconcilier ? Et s'ils ne se réconciliaient pas…

« Je suis désolé, dit Caleb. Du fond du cœur, je regrette. Pas un jour ne passe sans que j'y pense. Je me suis engagé dans la guerre pour être à tes côtés, et je n'ai même pas pu tenir jusqu'au bout. Qu'un autre me considère comme un traître ne me ferait pas perdre une minute de sommeil, mais de ta part je n'ose même pas l'envisager. Pardonne-moi. S'il te plaît. C'est tout ce que je te demande. »

Il ne pouvait pas pleurer, pas alors qu'il venait de lui dire ce qu'il avait sur le cœur, mais il sentait ses larmes embusquées derrière ses paupières.

August avait remonté ses jambes contre sa poitrine, une posture qui rappela à Caleb l'ancien August, l'August de leur jeunesse. Les soirées qu'ils passaient ici, couchés sur le dos, à piquer des étoiles du bout du doigt, convaincus que c'étaient les mêmes. Ces moments-là étaient aussi intemporels que le lieu.

Mais cela, c'était jadis.

Il sentit que l'on effleurait son visage puis une main le saisit violemment par la mâchoire. August attira Caleb contre lui, leurs nez se touchaient presque. Yeux dans les yeux. Ils se dévisageaient de si près que Caleb fut instantanément et totalement soumis au pouvoir de son ami. Et puis, soudain, August le frappa du plat de la main avec une telle force qu'il ne vit plus rien. Des étincelles explosèrent dans ses yeux et, en un battement de paupières, le monde reparut, et surtout August reparut, lèvres pincées, joues rouges de colère.

« Après tout ce qui s'était passé, s'écria-t-il, me quitter !

— Tu n'as pas besoin de me le dire. Si je pouvais revenir en arrière… »

Caleb poussa un soupir de frustration. Il n'avait pas le talent d'August pour se faire pardonner. Il n'avait rien d'un charmeur.

« C'est si dur que ça pour toi ? reprit Caleb. Juste de me dire quelque chose du genre… Je passe l'éponge ?

— *Passer l'éponge ?* »

August leva de nouveau la main, mais Caleb fut plus rapide. Ce ne fut pas un réflexe de défense mais plutôt l'éruption de tout ce qui avait bouillonné en lui au cours de son long voyage de retour, de ses secrètes ruminations, des affres du regret. Il monta sur August et le maintint plaqué au sol. Son ami s'arcbouta en vain. Caleb n'arrêtait pas de répéter « Pardonne-moi, pardonne-moi » d'une voix si pathétique qu'au bout d'un moment August cessa de se débattre, le corps mou, sa colère céda la place à ce qui, dans l'esprit de Caleb, ne pouvait être que de la pitié. Mais lorsque Caleb lâcha prise, August se coula hors de son étreinte, inversa leurs positions et, le regard dans le vague, le cloua sur l'herbe, pesa sur lui de tout son poids, lourd, définitif.

Il enroula la main autour du cou de Caleb.

« Tu as fini ? » dit-il.

Il lui serra la gorge, de plus en plus fort. Caleb tint bon un moment, puis opina de la tête. August le lâcha et s'écroula sur l'herbe à côté de son ami, tous les deux trop fatigués pour faire autre chose que respirer, leurs poitrines s'élevaient et s'abaissaient tandis que les moustiques voletaient au-dessus d'eux, alertés par le remue-ménage. C'était de cette manière qu'ils avaient, enfants, réglé leurs comptes. Il leur semblait par conséquent naturel de recoller les morceaux selon la vieille formule, en commençant par échanger coups de poing, gifles, grognements – la punition la plus élémentaire, le plus ancien des remèdes.

« Tu l'as dit à ton père, n'est-ce pas ? lui reprocha Caleb encore essoufflé. Ce que j'ai fait.

— Je t'ai cru mort.

— J'aurais préféré que tu te taises, insista Caleb en se hissant sur les coudes. Et à mon père, qu'est-ce que tu as dit ?

— Juste que tu étais mort au combat. Honorablement. »

August, couché sur le dos, contemplait le ciel à travers la mèche blonde ondulée qui lui tombait sur les yeux.

Caleb, soulagé, essaya de passer en revue les pensées dont il voulait lui faire part, mais il avait l'esprit trop embrouillé pour faire le tri. Ce n'était pas nouveau. Même en classe, des années plus tôt, pas une seule nuit ne passait sans qu'il établisse une suite sans fin de sujets à discuter avec August. Ces longues heures que rendaient fébriles non seulement la distance physique qui les séparait mais aussi son angoisse d'oublier quelque chose. Le lendemain matin, ils se retrouvaient à l'école, Caleb forcé de ronger son frein, de dissimuler le flot irrépressible de paroles qui attendaient l'approbation ou la condamnation de son ami, son enthousiasme ou son désintérêt. Cela dit, son plus grand plaisir survenait lorsque c'était August qui se tournait en premier vers lui. « J'ai pensé à un truc cette nuit », disait-il avec un aplomb qui en Caleb, vu les tourments que lui coûtait de prononcer ces mêmes mots, provoquait une basse jalousie. Cette hostilité n'était rien cependant par rapport à la joie de savoir qu'ils pensaient tous les deux l'un à l'autre, et que l'autre était le premier à qui confier ce qui vous venait à l'esprit. Allongé au bord de l'étang, Caleb réfléchissait, comme autrefois : il valait mieux ne pas paraître trop pressé ; il lui parlerait de choses ordinaires et, peu à peu, leurs liens se renoueraient.

Mais ce fut August qui prit la parole le premier.

« Je ne pense pas que mon père ait été clair là-dessus. Quand il te passait un savon. »

Dans le bref silence qui s'ensuivit, Caleb pressentit qu'il n'allait pas apprécier la suite.

« À propos de la raison pour laquelle il a organisé le gala, je veux dire. Ce qui le rend aussi joyeux.

— Il a levé des fonds. Cela le rend en général joyeux.

— Oui, mais il y a aussi autre chose », dit August.

Son père avait en effet décroché des contrats dans le cadre de la politique de reconstruction et les fonds levés grâce au gala alimenteraient les caisses de cette cause. Mais ce n'était pas le seul mobile.

« Je t'écoute, dit Caleb.

— Il a fait une annonce. Il voulait que tout le monde soit informé pour que je ne puisse pas me défiler. Il m'a joué un vilain tour, tu vois.

— August !

— Ils m'ont choisi une fiancée, Natasha. La fille des Beddenfeld. »

August eut un petit sourire, comme si c'était drôle, comme si c'était une bonne farce.

« Et alors ? dit Caleb, incrédule. Tu... ?

— C'est une fille bien. Plutôt insipide, mais comme ça, ce sera plus facile pour moi. Il fallait bien que cela arrive un jour ou l'autre. J'en ai pris mon parti. »

Caleb sentit tous les muscles de son corps se contracter. Il n'avait aucun droit, ni de se considérer comme trahi, ni de penser que son ami cherchait à se venger de l'offense qu'il lui avait faite en l'abandonnant dans la tranchée. Levant une coupe de champagne imaginaire, avec un sourire forcé, Caleb porta un toast :

« À ta santé et à celle de la nouvelle Madame Webler. »

August avait toujours son petit sourire aux lèvres.

« Tu es fou.

— Je t'en prie. Je viens de te donner ma bénédiction.

— Tu n'as pas besoin de jouer la comédie. »

C'était pourtant ce que Caleb n'avait cessé de faire, contraint et forcé, depuis le début de leur amitié. Car tout geste d'amour de la part d'August précédait le détachement, la froideur, qui s'ensuivait immanquablement. Ne restait plus à Caleb qu'à prétendre que le baiser, ou la caresse, n'avait jamais eu lieu. Chaque fois il mangeait son émotion et chaque fois un nouveau bleu s'imprimait à son âme, chaque fois aussi douloureux. Quand ils eurent, finalement, consommé, au bord de ce même étang, quelques semaines avant qu'August ne s'engage, Caleb avait par la suite décidé de l'imiter. Tout comme il avait été assez bête pour l'aimer, il avait été assez bête pour penser que cela les rapprocherait. Surtout, et peut-être encore plus bêtement, il avait peur de laisser August au contact d'autres soldats, seul sans lui. Il avait peur que de nouveaux liens ne supplantent les leurs, ce qui lui était tout simplement impensable. Non, il fallait qu'il parte, lui aussi. Il devait suivre son amour. Il ne fut pas étonné lorsque August, se rapprochant des autres, se mit à l'ignorer, lui, le traitant comme un petit frère gênant, qu'il valait mieux laisser sous la tente pendant que les grands fumaient, ou parlaient des filles laissées au pays. Il n'était pas étonné non plus d'apprendre qu'il allait épouser Natasha Beddenfeld. Le principal, c'était de ne pas le prendre mal. Feindre, comme toujours face à la cruauté d'August, que son monde n'était pas en train de s'écrouler. Son cœur de se briser.

Caleb se dressa sur son séant. Les arbres, quelques minutes plus tôt encore dorés par le soleil, étaient à présent ternis, privés de luminosité sous l'avancée rapide de l'ombre portée par le ciel nocturne.

« On devrait peut-être y aller, suggéra Caleb. J'ai promis à mon père de dîner avec lui. »

Ils se levèrent comme un seul homme. La nature était immobile, l'étang devant eux semblable à un bassin d'encre noir. Ils s'époussetèrent, débarrassèrent leurs vêtements des brins d'herbe, des éclaboussures de boue.

« Ne t'en fais pas, dit August. Ça ne changera rien. »

Replaçant sa main sur la mâchoire de Caleb, il taquina de son pouce sa lèvre inférieure. Cette fois avec douceur. Une caresse. Sans un mot, il laissa retomber sa main et prit le chemin du retour.

9

Elle était seule. C'était ainsi. La conclusion s'était imposée lentement à Isabelle, comme si elle avait soulevé le voile d'une peur intime faite des traînées vaporeuses d'une idée qui lui tournait dans la tête depuis la mort de Caleb. Sa première pensée, au retour de son fils, fut que ces impressions allaient s'estomper d'elles-mêmes. Or, au contraire, elles s'étaient renforcées au fil des jours, si bien que désormais Isabelle s'ouvrait à une vision de la vie qui, en d'autres temps, l'aurait horrifiée : une vie de liberté sans compromis.

Elle avait connu un éveil spirituel, un jaillissement de son être profond qui s'étaient concrétisés par l'abandon de certaines parties d'elle-même. Les habits de deuil avaient été les premiers à être éliminés – alors que Caleb était encore présumé mort –, repoussés sans regret au fond de l'armoire. Ensuite était venu le tour des insignifiantes obligations qu'elle s'était créées : ce bonnet en laine mérinos, par exemple, pourquoi le tricoter ? C'était une perte de matière et de temps. Sa boîte à couture avait été reléguée sous son lit. Ses précieuses roses, faute d'un arrosage régulier, avaient fini par se faner et semer leurs pétales dans l'allée, comme autant de frêles dépouilles exposées aux yeux du monde.

Au début, cette inactivité l'avait remplie de honte. L'ancienne Isabelle, si consciencieuse, si active, toquait à la porte de sa conscience, la suppliant de lui laisser reprendre sa place. Mais ce sentiment avait fini par s'atténuer, supplanté par un autre, proche de la félicité. Bavarder avec Mildred sous le porche n'était plus un répit dans le travail mais une agréable façon de passer la journée. Le nettoyage de la cuisine pouvait attendre le lendemain, et le ménage du bureau de George une vie entière. Il y avait des jours, quelquefois plusieurs d'affilée, où elle ne prenait même pas de bain. Elle menait une existence sans mouvement, sans espérance. Une existence secrète, parce que personne ne pouvait comprendre la jouissance qu'il y avait à abandonner, à renoncer, à ouvrir une page blanche que l'on ne remplirait peut-être jamais.

En vérité, elle pouvait remercier George. C'était lui qui le premier avait largué les amarres et perturbé l'ordre des choses. Il avait trouvé un dérivatif à son chagrin en la personne de ces deux garçons qui habitaient à présent leur grange, et dans le terrain qu'ils déboisaient ensemble. De sorte qu'elle avait été obligée de faire face seule, d'affronter sa solitude chaque matin dès le réveil et d'aller de l'avant sans savoir où ses pas la menaient, si même ils la menaient quelque part.

Il survenait néanmoins des moments de doute. Comme le jour où son frère Silas était arrivé au galop dans un nuage de poussière et où elle avait perçu son trouble devant l'aspect négligé de sa sœur et des rosiers. Puis, l'instant d'après, quand Caleb était apparu.

« Tu as reçu le télégramme, je suppose, lui avait-elle dit. Heureusement, Caleb est sain et sauf.

— Cela au moins, c'est clair, avait-il maugréé. Un deuxième télégramme pour m'en informer aurait été le bienvenu. »

Hormis son teint, que le soleil de Floride avait tanné et bronzé, il était l'image exacte du frère qu'Isabelle avait connu toute sa vie, le garçon aux cheveux blonds et au pantalon trop grand, le garçon qui lui avait tenu compagnie pendant ces interminables journées de leur enfance. Après la mort de leur père, il avait repris l'exploitation, mais, ces dernières années, il s'était lancé aussi dans d'autres activités, le tout lui laissant peu de temps pour penser à sa sœur.

Descendu de cheval, il l'avait rejointe sous le porche. Non, merci, il ne voulait pas de thé. Il avait sévèrement inspecté Caleb, debout sur le seuil, les mains dans les poches, manifestement mal à l'aise.

« Tu vas bien, à ce que je vois ?

— Aussi bien que possible, avait répondu Caleb.

— Ton nez ?

— Juste une égratignure.

— Je vois qu'ils n'ont pas lésiné. »

Caleb l'avait ensuite laissée seule avec Silas. Le fil des événements à rattraper était tellement long qu'ils ne savaient pas par quoi commencer. La mort de Caleb n'étant plus d'actualité, ils n'avaient plus de sujet de conversation, sinon des bagatelles dont aucune ne semblait plus inspirante que l'autre. Le silence était devenu pesant. Alors elle lui avait demandé des nouvelles de Lillian, sa femme.

« Oh, elle se porte comme un charme.

— Les garçons ?

— Bien. Je crois qu'ils feront tous les deux quelque chose de leur vie. Ils travaillent bien à l'école. Quincy aime les bateaux à vapeur. Je le vois déjà ingénieur. »

Si Silas ne s'était jamais entendu avec George, et si le gouffre entre eux n'avait fait que s'élargir avec les années, en compagnie d'Isabelle il s'était toujours montré d'humeur enjouée, et ils avaient toujours eu beaucoup de choses à se dire. Mais une année s'était écoulée depuis leur dernière rencontre, et Silas semblait avoir subi une métamorphose. Son frère, son plus proche parent, lui paraissait curieusement étranger.

Elle l'avait invité à dîner, mais Silas s'était levé et avait décliné : il valait mieux pas. Puisque tout allait bien, il allait reprendre immédiatement la route. Il tournait son chapeau entre ses mains, le faisait sauter un peu et le rattrapait par les bords, comme leur père autrefois quand il était nerveux. Ces gestes la firent réfléchir : elle avait devant elle un homme héritier de la constitution d'un autre homme, jusqu'aux caractéristiques les plus fines ; alors qu'elle, elle tentait depuis toujours de se réinventer sans aide ni boussole. Combien c'était facile pour Silas. Cela ne l'empêchait pas d'être fière de son frère, et de trouver son aplomb réconfortant.

Avant son départ, elle avait posé une main sur son épaule.

« Silas, je viendrai peut-être te voir un jour. »

Le front de son frère se plissa d'inquiétude.

Pourtant elle n'avait pas eu l'intention de l'alarmer. Elle s'était empressée d'ajouter qu'elle ne savait pas pourquoi elle avait prononcé ces mots.

« C'est juste… bon, on ne sait jamais de nos jours…

— Je suis seulement à une journée de route, avait-il dit. Si tu as besoin de quoi que ce soit, tu sais où me trouver. »

Satisfaite, elle avait laissé retomber sa main puis l'avait regardé s'éloigner, de nouveau pensive. Jusqu'où pouvaient diverger les chemins d'un frère et d'une sœur, sans que jamais soit rompu le lien qui les unissait ? Elle avait failli le rappeler pour le remercier d'être venu, mais elle s'était retenue. Avec un frère comme le sien, elle n'avait pas besoin d'exprimer sa gratitude. Il poursuivrait sa route comme si elle n'avait rien dit.

*

Les jours suivants s'étaient déroulés sans incident. Fidèle à sa parole, Caleb était souvent à la maison, prenait ses repas ou s'asseyait avec elle. Comme son oncle, toutefois, il semblait avoir traversé une période de mue. Il se montrait distant, réservé comme, à la connaissance d'Isabelle, l'étaient toujours les hommes. Et dès que son regard s'attardait sur son visage, son cœur se serrait. Il était né avec une peau rose et pâle, trop de délicatesse dans son nez, ses yeux, sa bouche. Lors de son départ, l'année précédente, elle s'était dit que son corps était trop tendre et fragile pour la guerre, qu'il serait, davantage que ses camarades, exposé aux blessures. Et voilà qu'une profonde balafre séparait sa joue de sa narine, que son nez tordu et aplati vers la droite semblait chercher en permanence à humer un parfum.

Des rappels. Des rappels constants, du temps

perdu, des relations ébranlées. Elle s'était résignée mais refusait de laisser son fils se languir au creux de cette douleur. Dès qu'elle le voyait devenir distant, elle le secouait, tant elle était convaincue qu'une activité, peu importait laquelle, était meilleure que l'inaction.

« Ton père a besoin de toute l'aide possible, suggéra-t-elle.

— Il en a déjà.

— Mais il serait content d'en avoir plus, je veux dire. »

Caleb récoltait les œufs dans les nichoirs du poulailler, ou étrillait Ridley, tout en contemplant d'un regard lointain le champ au bas de la colline. George, pensait-elle, n'était pas réceptif aux émotions de son fils, pas plus qu'à celles des autres. Désormais il menait sa vie à l'écart des siens, ce qui ne la gênait pas pour elle-même, mais il ne pouvait pas exclure Caleb. Elle était déterminée à y veiller.

« Il pourrait te payer, dit-elle. Tu n'aurais qu'à travailler à ton rythme. »

Assis à la table de la salle à manger, ils discutaient puis, quand ils n'étaient plus d'humeur, ils lisaient. Début avril, l'air était doux, d'une moiteur tempérée par une petite brise lénifiante, et pourtant il semblait à Isabelle que ses journées s'étiraient péniblement en longueur, peut-être sous l'influence de sa répugnance à tout effort.

« Et tu voudrais que j'aille le lui demander ? dit Caleb.

— Ce serait si terrible ?

— Pas si l'idée venait de lui. Sinon, il n'en est pas question. Un point c'est tout. »

D'un geste fiévreux, il s'éventa avec le journal, puis monta à l'étage.

La nuit suivante, alors que George se préparait à se coucher, Isabelle le pria de demander à Caleb son aide pour travailler son champ.

« Je croyais qu'il n'avait pas terminé sa convalescence », commenta George en ôtant ses bottes.

Elle l'informa qu'il était tout à fait remis et qu'une activité encadrée serait bénéfique à sa santé.

De bonne heure le lendemain matin, George posa la question à son fils.

Caleb regarda son père et sa mère avec une mine entendue, puis haussa les épaules.

« Si tu as besoin d'aide.

— On est bons, mais… »

Le coup d'œil que lui lança Isabelle acheva de le persuader.

« Oui, dit-il. On a besoin de toi. »

*

Pas une seule fois Isabelle n'était descendue dans le champ, pour la simple raison que cela ne l'intéressait pas, mais maintenant que Caleb y pointait tous les matins, sa curiosité s'était éveillée. Une semaine s'était écoulée, une de plus, sans visite, sans même une lettre de Mildred. Elle enfila ses bottes et sortit par la porte de derrière. Le soleil tapait dur. Comme si c'était possible de le semer, elle marcha à grands pas. Même si la clairière arrachée à la forêt était plus ou moins visible, le soleil, en la couvrant d'un manteau d'or, empêchait de discerner le moindre signe de vie humaine. Éblouie, elle mit sa main en visière au-dessus de ses yeux et attendit que sa vue accommode. Et alors, avec la merveilleuse instantanéité des miracles, soudain, le champ lui apparut. Sa taille n'avait rien d'extraordinaire – à Old Ox certains étaient deux, sinon trois fois plus grands – mais celui-ci avait la particularité d'avoir surgi du néant. Son existence même tenait du prodige.

Les sillons, semblables à des lignes tracées avec soin au crayon, couraient se perdre à l'orée de la forêt. Fertile, couleur café, apparaissait une terre riche comparée à celle qu'elle avait sous ses pieds. Elle voyait à présent les quatre hommes. Muni d'une houe, en silence parce que le travail passait avant tout, chacun ouvrait son sillon. Ils n'étaient pas plus en contrebas qu'elle, pourtant elle avait l'impression de les voir de haut, comme si le champ était blotti dans le repli d'un vallon, à l'abri du reste du monde.

Elle distinguait George, voyait avec quels gestes amples il se servait de sa houe, avec quelle douceur il laissait tomber puis soulevait son outil, soucieux de retourner chaque motte, ses mouvements toujours légers, toujours précis. Un coup de vent la fit frissonner, vibrer de toutes les fibres de son corps, comme une corde de harpe. Ce froid ! Elle recroquevilla les orteils dans ses bottes. Sous ses yeux la scène avait quelque chose d'intime. Elle se sentit soudain indiscrète. Elle n'aurait pas dû être là. Elle rebroussa chemin en se promettant de rester désormais à l'écart.

Résolution qui tint seulement une journée, quoique pas par sa faute. Le lendemain après-midi, alors qu'elle prenait un bain de soleil sur une couverture étalée dans un coin herbeux devant la maison, elle vit des cavaliers remonter l'allée. Ted

Morton et son second, Gail Cooley, ne descendirent de cheval qu'au moment où l'ombre de leurs chevaux glissa sur elle et que le soleil disparut derrière leurs dos.

« Madame Walker », dit Ted.

Elle se dressa sur son séant pour les saluer.

« Je cherche votre mari. C'est urgent. »

Connaissant George et son opinion sur Ted Morton, elle avait du mal à imaginer quelle affaire les deux hommes pouvaient avaient avoir en commun, et encore moins une affaire urgente. D'un autre côté, elle n'avait pas oublié l'imbroglio qui les liait et se doutait de ce qui amenait leur voisin.

« Il est très occupé aujourd'hui, dit-elle. Je lui signalerai votre passage, d'accord ?

— Oh, je sais qu'il est occupé. Je peux parfaitement le trouver tout seul.

— Ted ! »

Remonté en selle, il mit son cheval au petit trot et, suivi de Gail, disparut derrière la grange. Isabelle leur courut après dans l'espoir de les arrêter. Au milieu du champ, les quatre hommes étaient torse nu, même George, aussi dodu qu'un petit enfant, avec son ventre qui ballottait chaque fois qu'il abaissait sa houe. Il parut sidéré par la vue d'Isabelle autant que par celle de Ted et Gail. Il les regarda mettre pied à terre. Caleb et les frères posèrent à leur tour leurs outils.

« George ! s'exclama Ted. Je crois que tu me dois une explication. »

Il se tourna vers Prentiss et Landry, puis de nouveau vers George.

« De quoi s'agit-il ? dit George.

— Arrête de jouer les idiots, George ! »

George lui opposa un long silence. C'en fut trop pour Ted.

« Arrête ça tout de suite ! On sait tous les deux que ces garçons sont ma propriété ! »

Sa voix tonnante provoqua des bruits de débandade dans les taillis au bord du champ.

« À mon nez et à ma barbe, George ! À quelques kilomètres de chez moi, où j'ai élevé ces garçons depuis le berceau. On n'est peut-être pas les meilleurs amis du monde, mais là tu vas trop loin. Bon sang, tu sais que ce sont des voleurs ? Pas seulement ces deux-là... Tous ! Des bouilloires, du linge et que sais-je encore, tout ce que je leur ai fourni. En une seule nuit, ils m'ont vidé mes réserves. »

Les frères détournèrent les yeux et George s'avança d'un pas.

« Calme-toi, Ted.

— Pas question ! »

Il était rouge et haletait comme si on l'avait frappé et qu'il dût refouler ses pleurs.

« Ta charité n'est pas différente de la mienne. Je les ai traités du mieux que j'ai pu. C'est pas parce que tu as plus de bagou que n'importe qui dans l'État du Mississipi que tu es meilleur que nous autres. Le peu que j'ai, je l'ai acquis tout seul, et tu viens prendre ce qui est à moi, comme ton père a pris tout ce qu'il voulait dans ce foutu pays. Tu crois que je vis comment ? Tu me prends toujours de haut, mais je fais partie des gens bien. Gail aussi. »

George, le ventre appuyé au manche de sa houe, accusait le poids des ans sous l'œil radieux du soleil, mais on le sentait serein.

« Ce sont des hommes, pas des garçons. Des

hommes libres. Si tu leur demandais de revenir chez toi, je respecterais leur choix. »

Ted essuya la salive aux coins de ses lèvres. Faire face à Prentiss et Landry paraissait lui coûter. Il commença par pointer son doigt dans leur direction. Puis, finalement, il se tourna et les regarda droit dans les yeux.

« Je vous ai à tous procuré un toit. Je vous ai nourris, je vous ai habillés. C'est une honte, ce que vous m'avez fait. »

Landry, qui dominait les autres d'une tête, bâilla, calme et détaché.

Un grand silence régnait.

« Des os, dit Prentiss. Des os, c'est ça que vous nous avez donné à manger. Et votre toit, il fuit chaque fois qu'il pleut. Autant dormir dehors. Et à part vos enfants, personne a jamais eu droit à un berceau. Mon berceau, ça a été les bras de ma maman. Celui de Landry aussi. »

Ted regarda George, puis Caleb, comme s'il s'attendait qu'ils punissent Prentiss de lui avoir répondu avec autant d'insolence. Il y avait en Ted quelque chose de désaxé, pensa Isabelle, l'angoisse de quelqu'un qui se sent rejeté.

« Pourquoi on remet pas ça à un autre jour ? proposa Gail. Ils vont nulle part, de toute façon.

— Oui, vous devriez écouter Monsieur Cooley, intervint Isabelle d'un ton conciliant en espérant que la douceur d'une femme, même factice, le calmerait. Il n'y a là rien qui ne puisse être réglé ultérieurement. On ne veut pas de blessé aujourd'hui. Vous n'aimeriez pas que je sois le témoin de ce genre de chose, n'est-ce pas ? »

Les narines de Ted se dilatèrent comme celles

d'un animal acculé. Il pivota sur lui-même et remonta à cheval, aussitôt imité par Gail.

« Puisque nous en sommes à dire le fond de notre pensée, dit Ted à George, sache que tu fais tout de travers. Je cultive pas d'arachide, moi, mais je peux te dire qu'il faut planter dans des buttes deux fois plus hautes que les tiennes, et pas aussi près du sillon. À mon avis, comme tu t'y prends, rien ne poussera. »

George donna un petit coup de pied dans la terre.

« Merci du conseil. Mais Ted… ne le prends pas mal surtout… je préférerais à l'avenir être prévenu de tes visites. Débarquer à l'improviste n'entretient pas les bonnes relations de voisinage. »

Ted implosa de colère. Isabelle fut étonnée qu'il ne se casse pas en mille morceaux sous leurs yeux. Il parvint finalement à se maîtriser.

« Bonne santé à tous ! » lança-t-il à la ronde.

Ils partirent au grand galop en soulevant des mottes de terre. Dans leur sillage le nuage de poussière retombait lentement sur le sol.

George se tourna vers Prentiss et déclara d'un ton dégagé :

« C'est vrai ? Je ne me serais pas douté. Il faut planter sur des buttes plus hautes ? »

Prentiss suivait des yeux les cavaliers qui s'éloignaient. Il était toujours bouche bée.

« Ils reviendront, dit Caleb.

— Il faut pas faire attention à Ted, dit George toujours désinvolte. Je soupçonne depuis longtemps qu'il a le cerveau dérangé. D'ailleurs, il vient d'en apporter la preuve. À remuer les bras comme s'il dirigeait un orchestre. Ça ne lui va vraiment pas de s'énerver comme ça.

— Il reviendra, répéta Caleb. Tu verras. »

Ignorant les paroles de son fils, George se tourna vers Isabelle.

« J'espère qu'ils ne t'ont pas fait peur, à toi aussi.

— Non, pas à moi.

— Bien, parfait. Que penses-tu de notre champ ?

— Je ne sais pas, George. C'est impressionnant. »

Satisfait, il la remercia, leva sa houe et l'abaissa.

« Ça vaut ce que ça vaut, mais je suis persuadé que Ted a tort. D'abord, il faut aimer ce que l'on sème, arroser comme il faut, et ça poussera gentiment. »

Il ne paraissait pas remarquer qu'il était le seul à avoir repris le travail. Les autres restaient figés sur place, comme pétrifiés par les implications de ce qui venait de se passer.

*

George avait-il fait preuve de courage ? Ou seulement de naïveté, de cette candeur dont il était coutumier ? Isabelle n'avait pas la réponse, pas plus qu'elle n'avait celle à cette éternelle grande question : comprenait-elle son mari ? Consciemment ou non, en présence des siens, il avait tenu tête à ces hommes sans manifester l'ombre d'une hésitation, d'une voix aussi ferme que lorsqu'il lui expliquait une recette de cuisine, ou lui racontait une de ses blagues favorites. Sans faire preuve exactement de passion, il s'était exprimé avec une ardeur qui n'en était pas loin, et cela aussi la fascinait.

Elle tripota un bouton doré de sa robe. Elle était endimanchée, alors qu'on était un mercredi. Elle avait demandé à Caleb de l'accompagner en voiture chez les Beddenfeld. Mildred l'avait conviée à une soirée en l'honneur de la fille de Sarah, Natasha, promise à August Webler. Ses premières mondanités depuis que George avait cru Caleb mort, sa première sortie en ville où il lui faudrait faire semblant d'être heureuse et se montrer aimable.

Ce n'était pas par hasard qu'elle avait été invitée. Alors que la guerre battait son plein, les Beddenfeld avaient reçu un général confédéré, un cousin de Sarah, de sorte que sa présence à leur table nécessitait un certain étalage de luxe. Le problème, c'est que les Beddenfeld avaient vendu leur plus belle argenterie, le prix à payer pour sauver les apparences. Et à qui d'autre qu'Isabelle – une femme isolée au fond des bois loin de toute vie mondaine, aussi peu bavarde que peu encline à colporter des ragots –, à qui d'autre s'adresser en effet pour emprunter de la vaisselle ? Elle avait satisfait à leur demande et depuis lors, comme pour se montrer équitable, Sarah souhaitait inclure Isabelle dans toutes les réjouissances qu'elle organisait.

« Tu as l'air d'avoir le trac », lui fit remarquer Caleb sans la regarder.

Il tenait les rênes, les yeux sur la route. Ils se retrouvaient plus rarement tous les deux depuis qu'il aidait son père et elle chérissait d'autant plus ces moments d'intimité. Elle repensait souvent aux lettres qu'il lui envoyait pendant la guerre. Des petits mots, plutôt que de vraies lettres, *Je vais bien, Caleb* ou *Toujours là, ton fils*. Typique de lui, cette façon de faire son devoir filial avec un minimum d'effort. N'empêche, elle les aimait, ces petits mots, elle les avait serrés dans sa commode et relus chaque fois que son fils lui manquait. Maintenant qu'il était de retour, chaque conversation lui semblait aussi précieuse que ces petits papiers, à garder précieusement au fond de son cœur. Même leurs échanges d'ordre pratique la remplissaient de bonheur.

« Oh, à peine, répondit-elle. Rien que le train-train.

— Une bande de poules qui caquettent », dit-il.

C'était ainsi qu'elle avait toujours qualifié ces dames de la bonne société, et Caleb avait très tôt adopté le même vocabulaire.

« Oui, à criailler dans leur basse-cour et à se flanquer de bons coups de bec. »

Il sourit sans cesser de regarder droit devant lui.

« Père parle souvent de toi, tu sais. Quand on est aux champs.

— Je me débrouille parfaitement bien, ainsi que tu peux le voir.

— C'est comme les livres qu'il lit. Il rumine chaque mot et voit des symboles partout.

— Il est comme ça, que veux-tu.

— Justement. Il pense que la visite de Ted t'a perturbée.

— Ted en veut à ton père de ne pas être son ami. S'il lui montrait le plus petit signe de respect, le bonhomme serait à ses pieds. Il devrait s'inquiéter plus pour Prentiss. Il semblait prêt à partir à toutes jambes.

— À mon avis, avec raison. Je n'ai jamais vu Ted aussi en colère.

— La colère d'un désespéré », opina Isabelle.

Ils étaient proches d'Old Ox. Elle était soudain tendue à la pensée de ce qui l'attendait pendant cette soirée. Le général Lee n'avait capitulé qu'une semaine plus tôt. Le moment ne pouvait pas être plus mal choisi pour des fiançailles. Seulement, si ces dames possédaient un talent, c'était celui de ne pas voir la réalité. Leur vie se déroulait dans une rêverie collective où les mariages et les histoires d'amour étaient les seuls sujets dignes d'intérêt. La Virginie leur paraissait sûrement à des années-lumière, et pour quelle raison la reddition d'un général sudiste, si grand fût-il, retarderait le grand jour de Natasha ?

Caleb s'appuya au dossier du siège.

« Franchement, je ne vois pas pourquoi Père a réagi aussi fortement. Il prend fait et cause pour ces deux-là. Ce sont d'excellents ouvriers, mais je ne suis pas sûr qu'ils vaillent toute la peine qu'il se donne. Personne d'autre dans le pays serait prêt à leur payer les salaires qu'il leur verse, et certains ne les rémunéreraient même pas. En ville, les gens font des potins sur lui, ils murmurent des méchancetés derrière son dos. »

Sa robe lui semblait trop serrée, une couture la gênait au niveau des reins. Elle n'était pas partie depuis plus d'une demi-heure que déjà lui manquaient son rocking-chair et la solitude de la maison, loin du monde, cet espace qui était le sien. De ce point de vue, George et elle étaient pareils, même s'ils n'étaient pas toujours disposés à le reconnaître, ni l'un ni l'autre.

« Pour une fois qu'il trouve des compagnons. Ces garçons sont différents. Ils se comprennent, eux et ton père.

— Je ne suis pas sûr que la compréhension compte tellement, dit Caleb.

— Je ne te suis pas.

— Toi, tu comprends mieux Père que n'importe qui. Et pourtant vous vous parlez encore moins que deux collégiens querelleurs. Dommage.

— Oui, bon... »

Elle ferma les yeux et ferma ses oreilles aux cris d'un cochon dans sa porcherie, aux chocs d'un marteau frappant l'enclume. Des bruits qui lui paraissaient issus d'un fanatisme d'ordre non religieux mais humain, les bruits d'une société repoussant le désespoir par la routine.

« Sache que ce n'est pas aussi simple que tu aimerais le croire. Ton père et moi… on a fait des sacrifices, pas l'un pour l'autre, mais pour vivre comme nous le souhaitions. Plutôt que de se conformer à ça… à cette façon de vivre-là. »

Des taches d'ombre et de soleil pianotèrent sur ses paupières jusqu'à ce que la cacophonie citadine cessât : ils avaient enfin laissé derrière eux la ville et son tapage. Le temps se déroulait à la cadence des pas de Ridley, et ni elle ni Caleb ne voulurent troubler le charme du silence. Lorsque, enfin, ils arrivèrent chez les Beddenfeld, elle descendit de la voiture avec seulement un bref au revoir à son fils.

*

Les bouquets paraissaient avoir été disposés à tort et à travers, non pour convenir aux exigences du bon goût, mais pour faire étalage de dépenses extravagantes. Un tapis aux couleurs criardes couvert d'une calligraphie indéchiffrable serpentait à travers le hall d'entrée. Les femmes, six en tout, étaient réunies dans le petit salon. Heureusement, Mildred se trouvait parmi elles. À son arrivée, elles se levèrent et s'avancèrent pour saluer Isabelle, ces mères de famille dont les longues robes traînaient par terre. Sauf Mildred, toutes s'éventaient pensivement en contemplant la nouvelle venue comme si elle était un chiot sauvé du froid.

« Mon Dieu, j'ai cru que vous n'arriveriez jamais ! s'exclama Sarah Beddenfeld.

— Vous êtes resplendissante », enchérit Margaret Webler.

La mère d'August caressait l'étoffe de la robe d'Isabelle, dont le modèle démodé était sûrement identique à celui de la robe qu'elle avait elle-même depuis longtemps jetée aux orties. Ses joues parcheminées portaient la marque de son sourire automatique et ses sourcils, rouge vif comme ses cheveux, fraîchement redessinés, donnaient à Isabelle envie de les effacer du gras du pouce.

« Je suis désolée d'être en retard, s'excusa Isabelle. Le trajet a pris plus longtemps que prévu. »

Un mensonge, le premier d'une longue série. Elles s'installèrent à la salle à manger. Un chemin en dentelle courait d'un bout à l'autre du plateau en bois ciré et accueillait une corbeille si débordante de fruits que la table semblait mise pour un festin romain ou une nature morte. Isabelle mentit encore à propos de la beauté de la décoration, puis des feuilles de laitue noyées dans le vinaigre.

« Vous provoquez l'envie de toute la ville, dit Martha Bloom à Sarah qui présidait. Quelle mère ne souhaiterait pas une union pareille pour sa fille ? August Webler est destiné à accomplir de grandes choses, comme son père. Cela, j'en suis sûre. Tout à fait sûre.

— Avez-vous remarqué, dit Katrina en baissant la voix, comment parfois les messieurs en ville se taisent quand il paraît ? »

La sœur de Natasha, Anne, qui n'avait pas touché à son assiette, hocha vigoureusement la tête. Ces acquiescements intempestifs, supposa Isabelle, trahissaient le fait qu'elle était la plus jeune dans cette assemblée, et qu'elle avait besoin de l'approbation de ses aînées, mais leur fréquence s'était intensifiée au point que de la sueur faisait briller sa gorge. Il n'était pas certain qu'elle pourrait tenir jusqu'à la fin de la soirée sans que le poids de sa tête ne la fît piquer du nez dans son assiette.

« Pauvre petite, il faut qu'elle se détende, sinon elle va tourner de l'œil », chuchota Mildred à l'oreille d'Isabelle qui avait été soulagée de voir son amie placée à sa droite.

« Oui ! souffla encore plus bas Isabelle, contente de ne pas être la seule de cette opinion. Pourvu qu'ils ne tardent pas trop à servir le vin, ça calmera ses nerfs.

— Mais vous, vous n'avez rien pris avant de venir ? C'est l'usage, un petit verre, ou deux, avant de se rendre à ce genre de réunion. »

Isabelle rit de bon cœur et les autres femmes à la table se tournèrent vers elle d'un air interrogateur. Elle regretta aussitôt de s'être laissée aller, se tamponna la bouche avec sa serviette et se raccorda à la conversation générale.

« Natasha a en effet beaucoup de chance d'épouser August, dit-elle, mais n'oublions pas les qualités de Natasha elle-même. Caleb aurait de la chance s'il tombait sur une jeune femme aussi délicieuse.

— Flatteuse ! Elle est peut-être charmante, mais nous n'oublions pas la chance qu'elle a ! Nous sommes ravis. Caleb est un bon ami d'August, n'est-ce pas ?

— Son meilleur, je dirais », commenta Mildred.

Isabelle confirma, soutenue par la mère d'August qui s'empressa de commenter la solidité de leur amitié.

« Alors je ne serais pas étonnée qu'il soit témoin du marié, dit Sarah. Ce serait merveilleux.

— Un honneur pour lui, sans aucun doute, opina Isabelle.

— Je vous promets de vous réserver une place devant, dit Sarah. Pour que vous voyiez votre fils à côté d'August.

— Quel que soit l'endroit où vous me placerez, cela me conviendra. »

Du coin de l'œil, Isabelle vit une lueur briller dans le regard de Mildred. Son amie avait deviné qu'elle jouait la comédie, flairé la fausse note qui sonnait vraie aux oreilles des autres. Mais, si Isabelle parvenait à retrouver ses anciens réflexes de politesse, ceux d'une femme qu'elle n'était plus, cet effort la déprimait encore plus qu'autrefois. Les autres éprouvaient peut-être des sentiments proches des siens, mais possédaient sans doute une force de caractère supérieure, puisqu'elles étaient capables d'enfouir les pensées jugées encombrantes et d'enchaîner comme si de rien n'était. Ou bien elles étaient aussi superficielles qu'elles le paraissaient.

Sur la soupe à l'oignon moussait une pellicule de bouillon gras. Elle reconnut tout de suite sa vaisselle : le motif feuilles de saule, guirlandes bleutées chevauchant les bords des bols pour descendre sinuer sur la soucoupe.

« J'espère que George nous fera le plaisir de venir, lui aussi, dit Sarah. Il a un charme… d'un genre unique. »

Isabelle ne perdit rien des regards qui s'échangèrent de part et d'autre de la table.

« Pour une aussi belle occasion, dit-elle, je suis sûre qu'il trouvera le temps.

— Est-ce vrai, ce que l'on raconte ? demande Sarah avec désinvolture. George a vraiment commencé une plantation là-bas ? Une manière détournée de garder des esclaves ? Il a toujours fait le contraire de tout le monde. Cela lui ressemblerait bien.

— Ce n'est pas du tout ce que j'ai entendu, contredit Margaret. Mais ce que j'ai entendu, je n'oserais pas le répéter. »

Martha, de son coin de table, et du fond de son ignorance, s'exclama, sidérée :

« Première nouvelle ! Des *esclaves* ? Je ne suis pas une autorité en la matière, mais se lancer dans une pareille entreprise dans le climat actuel... Il me semble que c'est un bien mauvais investissement. »

Ces paroles eurent un effet comique involontaire et, en dépit de la gêne de Martha, des petits rires fusèrent autour de la table.

Isabelle voulut ajouter quelque chose mais sa voix se brisa. Elle se tourna vers Mildred, pensant trouver en elle une alliée, mais son amie fixait la fenêtre d'un air de dire qu'elle tenait à rester neutre. Katrina ne l'aiderait pas davantage. Même si leurs relations étaient cordiales, ce n'était pas une amie.

« Il vient juste de commencer la culture, dit finalement Isabelle.

— C'est tout ? dit Sarah. C'est peu pour alimenter autant de rumeurs. Alors que les grandes nouvelles ne manquent pas en ce moment. Je vous jure, ce qu'on raconte dans cette ville est des plus bizarres. En général faux. Bon, mais n'en parlons plus. »

Isabelle se tourna, puis se redressa brusquement. C'était donc ça. La découverte était inattendue. Car ces remarques étaient en réalité une critique à mots couverts de George, et par conséquent une atteinte à leur réputation. Quoi qu'elle pensât de lui et de ses décisions, elle ne serait quand même pas assez lâche pour autoriser quiconque à faire le procès de son mari.

« Il se fait aider par ces garçons, reprit-elle. Sachez-le. Des *hommes*, en réalité. Des hommes émancipés. Oui. »

Il s'établit un silence si absolu que les bruits du personnel dans la cuisine résonnaient jusque dans la salle à manger.

Margaret tira sur sa robe et posa sa cuillère.

« Alors, c'est vrai. Il cohabite avec eux ? Il les traite comme des membres de sa propre famille. Dieu du Ciel ! »

En haussant un sourcil, elle reprit sa cuillère, la trempa dans la soupe, la porta à ses lèvres, mais alors qu'elle allait ouvrir la bouche, Isabelle se mit debout.

« Je vous prie de m'excuser. Je vous demande pardon, Sarah.

— Vous êtes souffrante ?

— Non, non, tout va bien. »

Sarah se leva à son tour, les pieds de sa chaise froissant le tapis derrière elle.

« Oh, j'aurais dû me taire. Je cherchais seulement à vous faire participer à la conversation, Isabelle. Les mots ont dépassé ma pensée. Je m'en rends compte maintenant. Acceptez mes excuses. Celles de Margaret aussi.

— Je ne pardonne rien à personne », décréta Isabelle.

Il y eut comme un frémissement dans l'air. Tant de regards s'étaient soudain baissés qu'on aurait cru que ces dames étaient en train de prier.

« Je n'ai aucune estime, continua Isabelle, pour les gens qui prennent à leur compte des rumeurs cruelles et des mensonges éhontés. Ni pour ceux qui disent du mal des autres dans leur dos. Écoutez-moi. Mon mari est un homme bon. Un homme bien. Depuis le jour où il est entré dans ma vie, il n'a rien fait d'autre que suivre ses passions, si originales soient-elles, si étranges puissent-elles paraître, et souvent à contretemps de ce que font ceux qui le prennent pour un original. Mais à aucun moment il n'a été animé de mauvaises intentions. Il ne s'abaisserait pas à des mesquineries. Est-ce que chacune d'entre vous peut en dire autant ? Pour ma part, non. Mais j'admire ceux, comme lui, qui en sont capables. Maintenant, si vous voulez bien m'excuser. »

De toutes les personnes présentes, Anne, les lèvres tremblotantes, décida qu'elle était habilitée à prendre la parole.

« Vous n'êtes pas sérieuse, madame Walker.

— Anne, ne faites pas l'enfant. Rien de ce que j'ai dit ne vous concerne. Mais je maintiens mes paroles jusqu'au dernier mot. »

Isabelle lissa sa robe et repoussa sa chaise, prête à prendre congé, puis se ravisa. Elle ramassa la soucoupe sous son bol de soupe et se tourna de nouveau vers Sarah en brandissant la petite assiette de porcelaine comme un prédicateur sa bible.

« Et *ceci* est à moi ! Je vous prie de me rendre ma vaisselle, le service complet, dès que possible. »

Tenant la soucoupe contre sa poitrine comme

pour protéger son cœur, elle se dirigea vers la porte où, refusant l'aide d'un valet, elle récupéra elle-même son manteau dans la penderie.

« Je connais le chemin », dit-elle.

La nuit descendait déjà sur Old Ox, les arbres allongeaient en travers de l'allée leurs ombres noires comme un mauvais présage. Sa vivacité lors de son départ s'atténua peu à peu à mesure qu'elle se rendait compte qu'il faisait froid et qu'elle se sentait bien seule. Elle venait de laisser derrière elle l'avenue du maire quand elle entendit le clip-clop régulier des sabots d'un cheval et le grincement des roues d'une voiture se rapprocher dans son dos. Elle ne tourna pas la tête, craignant une mauvaise rencontre dans l'obscurité, mais au son de la voix, elle leva les yeux.

« Montez. Que je vous ramène chez vous avant que vous ne fassiez plus de grabuge. »

Mildred Foster, les rênes à la main.

« Vous les avez quittées à cause de moi.

— Je me suis dit qu'il valait mieux que je vienne à la rescousse. »

Isabelle la remercia, mais ne trouva rien à ajouter. Quoique toujours convaincue de son bon droit, elle était consciente que l'incident allait faire jaser à Old Ox pendant des années. Pour l'heure, le silence paraissait de mise. Mieux valait laisser le soufflé retomber.

Elles étaient à mi-chemin quand Mildred émit un petit hoquet de rire. Isabelle secoua la tête et gloussa doucement. Elles furent prises d'un fou rire qui leur coupa le souffle, et effraya le cheval.

« Oh là là, vous auriez dû voir leurs têtes ! s'écria Mildred.

— Qu'est-ce que j'ai fait ? dit Isabelle en essuyant ses larmes.

— Vous avez fait un numéro épatant, ma chère. Mais cela m'étonnerait que vous receviez cette invitation au mariage.

— Cela en valait la peine. Je ne regrette rien.

— Oh, là-dessus, je suis entièrement d'accord. »

Il leur fallut le reste du trajet pour reprendre leur sérieux. Il faisait à présent nuit noire. De la fumée sortait de la cheminée et la vue de la façade en rondins suffit à remettre Isabelle au bord des larmes.

« Merci, Mildred. Évidemment, vous n'étiez pas incluse dans ma diatribe. Je tiens énormément à notre amitié. Plus qu'à n'importe quelle autre.

— Bien sûr. Allez-y maintenant. Reposez-vous, ma chère. »

Mildred prit Isabelle par la main et l'aida à descendre de la voiture.

« Un conseil quand même, d'une personne qui sait, dit-elle. Évitez de vous faire détester d'elles d'un seul coup. Allez-y doucement. Le temps que votre hostilité soit déclarée, elles seront tellement habituées à votre antipathie à leur égard qu'elles éviteront d'émettre le moindre commentaire.

— C'est peut-être trop tard, dit Isabelle, mais comme toujours, je garderai en tête ce sage conseil. Bonne nuit, Mildred. »

Elle n'avait jamais été aussi heureuse de rentrer chez elle. À l'intérieur, l'odeur des bûches fraîches dans la cheminée était si douce qu'elle fut saisie d'une violente envie de dormir. Mais toute idée de sommeil la quitta à l'instant où elle vit les regards fixés sur elle. George, en tablier, poêle à la main, servait les assiettes tenues par Caleb. À côté de

Caleb étaient assis Prentiss et Landry, tous deux déjà servis.

« Isabelle, dit George. Tu es rentrée plus tôt que je ne croyais.

— Eh bien, ça s'est terminé de bonne heure.

— Bonsoir, Mère, dit Caleb sans lever les yeux de son assiette.

— Il commence à faire frisquet dehors, observa George. Je me suis dit que j'inviterais Prentiss et Landry à dîner.

— On sera pas fâchés si vous nous demandez de partir », avança Prentiss.

Isabelle s'approcha de la table, sans prononcer un mot. Caleb avait déjà attaqué son assiette. À une époque, ils priaient avant les repas. À une époque, le cérémonial était important. Mais ce temps-là, comprit-elle soudain, était révolu. Désormais ils se réunissaient dans le seul but de se nourrir, de sustenter leur pauvre corps. Ce constat qui l'aurait jadis troublée ne lui faisait plus ni chaud ni froid.

« Il y a une autre chaise ? » dit-elle.

Prentis se leva et l'invita d'un geste à prendre la sienne.

« Rasseyez-vous, dit Isabelle. Merci beaucoup, vraiment, mais je ne suis pas d'humeur aux politesses. Pas pour l'instant. Si vous pouviez me traiter comme vous traitez George et Caleb. Je ne suis pas différente d'eux. Bien, Caleb, pourquoi tu n'irais pas me chercher la chaise dans le bureau de ton père ? »

Caleb posa sa fourchette et obtempéra pendant que Prentiss reprenait sa place.

« J'ai demandé à Caleb de s'arrêter chez le boucher sur le chemin du retour, dit George. Rôti de veau et fricassée d'oignons. Ce n'est pas ton plat préféré, je sais. J'aurais changé de menu si j'avais su que tu rentrais dîner.

— Cela me paraît succulent, dit-elle. Je me serais contentée de bien moins. »

Après avoir servi Isabelle, et s'être servi lui-même, George s'assit. Tous mangèrent de bon appétit, et parlèrent peu.

Son mari semblait en effet, comme Caleb le lui avait fait remarquer, inquiet au sujet de leur relation de couple. Leur mutisme pesait manifestement sur leur fils. Quant aux frères, elle avait si rarement entendu leurs voix qu'elle ne s'attendait pas à les entendre maintenant. De sorte qu'elle fut étonnée lorsque Prentiss lança :

« George nous a dit pour votre soirée. J'espère que vous avez passé un bon moment. »

Elle leva les yeux et s'aperçut qu'elle avait oublié d'enlever son manteau. Elle dénoua la ceinture et laissa le vêtement tomber sur sa chaise. Plus détendue maintenant, elle se sentit rassasiée. Contente.

« Je préfère me taire, répondit-elle. Je dirai seulement qu'ici la compagnie est plus agréable. Beaucoup plus. »

10

Une toile d'araignée d'éclairs et un violent coup de tonnerre marquèrent le début d'un déluge qui se prolongea par intervalles pendant des jours et des jours. Puis le soleil reparut et absorba l'humidité des champs. Les routes désertes se repeuplèrent d'hommes en manteau faisant contourner les flaques à leur cheval et s'arrêtant régulièrement pour désembourber une roue de leur charrette prise dans une épaisse gadoue. Mais George n'en avait cure. Il partit pour Old Ox, prêt à braver l'inattendu, avec son chapeau de feutre et sa salopette dont il avait rentré le bas du pantalon dans ses bottes pour éviter de le salir.

Il avait l'intention de retrouver Ezra, dont il aurait sûrement refusé l'invitation s'il n'avait pas été enfermé depuis si longtemps, lassé du cadre trop familier de sa maison, sans même la possibilité de faire une marche en forêt. Il avait essayé de se distraire en compagnie de son fils, mais Caleb ne lui était plus aussi attaché qu'autrefois. S'il n'était pas dans le champ avec George, il passait son temps avec sa mère ou seul dans sa chambre. Pendant ces journées de pluie, il restait là-haut, occupé à Dieu sait quoi, en tout cas à des activités de moine solitaire.

Lorsque les trombes firent craindre des inondations, George se rendit dans la grange pour voir comment s'en tiraient Prentiss et Landry. Le toit de chaume était aussi imperméable que le jour où son père l'avait construit. Les frères se procuraient désormais leur propre nourriture, achetée en ville ou récoltée dans les bois. Lors de sa deuxième visite déjà, la façon dont ils le regardèrent entrer lui donna l'impression d'être un intrus. Prentiss baissa la voix et ils lui jetaient un coup d'œil, assis sur leurs paillasses où ils jouaient aux cartes, ou bien s'échangeant des secrets autour de la lampe à huile. La grange n'était plus son territoire. Il s'en sentait exclu.

Cela dit, il avait souvent cette sensation chez lui, face à Isabelle. L'espace, quoique commun, était toutefois partagé par des lignes invisibles délimitant les endroits de la maison qui étaient à elle et ceux qui lui appartenaient. Ils se parlaient davantage depuis le soir où elle s'était assise à table avec Caleb et les frères, mais leurs relations restaient distantes. En attendant, il se conduisait comme un enfant, marchant sur la pointe des pieds la nuit pour ne pas réveiller Isabelle.

Voilà les pensées qu'il ruminait alors qu'il se préparait de mauvaise grâce à rendre visite à Ezra à Old Ox, tard dans la soirée. La route était toujours boueuse et il posait le pied avec autant de précaution que s'il marchait sur des sables mouvants. Pourtant la végétation, luxuriante, semblait digne d'une œuvre d'art et les bois exhalaient une plaisante odeur de feuilles mouillées. George trouva d'ailleurs la promenade si rafraîchissante que, s'il n'avait pas contracté cette obligation, il aurait volontiers rebroussé chemin dès son arrivée en ville.

Les quelques vagabonds présents étaient de pauvres hères, aussi trempés que s'il n'avait pas encore cessé de pleuvoir. Ne voyant plus les tentes si nombreuses lors de ses derniers passages, George supposa que les autres avaient trouvé refuge dans des lieux secs, ou étaient retournés dans les fermes d'où ils étaient venus, résignés à accepter des emplois de misère. La tannerie en face de la taverne – le Palace – avait depuis déjà quelques semaines affiché *Interdit aux vagabonds et aux mendiants de stationner devant le magasin*. Et, depuis la dernière visite de George en ville, avait été glissé sous l'écriteau un bout de papier sur lequel on lisait : *Ou derrière, ou sur les côtés*. Toutefois, sous l'auvent au bout du bâtiment, des ombres se mouvaient, avec des bruits semblables à des râles d'agonisant.

George avait conscience du malheur qui proliférait à quelques pas de la grande place, à peine caché par les bâtiments publics que les habitants fréquentaient quotidiennement, mais il avait tout aussi peu envie que ses concitoyens de se confronter à la réalité de leur condition. La honte au cœur, il franchit la porte du Palace. La tête lui tourna un peu devant l'animation qui y régnait, les jeunes gaillards tapageurs, l'odeur âcre de l'alcool mêlée de relents de sueur, la musique sautillante du piano.

S'il fut étonné par le nombre de soldats déjà de retour (souvent toujours en uniforme et célébrant leur liberté retrouvée malgré la défaite), il le fut plus encore à la vue des soldats de l'Union debout près de la porte. Eux ne buvaient pas et les autres les ignoraient. George commençait tout juste à comprendre la situation quand une main se posa sur son épaule. Il se tourna pour se trouver nez à nez avec un homme de petite taille qui lui tendit avec empressement une main si molle qu'elle lui glissait entre les doigts.

« Général Arnold Glass. Et vous êtes George Walker. Ravi de faire votre connaissance. »

Le général Glass avait des cheveux rares et huileux, une raie au milieu, et une de ces moustaches négligées dont les gros poils ébouriffés semblaient prêts à se lancer contre ceux qui passaient près de lui. Il avait l'air à peu près du même âge que George, et tout aussi fatigué par la vie, quoique plus élégant.

« Notre cher général, dit George. C'est un honneur de vous rencontrer.

— Votre réputation de pince-sans-rire n'est pas surfaite, lui fit remarquer Glass dans un sourire.

— Vous devez, vous aussi, avoir une forme d'humour bien à vous pour fréquenter cet établissement, sachant y trouver des jeunes gens qui ne vous… portent guère dans leur cœur. »

Le sourire de Glass omit de s'effacer. Un sourire de politicien exaspérant par sa persistance même, conclut George. Un de ces sourires derrière lesquels se dissimulait un esprit calculateur.

« Je dois dire que je ne partage pas cette crainte. J'ai donné à leurs mères de quoi nourrir leur famille, à leurs frères et sœurs de quoi se vêtir et ce soir je cherche seulement à leur montrer la bonne volonté qui m'anime à leur égard en leur offrant une tournée. »

Il haussa un sourcil de malfrat qui a plus d'une carte dans sa manche.

« Bien entendu, rien ne m'empêche de profiter de l'occasion pour repérer les plus grandes gueules. Au cas où il y aurait du grabuge.

— Très habile de votre part, répliqua George. J'espère que vous avez prévu assez de fusils à distribuer une fois que votre tournée aura produit son petit effet.

— J'allais justement sortir, dit Glass, apparemment réceptif au commentaire de George. Mais comme le hasard nous a opportunément réunis tous les deux, j'aimerais vous demander un service, à vous personnellement. J'économiserai un télégramme.

— J'ai des choses à faire, mais si vous êtes rapide… »

Glass se redressa. George ne put s'empêcher de baisser les yeux, le soupçonnant de s'être hissé sur la pointe des pieds (ce n'était pas le cas). Le général l'informa qu'il était en train de former un conseil municipal. Il s'en était déjà entretenu, plus d'une fois, avec Wade Webler.

« Je vous arrête tout de suite ! s'exclama George. Je ne veux rien avoir à faire avec un type qui parade devant ses amis en organisant un bal alors que d'autres n'ont même pas les moyens d'acheter un sac de farine ! Une hideuse mascarade, oui.

— C'était pour un gala de bienfaisance.

— Quelle différence ?

— Je… bon, il m'a affirmé qu'il y en a une. Mais peu importe. Il rend service à Old Ox en levant des fonds pour la ville. Il est profondément dévoué à la cause de la reconstruction à laquelle il croit dur comme fer.

— Je suis perplexe, mon général. Savez-vous de quel côté il est ? »

Sa propre mission, précisa Glass, était de maintenir la paix. Nécessité faisant loi, les considérations politiques passaient en second. Ainsi, un conseil rassemblant en un seul corps les personnalités les plus éminentes d'Old Ox faciliterait la mise en place d'une charte qui permettrait à la ville de préserver la concorde entre ses habitants et de retrouver sa grandeur.

Pendant que le général déblatérait, un filet de bière serpenta sous le pied de George avec la détermination d'un ruisseau fuyant vers la forêt.

« Sa grandeur ? répéta George. Il y a des hommes qui viennent d'être émancipés disséminés aux quatre coins du pays, obligés de mendier, d'emprunter et de voler, pendant que vous distribuez de la nourriture à ceux qui leur cracheraient dessus s'ils le pouvaient. »

Non, dit George, dans cette ville, ni la grandeur ni la concorde entre les habitants n'étaient possibles, encore moins sous la houlette de l'Union. Les dissensions existaient dès l'origine, ce sont elles qui avaient mené la ville, et le reste des États du Sud, à la ruine.

« Monsieur Walker, ces hommes dont vous parlez ont été émancipés par moi. Le coût à payer est la restitution aux propriétaires dont le mode de vie a été totalement bouleversé. Ça n'a rien d'injuste. À la réflexion, ce n'est que justice, au contraire.

— À partir des mêmes faits, mon général, vous et moi sommes arrivés à des conclusions diamétralement opposées. »

Glass, non sans laisser affleurer un certain agacement, murmura d'une voix aux inflexions douceâtres, comme s'il pensait que le ton de la confidence serait plus convaincant.

« J'ai entendu dire qu'à une époque la moitié de cette ville appartenait à votre père. J'imagine que vous souhaitez perpétuer son héritage, n'est-ce pas ? Travaillons de concert. Tendons la main à ceux qui sont moins chanceux que nous. »

S'il n'avait pas été adossé au bar, George aurait eu un mouvement de recul.

« Quelles que soient les actions de mon père, rien ni personne ne me contraindra à travailler pour des individus de l'acabit de Wade Webler. Vous vous êtes fait pigeonner si vous croyez qu'il cherche autre chose que capitaliser sur le déclin de cette ville.

— Je vois. Mais si vous voulez bien réfléchir...

— Que ce soit bien clair entre nous. Je préférerais me faire bouffer par des cochons dans une porcherie que de participer à votre conseil. Et puis j'ai assez de travail avec mes cultures. Maintenant, si vous voulez bien m'excuser. »

Pourtant ce fut Glass qui partit le premier. Le sourire immuable, il se borna à lui proposer une nouvelle poignée de main.

« Nous n'avons donc plus rien à nous dire, articula-t-il d'une voix cordiale. Bonsoir, monsieur Walker.

— Bonsoir à vous aussi », dit George.

Les soldats de l'Union sortirent en file indienne derrière leur chef. George, au lieu de les suivre, commanda un whisky pour calmer ses nerfs. C'est seulement après l'avoir bu et en avoir entamé un second qu'il aperçut Ezra sur la mezzanine, à sa table habituelle, la seule témoignant d'un certain cachet avec son plateau lisse en chêne massif poli par l'usure et l'alcool. Personne ne se serait permis de l'importuner sans autorisation expresse. Lorsque George l'aborda, Ezra mit quelques secondes pour émerger de son monde intérieur. Il portait son costume de bureau et n'avait pas enlevé son chapeau melon. Devant lui, un festin : du gigot de mouton nageant dans son jus, une pêche pochée et des pointes d'asperges qui faisaient penser aux doigts osseux d'un enfant.

George lui demanda s'il se divertissait.

« Il y a toujours de quoi se divertir pour un observateur passionné de la nature humaine.

— Votre passe-temps préféré, dit George en s'asseyant.

— Pas seulement un passe-temps. J'ai vu que tu avais fait la connaissance d'Arnold Glass.

— Hélas ! Il veut m'embrigader dans son conseil, autant dire une mascarade.

— J'en ai entendu parler.

— Eh bien, j'ai refusé, de manière catégorique.

— Tout comme moi, quoique peut-être pour des raisons différentes. Si tu veux tout savoir, j'en ai assez de ces gens en quête de faveurs. »

Ezra souleva le morceau de gigot et l'inspecta comme si c'était un diamant à évaluer.

« Il n'y a pas une âme dans cette ville, y compris le général Glass, qui ne m'ait demandé un service pour ceci ou cela. Tu n'as qu'à voir ces propres à rien. À peine de retour du front, les voilà déjà en train de quémander un prêt, ou de faire la manche au coin des rues, avant de dépenser chaque soir le peu qu'ils ont ramassé à la taverne, et de s'empoisonner par l'alcool. Ils sont là à rabâcher leurs histoires d'anciens combattants et à se plaindre que les Nègres leur ont volé leurs emplois. Comme s'ils acccepteraient de travailler pour un salaire de Nègre. Comme s'ils accepteraient de travailler, un point c'est tout. Une ville entière qui se complaît dans son chagrin. Pathétique. »

Il avait les lèvres luisantes de graisse de mouton. Ses bajoues tremblotèrent.

« Vous savez, dit George, le matin, quand je me regarde dans la glace, je vois un pauvre vieil imbécile. Et pourtant, quand je vous vois, vous, je me console en pensant à tout le chemin qu'il me reste encore à parcourir. »

Ezra pouffa et recracha une partie de ce qu'il avait dans la bouche, puis il reprit son sérieux.

« Tu crois que ça m'amuse de te faire part de mes sombres pensées sur la condition humaine, dit-il en se léchant les doigts avant de les essuyer sur sa serviette. Mais, lorsque l'on s'est acclimaté au malheur, lorsque l'on a accepté le malheur comme une donnée inévitable de la vie, le seul moyen de se procurer un peu de joie, c'est de la traquer dans les couloirs les plus noirs de l'existence, même aux heures où les pires calamités fondent sur les autres. Il y a un mot pour cela. La joie dans la peine. La joie dans la peine d'autrui.

— Je ne suis pas sûr de vouloir la connaître, dit George en buvant une gorgée de whisky.

— Tant mieux. Je ne t'ai pas demandé de venir me voir pour discuter avec toi de choses aussi futiles.

— Vraiment ? Je pensais que nous allions passer un moment en bonne compagnie. Comme de joyeux drilles.

— Il y a d'autres sujets dignes d'être discutés.

— Laissez-moi deviner, dit George. Vous voudriez que je vous cède une nouvelle parcelle de mes terres, ou bien que je vous rembourse mes dettes. Je me permets d'anticiper en vous faisant remarquer que ces deux questions sont liées.

— Holà, mais pas du tout ! Ne peut-on converser agréablement sans être obligés d'échanger des propos sans intérêt sur des absurdités ? M'accuser de profiter de toutes les occasions pour te dépouiller. Je suis vexé, je t'assure. »

Ezra vida d'un trait la moitié de sa bière.

« Je plaisantais, marmonna George.

— Mon seul péché, si tu veux vraiment savoir, c'est de chercher à échapper à ma solitude. »

C'était sans doute le tour d'Ezra de plaisanter, pensa George. Mais son ami poursuivit d'un ton grave et doux.

« Ma femme m'est si familière qu'elle fait pour ainsi dire partie des meubles. Certains jours, une lampe attirerait davantage mon attention. Et les garçons sont partis.

— Mais vous êtes un notable respecté, Ezra. Vous recevez des visiteurs toute la journée. Chaque fois que je suis en ville, je les vois dans votre bureau.

— Tu me parles là de mes affaires. Avant ton arrivée, j'étais seul. Et lorsque tu partiras, je serai de nouveau seul. À tuer le temps en attendant l'heure d'aller me coucher. »

George ne s'était jusqu'ici pas aperçu de ce qu'était devenu le vieil ami de son père, qui lui donnait toujours l'impression de ne pas avoir changé. Et quelque chose du caractère d'Ezra, au moins quand il avait bu, s'était adouci, révélant une part d'infirmité, une part de faiblesse. George songea que cette faiblesse était simplement due à l'âge. Il eut la vision d'un vieillard aux bajoues de plus en plus flasques – des bajoues de chien – à mesure qu'il perdait son embonpoint. Et bientôt il serait grabataire, ne quittant plus son lit dans un coin obscur de sa maison de l'avenue du maire. Il s'en irait de la même façon que Benjamin, le père de George, et cela dans quelques années à peine, craignait George qui se voyait déjà à la place d'Ezra, mangeant avec la gloutonnerie d'un homme qui sait que c'est peut-être un de ses derniers repas.

« On ne peut pas y échapper, dit Ezra comme s'il lisait dans les pensées de George. C'est ainsi que va le monde. On devient vieux. Il ne faut pas se voiler la face.

— Si vous croyez que j'ai plus peur de la mort que la moyenne des gens, vous avez tort, répliqua George en se tassant sur sa chaise.

— Je n'en suis pas si sûr. »

Ni l'un ni l'autre ne prononça un mot pendant qu'Ezra mastiquait. Le chahut autour du bar s'était calmé et, dans le silence relatif, on entendait battre des cartes sur les tables en contrebas, un bruit de froissement d'ailes d'oiseaux prenant leur envol.

Une fois l'os du gigot mis à nu, finalement, Ezra se détendit.

« Les Nègres. Renvoie-les. »

C'était donc ça. Ce qu'il avait en tête depuis le début. George éprouva le besoin de boire un autre whisky.

« Vous n'allez pas vous y mettre, vous aussi.

— Le George que je connaissais n'avait aucun égard pour ses congénères, et encore moins pour les esclaves. Je dois en conclure que le vieil âge te précipite sur la voie de la philanthropie. Tu cherches à racheter les torts que tu t'attribues secrètement. Mais sache que tout ce que tu fais, c'est te donner en spectacle, et que c'est plutôt lamentable.

— Je croyais que vous ne vouliez pas échanger avec moi "des propos sans intérêt sur des absurdités". »

Ezra se pencha vers lui.

« La présence de ces soldats n'est pas une garantie de tranquillité. Cette ville n'est pas aussi paisible qu'il y paraît. Ils ont été humiliés pendant la guerre, et maintenant ils sont inquiets. Tes agissements sont une provocation qui les met en ébullition.

— Je me sens bouillir moi-même.

— George, il y a des hommes pour qui un salaire ne serait pas du luxe. Ils reviennent de la guerre avec leurs blessures pour seule richesse. Des hommes comme Caleb.

— Ne mêlez pas mon fils à cette affaire. Je n'ai voulu provoquer personne. Les frères sont durs au labeur, ils ne posent aucun problème, ce sont de braves garçons et de bons ouvriers. »

Les traits d'Ezra se durcirent.

« Tu ne peux pas permettre à ces deux-là de venir en ville marchander des vêtements neufs, les poches pleines de billets, alors qu'ils croisent des Blancs qui mendient quelques pièces. Au moins diminue leurs gages. Les autres propriétaires terriens se sont adaptés aux circonstances en mettant en place des règles tout à fait raisonnables.

— Je vous arrête tout de suite. Il n'est pas question d'imposer des dettes à des hommes honnêtes et de les obliger à rembourser leurs salaires comme s'ils étaient de nouveau des esclaves. Je ne dis pas qu'ils ont droit à un rôti de porc tous les soirs, mais un peu de décence, enfin, Ezra ! »

Ezra laissa passer un moment, comme s'il rassemblait ses arguments.

« Je vois par conséquent que je vais être forcé de ne pas y aller par quatre chemins, parce que tu es aussi buté que ton père. Tu ne comprends donc pas que si certaines voix ont été étouffées à Old Ox, elles n'ont pas été totalement éliminées ? Certains individus, moins enclins aux conversations amicales que toi et moi, ont démontré… à l'arrière de leurs boutiques, dans les ruelles la nuit, jusque dans ce saloon… qu'ils ne toléreront pas ce que tu es en train de faire. Des hommes insatisfaits. Autrement dit des têtes brûlées. Je ne sais comment te décrire quels ennuis t'attendent, pas seulement pour ton exploitation, mais pour toi-même. Pour le bien-être de ta famille. »

Il retourna sa main sur la table, paume en l'air, pour désigner le tableau composé par la clientèle du rez-de-chaussée. Et, tout d'un coup, George prit conscience de ce dont il aurait dû s'apercevoir avant, tant c'était évident. Les coups d'œil furtifs. Les regards noirs d'inconnus qui se baissaient aussitôt sur leur verre.

« Vous ne m'avez pas convié pour le plaisir de la compagnie, accusa George, vous m'avez fait venir pour me mettre en garde. »

Quelques minutes auparavant, Ezra lui avait paru accablé par les ans, à bout de forces. Eh bien, il s'était trompé : chez Ezra il n'y avait rien de faible ! En fait, c'était l'inverse : George s'étiolait exactement de la manière dont il s'était représenté la débilitation du vieillard.

« Je t'ai fait venir par bonté de cœur, dit Ezra. Pour te montrer que la tienne, de bonté, a dépassé les bornes.

— J'en ai assez ! Je m'en vais. »

George repoussa sa chaise et se leva, puis posa les doigts sur la table pour ne pas perdre l'équilibre, car il n'avait pas l'habitude de boire et les vapeurs de l'alcool lui faisaient tourner la tête.

« Votre histoire de solitude, c'était vrai ? Ou une de vos ruses ? »

Ezra resta un moment muet devant son assiette vide.

« Je ne connais aucun homme heureux qui vienne ici seul », dit-il.

C'était bon. George n'avait pas besoin d'en entendre davantage.

« Prenez bien soin de vous, Ezra. Vous pouvez compter sur moi pour en faire autant, avec les miens et moi-même. Je reviendrai vous voir à votre bureau dans quelques jours. Pas par pitié, ni pour vérifier comment vous vous portez, mais tout simplement parce que j'ai pour vous beaucoup d'affection. Maintenant je vous dis au revoir. »

George s'éloigna avec la sensation d'avoir réussi à éviter un piège. La salle de la taverne était encore tellement bondée que, pour atteindre la sortie, il fut obligé de se couler de biais entre les buveurs. Il progressa sans un mot, attentif à chacun de ses gestes, comme sous la protection du brouhaha, dérivant dans la chaleur des corps pressés les uns contre les autres. Il ne pouvait pas dire si on le suivait des yeux, mais il transpirait abondamment et n'avait qu'une hâte, s'échapper de cet endroit pour ne jamais y revenir.

Son espoir fut déçu.

« Vous êtes George Walker, pas vrai ? »

Il aurait continué sans s'arrêter si la voix n'avait été si proche qu'il eut l'impression que les mots eux-mêmes le harponnaient. Il se tourna pour se retrouver nez à nez avec un jeune homme entouré de garçons de son âge.

« En effet.

— C'est gentil tout plein. Le papa de Caleb. »

Il fut pris de court par la sonorité d'un nom qu'il ne s'était pas attendu à entendre.

« Vous connaissez mon fils ?

— Et comment ! Vous pouvez vous charger d'un message pour lui ? »

Le garçon jeta un regard à ses amis avant d'envoyer son poing dans la figure de George.

« Vous lui direz que c'est ce que récoltent les traîtres par ici. Et vous pouvez aussi passer le mot à vos Nègres. C'est fou ce que vous avez bon cœur et ce que vous êtes généreux, pas vrai ? »

Le jeune homme leva le poing et George recula en se couvrant le visage de ses mains pour montrer qu'il capitulait.

« Arrêtez ! cria-t-il.

— Visez un peu la poule mouillée, dit le jeune homme. La trouille chez eux se transmet de père en fils. »

Il y eut un éclat de rire général. George se sentait comme un enfant apeuré. Son premier réflexe avait été de lever les yeux vers Ezra, mais son humiliation n'aurait pu être plus cuisante même si le vieil homme assistait à cet affront.

Le garçon le prit par le col et le tira en avant.

« On prend les coups en homme », dit-il en s'apprêtant à joindre l'acte à la parole.

Son poing fut arrêté en plein vol par une autre main, celle-là appartenant à un type au moins deux fois plus costaud, qui fit pivoter sur lui-même l'assaillant en puissance et lui tordit les poignets aussi facilement que s'ils avaient été des branches de céleri. Le fils de Mildred Foster, reconnut George sans pouvoir déterminer lequel, car ils se ressemblaient tous.

« Ma mère s'entend bien avec Madame Walker. Elle ne serait pas contente du tout d'apprendre que t'as cassé la figure au mari de son amie. »

Il lâcha le poignet du garçon qui trébucha en arrière en jurant entre ses dents.

« C'était pour rire, Charlie ! »

Charlie Foster adressa un hochement de tête à George sans l'ombre d'un sourire et s'écarta.

« Charlie, dit George, et vous autres, messieurs, passez une bonne fin de soirée. »

Et il se sauva par la porte dans la nuit.

*

Son père, pourtant originaire de Nantucket, dans le Nord, avait eu une domestique. Une enfant, Taffy, qu'il avait achetée pour une somme que George avait cherché pendant longtemps à connaître mais qu'il n'avait pas trouvée dans les livres de comptes entassés sous la poussière dans la cave. Elle avait un an de plus que George, alors âgé de onze ans, et à son arrivée, elle avait le visage couleur de cendre, le regard fuyant.

Dès qu'elle était entrée, la mère de George avait reniflé le dessus de sa tête et déclaré d'une voix neutre qu'elle n'avait pas besoin d'un bain.

« Un bain, ce serait du luxe. Une serviette de toilette mouillée fera l'affaire. La friction de l'air te séchera. C'est pas plus compliqué que de laver la vaisselle, comme tu nous le prouveras une fois propre. »

Ce fut la première leçon de Taffy. Il y en eut beaucoup d'autres. Faire un lit était une opération compliquée – lisser les plis des oreillers, apprendre la bonne méthode pour retourner un matelas – et il lui fallut une bonne partie de l'après-midi pour en maîtriser la complexité. Outre ces savoir-faire, Taffy excellait dans les exercices mentaux, par exemple mémoriser les contenants (le nécessaire d'une cuisine, les boîtes de conserve, les paniers, une boîte pleine d'aiguilles et de fil à repriser, ficelle, etc.) avec autant d'application que lorsqu'elle décompactait le sol avant d'y semer des fleurs quand c'était la saison. George n'avait jamais demandé pourquoi elle était venue vivre chez eux, alors que sa mère paraissait contente de s'occuper seule du ménage. C'est seulement au départ de Taffy, quelques mois après la mort de son père, qu'il comprit que sa mère avait surtout voulu trouver quelqu'un sur qui se décharger d'une partie de la tâche qui lui incombait, car elle ne connaissait que trop bien les excentricités de son fils : son désir impérieux d'intimité, son absence d'intérêt pour les autres, le peu de soin qu'il prenait des choses et de sa chambre en particulier qu'il ne rangeait jamais. Peut-être avait-elle pensé que, devenu adulte, il ne trouverait pas d'épouse et que Taffy pourrait en tenir lieu.

De bien des manières, la vie de George s'était améliorée grâce à la présence de Taffy. Quand il était seul dehors – il était toujours seul –, elle venait le rejoindre après avoir terminé son travail, un fruit à la main de la part de sa mère, et lui demandait si ça l'embêtait qu'elle reste avec lui. Il était toujours content de l'inviter à partager ses jeux. Ils taillaient des lances tous les deux avec sa hachette, puis les lançaient dans les bois et faisaient semblant qu'ils avaient tué la grosse bête noire dont parlait si souvent son père. Elle lançait plus loin et grimpait plus haut que lui, mais à aucun moment elle ne faisait passer son propre plaisir avant le sien. Il se doutait que c'était à cette tâche précisément qu'elle était affectée, mais il ne laissait pas ce soupçon altérer sa conviction inébranlable qu'elle lui était profondément attachée et percevait certaines choses à son sujet mieux que n'importe qui. Une fois, il lui avait déclaré qu'il l'aimait, même s'il ne saisissait pas le sens de ce mot autrement qu'à travers l'affection qu'il vouait à ses parents. Quand sa mère avait perdu la raison au lendemain de la mort de son père et vendu Taffy, George s'était protégé derrière l'idée que ce qu'il avait éprouvé pour elle n'était pas de l'amour, mais un sentiment plus détaché, ce qui lui avait permis d'oublier les traits de son visage, les battements joyeux de son propre cœur lorsqu'il sentait son ombre glisser vers lui sous l'auvent devant la maison, la douce brise effleurant ses épaules quand elle le dépassait alors qu'ils faisaient la course et la vue de son dos au moment où elle disparaissait dans la forêt, tout cela il l'avait enfoui jusqu'à l'âge de la maturité. Jusqu'à maintenant, en effet, il ne s'était souvenu d'elle que comme d'un épisode oublié de sa vie.

George s'était éloigné de la taverne. Des flaques épaissies par la boue reflétaient le clair de lune et ces surfaces lumineuses lui indiquaient où éviter de poser les pieds. Il avait d'abord eu l'intention de rentrer à la maison, mais à présent, il lui semblait qu'un autre arrêt s'imposait, une visite qu'il s'était pourtant dit, en partant de la maison, qu'il ne ferait pas. Il s'engagea dans la rue transversale en direction du quartier ancien. Tout était silencieux, dans la rue qui se rétrécissait peu à peu, le clair de lune bientôt ne pénétra plus. Il jeta plus d'une fois des coups d'œil derrière lui. Personne ne le suivait.

Il arriva à hauteur de la maison close, seule de la rangée à avoir des fenêtres éclairées, et d'où sortait un de ces vacarmes ! En réalité, cela faisait bien longtemps qu'il n'en avait franchi l'entrée et il n'éprouvait aucune attirance pour ce qu'il pourrait y trouver. Il passa derrière l'immeuble et monta par l'escalier en colimaçon jusqu'au premier. Il ignorait si elle allait lui répondre, mais il venait seulement de frapper pour la deuxième fois quand la porte s'ouvrit en grand. Il échangea un seul regard avec Clementine, dont le visage lui rappelait tant celui de Taffy avant de la suivre et de s'asseoir au bout de son lit. Le moment était-il mal choisi ? demanda-t-il. Il avait espéré la trouver avant le début de son service de nuit.

« Je suis toujours là pour t'écouter, George. Raconte-moi un peu ce que tu deviens. »

C'est tout ce qu'il attendait de Clementine : qu'elle l'écoute. Ce qui ne signifiait pas qu'il n'avait rien glané auprès d'elle pendant les moments passés en sa compagnie. Il savait qu'elle avait une enfant. Il l'avait aperçue un matin dans la rue, avec sa fille, avant leur première rencontre, et dès cet instant il avait cherché à la retrouver, tant il avait été frappé par sa ressemblance avec Taffy. Elle appartenait à une famille de mulâtres de Louisiane, avait-il découvert. Son mari l'avait emmenée de force en Géorgie pour en faire sa propriété. Elle avait échappé avec sa fille à cette servitude, s'était débrouillée seule et avait gagné de quoi être indépendante. Peu d'hommes étaient dupes des onguents et des fards avec lesquels elle se blanchissait le visage, mais ils étaient en revanche nombreux, par une soirée solitaire, disposés à se satisfaire, et cela en dépit de son teint cuivré, des rumeurs sur son passé, de ses origines. Ils étaient désireux de découvrir ce qu'elle leur dévoilerait. Rares étaient ceux qui médisaient d'elle, car ils ne regrettaient sans doute pas l'expérience. La société fait des exceptions en matière de grande beauté.

N'ayant pas revu Clémentine depuis l'hiver précédent, alors que Caleb était à la guerre, il lui raconta tout, comme il en était coutumier. Il commença par lui parler de la mort présumée de son fils, puis du choc provoqué par son retour, il lui parla d'Isabelle et des frères, dont elle connaissait l'existence, puisqu'elle était au courant de presque tous les potins d'Old Ox. Pendant qu'il la régalait des détails de sa vie, au lieu de le regarder, elle rangea sa coiffeuse, sortit la robe qu'elle allait mettre ce soir, se coiffa. Pourtant, chaque fois que quelqu'un toquait à la porte, ce qui était fréquent, elle faisait clairement savoir qu'elle était occupée.

« Tu dis que tu te débats. »

Il entendait des bruits provenant d'autres hommes dans d'autres chambres – un claquement régulier contre la cloison – et des gémissements sexuels de femmes dont on ne restreignait pas l'intensité. L'odeur des taches de liqueur renversée qui avait çà et là pourri le bois du plancher dominait celui du parfum.

« En quelque sorte, acquiesça-t-il.

— Tu as plus de mots dans ta tête que j'en ai jamais entendu dans ma vie, George. Continue donc, que j'arrive à comprendre où tu veux en venir. »

Elle lui conseilla de se détendre et de prendre son temps, mais il savait bien qu'elle n'en avait guère elle-même. Il se figurait ses habitués dans le salon, leurs coups d'œil répétés à la cage d'escalier, leur impatience de la voir descendre. Il leur faudrait attendre, car c'était à son tour d'occuper sa chambre, son lit.

Il se servait d'elle. Il en avait conscience. Par sa façon de le mettre à nu, de le forcer à s'ouvrir peu à peu, à déverser en elle ses vieux souvenirs, ou les profondes inquiétudes qui le tourmentaient (la frilosité de sa femme, la honte de son fils) ; par sa façon de lui demander, à elle qui ne pouvait pas savoir, à elle qui n'était rien d'autre qu'un vaisseau endommagé, de lui demander de s'asseoir auprès de lui et de braver le vent de ses paroles, comme si elle pouvait lui dire à qui appartenaient les cris qu'il entendait dans la nuit, car ce n'étaient pas les siens, mais peut-être provenaient-ils de la grange, des frères, ou de sa femme, oui, d'Isabelle, qui l'avait perdu et qu'il avait perdue, ou bien cette bête dans la forêt, le mettant au défi de la trouver, ainsi que l'avait fait son père ; ou peut-être les cris provenaient-ils de plus loin, des hommes, des femmes et des enfants le long du ruisseau dans leurs tentes maculées de boue, en quête d'une terre nouvelle dans leur propre pays et constatant qu'il n'y en avait pas pour eux, qu'il n'y avait que ça, que pour tant d'entre eux la vie n'allait pas plus loin qu'Old Ox.

Clementine se tenait maintenant debout auprès de lui, dans la chambre obscure où la flamme d'une chandelle de suif frémissait comme les ailes d'un oiseau. Elle leva sa main douce de son épaule et caressa sa joue, lui insuffla sa chaleur. Le seul attouchement qu'il attendait d'elle, un geste qui soigne, celui d'une mère rassurant son enfant malade.

« Dis-moi ce que je peux faire de plus.

— C'est tout. Rien d'autre. »

Comme toujours, il avait honte de s'être dévoilé, d'avoir manifesté tant de noirceur, et ce n'était pas fini. Restait un dernier aveu impossible à esquiver. La vraie vérité avait pour nom égoïsme, lui dit-il. Car si sa femme et son fils lui étaient attachés et restaient obligés de le supporter, ce n'était pas le cas de Prentiss et Landry. À quoi les avait-il employés d'autre qu'à son propre divertissement ? Pour quoi les avait-il payés, sinon pour lui tenir compagnie ? Pour maintenir vivante une facette de sa personnalité ? Mais regarde-le ! Un homme qui nourrissait une si grande peur de l'inconnu qu'il n'était même jamais sorti du comté. Son domaine lui avait offert le seul espace où il pouvait échapper à une existence étriquée, le seul où il pouvait avoir l'impression de vivre des aventures. C'était dans ce but qu'il retenait les frères, afin que se perpétue cette partie de lui-même. Et que lui arriverait-il, à lui, le soir où une bande d'hommes descendrait de la ville en brandissant des flambeaux et le sommerait de rendre des comptes en application de leur justice dénaturée ? Lui ne risquait pas sa peau. Mais Prentiss et Landry ?

« Tu sais, pas plus que je ne me promènerais dans la rue main dans la main avec toi, lui dit-il, je ne m'interposerais entre ces deux-là et une ville assoiffée de vengeance. C'est une vérité qui me brise le cœur, davantage peut-être que n'importe quelle autre. »

Il commençait à supposer, sans preuve, que par terre ce n'étaient pas des taches de liqueur, mais de sueur, celle d'autres hommes que personne n'avait nettoyée. En provenance d'une chambre voisine, il y eut un bruit d'eau giclant sur le sol et un gémissement d'homme, et il sut immédiatement que cet homme se plongeait dans un bain. Curieux, songea George, combien le son différait des bruits de copulation à l'autre bout du couloir, moins pernicieux, dans un sens salutaire.

« Je devrais y aller, dit-il. Que les autres puissent prendre leur tour.

— Il n'y a pas d'autres. Je te répète qu'on a tout le temps.

— C'est ce que tu leur dis ? Et ils te croient ? »

Il posa l'argent sur la coiffeuse. Ce qui lui restait de ce qu'il avait apporté en ville. Elle demeura assise sur le lit, jambes croisées, vigilante. Il la regarda se faire un chignon qu'elle piqua d'une plume pour le maintenir en place – une flèche perçant un cœur.

« Ils pensent ce qu'ils veulent, dit-elle. Le suivant dans l'escalier croit peut-être qu'il est mon seul client, comme toi tu crois que tu es le seul à entendre ces cris la nuit, comme si d'autres ne souffraient pas. Je ne peux pas te dire lequel a plus raison que l'autre. »

Il la remercia. Trois dollars, c'était peu cher payé pour recevoir la grâce de sa compassion, et repartir le cœur léger, le pas léger en descendant l'escalier du bordel. Peu lui importait si sa compassion avait éclos dans les replis de sa tendresse, ou à la vue de l'argent sur sa table.

Sa visite chez Clementine l'avait non seulement revigoré mais avait aussi éclairé son chemin, les décisions qu'il devait prendre. Il comprenait à présent ce qu'Ezra avait voulu dire à la taverne, mais l'opprobre dont on l'accablait à Old Ox n'était pas son problème. Non, c'était lui, George, le problème, lui le fardeau, pour sa famille, pour Prentiss et Landry.

Il repensa à Taffy, à la façon dont elle avait disparu de sa vie, comme si elle avait été là pour lui rendre un service et une fois celui-ci rendu, être jetée au rebut. Peu importait qu'il l'eût aimée autant qu'une sœur et traitée avec une bonté qu'il réservait à un tout petit nombre. Que signifiait sa gratitude si sa mère avait pu la renvoyer rien qu'en signant un bout de papier, rien que d'un mouvement désinvolte du poignet, comme pour dire « va-t'en ! ». Ce moment, si douloureux qu'en fût le souvenir, il se sentait enfin la force de l'évoquer. Il se tenait à côté de sa mère assise à son bureau. Taffy sur le seuil de la porte. Sur son épaule, la main d'un homme – c'était un homme, bien sûr, épais, grand, un visage de marbre –, comme si elle lui appartenait déjà. Georges ne l'avait pas embrassée, il n'avait rien dit, même pas au revoir. Dans un état de sidération, il était incapable de réagir à ce qui se passait sous ses yeux, peut-être parce qu'il n'avait que quatorze ans, peut-être parce qu'il était triste et désorienté après la mort de son père. Le choc l'avait rendu insensible à la détresse de cette enfant, cet autre enfant. Empoignée par un inconnu, terrifiée à la perspective du sort qui l'attendait. George, lui, avait la possibilité de détourner les yeux, et c'était d'ailleurs ce qu'il avait fait. Tandis qu'elle allait devoir vivre avec cette peur, obéir à tous les ordres qui tomberaient de la bouche de cet homme. De même qu'elle l'avait fait avec les parents de George…

Mais s'il était trop tard pour sauver Taffy, la situation des frères, au moins, pouvait être arrangée. Si seulement il trouvait en lui le courage d'agir, il serait en mesure de les aider. D'une manière ou d'une autre, il comptait organiser leur départ définitif d'Old Ox.

11

Landry déambulait à son gré un peu partout dans le pays, mû par un désir, une fascination que la peur jadis avait dominés : chaque fois qu'avec Prentiss il s'était retrouvé le jour tombant à l'orée de la forêt, l'obscurité dans ses profondeurs lui était apparue comme un monstre tapi, là, tout au fond, une créature qui avait noté son nom il y avait bien longtemps et attendait son heure pour réclamer son dû. Voilà l'angoisse à laquelle Prentiss était aveugle et que Landry n'était pas en mesure de lui décrire : il s'agissait de deux mondes différents. Et que le nouveau vînt à les dévorer comme il avait déjà dévoré leur mère, Little James et Esther… qu'allaient-ils devenir ?

Finalement, aucun danger ne surgit sous les pas qu'il plaça l'un devant l'autre. Le grand inconnu déboucha seulement sur de nouvelles clairières, sur des échappées de soleil plus éblouissantes. Il comprit qu'il y avait moins à craindre qu'il ne l'avait imaginé et que, comme il le pensait depuis longtemps, tout danger comportait une dose de réconfort, toute injustice pointait vers une possible justice. Sinon comment expliquer que ce monde cruel ait recelé la joie immense qu'il avait éprouvée un dimanche après-midi en regardant sa mère danser, envoûtée par le crincrin de Little James, et que dire des délices d'une paillasse fraîche et de la douceur de l'eau après une journée de cueillette dans les champs de coton ?

Il avait toujours cherché son plaisir au sein du silence, en général seul. Le dimanche, jour de la semaine où Prentiss et lui n'étaient pas au champ avec George, Landry se réveillait parfois aux aurores et préparait de la bouillie de maïs. Il mangeait la moitié de la casserole et laissait l'autre. Son frère, toujours au lit, se tournait, lui présentant son dos. Prentiss ne dormait pas, Landry le savait, mais le dimanche matin, ils ne se parlaient pas. Il partait les mains vides et se dirigeait vers la forêt, à la recherche de la vie, n'importe quelle forme de vie, du moment qu'elle était autre que la sienne.

Certains jours il ne rencontrait rien qu'une biche et son faon, ou un hibou huant à la cime d'un arbre, et même si son expédition n'aboutissait pas, il rentrait content. Mais un jour, il avait vu au bord du ruisseau des femmes qui faisaient la toilette de leurs tout-petits ; elles les aspergeaient d'eau et pour faire taire leurs cris de protestation leur fredonnaient des chansons douces. Landry était resté des heures sur place, à regarder ces mères frictionner leurs enfants avec des serviettes, tandis qu'elles-mêmes comptaient sécher grâce à la caresse du soleil.

Un autre jour, il poussa si loin qu'il traversa une plantation, qu'il ne connaissait pas. Un champ plein de femmes, la tête enturbannée pour se protéger du soleil, vêtues d'un pantalon d'homme qui leur faisait une culotte large et d'une chemise trop grande pour elles, des femmes qui retournaient le sol indéfiniment. Il compta les rangées, remarqua que sur la plupart la cueillette n'était pas terminée et en déduisit que le rendement n'allait pas satisfaire les patrons. Et la semaine suivante quand il revint au même endroit, il ne fut pas étonné de voir un cordon d'hommes endurcis et amers, des forçats enchaînés, travaillant au coude à coude avec les femmes. Il n'y retourna plus.

Un soir il déambula si loin qu'il se retrouva au fond de la forêt sans moyen de retrouver son chemin autrement que par intuition. Il faisait si noir que les bois se confondaient avec les ténèbres du ciel. Le monde n'avait plus ni commencement ni fin. Il aurait pu se coucher à même le sol et au réveil contempler la terre du haut des étoiles. Soudain, quelque part au loin, une couronne de lumière illumina la ligne des arbres. Il la suivit, et au moment où elle s'éteignit une autre brève lueur fusa dans la nuit.

C'étaient deux hommes, il les distinguait à présent au fur et à mesure qu'il se rapprochait de la source lumineuse. L'un d'eux éteignit sa torche et en silence ils se mirent à grimper dans un arbre. Puis le même homme ralluma son flambeau. Les oiseaux ensommeillés qui étaient perchés sur la branche, surpris par l'éclat violent de la flamme, restèrent pétrifiés, incapables de s'envoler. Le deuxième homme les frappa sans pitié à coups de bâton et ils tombèrent au sol. La flamme mourut d'elle-même. Landry n'entendit plus qu'un froissement tandis qu'ils descendaient de l'arbre. Les craquements des feuilles furent bientôt remplacés par le silence.

Il sentait que des yeux l'observaient, mais ne les voyait pas tant le noir était total. Il en conclut que ces hommes faisaient partie de la forêt d'une manière qui n'était pas la sienne ; ils avaient si bien appris à vivre dans les ténèbres, ils évoluaient depuis si longtemps dans les recoins les plus enfouis de la nature qu'ils pouvaient s'effacer avec les ombres de la nuit tout en continuant à percevoir tout ce qui se passait autour d'eux. Soudain, il sentit sa main se mouiller : on y avait placé quelque chose, un oiseau aux plumes collées par le sang, un petit corps mou. Il entendit de nouveau un craquement de feuilles et le bruit de pas s'éloigna, même si l'écho de leur départ résonna aux oreilles de Landry jusqu'à son retour à la grange.

Le pigeon à la main, il entra et posa l'oiseau sur la table basse entre leurs paillasses. Prentiss, ne dormait pas encore. Debout au fond de la grange, il avait la tête ceinte d'une nuée de phalènes. La bouillie de maïs que Landry lui avait laissée n'avait pas été touchée.

Prentiss s'avança, inspecta son frère, jeta un œil au pigeon.

« Comment t'as fait ? »

Landry n'esquissa pas un geste pour lui répondre et Prentiss s'assit sur son lit.

« George est passé. Il a beaucoup réfléchi et il a discuté avec des gens. Il pense maintenant qu'il vaut mieux qu'on s'en aille. »

Landry regarda son frère, qui se releva et, ne tenant soudain plus en place, se mit à marcher de long en large.

« Tu sais ce que je lui ai répondu ? George, comment vous pouvez me dire ce que je dois faire sans savoir ce que j'en pense ? Vous êtes au champ tous les jours à côté de moi, vous me soûlez avec vos bavardages, et vous avez le culot de me dire que vous avez parlé à tout le monde de moi sauf à *moi* ? Vous croyez savoir mieux que moi ? Vous croyez que je suis bon qu'à planter vos cacahuètes ? C'est ça que vous voulez dire ? »

Prentiss s'interrompit un moment puis :

« J'ai dit "nous", en fait. Je lui ai dit qu'il pouvait pas décider pour nous. »

Il continuait à marcher de long en large.

« Je lui ai montré notre pécule, j'ai ouvert le balluchon et j'ai étalé les dollars, et puis je lui ai demandé pour le train. Je lui ai dit qu'aux camps on raconte qu'il vous emmène sur le chemin de fer partout où on veut. Suffit de dire où. Mais avant ça faut prévoir, faut qu'on ait assez pour tenir une fois arrivés, et pour ça, nous, on reste ici cet automne, jusqu'à la fin de la saison de l'arachide, et s'il a un problème avec ça, il peut nous renvoyer mais nous on partira pas de notre volonté, et on se fiche bien qu'il ait parlé à plein de gens. Ensuite il a dit que c'est pas son genre d'empêcher les gens de faire ce qu'ils veulent et qu'on est les bienvenus chez lui. Mais tu aurais vu sa tête ! J'ai jamais vu George inquiet comme là. »

Landry cessa d'écouter. Plus rien de l'enfant qu'il avait été ne subsistait chez son frère. Il n'était pas différent de leur mère maintenant. Comme elle, il appliquait toute son énergie à veiller à ce qu'ils aient régulièrement à manger, qu'ils aient des vêtements chauds en vue de leur voyage dans le Nord et assez d'argent de côté pour les faire vivre un bon moment une fois là-haut. Il ne pensait plus qu'à leur survie aux dépens de tout le reste. En plus,

Prentiss ressemblait physiquement à leur mère. Il avait les mêmes sourcils délicatement arqués au-dessus de ses yeux pleins de douceur. Le même pli d'inquiétude au coin de la bouche. L'inquiétude d'une mère. Il la revoyait, leur mère, debout au fond de leur cabane, les épaules crispées, sa chemise de nuit frôlant le sol.

Ce souvenir si précis, repêché du fond de sa mémoire et remplaçant l'image de Prentiss par celle de sa mère, combien il avait souhaité pouvoir l'oublier. Enfant, sa vie n'avait pas encore été blessée sinon par les ampoules aux mains récoltées au champ, et les courbatures cuisantes causées par l'éternelle cueillette. C'était peu après qu'il avait vu pour la première fois, depuis sa rangée de travail, la fontaine du Palais de Sa Majesté, scintillante dans la touffeur estivale, son jet qui fusait puis retombait en gerbes d'une beauté telle qu'il s'était persuadé que l'eau détenait un pouvoir magique. Il avait demandé à cueillir le coton le plus près possible de la fontaine, rien que pour pouvoir la regarder. Un jour, la femme de Maître Morton y avait mené son fils. Elle l'avait soulevé et trempé dans l'eau, en riant aux éclats, et les bruits s'étaient rués le long du sillon à la vitesse d'un torrent. Mais était-ce ainsi que la scène s'était passée ou l'avait-il imaginée ? Il n'aurait su le dire.

Une fois la nuit tombée, la lune dessinait comme un point d'exclamation au-dessus du Palais de Sa Majesté. Ses rayons en caressaient les fenêtres, puis s'inclinaient en dessous jusqu'au sol, et le tout irradiait une clarté si surnaturelle que la maison paraissait vivante. Landry avait observé la lueur un moment par l'étroite meurtrière de leur cabane. Se retournant, il avait constaté que sa mère et Prentiss dormaient. Et il était sorti.

Il n'avait pas encore peur de déambuler dehors et s'était laissé guider par ses pas. Il ne portait pas de pantalon, seulement sa chemise, la nuit était fraîche sur sa peau. Ce qu'il trouva au bout de l'allée correspondait à ce qu'il s'était figuré : la fontaine coulait indéfiniment, mue non par l'ingéniosité humaine mais par une force mystérieuse. L'eau sous le clair de lune était d'une blancheur tellement inouïe qu'il croyait voir des jets de glace fuser dans les airs. Il était resté habillé. Pas question de prudence ni de lenteur : il avait sauté dans l'eau comme seul un enfant peut le faire, un enfant qui a attendu une vie entière précisément pour accomplir cet acte. Plonger et racler avec son ventre le fond de la vasque tandis que l'eau fluait sur lui, à travers lui, et que le froid lui arrachait un soupir ; après quoi il avait éclaté de rire, car il n'avait encore jamais connu un jeu aussi merveilleux, il n'avait jamais soupçonné qu'une chose pareille fût possible.

Il s'était éclaboussé. Il avait gambadé autour de la fontaine en faisant semblant que Prentiss lui courait après, puis il avait replongé, en retenant son souffle, en s'imaginant qu'il nageait de plus en plus bas pour l'éternité : après tout, cette eau devait bien s'écouler quelque part, et il n'y avait pas de raison qu'il ne puisse pas la suivre un moment, avant de retourner chercher sa mère et son frère pour leur montrer.

Il s'était relevé ruisselant. Le bruit suivant ne venait pas de lui. Il avait levé les yeux mais il était trop éloigné pour voir de quoi il s'agissait. La porte d'entrée du Palais de Sa Majesté s'était ouverte et une silhouette s'y était découpée, silencieuse. Landry avait trébuché sur la margelle, s'était rattrapé et avait déguerpi à toute allure, la terre frappant la plante de ses pieds.

Alors qu'il marquait une pause devant les cabanes, la pensée lui était venue qu'il serait plus intelligent de continuer à courir au-delà du Palais de Sa Majesté, au-delà d'Old Ox, jusqu'à un endroit encore inconnu où les évadés étaient peut-être laissés en liberté, leurs fautes effacées. Mais il avait beau être encore un enfant, il n'était pas idiot, pas assez en tout cas pour croire qu'il existait vraiment un endroit tel que celui-là.

Sa mère allait et venait dans le noir de la cabane. Elle dormait toujours d'un sommeil lourd, et vu la journée de dur labeur qui l'attendait le lendemain, il n'avait pas pensé une seconde que son absence l'arracherait à ses rêves. Avec quelle rapidité elle s'était ruée vers lui comme pour lui flanquer une fessée. « Toi alors ! » avait-elle dit en lui pinçant la joue tandis que de l'autre main elle ramassait un linge. Lorsqu'elle lui avait ôté sa chemise mouillée et s'était mise à l'essuyer, il avait pleuré sans bruit.

« Ils vont venir, hein ?

— Qui, mon petit ? avait-elle dit à voix basse pour ne pas réveiller Prentiss. Où diable t'étais passé ? T'es tout trempé. »

Il avait répété :

« Ils vont venir. »

Elle n'avait pas insisté. Elle l'avait mis au lit, s'était assise à côté de lui et avait essuyé les larmes qui continuaient à couler des yeux de son fils.

« T'as dormi, mon petit. T'étais ici, dans ton lit. Personne va dire le contraire. »

Il avait gémi encore un moment, puis, d'un seul

coup, une chape de ténèbres lui était tombée dessus, et à son réveil sa mère était habillée, prête à aller dans les champs. Elle l'avait houspillé pour qu'il se dépêche, comme si les événements de la nuit, en effet, n'avaient été qu'un rêve.

Il ignorait combien de jours s'étaient écoulés entre cette nuit et les jours de fouet, puis la fracture de sa mâchoire, mais après tant d'années, ces événements étaient à la fois assez lointains pour qu'il eût la sensation que chaque claquement du cuir, chaque ébranlement de toutes les fibres de son corps s'étaient produits pas plus d'une journée après sa sublime plongée dans la fontaine, et assez proches pour qu'il eût l'impression non d'avoir été une victime fortuite sacrifiée à la place des fugitifs, mais bel et bien le coupable d'un crime, le crime d'un enfant désirant jouer dans un monde qui n'était pas le sien. Et dans ce cas, chaque goutte de plaisir recueillie à la fontaine lui aurait été retirée sous la forme d'une pinte de sang.

Après chaque flagellation, sa mère l'allongeait par terre, telle une pierre tombale couchée sur le sol de leur cabane, et elle pansait ses plaies avec de la saumure. Il ne perdait pas alors la faculté de penser, c'était plutôt qu'à la moindre tentative de parler, les mots restaient coincés dans sa gorge. Il arrivait parfois à prononcer le *M* de *Maman*, mais aussitôt des tremblements le secouaient et il ne parvenait pas à formuler la suite. Si on insistait, parfois il réessayait, mais les mots ne faisaient qu'enfler davantage en son for intérieur. Avec le temps, même après sa guérison, même quand sa mâchoire lui aurait permis d'articuler, même quand les rivières sur son dos s'étaient comblées et ne pulsaient plus en rythme avec son cœur, il n'était toujours pas capable de prononcer plusieurs mots d'affilée et il s'était demandé pourquoi, étant donné le bien que la parole lui avait fait. Quelques mois plus tard, sa mère avait été placée comme domestique au Palais. Puis elle avait été vendue. Son frère avait pleuré jusqu'à la saison nouvelle, mais Landry, lui, avait déjà versé toutes ses larmes. Et puis, se disait-il, le silence rendait plus libre.

*

Début juin, les arachides fleurirent. Même avec leurs minuscules corolles jaunes, leurs fleurs n'étaient pas aussi jolies que celles du coton, ces longues grappes de pure blancheur qui inspiraient des poèmes à Maître Morton. Mais dans ce champ-ci, l'imperfection était souveraine : une terre boursouflée de plants verts désordonnés. Un désordre aléatoire en harmonie avec un monde dont la marche n'avait plus ni rime ni raison.

Ils avaient déposé leurs outils. Maintenant il fallait laisser le temps faire son œuvre. Ce qui n'avait pas empêché George de les envoyer aux quatre coins du champ afin de vérifier l'état des plants. Landry en inspecta quelques-uns, qui lui parurent robustes, puis il s'installa à l'ombre d'un noyer. Il rabattit son chapeau sur son visage et s'apprêta à piquer un petit somme. Il cédait souvent au plaisir de la sieste au moment où les autres s'y attendaient le moins. Mais, cette fois, il fut dérangé par une voix.

Il souleva légèrement son chapeau et, du fond de son clair-obscur, reconnut Isabelle, debout les mains sur les hanches en plein soleil, à la lisière de l'ombre.

« J'espérais qu'on puisse parler », dit-elle.

Il se rappelait leur rencontre autour de la corde à linge, l'instant où elle s'était matérialisée et s'était présentée ; ces chaussettes qu'elle avait voulu lui donner, la confusion de cette femme qui avait semblé peinée quand il était parti. Elle était gauche, mais fine observatrice. De ce point de vue, ils avaient quelque chose en commun. Elle avait sans doute repassé la scène de nombreuses fois dans sa tête. Et maintenant elle souhaitait parler avec lui, quitte à le déranger. Il n'était pas étonné.

« Pour quelqu'un qui habite chez moi, qui est souvent venu… eh bien, je me dis que j'aurais dû chercher à mieux vous connaître. »

Elle se tordit nerveusement les mains, puis reprit.

« Je m'exprime mal. Vous ne me devez rien, je ne m'attends à aucune gratitude pour vous avoir laissé la grange. Ce n'est pas du tout ça. Seulement on s'est parlé cette fois-là et on ne s'est plus reparlé depuis, et je ne voudrais surtout pas que vous pensiez que je désapprouve de vous. »

Il opina et sourit – ce qui lui arrivait très rarement à cause de sa mâchoire –, espérant qu'elle s'en satisferait. Mais elle ne fit pas mine de s'en aller.

« Je sais, bredouilla-t-elle. Je sais que vous ne parlez pas. J'ai interrogé votre frère, mais tout ce qu'il a pu me dire, c'est que votre mâchoire n'y est pour rien. Vous n'êtes pas non plus un idiot, ce dont je me suis rendu compte toute seule. Pourtant vous choisissez de garder le silence. Cela m'arrive, à moi aussi. Combien de fois je me suis mordu la langue en regrettant de ne pas pouvoir ravaler mes paroles. »

Il se demanda à qui elle s'adressait. Pas à lui. Les Isabelle de ce monde étaient en mesure de le voir avec leurs yeux, mais pas avec leur esprit. Une chose était sûre, cette femme ne tenait pas à entendre le son de sa voix – bien que récemment il ait quelquefois souhaité qu'on l'entende. Mais ce n'était ni le lieu ni l'heure. Isabelle était intéressée par sa propre personne. Sa propre vie.

« Vous avez été pour George une aide incomparable, continua-t-elle. Et pour Caleb aussi. Il souffre toujours, je crois, par moments. Il n'a pas trouvé sa place. Moi non plus, ni George, peut-être. Est-il possible de se sentir encore plus perdu en vieillissant ? Je ne le pensais pas avant la guerre. Et pourtant nous y voilà. Tous autant que nous sommes. Pour vous dire que votre présence, à Prentiss et à vous, a des effets apaisants… »

Landry se leva. Si sa force était parfois semblable à un rocher plein d'aspérités qu'il est plus prudent de ne pas toucher, cette confession, et le poids de la responsabilité qu'elle faisait peser sur lui, en polissaient parfaitement la surface. Isabelle leva les yeux pour croiser son regard. Son corsage avait la couleur des fleurs des bois, ces fleurs sauvages si splendides que les nommer, comme le faisait George, ternissait leur beauté.

« Oh, dit Isabelle. Il faut que vous retourniez travailler. »

Pas pour l'instant. Mais, la laissant à ses pensées, il emporta les siennes quelque part où il pouvait réfléchir tranquillement. Seul. Comme il lui plaisait.

Ce qui avait été passé sous silence, c'était la question de la liberté. Non que Landry regrettât de ne plus être la propriété de Maître Morton. Mais son frère et lui étaient alors liés comme par un trait d'union. Les chaînes qui les tenaient en servitude les enchaînaient aussi l'un à l'autre. Dans leur nouvelle existence, Prentiss menait sa vie de son côté : il faisait des courses en ville en compagnie de George, il bavardait gaiement avec Caleb, lequel semblait se rapprocher de Prentiss depuis qu'il était au champ avec eux. Parler de choses et d'autres, se faire des amis plaisait à Prentiss mais laissait Landry indifférent. Et son propre silence, autrefois voilé par les jeux d'ombres de l'esclavage et créant un état de quiétude qui avait permis à Prentiss de penser pour deux, ce silence laissait désormais entre eux, à découvert, un espace qui allait s'élargissant. Ils étaient finalement rendus à eux-mêmes.

Landry savait pourtant que jamais rien ne les séparerait vraiment. Prentiss serait toujours là, quoi qu'il arrive, dans la grange à l'attendre, ou dans le champ à le surveiller du coin de l'œil même si son frère était juste derrière lui. Et Landry, de son côté, rentrait toujours pour lui prouver qu'il n'était pas parti pour de bon, lui rendait toujours ses regards, lui confirmant par là qu'il veillait sur lui.

*

Le dimanche suivant, il se réveilla aux aurores, pressé de sortir dans les bois, mais Prentiss était déjà debout. Les restes du dîner de la veille mijotaient dans la casserole, morceaux de choux, de navet, des graines de coton, plus du jambon que leur avait donné George. Son frère, l'air bizarre, se tortillait une mèche de cheveux en aspirant de l'air entre ses dents.

« Bonjour », dit Prentiss.

Landry frotta ses yeux englués de sommeil, incommodé par l'odeur de sueur qui lui collait à la peau. Il se baignerait au lever du soleil, décida-t-il. Il mettrait la tête sous l'eau et se cacherait sous la surface avec les poissons, il deviendrait invisible.

« Je me demandais, dit Prentiss comme s'il lisait dans ses pensées, si je pouvais venir avec toi. Je sais que tu aimes te promener seul, mais je suis curieux de voir ce que tu fais. Des fois je regarde ton lit en me demandant où tu es. Je pensais t'accompagner aujourd'hui. Voir ce que tu vois, si tu veux bien. »

Que son frère ait envie de l'accompagner, voilà qui n'avait même pas traversé l'esprit de Landry.

« Tu peux me répondre avec des mots, continua Prentiss. Si tu veux bien. J'attendrai le temps qu'il faut. »

Landry acceptait de bégayer devant Prentiss, parfois. Rarement, car même Prentiss finissait par s'impatienter devant l'interminable étirement infligé à chaque syllabe, et il achevait les phrases que Landry avait eu tant de mal à dérouler. Même s'il voulait lui faire part des impressions que lui laissaient ses promenades, elles recelaient une part d'inexprimable. Il partageait une vie avec son frère, la grange où ils dormaient, leurs affaires, mais ces matinées dans la forêt n'appartenaient qu'à lui. De telles explications ne lui feraient peut-être pas perdre patience, mais lui feraient sûrement de la peine.

Landry s'approcha de son frère, qui le regardait d'un air méfiant, comme s'il s'attendait à le voir lui sauter dessus pour jouer à la bagarre, un de leurs jeux d'enfants. Mais Landry se borna à poser sa main sur la tête de Prentiss et la tint serrée contre sa poitrine.

« Qu'est-ce qu'il y a ? » souffla Prentiss.

Landry espérait que son geste suffirait. Qui sait si son frère ne préférait pas une accolade à une promenade dominicale ? Toujours est-il que Landry se dirigea vers la sortie.

« C'est tout ? s'étonna Prentiss. Tu pars ? Je me suis levé tôt pour te préparer un petit déjeuner et toi tu t'en vas sans rien manger ? Tu sais quoi ? Quelquefois y a un truc qui cloche chez toi. Tu grimpes aux arbres et tu espionnes les gens, c'est ça ? Tu veux qu'on se fiche de toi perché là-haut ? J'ai même pas envie d'aller avec toi, na ! »

Landry était déjà dehors. Si Prentiss avait ajouté quelque chose, il n'aurait de toute façon pas entendu. Il avait fait chaud toute la semaine, pourtant, ce matin, l'air était frais. Les taquineries de son frère, le timbre enjoué de sa voix, résonnaient tel un agréable écho dans sa tête. Bien sûr, Prentiss s'était fâché pour rire. Il connaissait trop bien Landry. Il respectait ses escapades hebdomadaires, qu'il avait fini par comprendre comme il comprenait tout ce qui le concernait. Ils n'étaient jamais séparés de plus de quelques pas. Prentiss s'était sans doute remis au lit et Landry, à cet instant même, lui tenait peut-être compagnie dans ses rêves.

*

La première heure, il n'alla pas très loin. George lui avait un jour montré une clairière parsemée de touffes de graminées jaune et or. Ils étaient à la recherche d'une plante qui, d'après George, aromatisait merveilleusement un certain ragoût. Ensuite, Landry avait retrouvé seul ce petit coin coupé du monde, devenu un de ses préférés.

Ses affaires étaient cachées là, sous un matelas végétal. Il tâtonna sur la terre jusqu'à ce que ses doigts frôlent le métal froid des aiguilles à tricoter, l'élasticité moelleuse de la pelote. Il avait acheté le tout aux camps, à une femme âgée aux jambes prises d'assaut par une ribambelle d'enfants se disputant son attention. Son argent lui permettrait de les nourrir pendant un ou deux jours. En échange, il avait redécouvert un passe-temps bien-aimé.

Si leur mère avait été transférée au Palais de Sa Majesté pour se servir du métier à tisser et mettre au point des motifs avec l'épouse de Morton, elle n'avait pas été choisie au hasard, comme le croyait Prentiss. Son frère avait oublié combien elle avait été habile de ses mains. Après le fouet, lorsque Landry reprenait vie dans la cabane, effrayé à l'idée de sortir et de risquer une nouvelle punition, sa mère tricotait à son chevet et il observait ses doigts guidant les aiguilles comme un archet sur un violon bien accordé, ses doigts soigneusement repliés, tandis que des boucles de laine apparaissaient et s'agençaient les unes dans les autres pour former des mailles parfaites.

« Viens ici, mon petit », lui avait-elle dit un jour.

Lorsqu'il s'était approché, elle lui avait donné des aiguilles à tricoter, rien qu'à lui. Il ne se serait jamais douté que ses mains pouvaient être aussi habiles que celles de sa mère, qu'il était capable de pareilles merveilles.

Sa mère avait cessé de tricoter quand la cueillette avait privé ses doigts de leur dextérité magique, et son transfert au Palais de Sa Majesté était arrivé trop tard, alors que son savoir-faire n'était plus à la hauteur de sa réputation. Ensuite, il ne l'avait plus jamais revue. Sa disparition avait été instantanée. Leur cabane était devenue silencieuse. Combien de nuits avaient-ils passées à contempler son lit vide jusqu'aux premières lueurs de l'aube, dans l'espoir de la voir reparaître ?

Il n'avait plus touché au tricot, pas avant d'avoir goûté à la liberté. Son premier ouvrage avait été un châle, d'une qualité médiocre, qu'il avait caché dans la grange de manière à ce qu'on ne le trouve pas. Le deuxième, une paire de gants qui aurait convenu à quelqu'un dont les mains n'auraient eu que trois doigts, avait pris le même chemin. Mais à présent, installé entre les touffes de graminées, il se rattrapait avec son troisième essai, des chaussettes, auxquelles il travaillait infatigablement, indifférent à la salive qui coulait de sa bouche, aux fourmillements qui colonisaient ses jambes croisées sur le tapis de verdure. Là, enfin, il était satisfait du résultat. Il rangea son matériel sous un coussin vaporeux de fleurs de mouron blanc et prit le chemin du retour.

Il évita la grange. Prentiss était soit en train de se reposer, soit parti avec George à qui il offrait une oreille attentive. Il lui sembla qu'il n'y avait personne dans la maison. Ne détectant aucun mouvement à la cuisine, nulle ombre aux fenêtres à l'étage, il se coula dans le jardin à l'arrière du bâtiment. Lors de sa première rencontre avec Isabelle, il était seulement venu inspecter les chaussettes sur la corde à linge, afin de voir à quoi ressemblait un produit fini de bonne facture, susceptible en outre de lui servir de modèle. Et il avait trouvé, en plus, une femme qui demandait désespérément à être écoutée, une femme qui souffrait d'être invisible. Il connaissait cette douleur. Faire semblant de ne pas s'en apercevoir n'était pas son genre. Un geste – les chaussettes – suffirait peut-être. Il n'y avait rien sur la corde, qui pendait mollement dans la touffeur de cette journée d'été. Son œuvre était une paire de taille enfant, qu'il espérait convenir à une femme. Il l'avait vérifiée en appréciant son propre savoir-faire. Puis il avait prélevé une pince à linge et l'avait suspendue à la corde, fièrement.

*

Il allait avoir une nouvelle montée de sueur. S'enfonçant sous les arbres, il suivit la route de la ville puis bifurqua, quand il le jugea bon, en direction des marais. Il marchait d'un pas léger, et allait comme le vent. L'étang était le même que lors de sa dernière visite, les nénuphars si finement ramifiés composaient un dessin ravissant, la surface de l'eau reflétait son visage que la beauté de l'environnement suffisait à rendre beau. Le silence était si enveloppant que ses pensées lui venaient traduites en phrases vives et pénétrantes, tel le discours fracassant d'un prédicateur qui enflamme son auditoire pâmé en bravos et en amen frénétiques. Car ici, tout était différent. Pendant le mince fragment de temps qui lui était accordé, l'étang lui appartenait.

Il se déshabilla et entra lentement dans l'eau. Chaque mouvement était une claque glacée. Laissant le froid le gagner, il crut qu'il allait se dissoudre, engourdi des pieds à la tête. Lorsqu'il retrouva ses sensations, ce fut comme s'il se reconstruisait pièce par pièce, cassé puis réparé. L'étang lui inspirait toujours des idées malicieuses. Il ne savait pas s'il y avait un propriétaire, mais il se plaisait à imaginer une maison en surplomb. Pourquoi pas ? George serait content de se lancer dans un nouveau projet. Prentiss pourrait peut-être renoncer à quitter Old Ox si seulement il trempait un orteil dans l'eau où flottait à présent Landry, si seulement il acceptait de reconnaître que leur place était ici. Qu'ils pouvaient revendiquer un endroit rien que pour eux. Landry lui en avait déjà parlé. Il lui en reparlerait en temps voulu.

Toutefois, il savait qu'il y avait peu de chances pour que leur séjour se prolonge au-delà de la récolte de l'arachide. Prentiss projetait de partir dès que leur pécule serait suffisant. Landry, lui, était content, il avait un coin confortable pour dormir et, dehors, de si grands espaces à sa disposition qu'un homme, pensait-il, n'aurait pas besoin de plus de liberté dans une seule vie. Pourtant Prentiss le tenait éveillé la nuit par ses évocations de lieux lointains. Peut-être iraient-ils de ville en ville, jusqu'à tomber sur celle qui leur conviendrait, un endroit où il y aurait plus de travail qu'on pouvait en rêver, un endroit où l'on semait les dollars par poignées sans même y penser. Ou bien ils grimperaient dans un wagon de chemin de fer sans se renseigner sur sa destination, et sauteraient du train lorsque le paysage leur plairait, trouveraient un bout de terrain sous un climat frais dans une région où personne ne connaîtrait leurs noms, où ils pourraient boire de la citronnade sous leur propre porche sans que jamais plus on vienne les importuner.

Ces rêveries avaient beau ne concerner rien

qu'eux, leur mère était toujours présente dans leurs pensées. Prentiss se demandait parfois tout haut comment ils allaient s'y prendre pour la retrouver. Landry sentait alors ses entrailles se nouer, il tentait de se figurer hors de la grange comme autrefois il se figurait hors de la plantation, comme lorsqu'il se figurait hors de son propre corps lorsque le fouet s'abattait sur son dos. Son frère envisageait de faire du porte à porte d'un bout à l'autre de l'État de Géorgie, dans l'espoir qu'on leur indique l'endroit où se trouvait leur mère. Il songea même à demander à Morton, alors qu'il savait parfaitement que cet homme ne leur dirait jamais rien – ils avaient déjà essayé et il leur avait ri au nez, leur avait dit qu'elle ne valait même pas de figurer dans son registre. Un mensonge, bien sûr, mais qui les avait blessés plus douloureusement que tout ce qu'il avait pu leur dire avant. Landry avait jugé préférable de se mettre en retrait, de disparaître de la conversation et de laisser son frère tourner et retourner le problème dans sa tête.

La vase au fond de l'étang vint lui envelopper les orteils. De petits poissons filaient devant lui, dardaient à droite et à gauche, aussi joueurs que des enfants. Il prit une grande inspiration et plongea la tête sous l'eau. Et là il se retrouva dans le monde du silence. Enseveli dans la quiétude, dans une immensité où il flottait, délivré de sa pesanteur. Comment capturer ce moment ? Comment le faire durer pour toujours ?

C'est seulement en sortant la tête pour respirer qu'il les entendit. Il prit soin de garder sous l'eau le reste de son corps. Derrière l'îlot de plantes aquatiques, au milieu de l'étang, il était invisible de ceux sur la rive en face. Mais lui les entrevoyait.

Caleb était allongé sous l'autre, le plus grand. Ils étaient tous les deux tournés du côté opposé à Landry. Il n'avait encore jamais vu d'homme blanc nu, d'une pâleur extrême sous le soleil. Au champ, Caleb se conduisait en homme, ou du moins était-il en train d'en devenir un, mais au bord de l'étang, on aurait dit un petit garçon, à pousser des gémissements tandis que l'autre l'étranglait, le tirait par les cheveux et lui flanquait de grandes claques sur les fesses.

Au début, Landry ne songea même pas à sortir de l'eau pour se cacher. L'étang, dans son esprit, était son domaine de plein droit. Il y donnait tellement libre cours à son imagination qu'il était près de croire qu'il avait eu une hallucination. Cette illusion s'évapora au moment où le garçon se mit à gémir plus fort. Oui, c'était bien Caleb, le fils de George, la perle des yeux d'Isabelle, et peu importait le nombre de fois où Landry était venu ici, peu importait ce que ce lieu représentait pour lui, la présence de ces deux-là signifiait qu'ils y étaient chez eux, et que c'était lui, Landry, l'intrus. Peut-être pouvait-il s'immerger, flotter en silence entre deux eaux, attendre qu'ils partent, et ensuite se chercher un nouveau refuge. Prentiss et lui monteraient dans un wagon de chemin de fer. Ils iraient chercher un autre endroit semblable à celui-ci.

Ils se contorsionnaient, Caleb sur le ventre et l'autre grimpé sur lui. Landry se laissa dériver en arrière et, la poitrine et les cheveux ruisselants, sortit de l'eau, grelottant en dépit de la chaleur. Ils ne se retournèrent pas pendant qu'il récupérait son pantalon, sa chemise et ses bottes. Ni quand il se rhabilla. Il pouvait disparaître. Sauf que c'était la dernière fois qu'il verrait l'étang, se disait-il, la dernière fois qu'il imprimait cette image dans son esprit. Il se concentra dessus de toutes ses forces, puis se relâcha.

À cet instant, l'autre garçon se retourna vivement. Ce ne fut pas la peur qui figea Landry. Mais l'étrangeté des circonstances : après tant d'années à passer inaperçu, le voilà qui attirait l'attention d'un jeune homme de ce genre, et en plus de loin. Il prit la direction de la grange. D'abord en marchant à une allure normale. Puis plus rapidement quand il entendit des pas derrière lui.

12

Le monde pesait sur leur secret. Caleb le ressentait jusque dans sa chair, plus profondément que le souffle d'August sur son cou, le frottement de chaque brin d'herbe sur son corps nu maintenu fermement au sol. Pourtant il n'était plus question d'être prudent. Ses inquiétudes étaient dissipées par une couche suintante de transpiration, la crispation de ses orteils et la manière dont il serrait les dents alors qu'il était traversé de vagues de joie. C'était comme si une cloche avait attendu sagement à l'intérieur de sa poitrine depuis la dernière fois que son ami l'avait possédé, au bord de ce même étang, un an auparavant, et voilà qu'August le pénétrait avec une force telle que le carillon de la cloche ébranlait chaque fibre de son être, tandis que de puissantes et délicieuses secousses se propageaient en lui, l'une après l'autre. C'était si intense qu'il aspira à un moment de répit, tout en redoutant l'instant où le bonheur de cet après-midi prendrait fin, pour peut-être, dans l'éventualité où son vœu serait exaucé, ne plus jamais se reproduire.

Ce fut August qui arrêta. Il se redressa, ruisselant de sueur, et se retourna, sur le qui-vive.

« Il y a quelqu'un. »

Caleb ne trouva rien à dire. À travers son extrême fatigue, il percevait l'effroi, l'angoisse que ces mots auraient dû provoquer chez lui, mais il ne parvenait pas à sortir de son apathie.

« Lève-toi ! » lui ordonna August.

Caleb était rouge des pieds à la tête à la suite des tourments délectables qui lui avaient été infligés, il avait mal partout, dans tous les muscles, une douleur dont il prenait seulement maintenant conscience alors qu'il revenait à lui. Il n'avait jamais séduit personne d'autre – les deux fois August était l'agresseur – et chaque fois Caleb avait été choqué de constater combien il était chamboulé par les émotions, dans un tourbillon de soumission. D'un état lucide, ancré dans le quotidien, il se trouvait brusquement transporté ailleurs, dans un autre monde, le pantalon aux chevilles et les cuisses enduites d'une liqueur épaisse.

À part un unique rapport, à cet endroit même, avant la guerre, ils s'étaient toujours conduits avec modération. (Caleb se sentait comblé si August pressait son corps contre le sien, et un baiser le mettait dans tous ses états jusqu'au lendemain.) Cela dit, il n'éprouvait pas le moindre regret. Pas plus qu'il ne redoutait d'être surpris. Que la réalité de leurs relations éclate donc au grand jour, à Old Ox comme partout ailleurs ! Mais il savait que pour August, l'enfant chéri, une intrusion représentait une menace, et confirmerait que Caleb était un ami encombrant, au mieux à tenir à distance, au pire à oublier carrément. Cette intuition lui remit plus ou moins les idées en place. Assez pour qu'il remonte son pantalon et ouvre ses oreilles.

« Ramasse tes affaires avant qu'il nous échappe », lui dit August qui se dirigeait déjà vers la lisière de la forêt.

Ne lui restait plus qu'à obéir. Commença alors une course frénétique à travers les taillis. Tout en courant, Caleb tentait d'enfermer dans l'écrin de sa mémoire les événements de ce bel après-midi : chaque coup de reins carillonnant encore dans sa tête ; l'endroit au bord de l'étang que son corps avait marqué de son empreinte ; les creux identiques dans l'herbe là où August avait posé ses genoux quand il l'avait chevauché. Même si la terre entière apprenait leur secret, et même si la punition était sévère, il aurait toujours accès à ces souvenirs. Il avait toute latitude pour s'en faire une provision, à l'abri de l'extérieur même dans les périodes les plus sombres.

*

Pendant des semaines, avant de voir August, il avait passé ses journées dans le champ à travailler et à guetter la floraison des plants d'arachide. Il n'avait pas beaucoup de goût pour le nouveau passe-temps de son père, ni pour l'agriculture en général, en fait. La tâche lui semblait fastidieuse et pourtant il y descendait chaque matin faute d'une autre occupation, et pour faire plaisir à sa mère, désireuse qu'il reste proche de son père. Et proches, ils l'étaient bel et bien. Caleb lui faisait les mêmes farces que lorsqu'il était petit : il levait la main comme pour donner une claque sur l'arrière-train de Ridley et lancer l'âne au galop alors que son père était dessus. George protestait avec véhémence : « T'as pas intérêt ! Gare à toi ! » Et le jour où son père avait donné un coup de pioche si énergique qu'entraîné vers l'avant, il était tombé tout droit, le nez dans la terre. Caleb avait couru avec les frères pour l'aider à se relever, des larmes de rire plein leurs joues, et l'incident les avait divertis à table pendant bien des jours. Son père et lui abordaient aussi des sujets plus sérieux : le projet de déboiser une autre parcelle en vue de la prochaine récolte, l'éventualité de nouvelles semailles avant l'automne. Les concombres poussaient assez vite dans la chaleur, ils arriveraient à maturité avant la première gelée. Il était un peu tard pour semer du riz, quoique en se dépêchant... sauf qu'il faudrait entreprendre des travaux d'irrigation, ce qui était irréalisable cette année.

Lorsqu'ils discutaient, c'était souvent en plein champ, et ils parlaient comme le font les hommes. En crachant par terre, en remplissant les silences par des grognements. Caleb se demandait s'il n'existait que deux modes de conversation possibles entre eux : les discussions d'ordre pratique, ou l'évocation de leur passé commun, la nostalgie d'un temps pour eux révolu en surimpression au présent. Ce n'était pas vraiment gênant, simplement il était conscient que ses relations avec son père avaient leurs limites : certains couloirs de sa pensée, de sa sensibilité, lui resteraient à jamais fermés.

Ce que père et fils partageaient n'avait rien à voir avec ce qu'il partageait avec August. Cela dit, le fait que son ami ne lui avait pas fait signe depuis ce jour au bord de l'étang, datant maintenant de plusieurs semaines, le rendait terriblement malheureux. Caleb s'était rendu chez lui à deux reprises, et chaque fois sa mère lui avait déclaré, d'un ton glacial et en le regardant à peine en face, que son fils était au bureau. Inutile de chercher très loin la cause de ces rebuffades. Avec son exploitation, son père s'était attiré et avait attiré sur les siens les foudres de tous les notables d'Old Ox, puis sa mère en provoquant un scandale chez les Beddenfeld avait réussi le même exploit auprès des dames. Madame Webler, suivant les ordres de son époux, l'informa que ni ce dernier ni August ne devaient être dérangés, sous aucun prétexte. Lorsque, lors de sa seconde visite, Caleb demanda quand August serait libre, elle répondit qu'elle était trop occupée à organiser le mariage de son fils pour l'aider.

Une virée à Old Ox était tout aussi refroidissante. Depuis que Wade Webler, ou quelqu'un de son entourage, avait fait courir le bruit de sa lâcheté, il y était reçu avec une froideur au moins égale à celle de Madame Webler. À la taverne, il fallait voir le regard que lui lançait le barman quand il levait la main pour commander une bière. Lorsqu'il fit appel aux services de Jan et Albert Stoutly qui avaient monté un atelier où ils fabriquaient des harnais et des charrettes (Caleb aurait voulu ménager le dos de Ridley), il s'entendit répondre qu'ils ne pourraient rien lui livrer avant l'année suivante, alors que devant chez eux habitait un client enchanté de leur célérité et de la promesse qui lui avait été faite d'équiper le reste de son écurie dans les semaines à venir. Même une course aussi élémentaire que l'achat de graines pour les poules était une épreuve tant il lisait de mépris dans leurs yeux. Quand il avait voulu se faire couper les cheveux, il était resté assis à attendre si longtemps qu'il avait dû écouter trois fois le barbier raconter la même histoire à des clients arrivés après lui, mais servis avant.

Il restait à la maison, à tuer le temps. Les journées passaient avec une lenteur exaspérante. La pensée d'August, tout proche, là, en ville, le poursuivait telle une ombre se déplaçant dans le champ avec le soleil. Souvent, il se retirait seul dans son coin et retournait la terre machinalement, en maudissant la vigueur de son désir, la nature pathétique de sa singularité. Son père, qui avait ses propres démons à combattre, ne faisait pas trop attention à son humeur solitaire, mais Caleb fut étonné un soir d'apprendre par lui que Prentiss et Landry craignaient de l'avoir offensé et l'évitaient.

« Tu leur en veux pour quelque chose ? lui demanda son père. Quelque chose qui a à voir avec la guerre ?

— Père, je t'en prie. Je ne leur en veux absolument pas.

— Bon, alors essaye d'être poli au moins. C'est pas comme si tu avais trop de compagnie. »

Caleb fit un effort. Un dimanche soir avant le dîner, il se dirigea vers la grange dans l'intention de les saluer. Il trouva Prentiss seul, occupé à laver son pantalon dans une bassine d'eau chaude. Quelques semaines plus tôt, il avait informé Caleb et son père de l'achat d'un nouveau pantalon, un pour lui et un pour Landry. Les frères s'étaient pointés dans le champ, tout fiers, se pavanant autant que les nouvelles recrues paradaient au milieu de la grande rue dans leurs uniformes gris fraîchement empesés. À présent, le pantalon était maculé de grosses taches de couleur, et le trempage ne paraissait pas près de l'en débarrasser.

« Qu'est-ce qui lui est arrivé ? » lança Caleb, oubliant de saluer.

Prentiss parut étonné de le voir. Il sécha sa main en la tapotant sur sa chemise et contempla la bassine.

« De la peinture, c'est tout.

— Je vois. Ton frère est par là ?

— Il est parti se promener.

— Où ça ?

— Ça le regarde », répliqua Prentiss.

Il sortit le pantalon de la bassine, l'étala sur le sol et se mit à le frotter avec une brosse.

Caleb se figura son père guettant à la fenêtre. Mieux valait laisser passer un certain temps – combien ? – avant de retourner à la maison. Il pensait pouvoir attendre là sans rien dire, car il lui était impossible d'exprimer ce qu'il ressentait. Comment avouer à Prentiss qu'il lui enviait ce qu'il partageait avec son frère, qu'il avait toujours voulu désespérément un frère ? Enfant, lorsqu'il tâtait dans son lit les draps froissés à côté de lui, il avait l'impression de le toucher, et le matin, au réveil, il faisait semblant de s'habiller à côté de ce garçon qui n'existait pas, il l'aidait à lacer ses souliers, à se peigner. Jamais il ne parviendrait à décrire sa détresse lorsque sa mère ouvrait la porte de sa chambre et que le garçon disparaissait. Il restait coi et regardait sa mère comme s'il souhaitait sa mort, comme si c'était à cause d'elle que son compagnon imaginaire s'était volatilisé. Ou, pire, comme si elle avait refusé de lui donner un frère dans la vraie vie.

« Qu'est-ce que tu fabriques ? lui demanda Prentiss.

— Je tournais en rond à la maison. Quelquefois, j'ai la bougeotte, quand je suis seul avec mes parents.

— Tu peux toujours venir ici. La grange est à toi, non ? »

Caleb croyait connaître Prentiss, mais parfois il se disait qu'en fait il ne savait rien du tout sur lui.

Il se rappelait le jour où ils avaient discuté, son père et lui, de ce qui serait susceptible de pousser en abondance dans leur champ. Caleb avait fait remarquer que le coton avait une croissance rapide. À cela, Prentiss, jusqu'ici silencieux, avait déclaré :

« Si c'est comme ça, vaut mieux que je m'en aille loin. Cette plante-là, j'y toucherai jamais plus. Je veux même pas les voir de près, ces satanées boules blanches. »

Son père n'avait rien dit et il n'en avait plus été question.

Il y avait eu aussi le soir où Caleb avait offert de l'aider à laver la poêle. Prentiss la lui avait reprise comme un enfant qui ne veut pas qu'on touche à son jouet et lui avait dit qu'il employait une méthode spéciale, en se servant de sa paume et du côté de sa main pour déloger les bouts collés dans les creux et au fond. Ces restes serviraient à la préparation d'un autre repas. Prentiss lui avait dit qu'il était prêt à lui montrer comment faire, exactement comme le lui avait enseigné sa mère, mais qu'il n'était pas question de le laisser bâcler la tâche.

Cette colère rentrée. Cette fierté, parfois flétrie ou blessée, mais toujours présente. Il avait en lui quelque chose qui manquait à Caleb. S'ils avaient été des frères, ce serait lui, Prentiss, qui lui aurait montré comment lacer ses souliers. Lui qui lui aurait montré comment fonctionne le monde. Peut-être était-ce pour cette raison que Caleb trouvait si peu à lui dire une fois qu'il l'avait salué. Il aurait fallu lui révéler ses faiblesses, et il ne savait pas comment s'y prendre. L'idée même de ce genre de face-à-face le faisait reculer. Jamais il ne répondrait du tac au tac à une remarque. On ne lui avait pas appris le sens de la repartie.

« Qu'est-ce que tu peins ? » demanda Caleb à défaut de trouver autre chose.

Prentiss continuait à donner des coups de brosse à son pantalon.

« Rien du tout. Y a ce gars dans les camps qui vend des calendriers, je vais lui en acheter un, parce que je veux compter les jours avant la récolte. Je passe tranquillement devant la chapelle et y a cette bande de jeunes crétins en train de repeindre le mur. Et que je te le donne en mille, v'là qu'y en a un qui fait tomber un pot sur moi. Ses gars se tordent de rire et lui il fait "oups" comme s'il a pas fait exprès. J'ai vu rouge. Ils méritent que je leur… »

Il laissa sa phrase en suspens, puis hocha la tête comme pour reprendre ce qu'il venait de dire.

« J'ai rien fait, en vrai. Mais ils m'ont fichu les boules, c'est tout. Pas de quoi faire une histoire. »

Prentiss se méfiait de lui, pensa Caleb. Si seulement il savait que les mêmes lui renverseraient volontiers un pot de peinture sur la tête, à lui aussi, s'ils en avaient l'occasion. Il ne fit cependant aucun commentaire. Il lui demanda s'il avait acheté son calendrier.

« Paraît que le type est parti dans le Nord, répondit Prentiss. Je l'ai raté d'une journée. »

Caleb éternua. Il se rendit compte que dans la grange s'était déposée une espèce de poussière. Pour la première fois il trouvait bizarre que l'on puisse habiter ici, au milieu des outils agricoles, des souris qui couraient partout, des hiboux qui hululaient toute la nuit et lâchaient leurs déjections sur le sol que l'on piétinait ensuite. Comment n'y avait-il pas pensé avant ? Bien sûr qu'il y avait un vendeur de calendriers. Quand on vivait dans ces conditions, on comptait forcément les jours qui vous séparaient de celui où on pourrait quitter cet endroit et aller vers un avenir meilleur. Pour l'homme aux calendriers, ce jour-là était arrivé.

*

Un après-midi de la semaine, il prit son courage à deux mains et se rendit en ville, décidé cette fois à ne pas se laisser faire. La nuit était encore loin, mais les préparatifs de la soirée avaient déjà commencé. Il attacha Ridley devant chez Ray Bittle. Le vieux avait le chapeau rabattu sur les yeux, on ne voyait pas son visage, et son corps était si enfoncé dans son rocking-chair qu'on l'aurait dit sculpté du même bois. Une image troublante. Son sommeil méritait peut-être d'être interprété comme on lit les lignes de la main : cet avachissement irrévocable, cette dissimulation volontaire du visage. C'était peut-être les indices d'une vérité enfouie que Bittle ne supportait pas d'affronter dans sa vie éveillée. Caleb était intrigué, mais tout de même pas assez pour s'attarder davantage. Il n'avait pas beaucoup de temps avant le retour chez lui d'August et il comptait bien le surprendre à son bureau, aussi loin que possible de Madame Webler.

August et son père officiaient dans des locaux d'une modestie stupéfiante, un petit immeuble en brique rouge d'un étage, que les passants ne remarquaient même pas, sans avoir conscience que les bâtiments où ils se rendaient, d'où ils venaient, appartenaient sans doute aux hommes siégeant à l'intérieur de celui-ci. À sa gauche, il y avait un hôtel, et à sa droite, un magasin de meubles de seconde main, l'un et l'autre attirant beaucoup plus de monde. Caleb traînassa sur les planches du trottoir en bois, puis respira un grand coup et se présenta à l'entrée.

Un préposé était assis derrière un comptoir. Il consultait des papiers. Caleb avait imaginé un hall d'entrée désert. Il s'était vu montant l'escalier quatre à quatre pour interrompre une réunion, ou faire irruption dans la bibliothèque, où on recevait les clients, mais toute velléité d'entrer de force fut prestement annihilée par la présence de ce jeune homme qui le regardait d'un air interloqué.

« Je peux vous aider ? »

Un garçon frêle comme un roseau, mince comme une liane, aussi léger qu'une plume au vent.

« Je cherche August Webler.

— Monsieur Webler est en réunion. »

Monsieur Webler ! C'est ce qu'August était maintenant ? Qu'à cela ne tienne : on ne le ferait pas attendre, même pour un « Monsieur Webler » !

« Ça prendra une minute, dit-il.

— Monsieur… »

Caleb était déjà dans l'escalier et ne ralentit

même pas lorsque le préposé le rappela. Il y avait indéniablement un excès de précipitation dans sa hâte à monter à l'étage. Il n'avait aucune idée de ce qui l'attendait, seulement qu'August, s'il tenait toujours à lui, accueillerait son intrusion avec joie. Quelle autre réaction pourrait-il avoir face à un ami résolu à se battre pour leur amitié, quelqu'un capable de braver toutes les conventions sociales rien que pour venir le saluer ?

La salle était vide. Les deux bureaux qui s'ouvraient de chaque côté arboraient chacun une plaque M. WEBLER. Caleb était bien en peine de déterminer celle d'August. Il n'avait aucune envie de tomber sur le père, mais comme il était arrivé jusque-là en forçant le passage, il se voyait mal frappant poliment à la porte.

Un vent de panique le traversa. La chaleur qui s'était accumulée pendant la journée à l'étage lui tomba dessus comme un lourd édredon. Finalement, il entendit des murmures filtrer sous la porte de droite. Et en dépit de sa résolution, il frappa. La voix bourrue de Wade, sans demander qui était là, l'invita à entrer. Sa paume dérapant autour du bouton de porte, Caleb se rendit compte qu'il était en nage. Il fallut qu'il serre très fort pour parvenir à ouvrir.

« Qu'est-ce que c'est ? »

Webler, trônant derrière un imposant bureau en chêne, s'adossa à son fauteuil d'un air perplexe.

August était assis à côté de son père. Il avait à la main un bloc de papier et un stylo. Caleb reconnut celui qui était debout en face d'eux d'après les affiches placardées partout en ville. Il s'agissait du général de brigade Glass. Il se tenait si droit qu'il semblait au garde-à-vous.

« Caleb ? » dit August.

Webler ne lui laissa pas le temps de répondre.

« Comment es-tu monté ? dit-il en se penchant au-dessus de la table. Jeffrey ! » hurla-t-il, un cri qui déclencha chez lui une quinte de toux.

Monsieur Webler but un doigt de whisky dans le verre posé à côté de lui avant de reprendre ses vociférations.

La cage d'escalier résonna de coups sonores, comme si quelqu'un cognait à une porte, et l'instant d'après le jeune préposé déboula dans le bureau, tout aussi en sueur que Caleb.

« Je suis désolé, monsieur, je lui ai dit de ne pas monter, mais il est monté quand même. »

Étonné par l'épuisement qui se lisait sur le visage du jeune homme, Caleb baissa les yeux et vit la jambe de bois.

« Pour l'amour du ciel ! s'exclama Webler, je sais que l'obéissance n'était pas ton fort à l'armée, mais ce serait trop te demander de respecter les instructions de mon secrétaire ? »

Caleb s'accorda un instant de réflexion. Ne serait-il pas raisonnable, vu les circonstances, de s'excuser et de sauter par la fenêtre ?

« Ce doit être quelque chose de sacrément important pour te faire courir comme ça, griller la politesse à un unijambiste et prendre d'assaut mon bureau !

— Je ne savais pas qu'il boitait, marmonna Caleb.

— Je vais prendre congé, dit le général Glass.

— Il n'en est pas question ! dit Webler. Vous aviez rendez-vous aujourd'hui. Les gens qui ont des *rendez-vous*, qui obéissent au protocole, ne doivent pas s'incliner devant les égoïstes qui se moquent de l'étiquette. Je n'ai pas besoin de le dire à un soldat émérite tel que vous.

— Je m'en vais, dit Caleb d'une petite voix d'écolier que l'on a mis au coin.

— Tu as refusé d'écouter ce que te disait Jeffrey qui a pris ce travail afin d'économiser suffisamment pour s'acheter une prothèse ! On aurait pu penser qu'une gueule cassée comme toi aurait davantage d'indulgence pour un camarade mutilé. »

Caleb leva machinalement la main sur sa balafre.

« En plus, tu interromps l'honorable général Glass, continua Webler. Cet éminent commandant d'armée, qui s'est installé dans notre communauté en se mettant au service de ceux qu'il a combattus, sollicite un prêt pour soigner sa mère malade qui a besoin d'être opérée d'urgence. Tu imagines combien ça a dû lui coûter de s'abaisser à venir ici aujourd'hui. Tout ça pour que tu le déranges au moment où il exprime sa requête ! »

On n'entendait plus que les halètements de Jeffrey encore essoufflé. Caleb vit que le général Glass, tête basse, ruminait son humiliation, alors que, en réalité, Webler se frottait intérieurement les mains. Et puis il y avait August. Caleb chercha désespérément une lueur de sympathie dans le regard de son ami, comme quand ils étaient allongés l'un auprès de l'autre. Il espérait au moins le voir détourner les yeux, preuve qu'il était aussi gêné que lui.

Mais Webler, en maître de la situation, ne leur permit pas d'échanger un seul regard. Il se tourna immédiatement vers son fils afin de monopoliser son attention.

« Pourrais-tu dire à ton ami qu'il joigne l'acte à la parole et nous laisse un peu en paix ? »

August posa son stylo sur la table. Il commença par prendre péniblement une longue inspiration, que Caleb interpréta comme un signe d'angoisse. À moins que, dans son désarroi, il fût prêt à croire n'importe quoi.

« On a beaucoup de travail, déclara August d'un ton sec. Il vaut mieux que tu t'en ailles. »

Caleb ne se le fit pas dire deux fois.

*

Il faisait un rêve récurrent. Cela se passait dans l'écurie de Wade Webler. Il savait pourquoi l'écurie. Webler avait donné une grande fête autrefois. Caleb était petit alors et avait suivi une bande de chenapans à l'écurie pour jouer dans le foin. Il se rappelait qu'il faisait chaud, à cause des enfants qui couraient partout et aussi des chevaux – il y en avait tellement – qui les observaient, la tête sortie de leur box, comme s'ils surveillaient ces garçons dissipés. Sauf que dans son rêve, Caleb est adulte, et les autres aussi. Et ils l'observent depuis les box, car ils ont remplacé les chevaux.

On le jette en travers d'une selle, sur le ventre, et son corps se moule dans la pièce de cuir lisse, les reins au creux de la selle. On lui attache les pieds aux étriers qui sont enchaînés à deux poteaux derrière lui. Il ne peut plus se libérer. Près de lui la chaleur devient plus intense, il entend des crépitements, pas tellement différents du bruit de feuilles mortes sous les semelles : une bassine de charbons ardents tout près de son oreille. Les autres ne regardent que lui.

August surgit par-derrière. Caleb, en se tordant le cou, reconnaît la masse de ses cheveux blonds, la lenteur de sa démarche élastique. Son ami extrait du feu le fer à marquer qu'il brandit pour que les autres le voient bien, puis il l'approche du visage de Caleb.

« T pour traître », dit August tandis que les autres l'ovationnent.

Le fer est brûlant, il sent sa morsure dans tout son corps. Ce n'est pas une douleur aiguë, plutôt la sensation produite par une goutte de cire fondue que l'on étalerait du doigt jusqu'à couvrir la totalité de la peau. Caleb sent qu'August lui retire sa chemise par le haut, ses mains frôlent son dos et il ne lui reste plus qu'à serrer les dents tandis que le fer s'abaisse jusqu'à lui et à cet instant… Il se réveillait, si troublé, si perversement excité, qu'il n'avait d'autre choix qu'évacuer ce trop-plein d'énergie de la plus répugnante façon, les vestiges de son rêve se délitant à mesure qu'ils étaient chassés de sa conscience. Il devait maintenant descendre prendre un linge pour se nettoyer. Se laver de sa honte. Et c'est ainsi qu'il se sentait à présent, en reprenant le chemin de chez Ray Bittle : dégoûté de ce qu'il avait fait, d'avoir trouvé malin d'aller s'enquérir d'August, il regrettait même d'être revenu de la guerre. Prentiss et Landry tenaient peut-être la solution. Partir pour le Nord. Échapper pour de bon à Old Ox. À la vue de Ridley au loin, il fut tenté d'enfourcher l'âne et de quitter la ville pour toujours.

Une voix familière l'appela. « Caleb ! » Il continua à marcher vers Ridley comme s'il n'entendait que les corneilles croassant sur le toit de Ray Bittle. Il ne put toutefois pas ignorer la main qui s'abattit sur son épaule, les ongles qui le griffaient à travers sa chemise.

Caleb fit un bond de côté et, pivotant sur lui-même, prit August au dépourvu.

« Arrête ! Fous-moi la paix ! »

Il commença à dénouer les rênes de l'âne mais August restait fermement planté à côté de lui.

« C'est exactement comme ça qu'il voulait que tu réagisses, en se moquant de toi, dit August.

— Eh bien, il n'a qu'à se féliciter. Tu peux le noter dans ton petit carnet et le mettre dans ton rapport. »

August prit les rênes des mains de Caleb.

« Tu crois que ça me fait plaisir ? dit August. De te voir souffrir ?

— Tu ne m'as pas fait signe depuis des semaines, alors j'imagine que tu te fous bien de comment je me sens.

— Tu es trop sensible. Ça n'a rien à voir avec toi. C'est le mariage, mardi prochain, et son organisation me prend tout mon temps depuis le moment où je sors du bureau jusqu'au coucher du soleil.

— Je t'en prie. Comme si quoi que ce soit t'avait jamais arrêté ! On sait tous les deux que ton père est derrière tout ça. Tout comme c'est lui sûrement qui a décidé de ne plus nous inviter, ma famille et moi, à la noce. »

Et n'était-ce pas typique des Webler de se marier un mardi, de priver les gens d'une journée de salaire et de les obliger à venir rendre hommage au prince et à la nouvelle princesse ?

Ils tournaient le dos à la ville et l'âne était entre eux et la route. Devant eux il n'y avait que Ray Bittle, toujours endormi sous son porche. Ils étaient pour ainsi dire seuls. C'était difficile de résister aux yeux bleus d'August dont le regard était aussi pénétrant et incandescent qu'une allumette que l'on gratte sous votre nez.

« Tu ne peux pas savoir, dit August. Je suis bien obligé de le supporter, Caleb. Au moins en attendant d'avoir ma propre maison, ce qui ne me réjouit pas non plus. Mon Dieu, la perspective de vivre avec Natasha ! Quand je la vois, l'ennui me tombe dessus comme quand je lis les rapports que je trouve le matin sur mon bureau. C'est tellement pénible tout ça, le mariage, les femmes, le boulot. J'y voyais plus clair pendant la guerre. C'est vrai, je t'assure. Je préférerais creuser des tombes dans un sol gelé qu'épouser cette fille, travailler pour mon père et regarder des généraux nordistes se déculotter pour une poignée de dollars.

— Tu crois que je ne suis pas comme toi ? Toute la sainte journée dans les champs à faire joujou avec de la terre, puis le soir mon père me fait lire des ouvrages d'agriculture. Comme si ça m'amusait de savoir si l'herbe coupée ou la paille fait un meilleur paillis. Le seul répit pourrait nous venir des moments qu'on passe ensemble, mais pour une raison incompréhensible, tu m'en as privé.

— As-tu besoin d'un dessin ? répliqua August en s'efforçant de parler bas. Si c'est nécessaire, je t'en fais un. »

Caleb haussa les épaules avec une fausse nonchalance. Son cœur battait si vite qu'il sentait le sol vibrer sous ses pieds.

« Il sait, dit August. Il a toujours su. Les sentiments qu'on a l'un pour l'autre. Il fait tout pour les tourner en dérision. Il te surnomme "la fillette" et, dès que je parle de toi, il se moque et te traite de lâche. Même dans les soirées, il te cite en exemple de tout ce qui nous a coûté la défaite, le pessimisme qui nous a fait perdre tant de choses. »

Caleb essaya de lui reprendre les rênes des mains, mais August les tenait fermement, et il refusait de se taire.

« Et je ne te parle pas de tes parents. Le scandale qu'a fait ta mère chez les Beddenfeld où elle s'est conduite comme une folle…

— Elle était offensée, elle ne faisait que protéger sa famille.

— Ou ton père et ses Nègres. Le culot de leur permettre de vivre chez lui…

— Ils n'habitent pas chez nous. C'est stupide, mais les gens continuent à le croire… Et puis, quoi ? Même si c'était vrai ?

— Caleb, tu sais bien que si j'ai envie de passer du temps avec quelqu'un, c'est avec toi. Mais ce n'est pas possible.

— Tu avais dit que rien ne changerait. Je te cite mot pour mot.

— *Tu* as changé. Vous autres, les Walker, vous avez changé.

— On a *perdu*, August. C'est le monde qui a changé. Tu ne comprends pas ? Tu es aussi borné que ton père ?

— Pas si fort », souffla August d'une voix sifflante.

Il regarda autour de lui, mais la rue était déserte et Ray Bittle n'avait pas bougé.

Caleb hocha la tête et se résolut finalement à tirer si fort sur les rênes qu'August les lâcha. Il enfourcha Ridley et ajouta pour la gouverne de son ami :

« J'ai récemment entendu Prentiss, un des Nègres que ton père déteste tellement, dire au mien avoir croisé un type qu'il connaissait depuis toujours, un ancien esclave comme lui, qui faisait la manche aux abords de la ville. Prentiss ne lui a pas donné un centime. Était-ce un crime ? Il voulait en avoir le cœur net. Se montrer aussi indifférent devant le malheur de quelqu'un avec qui on a grandi ? Et si une distance se creusait entre son propre frère et lui ? Il paraissait avoir peur qu'ils s'éloignent l'un de l'autre. Mon père lui a dit que c'était idiot. Deux personnes si proches l'une de l'autre ne laisseraient jamais une chose pareille arriver. Leurs liens étaient trop solides. Sur le moment, j'ai trouvé sages les paroles de mon père. Maintenant, je me demande. »

August avait les mâchoires contractées de colère. Il n'y aurait pas de retour en arrière. Caleb se doutait du choc que c'était pour August de perdre le contrôle et d'avoir à renoncer à sa domination absolue sur Caleb dont l'obéissance n'avait jamais été mise en question. Désormais, lui semblait-il, tout serait changé entre eux.

« Prends soin de toi, August. Transmets mes hommages à Natasha. Quant à ton père, tu peux lui dire de ma part que c'est un imbuvable cuistre. »

Là-dessus il s'éloigna sur Ridley sans se presser. Le temps d'arriver chez lui, il avait pris la résolution de quitter Old Ox, une bonne fois pour toutes. Pour aller où, là était la question. Un endroit où les passions seraient moins vives peut-être, là surtout où il ne serait connu de personne, une ville, une cité même, là où un homme au visage étrange et au tempérament discret passerait inaperçu dans la foule.

Ces pensées tournaient toujours dans sa tête le lendemain matin. Il profitait d'une halte dans le travail pour se débarbouiller à la pompe au bord du champ quand sa mère approcha, un bout de papier à la main.

« Un messager a déposé ça pour toi.

— De la part de qui ? demanda-t-il en essuyant ses mains sur son pantalon.

— Il n'a pas voulu dire. »

Deux mots seulement écrits au crayon : *Étang. Dimanche.*

*

Il sut tout de suite qui c'était, à la démarche pataude, à la carrure colossale, une véritable montagne d'homme. Ce ne pouvait être que Landry qui courait ainsi à travers bois devant eux pour leur échapper. Il n'y en avait pas deux comme lui à Old Ox. Au début Caleb croyait que, parce que Landry appartenait à un monde et August à un autre, une force supérieure, veillant à l'équilibre entre toutes choses, les maintiendrait séparés. Cette illusion persista même lorsque August ramassa une branche tombée, aussi grosse qu'un bras, et la mit sur son épaule à la manière d'une carabine, elle persista même lorsque, débouchant au bas de la ferme de son père, la maison se profilant au loin, ils trouvèrent Landry par terre, les deux mains autour de sa cheville.

August le dominait de toute sa hauteur. Caleb, revenant enfin à la réalité, lui cria d'arrêter. Alors qu'il n'avait encore jamais entendu un son sortir de la bouche de Landry, voilà que le frère de Prentiss poussait des plaintes affreuses, tellement pitoyables et perçantes qu'on aurait cru un enfant blessé.

August paraissait aveugle à tout sauf à la source de noirceur intérieure dont il avait tiré tant de plaisir pendant la guerre. Il demanda à Caleb ce qu'il avait à protester comme ça, ce n'était qu'un Nègre, et un qui, en plus, ne connaissait pas sa place. Caleb lui expliqua qui était Landry, et August sourit. Il expliqua à Caleb qu'il lui rendait service. Ce serait bon débarras pour sa famille.

Landry essaya de se lever mais August appuya sa botte contre sa poitrine et ce geste suffit à le plaquer au sol. Où était passée la force colossale de Landry ? Caleb n'avait jamais vu quelqu'un manier la hache avec une telle ferveur, une telle férocité, et le voilà qui pleurnichait sous la pression d'une botte. Landry jetait des regards affolés autour de lui, et sa mâchoire, comme un appendice mal fixé, tremblait sous le poids de ses cris.

Caleb se retrouva par terre. Il n'avait aucune idée de ce qui lui était arrivé. Toujours est-il qu'il était assis sur un lit de boue et de feuilles mortes, les mains sur les yeux. Si seulement il se levait, il pourrait lui-même arrêter August. Il arrangerait les choses. Mais sa terreur était telle qu'il était incapable de regarder, et encore moins de bouger. En écartant ses doigts devant ses yeux, il vit August se saisir froidement, à deux mains, de la branche qu'il portait sur l'épaule. Et soudain, à la dernière minute, Caleb cria à August que Landry était muet. Pas un mot ne sortait jamais de sa bouche. Il ne rapporterait en aucun cas ce qu'il avait vu.

Caleb laissa ses mains retomber le long de son corps et, l'espace d'un instant, August hésita. Landry leva vers son agresseur un visage à l'expression si intense, au regard si résolu, que Caleb crut qu'il avait trouvé en lui quelque ressort caché. Et en effet, mais pas celui escompté par Caleb.

« Je p-p-p », bégaya interminablement Landry qui refusait de renoncer à ce qu'il était en train de dire, déterminé à faire entendre sa voix.

Caleb vit qu'il était inondé de sueur. Chaque atome de son être contribuait à l'effort pour articuler les mots.

« Je p-p-p peux parler. Je su-su... suis pas di-f-férent d-d-e vous. »

August tourna vers Caleb un large sourire, un sourire entendu. Caleb sut alors que c'en était fait de leur amitié.

Le premier coup tomba sur la tête de Landry. Ses cris cessèrent brutalement et un silence tel se fit dans la forêt que le deuxième coup déchira l'air avec un bruit atroce, le cri d'un arbre coupé en deux par la foudre. Un filet de sang coula de sa tête, de la déchirure ouverte sur son crâne. Sa tête se balança vers l'avant, vers l'arrière, puis s'affaissa, aussi inerte qu'un oiseau abattu en plein vol.

Caleb serra les paupières et se couvrit les oreilles assaillies par le retentissement des coups vicieux. Il ne pouvait pas bouger. Sa gorge était si sèche qu'elle n'aurait pas laissé passer un son. Assis, les bras noués autour de son propre corps, il attendait d'émerger de ce déchaînement barbare.

Il aurait pu rester là jusqu'à la nuit s'il n'avait pas senti une main sur sa tête, des doigts amicaux lui frictionnant le cuir chevelu comme pour le consoler. August le traita de rabat-joie. Qu'est-ce qui le rendait aussi sensible ? Caleb ne put s'empêcher de jeter un coup d'œil vers Landry, d'observer le visage défoncé, les orbites remplies de sang. Il se demanda si son ami serait capable de lui infliger la même chose, à lui. La branche était toujours dans le poing d'August, tel un jouet d'enfant, et tout semblait possible. Soudain, deux silhouettes se dessinèrent à contre-jour à l'autre bout du champ.

« Invente-toi une excuse, lui dit August. Je n'étais pas là. »

L'ombre posée sur lui s'évapora. August était parti.

13

George s'était levé tôt et avait préparé un café bien fort. La première gorgée lui procura une sensation délectable qu'il compara, tant son effet était vivifiant, à celle que pourrait éprouver un chien lâché d'un chenil sur une pelouse où l'herbe vient d'être coupée. Il savoura le moment, et ne pensa plus à rien d'autre. Il sortit sous le porche et s'installa dans le rocking-chair de sa femme, seul, sans autre intention que de regarder le soleil levant enchanter le fond du vallon. Le dimanche était le seul jour de repos qu'ils s'accordaient, Caleb, les frères et lui. La veille au soir, il était retourné parler avec Clementine, prendre des nouvelles de sa fille et lui raconter sa vie depuis sa dernière visite. Le retour à pied avait été un supplice pour ses vieux os. Isabelle s'était abstenue de commentaire sur son absence, mais avait été prompte à lui faire remarquer que depuis quelques jours il boitait plus qu'avant. Il l'avait priée gentiment de ne pas attirer l'attention sur son état de décrépitude. Beaucoup d'éminents penseurs avaient réfléchi à la question du vieillissement et de la mort, ce qui ne les avait pas empêchés de mourir dans les mêmes conditions que les imbéciles. George trouvait commode de ne pas y penser, un point c'est tout. Pourtant, après le travail de ces derniers mois – l'abattage des arbres, le défrichement et le labour –, chaque fin d'après-midi le trouvait perclus de douleurs, et chaque matin ses articulations étaient raides, comme si elles avaient besoin de dégeler. Le café brûlant qui le réchauffait de l'intérieur était à sa connaissance le seul remède.

La matinée se déroula sans autre particularité que le départ d'Isabelle en carriole pour l'église. Ce qu'il trouva curieux, étant donné que ni l'un ni l'autre ne s'y était rendu depuis longtemps, mais il ne lui posa aucune question. Landry disparut dans la forêt, comme il en était coutumier. Prentiss ne sortit pas de la grange. Et Caleb dormait. C'est ce qui par la suite, avec le recul, affligeait George le plus profondément : le fait qu'il n'y ait eu aucun accroc au déroulement habituel, rien qui présageât des horreurs à venir. Vers la fin de la matinée, il avait même aperçu Landry de dos, assis dans une clairière au milieu des bois, complètement détendu. D'autant plus terrible fut la découverte quelques heures plus tard de son cadavre roué de coups, jambes repliées, corps recroquevillé, visage défoncé, méconnaissable. Landry avait rendu son dernier souffle.

George, en pleine discussion avec Prentiss sur les problèmes de l'élevage, comparait la rentabilité d'une vache élevée pour la viande à celle de poules susceptibles de pondre continuellement, quand un cri abominable déchira l'air.

Il était trop loin pour comprendre ce qu'il avait sous les yeux. Il pensa que c'était peut-être sa bête, qui avait été piégée et mise à mort, à juste titre certes, mais au contraire de son souhait de l'attraper vivante, d'admirer la majesté de son allure traversant ces bois. Puis, lorsque Prentiss se rua à toute vitesse vers le corps, les idées de George se remirent en place, alors il sut et l'envie de vomir le saisit. Il resta là, abasourdi, les mains sur la bouche, jusqu'au moment où il aperçut la créature apeurée assise dans la boue, à la lisière de la forêt, et se précipita vers son fils.

Caleb avait le visage tellement rouge qu'on aurait pu le croire brûlé. Quand il essaya de parler, des filets de salive coulèrent des coins de sa bouche et il ne parvint pas à prononcer un mot.

« Tu dois nous dire ce qui s'est passé », lui demanda George.

Prentiss, la tête penchée sur le mélange de glaires et de sang qui couvrait la poitrine de son frère, suppliait le corps inanimé.

« Oublie pas qu'on a des projets, Landry, des projets formidables, que du solide, alors lève-toi ! C'est pas toi le frère paresseux. C'est moi, le fainéant, allez, debout. »

En gémissant, il plaça ses mains de part et d'autre de la poitrine de Landry, comme un bébé prend le sein de sa mère.

« Regarde ce que t'as fait à ton pantalon tout neuf. Comment tu l'as mis dans cet état après avoir moqué mon pantalon à moi ? Pour qui tu te prends, hein ? continua-t-il à répéter. Pour qui tu te prends ? »

Sa colère l'emporta sur le reste, il martela à coups de poing la poitrine de son frère, en exigeant une réponse. Sa douleur enflait, immense, à la taille de la forêt, aussi vaste que le monde.

Pendant ce temps, Caleb refusait de parler à

George, le regarde fixé droit devant lui, à croire que le choc l'avait rendu muet. George le secoua, lui assura qu'il le savait incapable d'un acte pareil, le supplia de jurer qu'il n'avait rien à voir avec ça. Caleb finit par hocher la tête d'avant en arrière. Oui.

« Alors qui ? exigea de savoir George. Qui a pu faire une chose pareille ? »

Caleb ne retrouvait pas sa langue. Il regarda la forêt, à travers la forêt, comme au-delà des arbres, et dans cette direction George ne pouvait penser qu'à une chose. Il n'avait pas la moindre idée de ce que son fils faisait dans les bois, et il repoussa à plus tard l'élucidation de ce mystère, mais il savait vers quoi, ou plutôt vers qui, regardait son fils : vers le seul être ayant un mobile pour commettre un acte aussi haineux, celui-là même qui avait déjà causé tant de malheurs dans la vie de Landry.

Abandonnant Caleb et Prentiss auprès du corps, George prit le chemin du domaine de Ted Morton, marchant plus vite qu'il ne l'avait jamais fait. Plutôt que de contourner la clôture, il l'escalada péniblement et se laissa glisser de l'autre côté. Il attendit une minute de reprendre son souffle. Il était déjà épuisé avant de fouler le sol des champs de coton, mais la colère qui faisait bouillir son sang l'aurait mené jusqu'au bout du monde. S'il le fallait, si c'était en toute justice, il réservait à Ted Morton la même fin que celle de Landry.

Il traversa les plants hauts d'une coudée. Çà et là, des hommes et des femmes sarclaient le champ, peut-être pour la dernière fois avant la floraison. Tous levèrent vers lui un regard perplexe. On le salua de la tête, plus rarement d'un sourire, qu'il ne rendit pas étant donné la nature de sa visite. Il était arrivé aux anciennes cabanes à esclaves quand Gail Cooley fit son apparition, difficilement reconnaissable sous les éclaboussures de boue qui maculaient son visage. Son pantalon était roulé jusqu'à ses jarrets et on ne voyait pas ses yeux dans l'ombre du chapeau à large bord.

C'était inhabituel de rencontrer Gail sans Ted Morton à cheval qui le guidait de son autorité. Gail paraissait d'ailleurs consterné à l'idée de devoir engager seul une discussion.

« Monsieur Walker, je vous ai aperçu de loin.

— Où est Ted ?

— Dans les champs.

— Un dimanche ?

— On n'a pas assez d'ouvriers pour prendre des jours de repos. Il a dit peut-être dimanche prochain, si on a fini le sarclage.

— Conduisez-moi auprès de lui. »

Le front de Gail se plissa, il hésitait manifestement à obéir à George. Finalement il céda et pria George de le suivre. Ted s'échinait à désherber un talus, son fils William à ses côtés. Ted n'avait pas l'air plus frais que Gail. Le travail de la terre l'avait rapetissé, mais il aboyait ses ordres comme s'il possédait toujours ses esclaves. À la vue de George, il posa son sarcloir, imité par tous ceux qui l'entouraient. George et lui se toisèrent un long moment.

« Je t'offre la possibilité d'avouer ce que tu as fait, dit finalement George. Tu prétends être un honnête homme. Un homme bon. Alors avoue ton crime. »

Ted déboutonna le haut de sa chemise et s'éventa avec son chapeau.

« George, je ne sais pas de quoi tu causes. Mais

ça me chatouille de te mettre le manche de cette pioche là où je pense.

— Toujours une gentillesse à la bouche, je vois.

— Rien me plairait plus que de passer à l'acte. Je l'enfoncerai si profond que tu pourras labourer tes cacahuètes sur tes genoux pliés. »

La fureur qui gronda en George avait mis une vie entière à mûrir, mais il fut le premier sidéré par la violence du choc. Il se rua sur Ted avec un cri terrible. Un éclair traversa le regard de Ted. Il abattit ses mains sur les épaules de George et fit un pas de côté. George, emporté par son élan, tomba à plat ventre.

« T'as perdu la tête ou quoi ? » vociféra Ted.

La plantation au complet se tenait immobile. William, le fils de Ted, ricana. Gail se rapprocha de Ted dans un réflexe de solidarité.

George se releva lentement, prenant garde à sa hanche, et épousseta la terre de ses vêtements.

« Avoue ce que tu as fait, répéta-t-il entre ses dents.

— Que j'avoue quoi ? Merde, George. Je me crève le cul toute la sainte journée comme un putain d'esclave pour gagner ma croûte. Alors ce dont tu m'accuses, à moins que ce soit piocher ou sarcler, c'est pas moi.

— Tu l'as tué ! Tu as tué Landry ! Et tu vas avouer ! Devant moi ! devant Dieu ! devant la Justice. »

Ted le regarda sans comprendre. Puis son visage s'éclaira.

« Tu parles de ce Nègre que tu m'as volé ? Il est mort ? »

George tenta de sauter à la gorge de Ted.

« Pas si vite ! dit Ted. Je te répète que j'ai *aucune*

idée de quoi il s'agit. Je suis resté tout le temps ici et, la nuit, je dois supporter ma femme qui me crie dans les oreilles que je n'ai même plus le temps de lui dire bonjour. Et tu crois que je vais aller buter des Nègres pendant mon temps libre ? Mes propres Nègres, en plus. »

Ted Morton ponctua ses paroles d'un éclat de rire.

« Il n'était pas à toi, répliqua George. Et c'est pour ça, évidemment, que tu l'as tué.

— Quand est-ce arrivé, si je peux savoir ? »

Toujours furieux, mais obligé pour la première fois à s'interroger sur les circonstances, George réfléchit à haute voix.

« Je l'ai vu moi-même un peu plus tôt. Ça a dû se passer au milieu de l'après-midi.

— Il y a ici plus de dix hommes qui peuvent jurer que je m'esquinte le dos avec eux depuis l'aube. »

La colère de George retomba. À la suite de sa chute, il sentait encore l'odeur âcre de la terre, l'argile humide, le fumier.

« Seigneur Dieu ! dit Ted. Je n'ai pas porté la main sur ce garçon. Pas depuis plusieurs années, en tout cas. Je veux dire, je l'ai presque écorché vivant, mais c'était il y a longtemps. Même à l'époque je n'étais pas assez bête pour le tuer. Et tu sais, j'aimais bien son frère, celui qui parle. Imbattable à la cueillette, celui-là.

— Ça c'est bien vrai, enchérit Gail.

— Maintenant, poursuivit Ted, si tu trouves nécessaire de convoquer le shérif, si tu penses que je fais un bon suspect, eh bien, vas-y, je serai ravi de me payer un moment de répit pour te ridiculiser. Mais si tu as fini, je te donnerai le même conseil que celui que tu m'as donné il y a quelque temps : fous le camp de chez moi ! Pardon si je sais pas tourner mes phrases aussi joliment que toi. »

Ted n'était donc pas le coupable. À eux deux, Ted et Gail avaient à peine assez de jugeote pour tenir sur un cheval, alors assassiner un homme, forger un alibi et le défendre avec acharnement… Il ne restait plus à George qu'à s'excuser, à tourner le dos au Palais de Sa Majesté et à retraverser les bois dans l'autre sens en oubliant sa colère contre Ted Morton. En fait, il n'était plus du tout en colère. Tandis qu'il escaladait la clôture, la profonde tristesse qu'il ressentit résonna au fond de lui avec la même sonorité, forte, puissante, ample, que les cris de Prentiss, une tristesse qui le secoua comme les mains tremblantes de son fils.

14

Landry avait enseigné à Prentiss la langue du chagrin : le silence. Prentiss l'avait pratiquée plusieurs fois, mais jamais avec la même ferveur que son frère. Jusqu'à aujourd'hui. Jusqu'à cette heure. Dans sa peine il y avait quelque chose d'étrange et d'indéchiffrable. Landry avait été si longtemps au centre de ses rêves, au centre de son monde, que Prentiss trouvait égoïste sa soudaine absence, comme si Landry n'était pas vraiment mort, mais avait été libéré, ayant abandonné Prentiss à l'horreur de vivre désormais sans la personne qui donnait un sens à sa vie.

Aucun mot ne correspondait au spectacle qu'il avait sous les yeux. Il ne pouvait pas dire *corps*. Il ne pouvait pas dire *cadavre*. C'était une profanation. C'était blasphématoire. Les pieds menant aux jambes, les jambes au torse, le torse à…

Se ressaisissant, il se leva et s'interdit de regarder de nouveau vers le bas. Ses yeux se posèrent sur Caleb, pitoyable Caleb, replié sur sa peur. Prentiss dut lutter de toutes ses forces pour ne pas poser les mains sur lui. Caleb se leva à son tour, les yeux saillants comme ceux d'un animal, un regard fixe de fou perdu dans son propre délire.

« Rassieds-toi.

— Faut que je rentre à la maison, dit Caleb. Faut que je me lave, toute cette boue… Je ne veux plus voir ça. »

Prentiss lui dit qu'il n'irait nulle part. Ils n'iraient nulle part ni l'un ni l'autre.

« J'ai du mal à respirer. Mon cœur. Je ne peux pas rester là. » Prentiss savait qu'il ne devait pas le toucher. Il savait, après ce qui s'était passé, dans sa position et ces circonstances, que la moindre erreur de sa part pouvait précipiter une plus grande catastrophe encore. Aussi barra-t-il le chemin à Caleb en prenant un air menaçant, épaules carrées, lèvres retroussées, convoquant tout ce qu'il avait en lui de colère pour le forcer à rester là où il était. Caleb se dégonfla, se rassit et ramena ses mains sur son visage. Pas de sang sur les mains, nota Prentiss. Juste de la boue.

Le garçon bredouillait à présent, marmonnait des paroles incohérentes, où il était question d'un sursaut, d'un corps qui bougeait, de ramener Landry à la vie. Voyant le moment où les larmes allaient noyer le feu de sa colère, Prentiss lui ordonna de se taire. De ne plus ouvrir la bouche.

La forêt était tranquille. On n'entendait que le pied de Caleb tressauter dans la boue avec un bruit régulier de succion, comme si le sol lui-même bégayait, à court de mots.

« On va tirer ça au clair, dit Prentiss. Et on va avoir besoin de toi. Tu pourrais te secouer et nous aider ? Pour moi ? »

Caleb sanglotait comme un petit garçon.

« Mère ! Faut que je voie ma mère. Laisse-moi

partir. Elle saura quoi faire. Avec elle, je me sentirai mieux et après je pourrai te raconter, tout te raconter, mais je t'en supplie, laisse-moi partir. » Prentiss fut saisi d'un curieux engourdissement, habité par le silence dévorant qui avait étouffé pendant tant d'années son frère, comme si à sa mort la souffrance de Landry avait quitté son corps pour s'incorporer à l'air sous la forme d'une odeur atroce (de fer, de sang, de chair crue) pour mieux pénétrer l'âme de Prentiss. Il éprouva un bref élan de sympathie envers Caleb. Prentiss aurait tellement voulu avoir sa propre mère auprès de lui qu'il ne pouvait pas reprocher à Caleb de réclamer la sienne, de souhaiter entendre sa voix murmurer son nom et déverser sur lui cette tendresse à laquelle il aspirait plus qu'à n'importe quoi au monde.

Le père du garçon n'était jamais plus loin qu'à un jet de pierre. À cette heure, George était en train de chercher des explications, et le moyen de réparer les fautes de son fils. Que n'aurait donné Prentiss pour être sauvé ! Sa mère, malgré son courage, la poigne solide qui les faisait marcher droit, Landry et lui, avait en réalité eu aussi peur qu'eux. Elle n'avait jamais rien dit, mais on le sentait aux sourires feints dont elle gratifiait Morton, désespérant de pouvoir protéger ses enfants ; à ses grimaces lorsque ses fils faisaient les idiots, car elle savait ce qu'ils risquaient à la moindre incartade. N'avait-elle pas vu ce qu'avait coûté à Landry le simple geste de chasser une mouche ? L'amour d'une mère perd de sa plénitude quand elle est incapable de leur laisser espérer des lendemains plus heureux, un bonheur pourtant mérité.

Malgré tout, Prentiss avait envie de la réclamer,

cette mère, il se serait volontiers assis à côté de Caleb pour se rouler dans la boue et pleurer sur son sort. Tout plutôt que cette douleur. Espérer, prier. Que quelqu'un vienne tout arranger. À une époque, il avait même appelé de ses vœux un père. En ce temps-là il se permettait de croire que cet homme attendait son heure quelque part, pas loin, attendait le bon moment pour revenir dans leur vie, pour entrer dans leur cabane et prendre sa mère d'une main et lui, Prentiss, de l'autre (car ses bras s'ouvriraient en grand et son étreinte les accueilleraient tous, de cela Prentiss était convaincu). Bientôt, il serrerait aussi Landry contre lui, et annoncerait au cercle de famille enfin au complet qu'il avait bâti une bonne vie en dehors d'Old Ox et que tout était prêt pour les accueillir. C'était même devenu une sorte de jeu. Abattre le dur labeur des champs, se plaindre le moins possible, pour que Papa revienne un jour et remette les choses dans le bon ordre.

Il avait fait entrer dans le jeu un autre garçon de son âge, un samedi après-midi, alors qu'ils se lavaient les pieds après une journée à piétiner dans la terre. L'eau du puits était si glaciale qu'ils avaient couru jusqu'à la cabane pour se sécher au soleil sous le porche. Ils étaient contents d'avoir bien travaillé. Prentiss avait confié à son camarade que son père serait tellement fier de lui qu'il viendrait le chercher. Formidable, non ? Peut-être, avait-il ajouté, que son papa aurait de la place pour lui aussi, qui sait ? Le garçon lui avait sans hésitation fait part de ce que sa propre mère lui avait raconté : que le père de Landry et Prentiss était mort brutalement à la fin d'une journée dans les champs. Il avait mis les bouchées doubles pour obtenir un petit surplus de nourriture pour la mère de Prentiss. Quand il avait crié au secours parce qu'il était pris de vertige, crié qu'il avait soif, personne n'était venu. On disait que son cœur avait lâché si vite que personne ne l'avait vu tomber. On l'avait trouvé entre deux rangées, son sac grand ouvert sur une avalanche de boules de coton qui couvraient son visage, semblables à des linges blancs que le vent aurait soufflés. Après avoir décrit cette scène étrange et terrifiante, le garçon s'était tu, comprenant que Prentiss ignorait tout. Par la suite, Prentiss calcula que sa mère était enceinte de Landry quand c'était arrivé. Des deux frères, seul Prentiss avait été là, bébé que son père avait vu, tenu, connu, avant de mourir et se transformer en être imaginaire.

Après le départ du garçon qui l'avait planté sous l'auvent de la cabane, Prentiss avait été envahi par un engourdissement semblable à celui qu'il éprouvait à présent. La vision de ce père invincible seul au milieu d'un champ, la main sur la poitrine, entre les lèvres du coton palpitant au vent. Prentiss avait désespérément cherché un côté positif à cet événement cruel et terrible : son père avait été là, vraiment là, il avait retourné la même terre que retournait son fils. C'était un fait indéniable et à cette pensée, en faisant taire sa douleur, il avait éprouvé une certaine euphorie. Les jours suivants, il s'était demandé si d'autres similitudes existaient entre son père, lui et Landry. Tout en sachant qu'il agaçait sa mère et qu'elle n'avait aucune envie d'évoquer le passé, Prentiss ne pouvait pas s'empêcher de la harceler de questions. Leur père avait-il été gauche et précautionneux, comme Landry ? Ou courait-il aussi vite que Prentiss dont la rapidité faisait l'envie de tous les autres garçons ? Lequel des deux avait hérité du sourire de leur père ? De ses yeux ?

Il ne se rappelait pas ce qu'elle lui avait répondu. Il se rappelait seulement qu'elle avait attrapé la mère du garçon qui lui avait appris la vérité. C'étaient des choses, avait-elle dit, que Prentiss n'aurait jamais dû savoir, et elle lui avait reproché d'avoir révélé ce secret à ses propres fils. Prentiss avait tout entendu, caché derrière la cabane. Sa mère hurlait. Elle hurlait qu'elle seule avait le droit de parler à ses enfants ! C'était son mari à elle qui était mort, son deuil à elle, et c'était à elle de partager son chagrin avec ses fils quand elle le jugerait bon.

À l'époque, Prentiss ne voyait vraiment pas ce qu'elle pouvait redouter pour avoir fait jurer à tout le monde sur la plantation de garder le secret, une promesse qui avait été respectée pendant des années. Mais à présent, en se retournant vers la dépouille de son frère, il comprenait ce qui venait à l'esprit de sa mère chaque fois qu'il était question de son père : ce corps dans le champ, le supplice, le regret de l'avoir perdu. Il entrevit l'image qui s'imposerait à lui dès que son frère serait mentionné. L'horreur… Il se sentait au bord de l'évanouissement, pourtant lorsque Caleb fit de nouveau mine de se lever, Prentiss lui barra le passage en se dressant de toute sa vigueur.

« Je peux tout arranger, dit Caleb. J'ai juste besoin de… »

Prentiss posa la main sur l'épaule de Caleb. Une main légère. Et il lui chuchota à l'oreille :

« On peut pas revenir en arrière. Tu peux rien

arranger du tout, Caleb. On va attendre ici. Comme j'ai dit. »

Du coin de l'œil, il crut reconnaître l'ombre qu'il avait fini par associer à son frère, cet éternel adepte des chemins de traverse, à la fois hors de vue et toujours là. Mais c'était George, la main sur la hanche, traînant la jambe, couvert de boue. George allait s'exprimer, il allait prendre la situation en main. Prentiss, qui depuis si longtemps cherchait à construire sa propre vie, souhaita renoncer à la lutte et ne plus rien éprouver, ne plus rien penser, rester assis dans le noir et ne plus regarder que les ténèbres de ses paupières closes, les ténèbres du monde, comme il l'avait fait si souvent pendant les nuits d'insomnie de sa jeunesse, après que sa mère eut été vendue.

« Dieu merci ! s'exclama Caleb, ragaillardi à la vue de George, son protecteur. Maintenant ça va s'arranger, Prentiss. Je te le promets. »

Prentiss, pensant que le garçon cherchait de nouveau à filer, s'approcha machinalement de lui. Il ne se laisserait pas faire. Mais cette fois, Caleb ne recula pas. Fermement campé sur ses pieds, il fixa du regard Prentiss, ce dernier ayant comme par enchantement perdu son pouvoir maintenant qu'ils n'étaient plus seuls. Landry et Prentiss avaient joué à un jeu quand ils étaient petits. L'un s'avançait d'un pas pour mettre l'autre au défi, le menacer pour rire, voir si l'autre se dégonflerait. Landry se lançait à sa poursuite, les yeux écarquillés, et tous les deux couraient en rond jusqu'à ce que Landry attrape son frère aîné et, après l'avoir flanqué sur son épaule, le jette sans effort sur un tas de feuilles mortes, ou de foin s'ils étaient à l'écurie.

Il n'y aurait pas de poursuite. Prentiss battit en retraite, se détourna de George qui approchait et regarda le cadavre (car c'était bien un cadavre, il ne fallait pas se leurrer, le mot devait être dit). Les yeux qui s'étaient ouverts si grands sur le monde étaient voilés de sang et ne verraient jamais plus Prentiss. L'émotion le fit tomber à genoux. L'émotion lui fit, pour la dernière fois, serrer dans ses bras le frère qu'il avait perdu.

15

Prentiss refusait de quitter son frère. George raccompagna Caleb à la maison pour le confier à sa mère, de retour de l'église. Bien qu'elle ne fût au courant de rien, elle vint s'asseoir près de lui sur le canapé. Il refusa tout contact, recula quand elle s'approcha, repoussa sa main, s'obstina à ne pas croiser son regard.

« Il y a eu un meurtre, dit George. Landry.

— Un meurtre ? Qu'est-ce que tu racontes ? »

Elle était aussi déroutée que George, et ce dernier répétait seulement que ce n'était pas Ted. Il avait parlé à Ted, et Prentiss était toujours dans les bois.

« Il faut que je parle au shérif, dit George. Veille à ce qu'il reste calme. »

Elle tremblait à présent.

« Et Caleb ? Qu'est-ce qui lui est arrivé ?

— Je n'en sais pas plus que toi.

— Mon Dieu. Oh, mon Dieu ! Va vite ! »

George sortit Ridley de l'écurie. Il fit une première halte chez Henry Pershing, son voisin le plus proche sur la route de la ville. De la maison lui parvenait des bruits de voix, mais personne ne semblait pressé de l'accueillir.

« Henry ! Montrez-vous ! cria George. Vos chevaux sont à l'écurie, je sais que vous êtes là ! »

Toujours pas de réponse. La même chose se reproduisit au domicile de Robert Cord. Blair Duncan, lui, pointa la tête dans l'entrebâillement de sa porte d'entrée et l'informa qu'étant donné l'incident à la soirée Beddenfeld il n'était pas disposé à lui prêter secours. George découvrait avec consternation que personne ne lèverait plus le petit doigt pour l'aider. Ces voisins jadis serviables, anciens camarades de classe, ces types qu'il avait connus toute sa vie, le jugeaient indigne de leurs faveurs.

Il était presque arrivé en ville quand il aperçut un homme pieds nus qui, vu de près, se révéla être un jeune et grand garçon. Il ressemblait un peu à Landry, pensa George, la gorge nouée. Le chagrin l'empêcha de parler.

Le garçon le regardait d'un air perplexe. Après un silence gêné, il demanda :

« Je peux faire quelque chose pour vous, m'sieur ? »

Se ressaisissant, George tira de sa poche un billet d'un dollar.

« Oui, si tu veux bien. Je me fiche pas mal que ça te prenne du temps, du moment que tu le fais ! »

George n'avait pas de plan précis en tête, mais une chose était sûre : il fallait convoquer les autorités. Le shérif du comté, un certain Osborne Clay, venait rarement à Old Ox. Et lorsqu'il était de passage, c'était souvent pour enquêter sur les activités du bordel, une opération qui tendait à se prolonger tard dans la nuit. Outre sa qualité de noctambule, il avait la réputation d'être un honnête homme. Pourvu qu'il fût à la hauteur, ils auraient une chance de découvrir qui avait tué Landry.

George se dépêcha de revenir mais ne rentra pas à la maison. Il laissa Ridley le conduire à travers champ directement à la lisière de la forêt.

Prentiss ne pleurait plus. Couché sur le dos, la tête sur le buste de son frère, il contemplait le ciel. Ses yeux étaient si rouges qu'il avait l'air possédé. Il avait les mains croisées sur sa poitrine.

George descendit précautionneusement de son âne et se frictionna la hanche pour défaire le nœud douloureux qui s'y était logé. Il boitilla jusqu'à Prentiss et lui annonça qu'il avait fait appeler le shérif.

« Je le connais à peine, mais c'est paraît-il un type correct. Il va nous aider à épingler le coupable. »

Une nuée de mouches tournoyait autour des têtes des frères. Prentiss renifla et se frotta le nez sur le dos de sa main.

« Les vers vont pas tarder à s'y mettre, dit-il. Combien de temps il reste, vous croyez ? Quelques heures ? »

George estima plus approprié de garder le silence.

« Pourquoi vous répondez pas ? dit Prentiss. Pour une fois que vous perdez votre langue, faut que ça soit maintenant ? »

George avoua qu'il ne savait pas quoi lui dire. Il espérait que le shérif allait venir et qu'ils pourraient commencer à comprendre ce qui s'était passé.

« Vous pensez vraiment que ce shérif va nous aider ?

— Sinon on trouvera un autre moyen. On procédera avec logique. On passera en revue les éléments. On examinera les choses heure par… »

Prentiss avait bondi sur ses pieds avec une telle vivacité que George s'était soudainement tu. Ils se dévisagèrent. Prentiss bouffi par les pleurs, aussi joufflu qu'un nouveau-né, les cheveux trempés par les glaires infectes de la mort.

« Prentiss, je vous en supplie. »

Prentiss leva le poing et George crut qu'il allait le recevoir au coin de la figure, mais Prentiss se borna à lui effleurer la joue avec son doigt. Y déposant un peu de sang. George, machinalement, se saisit du bout visqueux et le malaxa entre ses doigts.

« Il y a ça, dit Prentiss en agitant la main.

— Oui ? »

Prentiss fit un pas de côté, et le regard de George tomba sur la cavité sanguinolente qui avait pris la place de la joue de Landry, sur la bouillie de chair et de sang couvrant ses yeux.

« Qu'est-ce que vous dites de ces *éléments*, George ? »

George aurait voulu ajouter quelque chose, mais il savait que c'était inutile. Lui présenter des excuses, par exemple, aurait été inconvenant. Le seul moyen de lui témoigner de la compassion, c'était de faire face à l'événement en lui offrant son concours et sa compagnie. Ils restèrent un moment debout côte à côte, sans prononcer un mot. Puis Prentiss émergea de sa méditation et demanda à George :

« Où est votre fils ?

— À la maison.

— J'aimerais parler avec lui.

— Ce n'est pas lui. Même s'il l'avait voulu, il n'aurait pas pu.

— C'est pas lui, pour sûr. Mais il sait qui c'est. »

George ne pouvait pas le nier.

« Il vaut peut-être mieux que je lui parle avant vous. Il répondra plus facilement à son père. »

Prentiss respira fort et laissa passer.

« Mais d'abord nous devons… (George hésita une seconde) transporter le corps dans la grange. Ça ne peut pas attendre l'arrivée du shérif. Comme vous dites, les éléments…

— Je vais le porter. Je l'ai porté toute ma vie. Vous, occupez-vous de votre fils.

— Prenez au moins le traîneau en y attelant Ridley. Inutile de vous rendre la chose encore plus dure qu'elle ne l'est.

— Faut qu'on trouve qui a fait ça. À la fin de la journée, j'aimerais savoir qui je dois tuer. »

George regagna la maison en traversant le champ d'arachides, toujours dans la splendeur de leur floraison, radieuses rangées vertes constellées de jaune. Il songea à l'abondance cachée sous la terre. En suivant un sillon, il se dit qu'il ne travaillerait sans doute plus jamais ce sol. Et pourtant, sa beauté était si rayonnante, si paisible même, que c'était la peine de déployer tous ces efforts pendant des mois : on pouvait espérer qu'elle compenserait ne serait-ce qu'un minuscule fragment de l'horreur de cette unique journée.

*

George s'était absenté longtemps – il avait fait le trajet presque jusqu'en ville et retour, il était allé parler à Prentiss –, mais Caleb observait toujours par la fenêtre d'un air ahuri. Sa mère le couvait des yeux, à l'affût du moindre geste. Le garçon refusait de parler et esquivait les regards. Enfant, se rappela George, Caleb se cachait souvent dans les jupes de sa mère. Isabelle se déplaçait dans la maison comme si des petites jambes pâles lui étaient poussées pendant la nuit. À présent, à l'instar de son père, Caleb cachait son désarroi dans les replis de son monde intérieur.

Sa femme et son fils levèrent en même temps les yeux vers George qui s'approcha de Caleb, le prit par les épaules et l'obligea à le suivre.

« Dans mon bureau.

— Laisse-lui encore un peu de temps, plaida la mère.

— Le temps, c'est justement ce qui nous manque. »

Isabelle se redressa et regarda George prendre Caleb par la main. Ils montèrent l'escalier, prirent le couloir jusqu'au bureau.

« Assieds-toi », ordonna le père.

Le fils obtempéra.

George s'assit de l'autre côté de la table, en proie à la sensation de n'être qu'une masse molle de chair et d'os sur le point de s'effondrer, l'aboutissement d'une lente détérioration, d'affaissements, d'articulations craquantes. Une immense fatigue lui était tombée dessus dès qu'il avait mis le pied dans son bureau. Son corps avait tellement envie de jeter l'éponge que George devait se forcer à garder les yeux ouverts. Il faillit demander à Isabelle qu'elle lui monte du café, puis il se dit qu'il devait quand même lui rester assez d'énergie pour mener à bout cette conversation avant de s'écrouler.

« Que faisais-tu dans les bois, Caleb ? »

Son fils, qui gardait la tête basse, leva les yeux.

« Je ne suis pas blessé, dit-il. Si jamais tu t'inquiétais. Si jamais mon bien-être t'intéresse.

— Je vois que tu n'as rien, et tu es en sécurité sous ton propre toit, avec ta mère aux petits soins. Que faisais-tu dans les bois ?

— Donc, tu ne veux pas savoir comment je vais. Non, non, pour quoi faire ? Parce que rien n'échappe au tout-puissant George. Sous prétexte que tu *vois* que je vais bien, tu ne peux imaginer que j'ai peut-être un autre avis. Tu ne crois pas qu'il vaudrait mieux t'en informer plutôt que me dire comment je me sens ?

— Que faisais-tu dans les bois ?

— Je n'ai jamais été rien d'autre pour toi qu'une lubie. Comme ton ébénisterie. Comme l'alambic. Comme ton jardin. Comme Prentiss et Landry.

— Caleb, une dernière fois !

— Je sais que j'ai été une cause perdue. Exactement comme les autres. J'ai fini par en prendre mon parti. Mais toi, tu dois être drôlement amer ! Parce que c'est toi qui es derrière chacun de tes échecs, alors que tu as eu si peu de réussites. »

Le sol tremblait, un séisme était en train de soulever le plancher. Sur le coup, George songea à partir en courant, puis il s'aperçut que la sensation prenait naissance dans sa poitrine : son cœur se fissurait. Il se hissa péniblement de son fauteuil. Les persiennes étaient closes contre les rayons obliques du soleil déclinant et les bougies n'étaient pas encore allumées. Dans la pénombre, ses livres répandaient une atmosphère sépulcrale. George ne se rappelait pas avoir embrassé son fils depuis son retour de la guerre. Il contourna la table, se tint derrière lui, se pencha et entoura de ses bras les épaules de Caleb. Le garçon fondit en larmes comme un enfant.

George posa de nouveau sa question. Enfin Caleb lui raconta ce qu'August avait fait.

16

À la tombée de la nuit, George fit chauffer de l'eau pour son bain. Il demanda à Isabelle de l'avertir si jamais Prentiss sortait de la grange, ou si Caleb émergeait de sa chambre (il n'en était pas sorti depuis leur conversation), ou encore si le shérif arrivait. Pour lui faire plaisir, elle s'installa dans la salle à manger. Elle savait que Caleb ne descendrait pas, il refusait depuis plus d'une heure d'ouvrir sa porte. Un silence de mort régnait. Chaque craquement de la maison, chaque plainte du vent lui faisaient dresser l'oreille, mais pas une âme n'apparut. Elle commençait à s'impatienter quand George l'appela.

« Oui ? dit-elle en allant à la salle de bains.

— Peux-tu t'approcher de la porte, que nous puissions parler un peu ? »

Elle tira une chaise de la cuisine.

« Tu es là ? demanda-t-il.

— Je suis là. Sauf que d'ici je ne vois plus dehors, George. »

Il ne releva pas.

« Je suppose que tout le monde dort, ajouta-t-elle. Il est tard. »

La seule source de lumière était la bougie sur le rebord de la fenêtre. Les ombres, chaque bande d'obscurité lui étaient intensément familières : disposées autour du salon suivant un motif qui faisait écho à celui des meubles, comme si, ayant étudié ses principes de décoration, la nuit en proposait une réinterprétation.

« On a besoin d'un cercueil », dit George.

Elle entrouvrit la porte. Une bougie brûlait là aussi, petite lueur dans un nuage de vapeur. Elle distinguait seulement les mèches trempées de George et la courbe de ses épaules avant que son corps ne fusionne avec le bord de la baignoire.

« En bouleau flexible, peut-être, dit-elle. Ça sent un peu le camphre, mais surtout… une odeur plus forte. De menthe poivrée, je crois.

— De menthe poivrée ? »

Elle se détourna de lui et fit de nouveau face aux ombres du salon.

« Ça a l'air stupide, je sais. Mais mon oncle a été enterré dans un cercueil en bouleau. Il a été livré alors que lui était toujours vivant. C'est bizarre, non ? Mais ma tante était tout sauf imprévoyante. Elle l'a fait descendre à la cave pendant que mon oncle agonisait dans sa chambre. Silas et moi, on est allés regarder le cercueil. Ça sentait merveilleusement bon. Pourtant la cave, tu sais, était l'endroit le plus horrible de toute la propriété. C'est moi qui ai demandé à Silas d'ôter le couvercle. Je me suis allongée dedans. Il y avait plein de place. Au début, il a refusé de refermer le couvercle sur moi, mais finalement il a bien voulu. Je suis restée couchée en silence, seule avec moi-même. Une drôle d'expérience, tu peux me croire. À l'intérieur, ça ne sentait rien. À croire qu'on s'était débrouillé pour garder l'odeur à l'extérieur. Ce qui paraît impossible.

— Tu étais bouleversée, dit George au bout d'un moment. Ça ne sentait peut-être rien du tout. Dedans comme dehors. »

Comme sa voix était étouffée par la porte, elle entra dans la salle de bains. Ou plutôt elle traversa des nuages tourbillonnants de vapeur chaude. Elle plaça sa chaise un peu à l'écart derrière la baignoire, s'avança pour attraper la serviette de George et s'épongea le visage avant de la laisser tomber sur le tabouret. Après une pause, elle ramassa de nouveau le linge, le plia et le rangea à la même place.

« Tu vas le dire à Prentiss ? » demanda-t-elle.

George s'enfonça dans le bain. Il lui avait rapporté les aveux de Caleb. Atterrée par tous ces détails horrifiants, elle n'arrivait pas à analyser ses émotions : à l'égard de son fils, et à l'égard de Prentiss à cause de ce qui était arrivé à Landry. Sans parler de sa haine des Webler, d'autant plus virulente qu'elle avait longtemps été contenue.

« Qu'est-ce que tu en penses ? dit George. Que devons-nous faire ? »

De mémoire récente, elle ne se rappelait pas qu'il l'eût consultée au sujet d'un problème de cette importance. Quelque part, dans la partie mesquine d'elle-même, elle mettait ce revirement sur le compte de sa faiblesse, comme si son mari, fatigué par la vie, se trouvait forcé d'avoir recours à son aide. Mais, dans le fond, elle était ravie, ravie qu'il ait besoin d'elle.

« Il faut le lui dire. Ce serait un mensonge par omission, qui lui ferait encore plus de mal.

— Mais s'il cherchait à se venger…

— On fera de notre mieux pour l'empêcher de suivre ce chemin. Attends peut-être un peu avant de lui parler. Que sa colère retombe.

— Pas plus d'une journée alors.

— Plus longtemps, ce serait mal, lui accorda-t-elle. Et le shérif ? »

Osborne, lui répondit George, était un type courageux, contrairement à la plupart des gens de ce pays. Il avait la tête sur les épaules, il prendrait cette affaire au sérieux. George souhaitait avant tout éviter d'impliquer l'armée d'occupation nordiste. La ville la détestait déjà assez comme ça : on considérerait qu'ils faisaient acte d'allégeance à l'ennemi.

Il se détendit un peu plus. Elle ne voulait surtout pas l'accabler mais la question lui brûlait la langue.

« George, qu'est-ce que faisait notre fils dans les bois avec August ? Qu'est-ce qu'il y a entre eux ? »

Il prit une profonde inspiration.

« Qu'est-ce qu'il y a entre les gens en général ? Je n'en sais trop rien. De la confiance. De la souffrance. Un peu d'amour, c'est certain. Combien de fois Caleb est rentré à la maison en pleurs, maudissant son ami, pour ensuite ne pas quitter la fenêtre des yeux de tout le repas, espérant le voir revenir ? Il y avait quelque chose entre eux. Pourquoi chercher à en savoir plus ?

— C'est peut-être plus facile pour toi. Moi, je ne sais plus. Cette histoire avec August, dans un sens, a été comme un poids en moins. L'idée que quelqu'un d'autre serait responsable de ce qu'il deviendrait. Mais avec le recul, et quand je relis les lettres de Caleb en me demandant où est passé le garçon qu'on a élevé, je les trouve tellement vides, tellement superficielles, que je crains qu'il n'ait toujours été ainsi. Qu'il ait toujours eu l'âme creuse. Et nous ne nous en sommes pas aperçus. »

George ne sut pas tout de suite quoi lui dire, mais quand il reprit la parole, ce fut d'un ton catégorique.

« Chaque fois qu'il est tombé, nous avons été là pour le relever. C'est tout ce qui était attendu de nous. »

Il avait l'air sans défense, tranquille. Elle rapprocha sa chaise de la baignoire, si près que son regard frôla l'eau savonneuse. Les bourrelets du ventre de George avaient disparu dans les profondeurs du bain.

« Salut, dit-il.

— Salut. »

Elle caressa sa joue, fit glisser son doigt sur son menton.

« Si Prentiss est d'accord, reprit-il, ce sera du bouleau. »

Isabelle acquiesça par un petit bruit.

« C'est la meilleure solution, dit-elle. Appropriée à l'occasion. »

Après quoi, épuisée, elle se leva. Il fallait qu'elle se repose à son tour.

*

Lorsqu'elle se réveilla le lendemain, George dormait profondément. Une fois habillée, elle faillit frapper à la porte de Caleb, mais, pensant qu'il devait dormir lui aussi, elle descendit directement. Dehors, dans la timide lumière de l'aube, l'herbe luisait de rosée. En ouvrant la porte de derrière dans l'intention de sortir donner à manger aux poules, elle distingua la silhouette nébuleuse de Prentiss, avec seulement ses vêtements sur le dos et un seau à la main, qui marchait vers le champ. D'un côté, elle préférait ne pas embêter un homme dans la peine, mais de l'autre, elle était convaincue qu'à ces heures de grande détresse, la bienveillance d'autrui était essentielle pour surmonter son chagrin. Quand la rumeur de la mort de Caleb s'était répandue, les fleurs déposées par ses amies l'avaient elle-même réconfortée. Elle enfila les bottes de George, les seules qu'elle trouva près de la porte, et se hâta à la suite de Prentiss.

La ferme était encore bordée de noir, les arachides moirées se devinaient dans les ombres matinales. Elle se contenta un moment d'observer Prentiss. Debout dans un sillon, il désherbait, arrachant à la main l'ivraie par la racine avant de la laisser tomber dans le seau, tournant soigneusement autour de chaque plant.

Tout en s'approchant de lui, elle l'appela par son nom et le salua de la main. Il jeta un coup d'œil dans sa direction, puis retourna à sa besogne. Elle était à côté de lui à présent, mais aurait tout aussi bien pu être invisible.

« Qu'est-ce que vous faites ? lui demanda-t-elle. Je suis sûre que George ne compte pas que vous travailliez aujourd'hui. Pas après ce qui s'est passé.

— Ça m'est égal.

— Y a-t-il un moyen de vous persuader d'arrêter ?

— Non, madame.

— J'allais me faire griller du pain. J'ai préparé du café. Pourquoi ne venez-vous pas le boire avec moi ? »

Il hocha résolument la tête.

« Y a rien pour moi dans cette maison.
— Vous ne voulez donc pas de café.
— C'est pas ce que je dis.
— Qu'est-ce que vous dites alors ? »

Le seau pendait au bout du bras de Prentiss. Il le posa, le regard étincelant de colère.

« Je dis ce que je dis. C'est pas compliqué, madame Walker. Je suis là où je veux être. Avec ces arachides. Regardez-moi ça ! Elles sont *magnifiques*. Grâce à moi. À moi et à mon frère. Et je veux qu'elles restent magnifiques, je veux qu'elles restent vigoureuses, parce qu'il n'y a rien que je… »

Les forces lui manquèrent pour continuer. Il se frictionna le visage, d'abord du front à la bouche, puis d'une joue à l'autre, comme si sous ce récurage sa douleur pouvait s'effacer.

Même si le chagrin d'Isabelle s'était dissipé avec le retour miraculeux de Caleb, elle se rappelait le sentiment d'impuissance, la douleur dévorante. Elle lui dit ce qui vint spontanément à son esprit, sans détour.

« Il m'a laissé des chaussettes. Ce ne peut être que lui. Sur la corde à linge, à l'endroit où je l'ai vu pour la première fois. Elles sont de la couleur du ciel, d'un bleu très pâle, et elles me vont parfaitement, on croirait qu'il a mesuré mon pied. C'est le cadeau le plus gentil que j'aie reçu. On n'a jamais échangé un seul mot tous les deux, mais il était d'une bonté sans pareille. D'une pureté que je ne saurais décrire, car je ne suis pas sûre de bien la comprendre. »

Prentiss fixa sur elle un regard perdu.

« Prenez les chaussettes, si vous voulez, proposa-t-elle. En souvenir de lui. »

Il fit non de la tête.

« S'il les a tricotées pour vous, elles sont à vous. »

Il se pencha pour reprendre son seau.

Isabelle resta là, se demandant si la conversation allait se prolonger, puis constata que le moment était passé.

« Il vaut mieux que je rentre. Mais venez quand vous voulez. Notre porte est ouverte.

— Il a parlé un jour d'un pré, dit Prentiss. Ça lui a pris tout un matin pour me raconter. Dans les bois, un pré de pissenlits, si serrés que par terre ça fait comme de la neige. Il s'est assis et en moins de temps que le cœur met pour battre, un coup de vent a fait envoler les fleurs de pissenlit, toutes ensemble d'un seul coup. Ça a fait une grande lumière blanche dans le ciel, et la seconde d'après elles avaient disparu. »

Cette image frappa tellement Isabelle qu'elle en resta comme pétrifiée.

« Mon frère a découvert plus de choses dans ces bois en quelques semaines que n'importe qui d'autre en une vie entière. »

Il chercha à croiser son regard et elle vit briller dans ses yeux une lueur de curiosité qu'elle n'y avait encore jamais décelée.

« Vous connaissez ce pré ? C'est là que j'aimerais qu'il repose. Je crois que ça lui plaira. »

Elle ne voyait pas de quoi il parlait, mais poserait la question à George. Un sourire mélancolique flotta sur les lèvres de Prentiss et il retourna à son désherbage. Il n'y avait rien de plus qu'elle pût faire, ou dire, pour le réconforter : ce qui est fait est fait.

Elle retourna à la maison, toujours assoupie, et s'installa au salon avec son tricot. Elle eut bientôt l'agréable surprise de voir paraître George, qui lui demanda ce qu'elle voulait pour son petit déjeuner. Mais cette surprise ne l'avait pas préparée à celle, autrement plus troublante, que produisit sur elle la cavalcade dans l'allée. En ouvrant la porte, elle vit un nuage de poussière accourir vers elle. En jaillit un shérif à cheval, suivi de son adjoint.

George la pria de refaire du café pendant qu'il montait s'habiller. Ils étaient prêts quand on cogna à la porte et que les deux représentants de l'ordre entrèrent. Si son mari connaissait Osborne Clay, elle-même l'avait seulement aperçu une fois, de loin, en goguette avec toute une bande. Elle ne s'attendait pas à découvrir un homme aussi massif. Cela dit, son aspect ne lui apprit rien de plus que l'étoile sur sa poitrine. Elle partit chercher la cafetière. George la suivit à la cuisine et lui chuchota à l'oreille qu'Osborne Clay n'avait pas forci. Non. Ce shérif-là n'était tout simplement pas Osborne Clay.

17

La nouvelle concernant le shérif Clay était inattendue. En rentrant chez lui après une soirée en compagnie d'une femme de réputation douteuse, il s'était trouvé nez à nez avec son épouse armée d'un pistolet. Elle lui avait tiré dessus sans hésiter, dans le ventre, puis l'avait regardé se vider de son sang jusqu'à ce que cris et injures cèdent la place à des excuses, alors seulement elle avait appelé un médecin. Clay s'était accroché à la vie plusieurs jours, pour finalement s'avouer battu. À présent, le successeur qu'il avait désigné, Lamar Hackstedde, assis dans la cuisine de George et Isabelle, buvait son café à petites gorgées et prenait manifestement plaisir à les régaler du drame.

Quant à Madame Clay, Hackstedde expliqua que l'ancien shérif avait exigé que son épouse ne fût pas poursuivie.

« Il a été très clair sur ce point : compte tenu de son crime d'adultère, et du nombre fabuleux de récidives, il avait mérité son châtiment. À son dernier soupir, sa femme lui épongeait le front. Bref, ils étaient dans les meilleurs termes quand il a quitté ce monde. »

George touilla son café.

« Et vous l'avez remplacé. »

Hackstedde désigna l'étoile sur sa chemise.

« Vous avez vu, du bronze, dit-il. Consacrée en bonne et due forme par Osborne le jour de son décès. Il voulait pas la laisser à Tim, comme c'est un crétin et tout. »

Tim, l'adjoint, distrait ou indifférent, montait la garde à la porte et surveillait l'allée déserte comme s'il s'attendait à voir débouler d'un instant à l'autre une horde de barbares.

« Bien, paraît que vous avez un macchabée sur les bras. »

George acquiesça de la tête. Que pouvait-il faire d'autre ?

« Alors faut pas chômer. Ce que je vais vous dire est strictement confidentiel. Et, madame (il regarda Isabelle debout derrière George), ça doit rester entre nous, n'allez pas faire des commérages chez ces dames vos amies. (Son œil se fixa de nouveau sur George.) J'ai reçu un télégramme d'un collègue du nord de l'État. Dans une semaine un envoyé du gouvernement fédéral débarque chez nous. Bon, Arnold Glass s'est bien conduit, il n'a pas fourré son nez dans les affaires des gens d'ici, les miennes comprises, mais ces blancs-becs qui vont rappliquer, eh ben, ils ont l'intention de faire la loi. On dit qu'ils ont mis un Nègre comme chef de la police de Cooksville parce que les policiers en fonction n'étaient paraît-il pas à la hauteur. Je peux même pas imaginer. Regardez ! (Il montra son avant-bras.) J'en ai la chair de poule. Pour tout vous dire, je me suis juré que, ici, dans ce comté, ça se passera autrement. On va leur montrer qu'on sait maintenir la paix. D'abord, votre histoire, on va se dépêcher de la régler. »

Hackstedde, âgé d'une dizaine d'années de moins que George, était un robuste gaillard au menton orné d'un amas de grains de beauté poilus pareils à des crottes de raton laveur miniatures. Avec sa manie de serrer et desserrer les mâchoires, il répandait autour de lui dans la pièce une atmosphère lourde d'angoisse.

Tout se liguait déjà contre le plan envisagé par George : Osborne serait arrivé. Ils seraient allés voir Prentiss, puis le shérif aurait examiné le corps. Caleb – pour l'heure enfermé dans sa chambre – témoignerait (ou George le ferait à sa place si jamais il refusait de descendre). Après avoir étudié attentivement la situation, Osborne aurait pris les mesures appropriées.

Hélas, le nouveau shérif n'était pas fait du même bois que l'ancien. De notoriété publique à Old Ox, Hackstedde s'était fait un nom en tant que patrouilleur d'esclaves, inapte d'ailleurs, de sorte qu'il était impossible de se le figurer autrement qu'en policier incapable, notamment, de prendre au sérieux le meurtre d'un esclave affranchi. Dès lors qu'on le lui avait signalé, Hackstedde n'envisageait pas de repartir tout de suite, mais il ne fallait pas compter sur lui pour chercher à rendre justice à Landry. Pas si ce qu'avait dit Caleb était vrai. George avait déjà le tout-Old Ox contre lui. Sans l'appui du shérif et étant donné le scandale d'une accusation portée contre un jeune homme tel qu'August Webler, il était persuadé que le retour de bâton au cas où il ne lâcherait pas le morceau serait bien plus redoutable que ce qu'il avait subi jusqu'ici.

« Et maintenant, si on allait voir ce corps ? dit Hackstedde en se roulant une cigarette sur la table de la cuisine. Montrez-moi le chemin. »

*

Prentiss attendait dans la grange, assis sur sa paillasse à côté de la dépouille de Landry qu'ils avaient emmaillotée un si grand nombre de fois qu'à peine distinguait-on la forme d'un corps. George avait proposé de le déplacer dans l'écurie, en le mettant peut-être sur de la glace, mais Prentiss avait refusé – il voulait au réveil trouver son frère auprès de lui. De quel droit George l'en aurait-il empêché ?

Hackstedde porta un mouchoir à son nez, à cause de l'odeur, et désigna du doigt Prentiss.

« C'est qui, celui-là ?

— Il travaille pour moi, dit George.

— Ah oui, dit Hackstedde. J'ai entendu parler de cet arrangement.

— C'est mon frère, dit Prentiss. Il a été tué. Y a pas de doute.

— On n'en est pas encore certains », rectifia George en faisant les gros yeux à Prentiss, mais il aurait tout aussi bien pu lui faire de grands gestes des bras.

« Qu'est-ce qui vous rend si sûr de ça ? demanda Hackstedde à Prentiss.

— Reposez-moi la question une fois que vous aurez vu sa figure, répliqua Prentiss.

— Tim, dit Hackstedde, convoquant d'un mouvement d'index son adjoint qui vint s'accroupir à côté du corps.

— Je ne voudrais pas que Prentiss revoie ça,

intervint George. Ce sont des frères, comprenez-vous. »

Hackstedde ne fit aucune objection : George posa la main sur l'épaule de Prentiss et le conduisit dehors. Puis il parla à Prentiss d'une voix au débit rapide, chuchotant sous la protection du caquetage des poules et du bruit de la girouette sur le toit qui grinçait comme des gonds rouillés.

« Ce type a été patrouilleur. Je vous jure que Landry sera enterré comme il le mérite. Il reposera en paix. Mais ne lui disons rien de plus. Ce serait chercher les ennuis. J'en suis sûr. »

Prentiss ne réagit même pas. Assommé de tristesse. George devina dans cet accablement une résignation, un sentiment d'échec si total qu'il était inutile d'ajouter quoi que ce soit. Pas besoin de conseiller à Prentiss de capituler devant ces hommes : c'était déjà fait.

« Quand ils seront partis, dit George, il faudra qu'on discute de votre départ à vous. Je pense que vous serez d'accord avec moi, c'est la meilleure solution. »

Le temps qu'il leur restait à passer ensemble sembla s'arrêter, là, devant la grange. Un silence s'étira entre eux, immense, où chacun parut chercher à tâtons une réponse, quelque chose susceptible d'expliquer cette rupture apparemment définitive. Une sensation pas inconnue de George. Combien de fois dans sa jeunesse ne s'était-il pas efforcé de forger une amitié, pour la voir se briser dès qu'il exprimait une opinion malvenue ou se conduisait d'une façon que l'autre trouvait bizarre, alors que sa réaction lui paraissait au contraire tout à fait naturelle. Avec Prentiss, il n'y aurait ni mépris ni colère. Depuis leur rencontre, trop de liens s'étaient tissés entre lui et les frères. Ce n'était la faute de personne, et pourtant, la fin était irrévocable.

« Vous vous occuperez des arachides, qu'elles restent en vie ? dit Prentiss.

— Quoi ? On n'a pas à s'inquiéter pour ça.

— George, écoutez. Je pars. Je vous promets, je pars. Peut-être... peut-être chercher ma maman. Dieu sait que c'est mon rêve, la retrouver à l'abri quelque part, la revoir. Et si mon rêve reste un rêve, je penserai au moins que vous prenez soin de la récolte. Dites-vous que ce que vous faites pour les plants d'arachide, vous le faites pour Landry, vous le faites pour moi. Je veux pas qu'elles meurent, George. »

Des éclats de voix leur parvinrent de l'intérieur de la grange et presque aussitôt Hackstedde et Tim reparurent.

Hackstedde déclara en ôtant ses gants :

« Vous savez, ma fille avait un prétendant qui a combattu à Long Point. Il s'est pris un tir de canon dans la tête et il est mort sur le coup. On l'a jamais plus revu. Il y a eu juste ce télégramme. Mais quand je vois ce Nègre mort là-dedans, je peux pas m'empêcher de penser à ce garçon. Il a sûrement eu la figure éclatée comme ce grand gaillard. Une affaire regrettable. Très regrettable.

— Vous parlez de qui ? dit Prentiss d'une voix si basse qu'elle était à peine audible. Du prétendant de votre fille ou de mon frère ? »

Hackstedde remit ses gants dans la poche arrière de son pantalon.

« Une affaire regrettable, répéta-t-il au seul bénéfice de George, en secouant la tête. Mais je ne vois pas de raison de soupçonner un acte criminel.

Un colosse pareil traversant les bois... Une mauvaise chute n'est pas à écarter. »

Une *chute*. L'idée – ou plutôt le mensonge – était tellement absurde que George eut envie de lui rire au nez. Ne pouvait-il pas au moins se montrer plus inventif ? Cet homme avait-il une imagination à ce point rabougrie ?

« Avec tout ce qui se passe en ville, poursuivit Hackstedde, la mauvaise chute de ce Nègre... On mettra pas les moyens pour ce qui est probablement un simple accident. »

Il jeta un coup d'œil appuyé à George, lequel se contenta d'acquiescer de la tête. L'affaire avait des chances de s'arrêter là, sans nuire ni à Prentiss ni à la ferme. Le message de Hackstedde était clair : un Nègre mort, tout le monde s'en fout.

« Sans doute le plus logique, approuva George. Bon, eh bien, n'en parlons plus. »

Les yeux de Hackstedde, deux petites balles de pistolet noires, s'éclairèrent d'une lueur et il donna à George une tape amicale dans le dos.

« Bien, alors on y va... Tim ! »

L'adjoint partit chercher les chevaux pendant que Hackstedde s'exprimait avec la vigueur et l'enthousiasme appropriés chez un homme qui se félicite d'un travail bien fait.

« Ces bois ne sont pas sûrs. Y a des gars qu'ont pas le sens du danger. C'est peut-être un ours qui lui a fait ça. Vous avez des ours par ici, pas vrai ? »

Sentant Prentiss à deux doigts d'exploser, George posa la main sur son épaule pour le retenir et lui faire comprendre que c'était presque fini. Il valait mieux souffrir l'incompétence du shérif, son imbécillité foncière, avec une patience qui en fin de compte leur servirait une fois Hackstedde parti sur son cheval. Mais quand il entendit crier derrière lui, il sut que, hélas, les choses allaient prendre une autre tournure.

« Attendez ! Ne partez pas ! »

Caleb avait jailli de la maison dans son pyjama une pièce, comme propulsé par une force supérieure à la sienne. Il était d'une pâleur extrême, les yeux cernés, à croire qu'il n'avait pas vu la lumière du jour depuis des semaines. George se dit qu'il ne ressemblait même plus à son fils.

« C'est qui, ce gamin ? demanda Hackstedde. Qu'est-ce qu'il jacte ? »

George fit les présentations avec véhémence dans l'espoir de détourner Caleb de son intention. Mais son fils était survolté. Sa détermination était telle qu'il n'y avait pas moyen de le dissuader.

« J'ai des aveux à faire !

— Caleb, non… »

Mais son fils le fit taire d'un geste, laissant couler des larmes qui inondèrent ses joues.

« C'est terminé, les mensonges. Je vais dire toute la vérité. »

George baissa la tête. Dans les termes mêmes que Caleb avait employés devant lui à propos du crime d'August, son récit se déversa, d'un trait, dans les oreilles de Hackstedde.

*

Une journée s'était écoulée depuis le meurtre de Landry. La puanteur s'était intensifiée, quoique pas un mot ne fût prononcé à ce propos, et Prentiss continua à arpenter la grange comme s'il n'y avait aucune odeur. Il était occupé à remplir un sac en toile que George lui avait fourni. Et George, debout à l'entrée, l'observait en gardant néanmoins ses distances. Si Prentiss lui en voulait de l'inaction de son fils, il n'en montrait rien.

« Je reviens vite avec le cercueil, dit George. Il y a un fabricant de meubles en ville, il en a une salle pleine au fond de son entrepôt. Les restes de son trafic pendant la guerre. Il a sûrement ce qu'il nous faut. On célébrera les funérailles en fin de journée, si cela vous convient.

— Ça me convient, oui.

— Bon. Bien.

— Vous voulez de l'aide ? » demanda Prentiss.

George fit signe que non.

« Je me débrouillerai avec Ridley. Vous n'avez qu'à continuer à faire vos bagages. »

Il faisait chaud et l'âne était d'humeur léthargique, mais George l'attela quand même à la carriole et le mena lentement jusqu'à la route. C'était une journée sans aménité. Les cris d'un oiseau moqueur l'ébranlèrent comme l'aurait fait un coup de gong. Il était rompu de fatigue. Il avait encore mal dormi la nuit dernière. Il finissait par croire qu'il ne ferait jamais plus de rêve agréable, ni ne goûterait aux effets d'un sommeil réparateur.

L'aveu avait précipité la matinée dans le chaos. Tout avait été à vau-l'eau. Isabelle s'était empressée de s'accuser : c'était elle qui était montée dans la chambre de leur fils pour le supplier de tout raconter au shérif. Elle ignorait alors combien était suspect son titre de représentant de l'ordre. Caleb marchait de long en large dans la salle de séjour, depuis la bibliothèque jusqu'à la porte de la cuisine, en leur répétant qu'il avait seulement voulu se racheter. C'était tout ce qui lui restait désormais. Une vie entière de fautes à réparer.

« Tu n'es pas encore vraiment adulte, lui avait dit George. Si tu savais combien de fautes tu vas encore commettre. »

Mais celle-ci était tellement grave, avait protesté Caleb : son hésitation, sa peur, tout cela avait abouti à la mort de Landry ; la responsabilité retombait sur lui.

Brusquement, Prentiss, jusqu'ici mutique, assis à la table, s'était levé.

« Mon frère gît là-bas ! s'était-il écrié alors qu'un silence glacial refroidissait l'atmosphère. Comme un cochon égorgé. Si vous êtes pas prêts à m'aider à l'enterrer, je m'en charge tout seul. »

Ces paroles résonnaient à présent dans la tête de George alors qu'il n'était plus loin de la ville. L'agitation qui régnait aux abords d'Old Ox fut d'une certaine manière un soulagement. Les allées et venues, les voix, les bruits, toute cette effervescence calma les émotions des dernières vingt-quatre heures, et George n'était pas mécontent de cette distraction. Il attacha Ridley au même endroit que d'habitude et fit le reste du chemin à pied. Personne ne l'importuna, même s'il se sentait curieusement désorienté. La ville n'était soudain plus tout à fait la même. Chaque bâtiment lui paraissait à la fois familier et étranger. Afin de reprendre ses esprits, il marqua une halte sous l'auvent d'un magasin désaffecté. Protégé par la fortune de son père, sa vie avait longtemps été une longue promenade. Mais à présent il éprouvait le besoin de vivre pour de bon, une vraie vie. De passer du temps loin de tout cela. Mais il y avait tant à faire. Il ne devait pas se perdre en route : priorité au cercueil.

Juste avant la grande place circulaire, la vue de

deux étalons attachés devant le petit bâtiment en brique abritant les bureaux de Webler le cloua sur place. Ces chevaux, il les avait vus ce matin chez lui… Hackstedde et son adjoint ! Rien d'étonnant, pourtant. Après tout, le shérif, impassible, s'était engagé à vérifier les dires de Caleb, quoique George eût du mal à l'imaginer menant Webler hors de chez lui menottes aux poignets.

George brûla soudain d'entrer. Il ignorait ce qu'il pourrait dire ou faire. Tout ce qu'il savait, c'était que le peu de pouvoir qu'il avait jamais eu dans cette ville lui échappait. Des décisions le concernant se prenaient dans cet immeuble, alors qu'il n'était même pas présent. C'était intolérable ! L'entrepôt du fabricant de meubles était situé un peu plus loin dans la rue, mais il bifurqua avant, franchit la grande place en évitant les parterres de fleurs colorées de la Société de jardinage et marcha droit sur l'ancienne école, celle où il avait appris l'alphabet et qui servait à présent de quartier général aux troupes de l'Union.

« Général Glass ! » cria-t-il de loin en s'approchant de l'entrée.

Il ne lui traversa pas l'esprit qu'il fallait peut-être tenir compte de la file d'hommes et de femmes qui s'étirait devant le bâtiment, avec à la main des papiers ou un chapeau, tous attendant patiemment leur tour – une chose dont George n'était pas coutumier.

Un soldat morose lui barra le passage.

« Les visiteurs sont reçus selon leur ordre d'arrivée, déclara le soldat.

— C'est urgent, insista George. Glass ! Ici George Walker ! Je dois vous parler de toute urgence ! »

D'un index autoritaire, le soldat le pria de reculer.

George riposta en posant son propre index sur la porte.

« Vous devez me laisser entrer. Ce que je viens faire ici est de la première importance. »

Au grand soulagement de George (et peut-être aussi de la sentinelle), le général en personne se présenta, suivi d'un jeune homme chargé d'une pile de dossiers à l'équilibre instable qu'il tenait tant bien que mal des deux mains. Un murmure de protestations remonta la file d'attente tandis que le général se dépêchait de se sauver. George s'élança derrière lui.

« Monsieur Walker, dit Glass sans cacher son agacement, vous n'avez pas vu la queue ? Je reviens tout de suite. Faites comme tous ceux qui ont besoin de mon aide, attendez !

— C'est que l'affaire est grave.

— Ah bon ? Plus grave que d'obtenir de quoi nourrir des enfants mourant de faim ou d'informer les proches du sort de leurs blessés ? »

Soudain, George se trouva happé par un groupe qui avançait à contre-courant. Il se heurta à une femme chargée de valises. Il faillit perdre Glass dans la foule mais finit par le rattraper et trottina à son côté comme un enfant perdu qui a enfin retrouvé sa mère.

« C'est incroyable que votre secrétaire arrive à marcher aussi vite avec une aussi grande pile de dossiers ! plaisanta George. Il devrait se faire engager dans un cirque.

— Ce n'est pas mon secrétaire, rétorqua sèchement Glass. C'est mon aide de camp.

— Comment ça ? »

Ils étaient à la hauteur de la scierie quand Glass s'arrêta et pivota si vivement sur lui-même que George, surpris, se figea sur place.

« Un général de brigade a un aide de camp, pas un secrétaire. Veuillez vous adresser à mes hommes avec respect, je vous prie. »

Un soldat s'approcha et tendit une feuille de papier que Glass signa sans regarder.

George présenta des excuses appuyées d'un signe de tête au porteur de dossiers, puis se tourna de nouveau vers Glass.

« Je voulais vous dire que j'ai décidé finalement d'intégrer votre comité. Tout bien considéré, j'en serais très honoré. Je m'engage à arriver tôt, à sourire et à faire vos quatre volontés, si en échange vous voulez bien m'accorder cinq minutes de votre temps si précieux…

— Le comité s'est formé en complète harmonie sans votre présence.

— Bon. Mais je peux quand même vous parler ? Ce que j'ai à vous dire n'empiétera pas sur votre journée. J'aurais pu être plus gentil avec vous, mais je n'ai pas été cruel non plus. Accordez-moi cette unique grâce. Juste quelques minutes. Je vous en supplie. »

Le visage de Glass parut se condenser en un seul point, ses yeux louchaient comme s'il entrait en méditation tandis que son nez se retroussait à leur rencontre. En poussant un énorme soupir, il déchargea son aide de camp de la moitié des dossiers qu'il confia à George, lequel chancela sous le poids.

« Rendez-vous utile, allégez le travail de mon aide de camp, et je vous accorde deux minutes.

— Un marché qui en vaut bien un autre », marmonna George en grinçant des dents.

Dès son entrée dans l'entrepôt de la scierie, George fut frappé par une odeur singulière. Il connaissait celle du noyer et celle, noire et amère, de l'humus fraîchement retourné, mais dans l'espace confiné sous le chapiteau de cette tente géante, le mélange devenait si âcre qu'il lui tira des larmes. Dehors, des soldats s'employaient à empiler dans des wagons de chemin de fer un tas de planches, toutes de la même dimension et épaisseur.

« Je vous écoute », dit Glass.

Le bureau était rudimentaire : entourée de soldats, une table jonchée de plans d'architecte et de télégrammes. George commença à raconter ce qui était arrivé à Landry, expliquant qu'il ne pouvait pas compter sur l'aide de ceux de la ville ni de ses plus proches voisins qui l'avaient laissé tomber. Sans personne vers qui se tourner, il espérait tout de même trouver au moins un honnête homme disposé à le soutenir dans sa volonté d'obtenir justice pour Landry.

Glass s'était assis pendant le monologue de George. À présent, il écrivait quelque chose, sous le regard de statue de son aide de camp. Remarquant ses mains vides, George s'aperçut que lui-même portait toujours la pile de papiers. Il posa le tout sur la table. Frappé de mutisme après son exposé, il se sentit soudain minuscule au milieu du tourbillon d'activités, un maelstrom tel qu'il n'en avait jamais imaginé jusqu'à cet après-midi.

« J'en ai déjà discuté avec Monsieur Webler, dit Glass. L'affaire est confiée au shérif Hackstedde. Il est tout à fait capable de mener cette enquête avec impartialité. »

George le regarda, abasourdi.

« Mais vous n'avez pas entendu un mot de ce que je vous ai dit ? Hackstedde est un imbécile, et prendre conseil auprès de Webler, le père de l'accusé, voilà qui est aussi stupide que si le shérif en avait eu l'idée lui-même. C'est manquer à votre devoir, tout simplement. »

Plus que ses paroles précédentes, cette accusation retint l'attention de Glass. Il croisa les mains sur la table et dévisagea George d'un regard si sévère que celui-ci eut envie de se cacher derrière la montagne de papiers dont il venait de se soulager.

« Mon devoir ? dit Glass sidéré. Je doute que vous ayez la moindre notion de ce en quoi il consiste. La définition même de ce mot n'est pas à votre portée, pas plus qu'à celle de tant d'hommes nés dans la soie et le velours. Permettez-moi de vous l'expliquer sans détour, afin de dissiper tout malentendu. J'ai un devoir envers ma patrie. Actuellement, mes supérieurs ont jugé bon de me confier une tâche ingrate mais d'une importance capitale, consistant à diriger cette scierie dans un bourg peuplé d'individus qui me méprisent. Mon devoir exige aussi de moi que je veille à maintenir la paix entre ces mêmes gens qui n'ont qu'une envie, celle de me voir, ainsi que tous les soldats de ma brigade, aller au diable. Voilà mon devoir. Et je m'y tiens, et je continuerai de m'y tenir, jusqu'à ordre contraire.

— Je ne voulais pas vous offenser…

— Voilà le *problème* ! Vous êtes d'un égoïsme sans borne. Tout tourne autour de votre petite vie.

Pour rien au monde vous n'auriez envisagé que ces gens qui ont attendu la matinée entière devant l'ancienne école ont peut-être de meilleures raisons que vous.

— Je me suis exprimé maladroitement, s'excusa George, battant en retraite. Je ne suis pas parfait, je vous le concède sans réserve. Mais le fait est qu'il y a un mort, un homme qui n'a jamais fait que du bien autour de lui, et il ne mérite pas que son meurtre passe pour quantité négligeable. Franchement, je suis estomaqué que vous soyez tombé sous l'influence de Webler. Pour quelqu'un aussi au fait des bassesses dont sont capables ceux qui cherchent les faveurs des puissants, vous vous êtes rangé aux côtés du pire d'entre eux.

— Wade Webler n'est ni plus ni moins égoïste et dur que vous, ou moi, ou tout homme ou femme qui réclame quelque chose de mes services. Pourtant c'est le premier à m'avoir ouvert sa porte. Le premier à m'avoir indiqué les personnes susceptibles de m'aider à accomplir nos objectifs communs. Je me permettrai d'ajouter qu'à un moment de grande gêne, alors que j'avais besoin de liquidités pour une parente, il m'est venu en aide sans hésiter. Sa générosité a été sans pareille, monsieur Walker.

— Il vous a mis dans sa poche », marmonna George.

Glass poursuivit comme s'il n'avait pas entendu.

« Et jusqu'à aujourd'hui, Monsieur Webler ne m'a jamais rien demandé en échange. Bon, il souhaite maintenant que je me retire de cette affaire de Nègre affranchi trouvé mort afin d'éviter de graves troubles à l'ordre public. Si cela suffit à maintenir la paix parmi les habitants de ce patelin, à contenter mes supérieurs et à rendre service à un homme qui m'a été d'une aide incomparable, eh bien, je me ferai un plaisir de fermer les yeux. »

Sur ces paroles, Glass baissa le nez sur ses papiers comme pour mettre un point final à la requête de George et marmonna dans sa barbe :

« Je me suis efforcé à faire de cette ville un modèle pour cet État, et l'inspection par le Bureau des affranchis aboutira à la même conclusion. Dites-vous que ce pauvre bougre aura contribué à ce succès. Si vous voulez mon avis, il est sacrifié, certes, mais pour le plus grand bien, et sa mort sera plus utile que celle de beaucoup de garçons tombés sur le champ d'honneur, si cette pensée peut vous consoler. Même si, je vous l'accorde, c'est désolant. »

George remarqua soudain que les soldats autour d'eux attendaient les ordres, autrement dit son départ. Quelque chose dans leur regard, neutre et détaché, froissa son amour-propre : George n'était à leurs yeux qu'un pantin pitoyable à qui était dénigrée toute légitimité à obtenir gain de cause. En un mot, il s'était ridiculisé.

« Je suppose que je peux reprendre à mon compte vos paroles de l'autre jour à la taverne, conclut George. Nous n'avons plus rien à nous dire. »

Glass leva les yeux, apparemment étonné de trouver le fermier encore debout devant lui.

« Mon général », salua George alors qu'il pivotait déjà sur ses talons pour sortir.

*

Il songea à passer voir Ezra, mais il n'avait pas le courage d'essuyer une nouvelle volée de reproches. Et c'est ainsi qu'il débarqua chez le fabricant de meubles de fort mauvaise humeur, agacé en plus d'être obligé, rien que pour atteindre l'entrée du magasin, de se faufiler entre une chaise percée – un pot de chambre en fer-blanc vissé sous un tabouret en bois brut – et un landau. L'intérieur était tout aussi encombré d'un bric-à-brac invendable, le chemin jusqu'à la caisse tracé sans même la tentative de former une ligne droite, suivant les endroits libres d'obstacle. En tournant un coin, George se heurta à un globe terrestre large comme lui, puis il faillit s'étaler sur un matelas en plume, ce qui, sur le moment, lui sembla une façon appropriée de terminer la journée.

Le propriétaire vint finalement à sa rencontre. Chemise blanche et gilet noir, le tout dégageant une odeur écœurante de tabac. George lui fit part de sa demande, et le marchand le guida jusqu'à l'arrière-salle où était entreposé le stock de cercueils.

« Si je les mets devant, ils font fuir la clientèle. »

Fort de l'accord préalable de Prentiss, George évoqua un cercueil en bouleau.

« J'ai des noyers derrière ma maison. Alors je vends des cercueils en noyer. »

Inutile de discuter, se dit George.

« Capiton, décor, couvercle rehaussé. Tout ça pour le prix d'un tonneau de bon sherry. C'est peut-être pas du bouleau, mais c'est une affaire. »

George le dévisagea, mais le marchand se borna à soutenir son regard, de sorte qu'il paya et réclama de l'aide pour porter le cercueil jusqu'à l'endroit où attendait Ridley.

« Ça peut se faire, opina le marchand. Mais j'ai bien peur qu'il y ait un supplément.

— C'est seulement à une centaine de mètres d'ici. »

S'ensuivit un long silence. Dans les fragments de rayons de soleil ayant réussi à atteindre le fond du magasin tournoyaient des grains de poussière datant d'un temps aussi ancien que les lieux. Le marchand alluma un cigare et attendit.

« Oh, bon Dieu ! s'exclama George en sortant les quelques billets qui lui restaient pour les flanquer sur la table. Si vous voulez bien l'attraper d'un côté, on va le porter tout de suite.

— Jessup ! » vociféra le marchand.

Une porte dérobée laissa le passage à un tout jeune homme vêtu exactement comme le marchand : veste noire sur chemise blanche. Une physionomie macabre décalquée sur l'environnement.

« Oui ? » dit le garçon.

Le marchand désigna George du bout de son cigare.

« Tu vas l'aider à transporter son cercueil. »

La boîte était trop lourde pour une seule personne, mais à deux, c'était tout à fait faisable. Une fois dehors, en bas des marches, George demanda au garçon de s'arrêter, et ils posèrent leur charge. Le cheval de Hackstedde n'était plus là, celui de Tim non plus... et celui de Webler manquait lui aussi. Derrière les rideaux des fenêtres de l'immeuble de brique rouge, rien ne bougeait.

Le garçon commença à s'impatienter.

« M'sieur, vous savez, j'ai pas toute la journée. »

Une fois le cercueil enfin hissé sur la carriole, voyant que le garçon s'attardait, George agita l'index sous son nez.

« Tu ne tireras pas un sou de moi. Maintenant, ouste ! »

Le garçon roula des yeux et se tordit en convulsions comme si George venait de lui enfoncer un poignard dans le cœur, puis, en un clin d'œil, il déguerpit.

George se ressaisit et monta sur Ridley. Comment se faisait-il qu'après une seule course il se sentît rétamé pour la journée ? Lui qui aurait été capable de passer dix heures dans son lit sans bouger un seul orteil, il se débrouillait toujours pour s'épuiser à la tâche. C'était incroyable, pourtant c'était comme ça.

« Hue ! » dit-il à l'âne en l'encourageant d'un coup de talon.

Ridley ne fit pas mine de réagir.

« Hue ! »

Toujours rien. Ridley remuait les oreilles comme pour renvoyer les ordres à leur expéditeur. George mit plus de conviction dans un deuxième coup de talon. Toujours aucune réaction.

« Bouge ton gros cul ! cria George. Hue ! Hue ! Hue ! Merde ! »

Ses efforts ne firent ni chaud ni froid à Ridley. L'âne rétif regardait droit devant lui : la grande route, la haute futaie en bordure de forêt, peut-être un oubli qu'il était seul à se rappeler.

George se pencha pour hurler rageusement dans une de ses oreilles :

« Il n'y a rien là-bas ! Cette route mène à une autre ville pareille à celle-ci, puis à une autre, et il n'y a rien d'autre dans aucune que la même chose qui se répète, différente et pourtant identique, les mêmes magasins avec des vitrines différentes, les mêmes nigauds mais avec des gueules différentes, et rien de tout cela ne t'intéresse de toute façon puisque tu n'es qu'un putain de baudet sans cervelle décidé à gâcher ma journée. »

Sur ce, George, hors de lui, descendit de selle, prêt à en venir aux mains, mais dès qu'il posa pied à terre, Ridley se mit à trotter.

« Je vois », dit George en soufflant très fort par le nez.

Puis, cheminant dans l'ombre de l'âne, et mû par un esprit de conciliation, il lui murmura :

« Si c'était trop lourd pour toi, fallait le faire savoir ! Nom d'un chien, on reste pas là sans rien dire ! »

L'âne aurait-il été doué de parole ? Mais George ne voyait pas comment lui présenter ses excuses autrement. Il posa la main à la base de la crinière de Ridley et ce simple contact le réconforta, la présence d'un animal à sang chaud dont le désir le plus ardent était de mettre un sabot devant l'autre en direction de la maison.

*

Ils n'avaient pas eu beaucoup de temps pour préparer l'enterrement, mais Isabelle avait cueilli au jardin les quelques roses fraîches pour en faire un bouquet. Prentiss, George et Caleb portèrent le cercueil, Prentiss devant, George et Caleb côte à côte derrière. George leur avait parlé d'une petite clairière au milieu des bois qu'il avait fait découvrir à Landry il y avait déjà un moment, et où depuis il l'avait souvent aperçu. Il supposait que c'était son coin favori, vierge de toute vie humaine sauf la sienne – quel meilleur endroit pour y reposer ?

« Voulez-vous que l'on dise quelque chose ?

demanda George à Prentiss. Je connais par cœur quelques versets. »

Prentiss était tellement concentré sur le cercueil que George crut d'abord qu'il n'avait pas entendu, mais il tourna les yeux vers lui et répondit :

« Laissons-le partir comme il a vécu. »

Ils creusèrent donc en silence, tous les trois à tour de rôle. Isabelle attendit debout un peu à l'écart. Il leur fallut une heure pour obtenir un trou assez grand.

Une fois le cercueil descendu, Caleb se tourna vers Prentiss et prit pour la première fois la parole.

« Si tu préfères que je ne reste pas… »

Prentiss ne quittait pas le cercueil des yeux.

« T'as pas tué mon frère, dit-il. Je vais pas t'empêcher de lui dire adieu. »

Tous les quatre se tinrent silencieux sous la voûte du soleil qui commençait à se refermer sur eux comme un couvercle, encerclés par les branches des arbres tendues les unes vers les autres dans le vent oblique.

« Isabelle », dit George.

Elle s'avança et, du sac qu'elle portait en bandoulière, sortit une planchette de bois, pas plus haute que la jambe d'un enfant, qu'elle enfonça dans la terre à la tête du cercueil. Puis de son sac elle tira autre chose : une chaussette, du même bleu que celui de la chaussette tricotée pour elle par Landry, mais assez grande pour un pied d'homme… pour le pied de Landry.

« Je me disais que dans le Nord où vous alliez tous les deux, il ferait froid, dit-elle à Prentiss. Et comme votre frère avait eu la bonté de tricoter des chaussettes pour moi, j'ai pensé que ce serait bien de lui en tricoter une pareille. Qu'au moins elle serve à rendre hommage à sa gentillesse et à marquer l'endroit où il repose, enfin en paix. »

Elle glissa la chaussette sur la planche et l'attacha avec une ficelle. Lorsque le soleil l'éclaira, le bleu prit un éclat si intense au milieu du tapis d'herbes vertes, qu'il serait forcément visible de n'importe quel angle à l'orée de la forêt.

« J'aimerais que vous gardiez l'autre », dit Isabelle.

Elle prit dans son sac la jumelle de la première chaussette et la donna à Prentiss. Il frotta le tricot sur sa paume, puis le serra contre sa poitrine et remercia.

Elle lui ouvrit les bras et, lorsqu'elle le tint contre elle, comme pour mettre au point un dernier détail, elle lui dit dans ce qui était à peine un chuchotement :

« Ne croyez surtout pas que je vous ai oublié. Votre paire vous attend à la maison. Je l'aurai bientôt finie. »

Il ne put retenir un rire amusé.

« Vous vous occupez de moi comme si j'étais de la famille, dit-il. Je suis pas près d'oublier votre gentillesse, madame Walker. »

Ils restèrent réunis encore un temps, aucun d'eux ne souhaitant hâter l'heure de la séparation. Puis Prentiss leur fit face.

« Si ça vous dérange pas, je voudrais être seul avec mon frère. Un petit moment.

— Je tiens à vous aider à remplir cette sépulture. J'imagine que ça va vous prendre longtemps…

— George, souffla Isabelle.

— Je m'en charge, dit Prentiss. Je me débrouillerai tout seul. »

Ils rentrèrent. Le dîner fut vite expédié et, quand

ils eurent terminé, George aida Isabelle et Caleb à faire la vaisselle. Il rangea en silence les assiettes pendant qu'ils essuyaient la table de la salle à manger. Une fois Caleb monté, George laissa ses pas le conduire à la fenêtre d'où il contempla la nuit sans étoiles, les lieues de vide à la ronde. Seule lueur, la lanterne qui s'éteignait doucement dans la grange, où Prentiss était retourné seul.

« À quoi penses-tu ? demanda Isabelle qui s'était approchée sans bruit derrière lui.

— Oh ! Rien qui vaille la peine d'en parler.

— Avec toi, George, tout vaut la peine d'en parler. »

Elle était maintenant debout à côté de lui. Sa chevelure, quoique toujours élégante, semblait un peu plus grise, et elle avait des rides qu'il n'avait encore jamais remarquées, des constellations aussi belles que celles du ciel lors de ses promenades vespérales.

« Tu te rappelles la domestique de mon père ? Taffy ?

— Tu m'as parlé d'elle, oui.

— On était très amis, elle et moi, dit-il. Pourtant je me souviens de si peu de chose à son sujet. Son ombre a continué à me tenir compagnie après qu'elle a été vendue. Comment te l'expliquer ? Je la sentais qui courait à côté de moi, alors que je jouais seul. Ou je l'entendais faire la lessive dehors sous ma fenêtre quand je me réveillais.

— J'ai eu la même impression à la mort de mon père. Silas aussi. On l'entendait nous appeler en hurlant d'en bas quand on était dans notre chambre. Ce sont des souvenirs qui se déversent dans la vraie vie.

— Ils ne te font pas peur ?

— C'est toi qui m'as dit que j'avais imaginé l'odeur du cercueil de mon oncle. Ce dont tu parles là, c'est la même chose. Les enfants s'arrangent comme ils peuvent de ce qu'ils sont obligés de supporter. »

George se rassit à la table de la cuisine. Isabelle resta à la fenêtre, le regard tourné vers la grange.

« Eh bien, à moi ça m'a paru vrai, dit George. J'étais bouleversé, tu ne peux pas savoir à quel point. J'ai harcelé ma mère de mes reproches pendant des jours. Elle n'allait pas bien, mais c'était plus fort que moi. Tout ce qu'elle trouvait à répondre, c'était que ce genre de lien devait être brisé le plus tôt possible. Qu'il valait mieux me rappeler nos jeux, les bons moments passés ensemble, plutôt que son départ. Mais l'absence de Taffy était bien plus forte que le souvenir. »

George tapait du plat de la main contre la table tandis que les pensées se bousculaient en lui.

« Isabelle. Prentiss doit partir. Tout de suite. Pour son bien comme pour le nôtre. »

Elle posa une main sur l'épaule de George.

« Laisse-lui le temps de terminer son bagage, lui dit-elle. Laisse-le pleurer ce soir. Et à la première heure…

— À la première heure », dit George.

Une première heure qui ne viendrait pas assez tôt.

18

C'était sa dernière nuit à la ferme. Prentiss parvenait à peine à fermer les yeux, et encore moins à dormir. Sa paillasse lui semblait taillée dans un rocher tandis qu'il se tournait et se retournait sans cesse. Couché sur le côté, il faisait face à la place de Landry. Pour rien au monde il ne l'aurait avoué à quiconque, mais la présence de son corps avait été d'un grand réconfort. S'il avait eu le choix entre rien ou la dépouille, il aurait volontiers pris la dépouille – pouvoir la regarder, lui parler, l'aimer comme il avait aimé Landry de son vivant. Il avait songé à en discuter avec George et à refuser de l'enterrer. Il avait tant perdu, fallait-il que la terre lui prît aussi le corps de son frère ? Pourtant les funérailles avaient été convenables. Il se demanda si c'était le pré dont lui avait parlé Landry, celui des pissenlits. Il n'avait vu aucune trace de pissenlits et n'avait pas osé poser la question à George, préférant garder l'espoir que c'était bien celui-là plutôt que d'être déçu.

Il divaguait. Comme si ce mouvement pouvait stabiliser ses pensées, il roula sur le ventre. Il avait assez d'économies pour se loger et se nourrir pendant au moins un mois. George lui avait dit d'aller au Nord jusqu'à ce qu'il trouve un endroit qui lui plaise, un emploi, une femme, un foyer. Facile à imaginer, avait-il répliqué à George, mais plus difficile à concrétiser. Surtout s'il devait partir seul.

« Vous n'êtes pas seul, lui avait dit George. Vous n'êtes jamais seul. »

Pur mensonge. Il était engourdi de solitude. Il n'était plus un frère ; il n'était plus un de ceux, nombreux, qui peuplaient le domaine de Morton, et sans doute n'était-il plus un fils, du moins plus au sens qui comptait. Pour ce qu'il en savait, sa mère n'arpentait plus cette Terre. Et si elle était toujours de ce monde, ça l'avançait à quoi ? Ses chances de la retrouver étaient à peu près aussi nulles que celles de revoir Landry en vie. L'idée si longtemps caressée – sa mère habitant ailleurs, peut-être au Nord – trouvait encore un écho en lui, mais seulement quand il laissait libre cours à sa rêverie. Il l'imaginait alors marchant devant lui sur un chemin poussiéreux, une femme à la tête couronnée d'un nid de cheveux noirs, en robe jaune pâle incandescente au soleil ; ou pompant de l'eau à une fontaine au bord d'une route poudreuse, faisant boire son enfant dans le creux de ses mains fines. Il était toujours conscient qu'il s'agissait d'une illusion. Landry devait le savoir, lui aussi, car ce secret, ils le gardaient chacun jalousement, afin que la vérité reste conforme à cette fausse vérité, et que leur histoire et leur mère demeurent à jamais.

Maintenant il devait faire face à la réalité. Il n'y avait que lui. Il était seul. Seul. À cette pensée, la peur le traversa, mais il sut qu'il finirait par s'acclimater à cette nouvelle vie comme il s'était accommodé aux précédentes, chaque pas de son existence s'étant heurté à un obstacle, et pourtant il était là, toujours là, jour après jour, prêt à affronter ce qui allait suivre. Il s'accrocha à ces lambeaux d'espoir comme à une planche de salut, si bien que peu à peu il dériva vers un profond sommeil.

*

Il fut réveillé par un bruit de cavalcade. Il se précipita à la porte de la grange. Des cavaliers menaient la charge. Derrière eux une voiture noire roulait lentement.

Prentiss appela George en courant vers la maison. Sans attendre de réponse, il entra par la porte de derrière et, dans sa hâte, faillit se cogner au fourneau. Le salon était vide, la maison assoupie.

« George ! cria-t-il en bas de l'escalier. Vaut mieux vous lever ! »

Dehors, les chevaux pilèrent devant la maison alors que la voiture s'arrêtait dans un nuage de poussière. Les hommes tiraient sur leurs rênes mais leurs montures piaffaient, encore emportées par leur élan. Les deux premiers étaient les mêmes que la veille et ceux qui fermaient la marche, nuls autres que Ted Morton et Gail. Prentiss s'apprêtait à monter frapper à la porte de la chambre, quand George sortit sur le palier en chemise de nuit.

« Qu'est-ce que c'est, ce boucan ? dit-il, les yeux encore à moitié fermés.

— Là-dehors. Le shérif. Et il est pas tout seul. Il y a aussi Morton. Ils sont toute une bande. »

Les yeux de George s'ouvrirent d'un coup.

« Ne sortez pas. Attendez-moi, je vais passer un pantalon. »

Il retourna dans sa chambre.

Le cocher ouvrit la portière de la voiture. En descendit un homme en habit – Prentiss n'avait jamais vu chez quelqu'un un air aussi compassé. Il fut suivi d'un jeune homme qui devait avoir le même âge que Prentiss. Ces deux-là restèrent à côté de la voiture. Ils n'étaient pas bavards. Le plus vieux dit un mot au plus jeune, ajusta sa propre cravate et s'avança d'un pas vers la maison. La porte de la chambre de George se rouvrit, celle de Caleb aussi, et, l'un derrière l'autre, le père et le fils descendirent l'escalier.

« Je les ai vus arriver de ma fenêtre, dit Caleb. August est avec eux.

— Quel culot ! s'exclama George. Comme ça, sans prévenir ! Ils n'ont pas intérêt à tenter quoi que ce soit ! »

Une voix s'éleva.

« George ! C'est toi ? »

C'était l'aîné des passagers de la voiture. Il était en habit. Prentiss supposa que c'était le père du garçon qui avait tué Landry.

« George ! Sors si tu ne veux pas que je vienne te chercher !

— Essaye un peu et tu recevras un bon coup de poêle sur la tête. Wade, tu es prévenu ! »

George sortit sur le perron en boitant plus que de coutume.

L'homme en habit, avec une grimace de dégoût, fit le geste de chasser la menace d'une main méprisante.

« L'agressivité ne te sied pas au teint, George. Tu ne devrais pas proférer des insanités pareilles. »

Hackstedde et son adjoint n'étaient pas descendus de cheval, ni Morton et Gail. Le dénommé Wade et son fils ne s'étaient pas beaucoup écartés de la voiture. Ce jeune homme, que Prentiss voyait pour la première fois, était tel que l'avait décrit Caleb : réservé mais dans les yeux une lueur sauvage. Prentiss se félicita de le voir là. Lui qui n'était pas d'un tempérament bagarreur, ferait une exception, il l'empoignerait par ses boucles blondes et lui enfoncerait la figure dans le sol, jusqu'à ce qu'il cesse de se débattre.

« Je n'ai aucune envie de discuter de si bon matin, dit George. Alors dis-moi tout de suite ce qui t'amène. Et dispense-moi de ton baratin.

— Mon *baratin* ! s'exclama Wade gaiement comme pour mieux, l'instant d'après, se composer un visage sévère. Aujourd'hui, comme tu le sais peut-être, ou peut-être pas, aujourd'hui est un jour spécial. August se marie. Et pourtant, hier, au milieu de nos préparatifs, nous avons été l'objet de ce que nous considérons comme une dénonciation calomnieuse de la part de ton fils. Tu peux imaginer combien c'est perturbant pour mon garçon. N'est-ce pas ? »

Wade prit par l'épaule son fils dont le visage demeura aussi impassible que celui du père. Prentiss vit que son regard était braqué sur Caleb, lequel, debout à côté de son propre père, soutenait son regard, les yeux encore englués de sommeil.

« Je ne m'abaisserai pas à répéter ces accusations immondes, dit Wade. Mais je me suis dit qu'il valait mieux venir te voir en personne, rien que pour laisser à August la possibilité de clamer son innocence. »

August intervint comme s'il récitait une page

apprise par cœur, d'une voix monocorde, en un flot de paroles rapides.

« J'ai bien peur que Caleb ne soit revenu de la guerre gravement traumatisé et que son état ne l'ait poussé à inventer une histoire à dormir debout sur ce que nous avons fait quand nous étions ensemble.

— Oh, arrête ! s'écria Caleb. Arrête ! Mon Dieu, tu n'as jamais eu bon cœur mais je te croyais honnête ou au moins t'efforçant de l'être. Je veux dire, que tu aies menti sur ta blessure, passe encore, mais là, tu dépasses les bornes. Si j'avais su que tu n'étais qu'un sosie de ton père en plus vicieux, que tu étais aussi dur que lui…

— Je te défends de parler de ce qui s'est passé pendant la guerre… »

Mais Wade fut prompt à couper la parole à son fils en marmonnant :

« Il suffit de dire que les déficiences de Caleb sont flagrantes. »

C'est alors qu'Isabelle fit son apparition, en chemise de nuit, les cheveux encore ramenés en chignon.

« Wade Webler ! Vous n'allez quand même pas décrier la conduite de mon fils devant moi, sa mère ! Vous ne ferez pas ça ici !

— Isabelle ! Je vous souhaite le bonjour ! s'exclama Wade en levant son chapeau. Ne vous inquiétez pas, je me tais. Le shérif prend le relais. »

Hackstedde, jusque-là de plus en plus avachi sur sa selle, se redressa tout d'un coup. Il avait l'air d'avoir passé une nuit blanche. Les poches qu'il avait sous ses yeux enfoncés dans les orbites étaient si énormes qu'on aurait dit que son visage était en voie de se replier sur lui-même.

« Je suis là ! enchaîna le shérif. Votre fils, George Walker, colporte des rumeurs sans fondement. J'ai interrogé Ted Morton ici présent, il est sûr qu'il y avait au moins douze hommes dans les champs et que personne n'a rien vu de bizarre du côté des bois ni entendu quoi que ce soit.

— Le shérif le dit mieux que moi, concéda Morton.

— August nie les faits, poursuivit Hackstedde. En plus, il a un solide alibi. Son père et lui étaient dans leurs bureaux quand s'est produit ce regrettable événement. Je n'ai rien à ajouter. L'affaire est close. »

George respirait bruyamment, comme s'il était essoufflé. Prentiss crut qu'il allait avoir une crise cardiaque. Comme par un accord tacite, ils eurent tous l'intuition qu'il valait mieux se taire et attendre la suite. George haleta :

« Très bien.

— Si tu veux, dit Wade, pour montrer ma bonne volonté et compenser ta perte, je te propose de contribuer à ton entreprise en te donnant quelques chevaux. Je sais que tu n'as que cet âne, et ça me fend le cœur de te voir te démener sur ton baudet chaque fois que tu viens en ville, on croirait un Mexicain mélancolique ondulant au fond d'un canyon. »

Morton et Gail ricanèrent en portant en même temps la main à la bouche : des jumeaux devinant d'avance quel geste va faire l'autre.

« Ridley me suffit, répliqua George d'un ton rageur. Si je voulais un cheval, ou trois chevaux, je me les payerais moi-même. Cela dit, ta générosité m'honore.

— Bien, opina Wade. Alors, nous allons vous

dire au revoir. Je dois passer prendre ma mère. J'ai essayé de lui envoyer un cocher, mais oh non, non, non, il faut que ce soit son fils en personne qui vienne chercher Madame. »

Cet homme, comprit Prentiss, avait une personnalité diamétralement opposée à la sienne. Pas à cause de sa fourberie ni de sa méchanceté foncière, mais à cause de sa confiance en soi : la conviction absolue, qui transpirait dans son large sourire, que, même si son fils avait été accusé d'avoir tué de sang-froid, toutes choses en ce monde s'entendaient pour lui faciliter la vie, peu importait qui ou quoi se dressait sur son chemin.

« Au fait, je te présente toutes mes excuses, reprit Wade. Pour ne pas vous avoir invités à la noce. Que te dire ? Nous avons finalement décidé de célébrer dans la stricte intimité. »

Sur ces paroles, très tranquillement, son fils à son côté, il commença à retourner à sa voiture avec l'air satisfait de quelqu'un qui a conclu une bonne affaire.

« Un homme est mort, lança soudain Caleb de cette voix émue qui lui était coutumière. À part la question de savoir qui l'a tué et de ce que je pense de cette personne… sa mort ne vous fait ni chaud ni froid ? On a tué un homme ! »

Ces cuistres n'avaient pas de réplique toute prête, ce qui dans un sens fit plaisir à Prentiss. Ils se retournèrent, le père et le fils, à peine troublés.

« Il s'appelait Landry, enchaîna Prentiss. C'était pas n'importe qui. C'était mon frère. Le garçon le plus gentil. Jamais j'en connaîtrai d'aussi gentil. Et tous vos chevaux rachèteront pas sa mort. »

Ted Morton intervint.

« Toi, on t'a assez entendu ! Après ce qui est

arrivé à ton frère, vaut mieux que tu retiennes la leçon et que tu la fermes. »

George s'avança en rentrant furieusement sa chemise dans son pantalon. Ses yeux lançaient des éclairs.

« Espèce d'abruti, dit-il à Morton, de quel droit tu l'ouvres en bonne compagnie, de quel droit d'ailleurs tu l'ouvres tout court ?

— Si tu cherches encore à faire des histoires, tu auras ce que tu cherches », dit Ted.

Puis ce fut au tour de Hackstedde d'élever la voix.

« Du calme, ordonna-t-il.

— Je l'ai vu un jour porter la main sur Monsieur Morton, intervint Gail. Et cette fois je le laisserai pas faire. »

Les chevaux poussaient des hennissements nerveux. Malgré la fraîche brise matinale, l'ambiance était chauffée à blanc. Les voix s'entrechoquaient. Au milieu de ces altercations, Prentiss se taisait. S'il n'avait que du mépris pour Morton qu'il mettait à un rang inférieur au sien, il ne pouvait s'empêcher d'être impressionné par Wade Webler : le luxe de l'habit, le contentement de soi, la certitude affichée de dominer la situation. Appuyé à la voiture, il chuchotait quelque chose à son fils avec un large sourire. Prentiss se sentit soudain intimidé par cet étalage de puissance, comme s'il était redevenu un petit garçon caché dans les jupes de sa mère. Et cette sensation était intolérable… Jamais plus il n'accepterait d'être écrasé ! Les salves d'insultes continuant, comme mû par l'énergie qu'elles généraient, il s'avança. Il était à mi-chemin de la voiture quand le shérif remarqua qu'il se déplaçait en direction de la petite troupe.

« Halte là ! glapit Hackstedde.

— Prentiss ! cria George. Revenez ici. »

Mais Prentiss ne se soumettait plus aux ordres ni aux commandements. C'était fini.

« Qu'est-ce que veut ce garçon ? » dit Wade toujours adossé à sa voiture tandis que Prentiss marchait vers lui.

Le shérif et les autres firent tourner leurs montures face à la voiture. Prentiss entendait derrière lui les pas claudicants de George sur la terre battue.

« Prentiss ! Par pitié ! »

Le regard de Wade était toujours jovial. Il avait des yeux d'un brun doux, des lèvres pulpeuses de femme. Son menton saillait. Mais son arrogance finit par se dissoudre face à Prentiss, qui était maintenant assez près de lui pour être gêné par son haleine de fumeur de cigare. C'était élémentaire. À portée de ses poings, Wade ne pouvait maintenir une attitude désinvolte.

« George, dit-il. Rappelle ton chien. »

Prentiss prit une profonde inspiration. À l'expiration, il eut l'impression que s'échappait de lui une vie entière passée sous l'étoile du chagrin, une vie comme exorcisée et offerte en retour au monde tel un juste et vivant reproche. Et c'était tellement agréable, euphorisant vraiment, qu'il aurait été heureux si on lui avait annoncé que ce souffle serait en fait son dernier. Il nageait dans un ravissement tel qu'il eut à peine conscience de ce qui accompagna son expiration : une boule de flegme qui jaillit de sa bouche comme un obus de la gueule d'un canon, en plein dans la figure de Wade.

Wade se pétrifia, l'œil fixe, le nez dégouttant de mucosités. Le temps se figea. Le silence devint absolu. Le monde lui-même marquait une pause. Et lorsque Prentiss commença à bouger, ce fut avec des gestes d'une infinie lenteur, à la manière d'une mélodie qui se serait écrite note après note. Son regard tomba sur la sellerie de la voiture, d'une blancheur éclatante ; il regarda ensuite au-delà, par la fenêtre opposée, le fond océanique vert, l'herbe fouettée par le vent, et il vit la brise avant de la sentir dans son cou, peut-être le dernier souffle d'air de la matinée avant le déferlement de la chaleur.

Le coup de crosse de fusil vint après la caresse de la brise. Il percuta sa cage thoracique et fut suivi d'un deuxième coup sur la saignée du genou. Conscient qu'il tombait, il agrippa le marchepied de la voiture et se tourna pour faire face à Hackstedde alors que la crosse du fusil du shérif s'abattait une deuxième fois. Prentiss tenta de l'esquiver et le reçut sur l'épaule.

« À genoux ! » hurla Hackstedde.

Son adjoint avait également mis pied à terre. Alors qu'il s'avançait, Prentiss sentit des mains serrer son cou comme dans un étau : Wade Webler l'étranglait.

« Ça suffit ! » cria George en accourant à son tour.

Prentiss se vidait de son air. Hackstedde reculait légèrement pour lui assener un coup fatal quand George s'interposa et fit signe au shérif de s'écarter.

« Baissez ce putain de fusil, Lamar. Wade…

Les yeux terrifiés de George croisèrent un instant ceux de Prentiss.

« Ça suffit maintenant », conclut George d'un ton posé.

Le cœur de Prentiss battait si fort qu'il le sentit cogner dans sa tête. Incapable de se libérer de l'étreinte de cet ours d'homme, il paniqua et se débattit de plus belle, au bord de l'évanouissement. Un cercle s'était formé autour d'eux : Isabelle et Caleb suppliaient tandis que les autres gardaient le silence, les yeux fixés sur Prentiss et Wade. La pression sur le cou de Prentiss était implacable.

George leva les mains pour tenter d'apaiser le courroux de Wade.

« Tu sais aussi bien que moi qu'on attend les agents du Bureau des affranchis. La mort de son frère est déjà un fait grave. Si tu le tues ici, maintenant, qu'est-ce que tu crois qu'il se passera ? »

Wade cracha sa réponse pratiquement dans l'oreille de Prentiss.

« Ai-je l'air d'un homme qui s'en soucie ? »

Prentiss fut presque soulevé de terre. Il ne pouvait croire à la force surhumaine de cet homme, dont le bras était si étroitement enroulé autour de son cou que sa langue se tordait de façon incontrôlée.

« Réfléchis un peu, dit George, ils risquent de faire de toi un exemple. Glass est peut-être un allié, mais ces agents qui arrivent se moquent du nombre d'immeubles que tu possèdes et de ton paquet de dollars. Ces salauds sont en route pour s'occuper de gens comme toi. Ils ne demandent qu'à punir les plus puissants. Pense à la prospérité de tes affaires. Pense à August. »

Prentiss soupçonna les menaces de George d'être du vent, mais elles eurent néanmoins l'effet escompté. Wade relâcha l'étreinte de ses mains autour du cou de Prentiss qui s'effondra au sol en hoquetant. Sans lui laisser le temps de se ressaisir, Hackstedde lui menotta les poignets dans le dos. L'attrapant par les cheveux, il tira d'un coup sec afin de l'obliger à se lever. Prentiss entendit sonner des cloches… Tout tournait toujours autour de lui.

Wade prit une grande respiration et essuya le crachat sur son visage. Son fils fixait Prentiss d'un regard si haineux que celui-ci crut qu'il allait se jeter sur lui comme l'avait fait son père. Mais il ne broncha pas.

« Foutez ce garçon au trou, dit Wade. Et qu'on fasse venir le juge. Qu'il soit là demain.

— Notre seul juge de circuit, c'est Ambrose, précisa Hackstedde. Aux dernières nouvelles, il officiait à Chambersville.

— Si je paye, il peut être ici quand ?

— Sans doute dès qu'il a touché.

— Envoyez-lui un mot. Ses frais sont à ma charge. Je tiens à ce que ce garçon soit condamné et qu'il le soit par la justice. Qu'on le pende, sinon je considérerai que c'est une farce. Vous répéterez au juge ce que je viens de dire. »

Prentiss croisa le regard de George. Dans le creux des joues du vieil homme, dans la tension de son visage, il lut une déception si profonde qu'il dut se détourner.

Wade redressa son col. Comme s'il s'agissait d'un signal, le cocher s'avança et leur ouvrit la portière, à lui et à August.

« Maintenant, nous avons un mariage, ne te déplaise. »

Morton, toujours à cheval, fit face à Wade d'un air penaud, son chapeau à la main.

« Avant que vous partiez, dit-il, puis-je vous présenter des excuses pour l'insulte que ce garçon vous a faite ? Je me sens responsable, vu qu'il vient de chez moi. Le Seigneur m'en est témoin, il a jamais rien commis d'aussi sacrilège, ni contre moi ni contre personne. »

Sous l'empire de la colère, le corps entier de Wade se bomba et sa tête, également gonflée de rage, rouge tomate, pivota brusquement vers Morton qui le regardait du haut de son cheval.

« Je suppose qu'il attendait une victime qui en vaille la peine. Bonne journée ! »

Un seul coup de fouet du cocher et voilà les Webler repartis.

Il y eut un moment de gêne avant que Morton, d'un signe de tête, n'invitât Gail à le suivre.

« Monsieur Webler et moi, on est en bons termes, dit-il en prenant congé. Il est juste de mauvaise humeur, voilà tout. »

Il hurla un « hue ! » et les deux cavaliers s'en allèrent.

Ne restaient plus que le shérif et son adjoint. Hackstedde sortit de sa sacoche un rouleau de corde, en attacha une extrémité au pommeau de la selle et l'autre aux mains menottées de Prentiss.

George regarda Prentiss avec un hochement de tête d'homme battu.

« Vous y étiez presque, dit-il. Mais… pourquoi ? »

Comment expliquer le plaisir qu'il avait pris ? Ce moment formidable où il avait rassemblé le courage de transgresser pour la première fois l'interdit, de céder à l'envie de protester. La joie ineffable de se tenir devant Wade avec l'impression d'être investi d'un pouvoir, même si c'était seulement pendant une seconde.

« Ça m'a fait du bien, dit-il à George. C'est tout ce que je sais. »

La brutale traction de la corde, le tirant vers le cheval, provoqua dans ses côtes, là où il avait été frappé, une douleur semblable à un coup de poignard. Malgré une envie de vomir, il resta debout, décidé à tenir jusqu'à l'endroit, quel qu'il fût, où ils l'emmenaient. L'étalon cessa de sautiller lorsque Hackstedde l'enfourcha.

« On va trouver une solution, promit George.

— Laissez, répliqua Prentiss. Laissez votre famille se reposer. »

George ouvrit la bouche mais la referma aussitôt. Il s'était peut-être rendu compte que les mots étaient impuissants.

Isabelle dit au revoir à Prentiss.

« M'dame, dit Prentiss en la saluant. Caleb.

— Prentiss, dit Caleb.

— Il sera à la prison du comté, annonça Hackstedde. Pas de visite. »

Prentiss leva les yeux et s'émerveilla de voir les nuages, aussi doux que des plumes épinglées sur le ciel dur. Une nouvelle traction sur la corde, et ils se dirigèrent vers la route.

19

John Foster avait construit sa demeure au bord du ruisseau sans nom qui serpentait laborieusement à travers Old Ox. Son débit était si menu qu'on pouvait à peine parler de courant. Par une journée calme, depuis le porche derrière la maison, on percevait en amont un clapotis permanent si lointain qu'il semblait prendre sa source au creux d'un coquillage. Son chant était pourtant presque toujours passé inaperçu, les fils de John ayant été de petits vauriens qui avaient fait régner la terreur jusqu'à la mort de leur père, après quoi, grâce à la discipline rigoureuse imposée par leur mère, Mildred, il avait été entendu plus souvent, non seulement du jardin derrière la maison mais aussi de la route. Encore aujourd'hui, devenus adultes, ses fils n'avaient pas toujours une conduite exemplaire. Mildred était habituellement disposée à faire part à Isabelle de ce qu'ils lui faisaient subir, même si le résultat global n'était, tout compte fait, pas si mauvais. Toujours est-il que son héroïsme, sans avoir rien de romanesque, était célébré dans les annales de la société féminine d'Old Ox.

Isabelle avait parfaitement entendu le filet d'eau

en ce début d'après-midi alors qu'elle franchissait le portail. Sous le porche de la maison revêtue de bardage en bois, Mildred avait installé deux chaises autour d'une table. Un bouquet de tournesols était placé dans un vase sur la balustrade, et la lumière étincelante du soleil qui obliquait sous l'auvent, d'un jaune étincelant, semblait émaner des pétales des fleurs. Mildred leva un doigt en l'air pour signifier à Isabelle qu'elle avait oublié quelque chose à l'intérieur. Elle reparut avec un seau qu'elle déposa à côté de la chaise réservée à Isabelle. Contre sa poitrine, elle serrait un saladier rempli de pommes de terre.

Isabelle s'excusa pour son retard et expliqua qu'elle avait été obligée d'aller jusqu'à Selby voir Prentiss.

« Ils l'ont enfermé dans la prison là-bas, mais vous êtes sûrement au courant. Cet imbécile de Hackstedde menait leur bande. »

Au début, Mildred resta silencieuse, occupée à peler ses pommes de terre. Le ruisseau faisait entendre un sifflement sourd de reptile. Ridley, aussi stoïque que de coutume, attendait sans bouger au bord de la route, attelé à la carriole.

« On n'a presque pas parlé d'autre chose au mariage, dit-elle finalement. Wade n'était même pas gêné au sujet des accusations contre August. Des accusations effrayantes, si vous voulez mon avis. On aurait cru que toute cette affaire le faisait rire.

— Je redoute le moment où je serai forcée de me retrouver en sa présence. Je ne pourrai m'empêcher de revivre le drame d'hier.

— Je comprends. Comment s'est passée votre expédition à Selby ?

— Pas très bien. Hackstedde interdit les visites, mais j'avais apporté des fruits, pour l'amadouer. Je sais combien cela paraît idiot. »

Isabelle ramassa une pêche, puis la laissa retomber dans le panier.

« Je lui ai dit que j'avais fait un long chemin, continua-t-elle. Il a brandi le règlement en disant que seule la famille était admise à voir un prisonnier. Alors qu'il sait parfaitement ce qui est arrivé à la seule famille que possédait Prentiss.

— Mais vous y êtes allée, grand cœur que vous êtes.

— Il fallait bien faire quelque chose. Il ne serait pas venu à l'esprit de George de se rendre à Selby. Pour lui, c'est inutile, mais à mon avis il a juste peur de faire le voyage. Pourtant il ne parle plus que de Prentiss. J'en ai eu tellement par-dessus la tête de l'entendre que tout d'un coup j'ai posé les chaussettes que je tricotais pour Prentiss et décidé d'aller le voir en personne.

— C'est bien, opina Mildred, qui lâcha son épluche-légumes et se frotta les paumes l'une contre l'autre pour se détendre les mains. Et Caleb ? Comment s'en sort-il ?

— Par quoi commencer ? Il se tue de faim et je n'entends plus le son de sa voix. Ce matin, il a surgi de la nuit comme un vampire. Je ne sais pas s'il redeviendra jamais comme avant. »

Isabelle ôta son chapeau et le posa sur la balustrade. Elle faillit faire de même avec ses chaussures mais, à la réflexion, les garda aux pieds.

« Après tout ce qu'a raconté Wade, dit Mildred. Bon, si tout est vrai, et je ne doute pas de la parole de votre fils… »

Avec un hochement de tête, elle reprit l'épluche-légumes et le tint en suspens devant la pomme de terre encore entière qu'elle avait dans l'autre main.

« Il a vu le mal de près, Isabelle. »

Elle reposa l'épluche-légumes et se leva, soudain inspirée et haussant la voix comme si une tornade s'était formée dans sa poitrine.

« Vous ne devriez peut-être pas lui faire grief de sa conduite. Mes fils... Mon Dieu ! Le jour où ils sont revenus de la guerre, je leur ai préparé une dinde, et ils n'ont fait que parler des horreurs qu'ils avaient infligées à d'autres soldats. Ils ne se félicitaient pas d'avoir eu la vie sauve, mais d'avoir semé la mort. Aucun d'eux n'a manifesté le moindre élan d'humanité. Tout cela pour dire qu'il y a peut-être du bon dans la transformation de Caleb. Quand on pense qu'il aurait pu être comme eux. »

Elle avait parlé si vite qu'il aurait été facile de ne pas suivre ce qu'elle disait, mais Isabelle n'avait jamais entendu dans la bouche de son amie des propos aussi sévères à propos de ses propres fils. Qu'ils puissent lui faire honte, voilà qui la stupéfiait.

« Mildred, fit-elle.

— J'ai supporté pire que ce que mes fils me font endurer.

— Oui, mais vous n'êtes pas obligée de l'endurer seule. Je suis là pour vous, vous le savez. »

Mildred regardait la route, son tablier pressé, tout chiffonné, contre la balustrade. La peau de son visage anguleux était collée à ses os, il y avait peu de chance que ses traits s'adoucissent jamais.

« Je ne vous en tiens pas rigueur, déclara Mildred, mais je vous en prie, ne me dites pas comment m'arranger avec mes démons. Je ne vous juge pas quand vous apportez des fruits à un prisonnier pour alléger la peine de ceux que vous aimez. Laissez-moi gérer mes émotions comme je l'entends. »

Isabelle sentit son dos se crisper contre le dossier de sa chaise. Au bout d'un moment, Mildred reprit sa place. Les deux femmes semblaient condamnées à rester rivées là sans rien trouver à dire pour dissiper le malaise. Au milieu du paysage tranquille qui se déployait autour de la maison, leur désaccord devenait presque palpable.

« Je vous demande pardon, articula finalement Mildred.

— Vous avez *tort,* dit Isabelle en soulignant ses paroles d'un geste de la main. Vous n'avez pas à vous excuser. Pour la bonne raison que vous vous trompez. Vous n'avez aucune idée de mes sentiments. *Vous,* vous cherchez peut-être à enfouir votre chagrin, mais ce n'était pas ma motivation en me rendant à Selby. Aucune de mes douleurs ne mérite d'être dissimulée. J'y puise au contraire de la force. Et de cette force, je compte me servir à bon escient. Avec pour objectif louable d'aider un innocent accusé injustement. Voyez-vous, des excuses de votre part ne feraient que ternir l'image de mon entreprise. »

Mildred la dévisagea, l'air de ne pas reconnaître son amie, puis son regard s'adoucit, un peu mais de façon perceptible. Elle acquiesça.

« Bien des choses que vous avez faites récemment sont… voyons, comment dire… Votre attitude n'est plus la même. Ce qui est parfois désarçonnant. Mais ce serait me montrer bien étroite d'esprit de faire comme les autres et de vous bannir, dit Mildred en adressant à Isabelle un sourire chaleureux. Vous êtes immensément courageuse. Je n'ai pas critiqué votre expédition à Selby parce que je la désapprouve. Je me critiquais moi-même. Ma propre faiblesse.

— Votre faiblesse ? s'exclama Isabelle. J'ai appris à me défendre en m'inspirant de vous. Le peu de courage que j'ai, je vous le dois.

— Qu'y a-t-il de courageux à rester sous son porche en se tournant les pouces ? L'absence de but dans ma vie me tourmente. M'a toujours tourmentée. »

Isabelle se pencha en avant.

« C'est John ? Il vous manque ? »

Mildred se renfrogna et son visage se couvrit soudain de rides.

« Cette impression était tout aussi forte quand il était en vie que maintenant qu'il est dans sa tombe. Le problème, c'est que je ne parviens pas à me l'expliquer. Ce qui ne rend pas le manque plus facile à supporter. En réalité, j'en souffre d'autant plus qu'il est mystérieux. »

Mildred s'effondra lentement, la mâchoire tremblante, ses yeux en amande brillant de larmes, et lorsque sa main se mit à trembler, Isabelle la prit dans la sienne et glissa ses doigts entre les siens, lui intimant de ne pas s'inquiéter, l'assurant que tout allait bien, que tout allait très bien. Par cet après-midi chaud et humide, leurs paumes se collèrent l'une à l'autre, comme si rien ne pouvait jamais les séparer, comme si rien ne pouvait jamais défaire les liens de leur amitié. Isabelle aurait pu demeurer ainsi jusqu'à la fin du jour. Elle n'avait nulle part d'autre où aller.

« Avoir des émotions n'a rien de répréhensible, Mildred.

— Ce n'est pas seulement ça. Pas pour le moment en tout cas. »

Isabelle se pencha davantage vers elle.

« Alors quoi ? »

Mildred soupira.

« Cela me fait mal au cœur de vous l'apprendre, mais mon Dieu, ça nous permettra de parler d'autre chose, même si c'est quelque chose de sordide, si vous le permettez…

— Tout ce que vous voudrez, dit Isabelle.

— Même si le sujet vous concerne ?

— Dites toujours. »

Mildred serra fermement la main d'Isabelle.

« Votre mariage… il y a des racontars… une femme. Une femme de la nuit.

— Je vous jure que l'emploi de mes jours se cantonne strictement aux tâches ménagères. »

Sa plaisanterie ne fit pas rire Mildred.

« Une femme que George voit assez souvent. Depuis longtemps. Évidemment quelqu'un cherche peut-être à vous salir. Je n'en sais rien. »

Isabelle, instinctivement, retira sa main de celle de Mildred. Elle vacilla un peu, puis se ressaisit, car même ces paroles, avec ce qu'elles sous-entendaient de noirceur, n'avaient pas le pouvoir de lui faire perdre pied. Elle se leva et se mit à marcher de long en large. À cet instant le soleil, semblable à un projecteur, éclairait d'une lumière crue ses doutes sur la fidélité de son époux.

« Je l'ai entendu au mariage, précisa Mildred, et j'ai tout de suite pensé qu'il valait mieux que je vous l'apprenne moi-même plutôt que vous ne l'entendiez d'une de ces langues de vipère. »

Isabelle s'arrêta net devant le vase de tournesols.

« Vous savez qui c'est ?

— Oui. Son existence n'a rien de secret dans certains cercles.

— Alors vous n'avez pas besoin de m'en dire plus. Il suffit de m'indiquer où je peux la trouver. »

*

L'endroit n'était pas inconnu d'Isabelle ; elle était déjà passée devant à pied : une construction en tôle, ni tout à fait masure ni tout à fait maison. Les murs avaient pris la couleur de la boue et l'ensemble était si quelconque qu'Isabelle ne l'avait jamais vraiment remarqué. Jusqu'à ce jour.

Ce n'était pas la première fois qu'elle était confrontée à la crainte de l'infidélité de George. Ces longues absences nocturnes… Elle n'était pas si naïve. S'il prétendait aller marcher dans la forêt, pourquoi avait-il besoin pour se promener de sa veste de soirée et de ses plus belles bottes ? Il le lui aurait dit – il ne lui mentait jamais sauf par omission – mais elle n'avait jamais posé la question. S'il goûtait à un autre fruit, il revenait chaque fois à celui qu'il préférait. Il se glissait entre les draps avec un soupir d'aise. Sentir son corps près du sien, c'était sentir le renouvellement de son engagement. En outre, l'occasion se produisait si rarement, et de manière si éphémère, qu'elle se terminait chaque fois par une sorte de confirmation de leur union.

Cette conclusion était contredite par ce que venait de lui révéler Mildred. S'il s'agissait d'une seule femme en particulier, il avait donc une maîtresse, même s'il la payait. C'était blessant, oui, mais pas seulement à cause de l'adultère. Isabelle était vexée qu'une autre se soit penchée sur le même puzzle qu'elle et peut-être ait réussi à comprendre comment son mari fonctionnait. Elle tenait à rencontrer la femme avec qui elle partageait cette prouesse.

Laissant Ridley et la carriole en ville, elle termina le trajet à pied. En arrivant à l'adresse indiquée, elle vit que c'était bien la petite maison blottie entre deux masures du quartier le plus pauvre d'Old Ox. Le toit était constitué d'un entrelacement de branches d'où sortait un tuyau qui crachait un peu de fumée. Elle demanda au voisin debout sur son seuil s'il y avait quelqu'un. Il la regarda de dessous ses épais sourcils, grommela quelque chose et finalement donna un petit coup de tête. Isabelle avait toujours à la main son panier de fruits qu'elle écarta pour frapper à la porte.

Le battant finit par s'entrouvrir. Les yeux de la femme luisaient comme ceux d'un animal traqué.

« Je peux vous aider ? demanda-t-elle.

— J'espérais pouvoir parler avec vous, dit Isabelle.

— De votre époux ?

— Comment pouvez-vous savoir…

— Madame, on me confond souvent avec une autre qui me ressemble. Mais j'ai rien à voir avec aucun homme. Bonne journée.

— Attendez ! » s'exclama Isabelle.

Mais la porte était déjà refermée, puis bâclée.

Elle essaya de regarder à l'intérieur par la fenêtre, un seul carreau occulté par un épais rideau. Elle frappa encore une fois.

« Je ne viens pas chercher querelle ! cria-t-elle. Pas du tout. Je veux juste vous poser quelques questions. »

Elle attendit.

« Je vous répète que vous vous trompez de

personne, dit la voix de la femme à l'intérieur. Je connais aucun homme.

— Vous devez bien en connaître !

— Pas le vôtre. »

La porte était si mince qu'elle aurait pu être arrachée par une rafale de vent. Isabelle se retint de la forcer. Elle n'en pouvait plus et avait l'impression d'être nue, là, dehors, s'accrochant à cette femme qui refusait de lui parler.

« Je vous assure, supplia-t-elle. Nous discuterons poliment. Mon mari… »

Elle respira un grand coup avant d'ajouter :

« George Walker. C'est son nom. Et si vous ne le connaissez pas, vraiment pas, je partirai et vous n'entendrez plus parler de moi. »

Un claquement métallique précéda des bruits de pas. Aucune voix. Aucun mouvement. Et puis la porte s'entrebâilla.

« C'est vrai ? dit la femme. Son épouse ?

— Isabelle. Isabelle Walker.

— Vous allez pas me faire des ennuis ? Parce que j'ai une fille. C'est un foyer tranquille ici.

— Je respecterai votre tranquillité, dit Isabelle. Vous avez ma parole. »

La femme sembla hésiter, puis elle ouvrit la porte en grand.

Bien que petit, l'intérieur dégageait une élégance inattendue, sans commune mesure avec l'aspect misérable de la façade. Les nombreuses lampes réparties dans la pièce dispensaient une lumière douce sur les chaises de la salle à manger en bois d'acajou garnies de coussins, aux dossiers en forme de blason délicatement sculptés. De l'autre côté de la pièce, un lit sur pied était joliment aménagé. Et contre le mur luisait une somptueuse commode recouverte de miroirs.

« Je reçois beaucoup de cadeaux », dit la femme, devinant l'étonnement d'Isabelle.

La chaleur était intolérable. Devant l'âtre un rôti luisant cuisait à la broche, des gouttes de graisse scintillantes giclaient dans la poêle placée dessous. Isabelle comprenait maintenant pourquoi la femme était en chemise de nuit, car habillée elle se serait liquéfiée.

« J'aimerais avoir un peu plus de place pour faire la cuisine, dit la femme, mais on fait avec ce qu'on a.

— Ne vous inquiétez pas pour moi », dit Isabelle.

Elle détourna son attention du mobilier pour faire face à la femme qui se présenta – Clementine – et lui offrit une main douce.

« Je vous connais de nom », dit Isabelle.

Différentes approches permettaient d'aborder la beauté de cette femme. Ses joues traçaient deux courbes harmonieuses jusqu'à un menton lisse et arrondi, et le dessin formé par tous ces points rassemblés était si fin qu'Isabelle eut envie de tendre le dos de sa main pour glisser ses doigts de haut en bas de son visage. Ses cheveux dénoués reposaient sur ses épaules avec la grâce d'un mûrier sauvage, et elle semblait si bien faire abstraction de ce qu'il y avait de provocateur dans cette chevelure ébouriffée, qu'Isabelle fut saisie de doutes sur l'intérêt de maintenir les siens confinés sous un petit chapeau.

« Et voilà Elsy », dit Clementine.

Comment avait-elle fait pour ne pas remarquer l'enfant blottie aux pieds de la femme ? La fillette était silencieuse, âgée de trois ans tout au plus, et levait les yeux vers Isabelle avec une innocence poignante. Les yeux de sa mère.

« Bonjour, Elsy », dit Isabelle en la saluant de la main.

L'enfant lui rendit prudemment son regard et, sans lâcher la jambe de sa mère, pépia d'une petite voix :

« B'jour. »

Clementine expliqua :

« Elle allait faire sa sieste.

— Je suis désolée de vous déranger. Cela ne prendra pas longtemps.

— Vous êtes ici, maintenant. »

Elles s'assirent à la table. Clementine joignit les mains, toujours méfiante.

« Mama, mama », appela l'enfant.

Clementine ramassa un jouet par terre et le tendit à la petite, puis elle la conduisit dans un coin près du lit avant de revenir s'asseoir.

« Qu'est-ce que je peux faire pour vous, madame Walker ? »

C'était bien le moment de perdre le fil de ses pensées. Pourtant Isabelle était incapable de décider par où commencer. Leur seul point commun était tellement vulgaire, et son désir d'être polie tellement impérieux qu'elle hésitait à lui faire part de la raison de sa visite. Elle contempla la table, comme si elle étudiait le panier de fruits qu'elle y avait placé, et son soulagement fut immense lorsque Clementine prit les devants.

« George parle de vous. Chaque fois qu'il passe me voir. »

Et voilà. Son prénom, tombé de sa bouche. En soi il y avait là quelque chose de gratifiant, puisque ce seul fait valait admission. Mais si cette franchise

– cette confirmation – était étrangement rassurante, entendre mentionner George par quelqu'un qui le connaissait bien, alors que cette personne n'était rien pour elle-même, acheva de la décontenancer.

« Il a beaucoup de respect pour vous, continua Clementine. Une profonde affection. »

Elle ne s'exprimait pas avec ironie, et pourtant il était difficile de le prendre autrement.

« Mon mari n'est pas un sentimental, dit Isabelle. Mais je suis contente de savoir qu'il manifeste son amour quand il est avec vous. Au moins. »

Clementine baissa la tête. La lumière des lampes adoucit ses traits.

« J'ai pas dit ça comme il faut. C'est nouveau pour moi. Des épouses sont déjà venues me voir, mais j'en ai jamais reçu aucune.

— Pourtant vous m'avez ouvert.

— Parce que c'est George. Un homme bon. Lui au moins il a le souci des autres. »

Isabelle ricana.

« Vous dites sûrement la même chose de tous les hommes.

— Madame Walker, dit Clementine en levant la main avant de la reposer sur la table. Je suis pas au travail, et j'ai aucune raison de chercher à vous tranquilliser. Sachez que je vous fais une faveur. J'ai pas de temps à perdre. Tout ce que je vous demande, c'est que vous me respectiez en croyant ce que je vous dis. »

Le rôti sifflait, l'air était brûlant et Clementine semblait infiniment plus fraîche qu'Isabelle.

« Pardon, soupira Isabelle.

— Bon, mais maintenant dites-moi ce que vous voulez. »

Un nouveau silence, puis la voix d'Isabelle, basse, éteinte, précipitée.

« Qu'est-ce qu'il demande de vous ?

— Nous y voilà, dit Clementine comme si elle s'était attendue à cette question. George et moi n'avons jamais rien fait d'inconvenant. Le côté physique… ça l'intéresse pas. »

Isabelle trouva la force de lever les yeux. Croisant ceux de Clementine, elle ne se détourna pas et absorba son charme prudent, la sérénité de son regard, puis finalement perçut derrière sa beauté son discret pouvoir magnétique. C'était sûrement ce charme qui attirait les hommes, et qui, par la suite, les poussait à revenir.

« George est plus un ami qu'autre chose. Il aime parler assis au bord du lit. De vous, de votre fils. Des deux frères avec qui il travaille. De son passé. Il est très bavard si on l'encourage un peu.

— Je le reconnais bien là.

— Quelquefois on peut pas l'arrêter. Mais il respecte l'heure. Il paye comme les autres, demande toujours des nouvelles d'Elsy et veut que je me serve de ce qu'il me donne pour son éducation. De toute façon, c'est là que passe tout mon argent. »

La fillette jouait par terre avec une boîte à musique, une minuscule ballerine tournoyant sans fin sur son socle en bois. Le jouet devait être cassé, car aucune mélodie n'accompagnait le tourbillonnement, ce qui ne semblait pas gêner la petite.

Isabelle se sentit galvanisée par la hardiesse de Clémentine, par son absolue clarté ; elle représentait un détachement traduisant non de l'amour, mais de l'affection pure et simple, en outre d'ordre professionnel. Ses inquiétudes n'en étaient pas pour autant toutes dissipées ; la question principale qui la préoccupait demeurait encore sans réponse.

« Je me demande… »

Elle jeta un coup d'œil hésitant à Clementine. Sa voix tremblait. Elle avait honte d'interroger une inconnue sur l'intimité de son mari, comme si elle-même ne le connaissait pas. L'embarras lui brûlait les boyaux, elle avait très envie de se lever et de partir, là, tout de suite.

« George… avec vous, il se lâche ? Il vous fait des confidences ? »

Pour la première fois, l'émotion altéra les traits de Clementine. Isabelle avait sa réponse, sans parole. Puis Clementine porta un regard amical à la rencontre des yeux d'Isabelle et elle dit dans un souffle :

« C'est pour ça qu'il paye. Ça a pas grand-chose à voir avec moi.

— Que fait-il exactement ? Il vous prend dans ses bras ? George a besoin qu'on l'embrasse ? »

La question était ridicule, comique même, pourtant Isabelle ne pouvait être plus sérieuse.

« Quelquefois, peut-être, oui.

— Ou est-ce qu'il y a plus ? Des larmes ? »

Clementine baissa les yeux sur le sol, les lèvres serrées, le regard voilé.

« Je vois. »

Isabelle se leva vivement et attrapa le panier de fruits.

« Ce pourrait être n'importe quelle fille, précisa Clementine.

— Mais il vous a choisie, vous. »

La chaleur était suffocante. Isabelle éprouva la nécessité urgente de respirer à l'air libre. Elle allait ouvrir la porte quand une main la saisit par le poignet. Elle se libéra avec force et pivota vers Clementine dont l'attitude était aussi passionnée que la sienne.

« C'est pas moi qu'il a choisie, c'est *vous* ! » s'exclama Clementine.

Elle avait parlé comme un patron s'adressant à ses ouvriers, et ce ton autoritaire froissa Isabelle.

« Il a peur de vous. S'il perdait votre confiance, il aurait plus rien. Alors, oui, il pleure pas devant vous. Parce qu'il vous aime. C'est comme ça. Je sais, c'est pas normal, mais c'est George. Vous pouvez être furieuse contre moi si ça vous aide, mais si c'est parce que vous croyez que j'ai privé votre mariage de quelque chose, vous vous trompez. Au contraire, avec moi il reste solide. »

Isabelle ouvrit la porte et sortit. La chaleur à l'intérieur était telle que la lumière du jour lui fit l'effet d'une brise fraîche. Elle resta devant la maison, le regard fouillant la rue où passaient un homme et son cheval de trait qui refusait de marcher droit. Quand ils se furent éloignés, elle se sentait plus calme. Elle se retourna. Clementine, appuyée de l'épaule au montant de la porte, l'observait d'un air inquiet, la tête penchée sur le côté.

« J'ai tant donné à cet homme, ajouta Isabelle. Vingt-deux ans. Et je le connais à peine. »

Clementine ne dit rien, il n'y avait rien à dire. Isabelle en avait conscience et se contenta de recevoir en guise de réponse une étincelle de compréhension dans le regard – la même, songea-t-elle, dont Clementine devait gratifier les hommes qui la payaient.

Isabelle lui fit face, lissa les plis de sa robe de sa main libre, se redressa et dit :

« Merci d'avoir pris le temps de me parler. Vous avez été bien aimable.

— Si vous avez besoin d'autre chose, répliqua Clementine dont l'inquiétude était toujours apparente, hésitez pas à revenir. Je sympathise avec vous. Être l'épouse de George… c'est pas un devoir facile. »

Elle la salua de la tête et rentra chez elle.

Le temps de retrouver ses esprits, et Isabelle fit de son mieux pour se composer un visage souriant au cas où elle croiserait quelqu'un de connaissance, puis se mit en route. Au bout de quelques mètres, elle perdit le fil de ses pensées. N'ayant rien mangé de la journée, elle mourait de faim. Elle aurait pu dévorer tous les fruits de son panier et avoir encore de l'appétit. Elle imaginait les taches de jus sur sa robe, la pulpe de pêche sur ses lèvres. Elle se voyait dans la peau d'une sauvageonne de la forêt. Cette idée la fit presque rire.

Aux abords de la grande place, elle fit halte au Blossom's Café. Elle n'y avait jamais pris de repas mais l'endroit paraissait assez accueillant pour qu'elle s'y assoie quelques minutes. Elle s'adossa à un tonneau devant l'établissement, posa son panier et y prit une pêche. Elle allait mordre dedans quand elle remarqua un groupe d'hommes, à l'intérieur, qui jouaient aux dominos, faisaient glisser les petites plaques sur la table, les plaçaient les unes à côté des autres. Son frère avait eu un jeu de dominos quand il était enfant. Certains jours, alors que leur père était au travail et leur mère en réception, Silas et des petits voisins passaient des heures occupés par ces dominos. Ils ne jouaient pas selon les règles, mais une version enfantine – ils les disposaient en un circuit dont ils provoquaient à la fin l'effondrement. Pour les installer, son frère et ses amis choisissaient les endroits les plus incongrus possible : sur des livres, sous les lits. Elle avait le droit de regarder, et c'était tout. À force de ne jamais participer à leurs jeux, elle avait fini par penser qu'il n'y avait pas grand-chose à faire pour elle. Aujourd'hui, elle avait l'impression contraire : elle avait fait beaucoup – Selby, Mildred, Clementine – et accompli bien peu. Elle mangea sa pêche en regardant les hommes jouer aux dominos. Elle songea que la vie ressemblait au jeu tel qu'il avait été pratiqué par son frère, chaque jour pareil à une petite plaque tombant sur la suivante, et ainsi de suite jusqu'à ce qu'à la fin il ne reste plus rien debout.

Un garçon sortit de l'établissement, très jeune, d'une blondeur qui foncerait avec l'âge et absorberait la couleur du monde. Il aurait pu être son fils. Il lui lança qu'elle devait consommer si elle voulait rester assise devant le café. Elle n'avait pas terminé sa pêche. Elle en prit une deuxième dans son panier et la tendit au garçon sans un mot. Il ne fit même pas semblant de refuser et mordit immédiatement dedans.

« Tu joues ? lui demanda-t-elle en montrant du doigt les joueurs de dominos à l'intérieur.

— Non, m'dame, répondit-il la bouche pleine.

— C'est intelligent de ta part, dit-elle en ramassant son panier. Bravo. »

Elle se leva mais ne prit pas le chemin du retour. Elle repartit en arrière, jusqu'à chez Clementine. Cette fois, elle frappa sans hésiter.

Lorsque Clementine lui ouvrit, Isabelle déclara : « J'ai quelque chose à vous demander. Une faveur. Je n'ai pas honte de vous supplier de me l'accorder.

— Bon, mais pas si fort. Ma fille dort.

— Vous mettez mieux en mots les choses que moi. Bien mieux. Et pour mon idée, c'est ce qu'il faut. »

Isabelle leva son panier de fruits.

Clementine coula un regard à l'intérieur, vers son enfant.

« Allons marcher un peu, proposa-t-elle. Nous discuterons de ce que vous avez en tête.

— C'est une cause qui en vaut la peine, dit Isabelle. Une bonne cause. Ça, je vous le garantis. »

20

Le monde n'était perceptible qu'à travers ce qui passait devant lui. Par la porte au bout du couloir, il apercevait des taches de lumière, des mouvements flous, des éclats de couleurs, ceux des vêtements des passants. Il entendait des bruits de voix enfler, puis s'évanouir. Mais pas une âme ne s'arrêtait pour rendre visite à celui qui allait bientôt être pendu.

Il y avait d'autres cellules, toutes vides, comme elles l'avaient été depuis son arrivée la veille. La seule personne à lui prodiguer un minimum d'attention était Hackstedde qui, assis à une table, s'occupait alternativement à jouer aux fléchettes, à rouler des cigarettes, à siffloter et à tripoter sa montre de gousset. Somme toute, il était plus agité que Prentiss et, au bout de quelques heures, il ne put s'empêcher d'entamer une conversation, ce qui, pour Prentiss, fut pire que le silence. Le shérif semblait convaincu qu'il s'intéresserait à ses souvenirs de patrouilleur. Il se glorifiait d'avoir été surnommé « le limier », ce qui laissa Prentiss sceptique. Car c'était un bien piètre limier qui ne parvenait jamais à attraper l'esclave fugitif qu'il poursuivait.

« Je me rappelle ce garçon sur les terres d'Aldridge. On l'avait acculé dans les bois, mais j'ai été attaqué par un essaim d'abeilles. Écoute un peu, j'étais tellement gonflé des pieds à la tête que j'ai été obligé de laisser courir le Nègre et j'ai demandé aux autres qu'ils me transportent en ville. J'ai passé au lit un mois entier, rien que des dimanches. »

Il y avait un seau dans la cellule, à moitié rempli par le détenu précédent. Pas de couchette. Juste un carré nu. Une porcherie indigne d'un cochon.

« Une autre fois, continua Hackstedde, ils m'ont envoyé à Pawnee. Je me pointe à la porte d'entrée de la maison du planteur, et qui en est le propriétaire ? Un Nègre. Ouais, t'as bien entendu, ils avaient là-dedans un *Nègre* qui s'était acheté d'*autres* Nègres. Inimaginable ! Et ce Nègre essaye de me faire avaler que c'est pas exceptionnel. Peut-être à Pawnee, je lui dis, mais ça n'est pas banal à Old Ox. Bon, de toute façon, son fugitif était déjà loin, on n'a même pas pu retrouver sa trace. Il était déjà au Canada si ça se trouve. »

Comme Prentiss ne réagissait pas, Hackstedde finit par se vexer. Il se tut et promena un regard circulaire sur les cellules vides, laissant à Prentiss le temps d'emplir le silence. Mais Prentiss n'en fit rien, et le shérif se fâcha.

« Ça va pas être long maintenant, dit-il méchamment. Tim va ramener ici le juge avant l'aube. Un gentleman du Sud bien comme il faut. Il prendra Webler au mot, c'est sûr et certain. Tu peux me croire. »

Prentiss rentra en lui-même. Il savait comment

vivre dans sa tête. Il avait fait le voyage chaque jour qu'il avait passé dans les champs de coton, à dériver en esprit vers un lieu où il n'était jamais allé, un lieu tout à la fois concret et abstrait. *Ailleurs* était le seul terme qui convenait. La grange, à côté de la maison en rondins de George, était un ailleurs ; un lopin de terre à cultiver dans le Nord était un ailleurs ; sa mère était un ailleurs ; le salut était un ailleurs ; toutes ces vies qui défilaient à l'extérieur de la prison existaient dans un ailleurs (par la grâce de leur bonne fortune) ; et tout sort différent de celui qui l'attendait était une route acceptable vers cet ailleurs. La carte, avec ses multiples variations, en était inscrite dans sa tête, sauf qu'il n'avait aucune chance de faire le voyage, et il le savait.

« Tim a une sale réputation, dit Hackstedde en retrouvant sa bonne humeur. C'est un imbécile, je te l'accorde, mais ce garçon a fait la guerre, il s'est battu une année entière avant d'être blessé, qui suis-je pour interdire à celui qui a fait acte de bravoure sur le champ de bataille de devenir adjoint du shérif ? Le moins que je puisse faire, c'est lui donner le temps de montrer ce qu'il a dans le ventre. En plus, j'ai discuté avec le docteur. Paraît que Tim est marqué par les combats. C'est comme ça qu'il a dit, marqué. Il suffit qu'il entende un bruit de pas et il pense tout de suite à une attaque sur le flanc. Il ouvre de grands yeux, il sue, il marmonne. Doc dit que ça s'arrangera. Question de temps. »

Pour nulle autre raison que celle de tromper l'ennui, Prentiss s'était mis à recenser les nombreux symptômes concomitants de la corpulence de Hackstedde. Il ne fermait la bouche que s'il avait besoin de déglutir et son équilibre était tellement précaire qu'il glissait parfois à moitié de sa chaise, quoiqu'il ne fît jamais à Prentiss le plaisir d'en tomber. Il avait des taches rouges sur le visage et, quand il respirait, surtout après un de ses soliloques, on aurait cru entendre le geignement rauque d'un enfant à la fin d'une crise de colère, si laborieux et haletant que la flamme de la bougie sur son bureau vacillait.

Sa fille, une jeune femme, lui avait apporté son déjeuner emballé dans du papier – sans doute de la taverne voisine, pensa Prentiss. Le plat était arrivé brûlant. Au bout de quelques minutes, Hackstedde avait plongé le doigt dans la purée et, ayant vérifié le degré de tiédeur, il avait attaqué son repas. Contrairement à ce que son aspect débraillé pouvait laisser croire, il mangeait avec délicatesse, sans bruit et avec une sorte de ferveur, comme s'il pratiquait une forme de prière.

Le silence ne dura pas.

« Tu sais quoi ? dit Hackstedde en dégustant sa cuisse de poulet. T'as reçu de la visite ce matin pendant que tu pionçais. »

Prentiss se redressa, dos au mur.

Hackstedde agita l'os du pilon à la hauteur de son visage.

« Ça au moins, ça t'a réveillé, hein ? dit-il en riant et en posant l'os sur son assiette. Madame Walker. Elle a poussé son âne jusqu'ici rien que pour vérifier si t'étais arrivé en un seul morceau. Elle a essayé de me soudoyer avec un panier de fruits pour que je lui permette de te voir. Je lui ai dit : "Voyons, madame Walker, est-ce que j'ai l'air de quelqu'un qui va se pâmer à la vue d'une pêche ?"

— Vous l'avez pas laissée entrer ?

— Je t'ai rendu service, mon petit. T'avais besoin de te reposer. »

Prentiss sentait encore la morsure du fer des menottes qui lui avaient entravé les poignets, ce n'était pourtant pas la pire des punitions qui lui avaient été infligées sur la route de Selby. À la hauteur de Stage Road, Hackstedde avait raccourci sa laisse, de sorte que Prentiss avait été obligé de marcher si près du cheval qu'il ne pouvait pas éviter le crottin qui tombait parfois à ses pieds. La puanteur, âcre et putride, lui collait à la peau. Aussi ne pouvait-il s'empêcher de penser, même si cela lui faisait de la peine, qu'il valait mieux qu'Isabelle fût restée à la porte.

Le shérif ramassa le pilon.

« Me prends pas pour un méchant bougre parce que je l'ai foutue dehors. C'est la règle, voilà tout : *la famille seulement*. Et même ça, c'est un privilège. »

Il se leva sans cesser de piocher dans son assiette. Le reste de la purée, généreusement assaisonnée et dégoulinante de beurre, disparut en quelques bouchées.

« Tu sais, pour ce qui est d'être patrouilleur, c'était pas une passion chez moi. Il en faut, comme il faut des gars pour se taper de construire les chemins de fer, conduire les fardiers, servir au comptoir des tavernes… tu vois ce que je veux dire. »

Il s'approcha de la cellule de Prentiss, renifla avec une moue de dégoût, puis se moucha et cracha dans le seau placé de l'autre côté des barreaux.

« C'est comme faire le shérif. Tu vois, tu pues aussi fort que le cul d'un canasson, mais je te donne quand même à manger comme à n'importe quel prisonnier. C'est un boulot. Je fais pas de favoritisme.

— Peut-être parce qu'il y en a pas d'autre », marmonna Prentiss.

Hackstedde, les yeux rivés sur Prentiss, se pencha et glissa l'assiette entre les barreaux, répandant les os de poulet sur le sol de la cellule.

« Voilà des restes roboratifs, dit-il avant de retourner s'asseoir. Si tu laisses refroidir, tant pis pour toi. »

C'était bon pour la poubelle, mais Prentiss avait tellement faim qu'il ne pouvait en détacher son regard. Un peu de pomme de terre, blanche comme la neige, avait dérapé sur le sol à quelques centimètres de l'assiette, les reliefs du poulet exhalaient un petit fumet qui le tentait. Hackstedde l'observait avec une intensité maniaque. Prentiss, sentant son regard sur lui, percevait aussi chez cet homme le désir cruel de voir son prisonnier s'aplatir devant lui.

Prentiss se composa une mine déçue et leva la tête.

« Vous avez laissé tomber votre poubelle, shérif. Vaudrait mieux balayer tout ça.

— C'est à toi de nettoyer ta cellule, mon gars.

— Je me prépare à mourir. Vous pouvez me forcer à rien. Vous avez qu'à le ramasser vous-même. Ou si vous êtes paresseux, ce qui m'étonnerait pas, y a qu'à demander à votre adjoint. Je crois qu'il va pas tarder. »

La figure du shérif s'empourpra d'un seul coup, sa bouche prit un pli amer et son double menton tremblota. Puis, telle une rivière à la rupture d'un barrage, il éclata non de rage mais de rire, le haut de son corps secoué d'ondes joyeuses, de sorte que sa chaise oscillait sur ses pieds d'avant en arrière. Il assena une grande claque sur la table comme pour mettre un point final à son hilarité et alluma une cigarette avec un dernier gloussement. Il dodelina de la tête d'un air satisfait.

« T'es d'une insolence *délicieuse*. Rien vaut un Nègre qui sait parler, dit-il en tirant une longue bouffée. T'es paré pour la corde. Pour de vrai. »

Prentiss s'affala dans le fond de sa cellule. Il y faisait plus sombre. Il se tourna face au mur et ferma de nouveau les yeux.

« Quand j'étais gamin, y avait un gars qui bossait à côté de moi dans les champs, dit Hackstedde. Il était comme toi. Goodwin, qu'il s'appelait.

— Je dirais pas non à un peu de silence. Si vous pouvez me faire cette faveur. Je demande vraiment pas grand-chose, shérif.

— Attends un peu, elle est excellente. Je trouvais que ce Goodwin était le type le plus rigolo que j'avais jamais connu, qu'il soit blanc ou noir, rouge ou jaune. Merde, ce gars avait la peau tellement claire qu'il était presque comme moi. Et puis il avait toujours un énorme sourire. Il voyait tout en rose… »

S'il se concentrait, Prentiss entendait son frère marcher. Un bruit de pas légers derrière lui, des gouttes grasses pleuvant lentement des feuillages. Il ne voulait rien écouter d'autre. Pas un seul mot. Juste être sûr que ces pas suivaient les siens. Il s'efforça de les retenir, mais à chaque instant ils s'amenuisaient davantage et il fut pris d'inquiétude à la pensée de ce qui pourrait bien les remplacer une fois qu'ils auraient disparu.

« … Tu imagines ma stupeur quand on nous a dit que cet imbécile s'était enfui. “On a un déserteur"… les mots du patron. C'était ma première chasse à l'homme. Le patron m'a envoyé avec les chiens, et ça a pris toute la nuit. J'étais sûr et certain qu'il était déjà loin, et j'allais leur dire que c'était pas la peine quand, tout à coup, dans la lumière de la lanterne, j'ai vu les plissures des yeux des chiens se déplier, et leurs pupilles briller, et la seconde d'après ils aboyaient tous au pied du même arbre…

— Shérif, si je nettoie par terre, vous me laisserez en paix ?

— … Bon, je suis le seul à pouvoir grimper à un arbre, j'étais qu'un gamin à l'époque et comme j'étais plutôt bon grimpeur, ils m'ont envoyé là-haut. Arrivé à la première branche, ils m'éclairent un peu. Je vois Goodwin accroupi, nu comme un ver. J'en ai presque mouillé mon pantalon. Il puait tellement que ça m'a donné un haut-le-cœur. Il souriait. Des dents blanches comme de l'ivoire. Et j'ai remarqué un truc. Ça m'a pris une minute, tu vois. Mais autour de ses lèvres, sur son front et sur tout le corps, il s'était barbouillé de merde. Je sais pas si ça venait de lui ou d'une bête, mais c'était bien lisse, comme s'il s'était tartiné en prenant tout son temps avec un couteau à beurre. La même couleur que l'écorce, en plus. Pour un peu on le confondait avec l'arbre… »

Prentiss tenta de fermer ses oreilles à la voix de Hackstedde pour mieux les tendre aux pas de son frère, mais le shérif l'avait emberlificoté dans ses rets de conteur. Il n'avait plus à l'esprit que le souvenir des rites. Pas ceux de ses proches, mais ceux dont il avait entendu parler comme étant pratiqués sur d'autres plantations. Lorsque certaines étoiles s'alignaient, les hommes et les femmes se rassemblaient, enduisaient d'argile chaude leurs corps nus et dansaient, d'abord ensemble, puis chacun pour soi, dans des tourbillons sans fin, comme si, en tournoyant assez vite, ils avaient des chances de s'enfoncer dans le sol et de retourner à la terre.

« ... Et là il lève un doigt devant sa bouche et me fait un énorme sourire, vraiment énorme, genre : on fait une bonne blague tous les deux. Sauf que quand je m'approche, je vois qu'il a les yeux rouges et que sa joue est striée de larmes. »

Hackstedde tira une grande bouffée de sa cigarette. Quand il exhala, Prentiss sentit l'odeur du tabac chaud.

« J'ai sauté de l'arbre en leur disant qu'il y avait rien là-haut qu'un nid d'oiseau. »

Prentiss ouvrit un œil et se détourna du mur pour fixer Hackstedde.

« Ensuite je pouvais pas me débarrasser de l'idée qu'ils savaient que je mentais. Encore aujourd'hui, je me demande. L'impression de les avoir laissés tomber. Mais quoi ? J'étais qu'un gamin. Et je l'aimais bien, ce gars. Mais demain sera vite arrivé. Tu vas me permettre de me racheter. »

Prentiss n'eut pas besoin de méditer ces paroles. Il ferma les yeux, une fois encore. Bientôt le juge allait se pointer, donner son verdict et Prentiss serait réveillé par le bruit de la porte de fer s'entrouvrant pour son rendez-vous avec la corde – son propre retour à la terre.

*

Cette voix de femme prononçant son nom était pareille à la texture d'un rêve. Si surpris fut-il au réveil de voir sa silhouette dressée devant lui qu'il faillit sursauter. Mais elle répéta son nom d'un ton apaisant.

« Tu croyais ne jamais revoir ta cousine ? »

Elle accompagna ses paroles d'un clin d'œil, et Prentiss acquiesça de la tête, comme il l'aurait fait devant tout ce qui tombait de cette bouche. Il faisait nuit, déjà, et pourtant même dans l'obscurité sa beauté était radieuse : ses yeux étaient des fleurs fraîchement écloses, ses cils des pétales. Le bas de sa fluide robe bleue s'ornait de pompons rappelant les chatons tombant d'un arbre. Lui qui se sentait toujours comme une bobine chargée, sous tension entretenue par la discipline d'un travail acharné, l'allégeance aux devoirs de chaque jour, il se rendit compte soudain que la vue d'une femme telle que celle-ci avait le pouvoir d'en dérouler le fil et de disperser toute une vie d'ordre.

Elle lui tendit à travers les barreaux une pêche dont il se saisit bêtement et lui murmura qu'elle venait voir un certain Prentiss.

« Je t'ai pas manqué ? » lui demanda-t-elle, formulant moins une question qu'un ordre.

Il n'avait pas encore pensé qu'il lui faudrait répondre. Trop d'effort.

« Oui, parvint-il à souffler. Beaucoup. »

Son visage se détendit – la réponse lui avait convenu – et elle se recula dans la chaise installée de l'autre côté des barreaux. Hackstedde les observait attentivement de derrière son bureau.

La femme jeta un regard au shérif, puis se tourna vers Prentiss et reprit en chuchotant :

« Tu dois avoir faim, mon pauvre chou. Mange. »

Il contempla le fruit dans sa main, le fruit qu'il avait oublié. Il n'avait rien mangé depuis deux jours, depuis le soir de l'enterrement de Landry, mais malgré une faim dévorante il n'en prit que de petites bouchées, lentement, sans quitter des yeux cette envoyée du ciel dont il ne savait pas encore ce qu'elle voulait de lui.

La femme lui fit part de sa rencontre avec Isabelle et de la mission qu'elle avait acceptée.

« Je m'appelle Clementine.

— Très honoré.

— Madame Walker t'envoie ses salutations. »

La chaise de Hackstedde grinça : le shérif s'était penché vers eux.

« Qu'est-ce que c'est que ces messes basses ? vociféra-t-il.

— Par politesse, shérif, répliqua la femme. On veut pas vous déranger. »

Elle savait donner à sa voix l'inflexion la plus suave et Hackstedde ne résista pas à son charme. Il poussa un grognement et ne dit plus rien.

« Tu es bien installé là-dedans ? demanda Clementine.

— C'est pas exactement le paradis. Pardon pour l'odeur. Il m'a fait marcher dans des immondices sur le chemin de Selby. J'ai rien pour nettoyer. »

Il osa à peine lever les yeux, mais son regard à elle fut si généreux, si bon, qu'il n'éprouva plus aucune gêne.

« Tu devrais voir chez moi. Oh, ça devient dégoûtant quelquefois. Y a pas à avoir honte. »

Il mordit dans le fruit, fit mine de répliquer, mais avant, il lui fallait prendre une autre bouchée.

« Tu connais Isabelle ? dit-il tout doucement.

— En quelque sorte, répondit-elle non sans hésitation. On se connaît mieux maintenant. Tiens, elle garde ma fille en ce moment. Mais j'ai d'abord connu George. Il venait de temps en temps me voir à mon travail.

— Qu'est-ce que tu fais ?

— Prostituée, surtout », répondit-elle platement comme elle lui aurait annoncé qu'elle était couturière.

Il continua à manger. Il avait du mal à imaginer George debout à côté d'une femme aussi belle, et encore plus dans une situation intime. Jusqu'à cet instant, il n'aurait jamais même pensé que George pouvait avoir une conversation avec une autre qu'Isabelle.

« Ça a ses avantages, poursuivit-elle. Le shérif est peut-être dupe de notre petite ruse de cousinage, et je lui ai promis quelques visites gratuites avec la fille de son choix. Je vais être en dette avec lui, une sacrée dette vu le service, dit-elle en jaugeant Hackstedde du coin de l'œil. Mais la vie est faite de compromis.

— Pour moi.

— Pour toi et les tiens. Les Walker sont des gens bien. S'ils désignent un homme en détresse et demandent qu'on lui apporte un panier de fruits, c'est pas la mer à boire. Mais je bavarde. Parle-moi de toi, Prentiss. Je suis curieuse de connaître le chouchou des Walker. »

Personne n'avait jamais prononcé des mots pareils devant lui, même George n'avait pas manifesté autant de curiosité. Prentiss restait sans voix, ne sachant même pas par où commencer. Il lui parla de la plantation de Morton, du malheur qu'il y avait connu, et elle ne tarda pas à l'interrompre.

« On a pas besoin de ça. Pas maintenant. Pas ici. »

Elle se donna une claque sur le genou et, poing

sous son menton, sourire malicieux aux lèvres, elle ajouta :

« Dis-moi un secret. Quelque chose que t'as jamais dit à personne. »

Il se creusa la tête, mais Clementine, qui ne le quittait pas du regard, ne lui facilitait pas l'exercice.

« Ben, une fois, il y a eu une fille..., dit-il en baissant pudiquement les yeux.

— Oui ?

— Je me sens trop bête.

— Je parie que t'as pas fait tant de choses bêtes dans ta vie, et on a le droit à un certain nombre. Tu as de la marge. »

Il se résolut à lui raconter. Il y avait d'abord eu son frère, car l'histoire débutait par lui. Jamais on n'avait vu pareille obsession que celle de Landry pour la fontaine des Morton, et Prentiss s'interrogeait chaque fois qu'il le surprenait à la contempler. Il lui décrivit l'amour que Landry avait pour l'eau et sa propre incapacité à comprendre cette fascination pour une chose précise, jusqu'à un certain après-midi où il s'était découvert une obsession bien à lui.

« En un claquement de doigts, dit-il. Je me suis mis à penser aux filles d'une manière différente. Sûrement à cause de mon âge. »

Une spécialement, son nom était Delpha.

« Elle avait des yeux comme les tiens. Quand ils croisent les vôtres, ils vous lâchent plus de l'après-midi. Mince comme une liane, elle aurait rien pu cueillir même pour sauver sa vie. Elle était trop menue pour supporter le fouet, mais le surveillant savait lui rendre la vie infernale, autant qu'à nous autres, et un jour ça a été plus fort que moi. Je l'avais observée toute la journée et je savais que son sac était à moitié vide alors qu'on était presque à l'heure de la pesée. Il fallait que je trouve un moyen de la sortir de là. »

Il rit à ce souvenir, et cette joie subite qui éclaira son visage amena aussi un sourire sur celui de Clementine.

« Oh, alors tu as fait le sauveteur.

— Si tu continues à me charrier, je vais pas pouvoir finir. Oui, j'ai essayé. Avec un œil sur le surveillant, un costaud aussi con qu'une vache, appelé Gail, qu'est en train d'engueuler un garçon à l'autre bout du champ, je me mets à courir vers elle.

— Non !

— J'ai la main dans mon sac, je suis prêt à en sortir des poignées de coton pour les fourrer dans le sien, pour lui montrer ce que je suis capable de faire par amour. »

Clementine mit sa main devant sa bouche.

« Je suis plus qu'à trois, quatre sillons d'elle, je l'appelle : "Delpha, Delpha, retourne-toi", et elle se retourne. Et v'là que je trébuche. Je m'écroule sur un plant de coton. Le plant se casse à la racine et moi je glisse sur le côté. J'ai la figure tout égratignée, du coton dans les cheveux et v'là que je vois se rapprocher les sabots du cheval de Gail. Ah, je me dis, je vais pas dormir confortablement cette nuit. »

Ils rirent alors si fort que Hackstedde leur ordonna de faire moins de bruit.

« Mais t'as été courageux, murmura Clementine. Les filles sont toujours séduites par la bravoure.

— J'étais pas trop brave en recevant ces coups de fouet. Quand tu sens ta peau qui s'en va en lanières et… »

Une lueur dans les yeux de Clementine l'incita à se taire. Il essaya de rire de nouveau, de raviver la joie des moments précédents, mais elle s'était envolée.

« Madame Walker m'a raconté ce que t'as fait, dit Clementine. Ce que t'as fait à Wade Webler. Ça, c'est du cran, Prentiss. Peut-être que c'est pas très malin quand même. Parce que ces barreaux, tu vois, on peut pas faire comme s'ils existaient pas. »

Il rit de nouveau, même si l'affection perceptible dans l'humour pince-sans-rire de Clementine lui brisait presque le cœur.

« Il y a des choses qu'on doit faire dans la vie. Comme je suis une femme, je sais de quoi je parle, et je peux te dire que si j'ai été séduite, Delpha l'a été aussi. »

Ces précieuses minutes, si inattendues, s'étaient écoulées à une vitesse prodigieuse. La nuit était tombée depuis déjà un certain temps. Hackstedde n'allait pas tarder à la mettre dehors. Prentiss voyait venir avec appréhension le moment où la nuit le priverait de la présence de Clementine, le laissant seul à affronter les ténèbres. Et il savait ce qui succéderait à la nuit, la fin qui l'attendait dès lors qu'ils le feraient sortir de sa cellule. Il tressaillit et chassa une fois encore cette pensée.

« Parle-moi de toi », dit-il.

Elle lui demanda s'il connaissait La Nouvelle-Orléans. La ville d'où elle venait. À La Nouvelle-Orléans, lui dit-elle, les garçons s'habillent de manière plus voyante que les filles et il y a des fêtes tous les soirs. L'alcool coule à flots. Les visages sont dissimulés sous des masques. Le port abrite des centaines de bateaux, schooners, vapeurs, et ceux qui s'en sentent l'envie peuvent voyager dans le monde entier. Le marché à lui seul a la taille d'Old Ox. Il y a tellement de bruit qu'on n'entend même pas le son de sa propre voix.

« Si tu vas aux courses, tu vois des Nègres, des mulâtres, des Blancs, des Français, mélangés tous ensemble dans la foule… »

Prentiss n'avait jamais même soupçonné l'existence d'un endroit aussi curieux. Il imaginait seulement combien c'était loin d'Old Ox… et combien il devait avoir l'air bête à la regarder d'un air si ahuri.

Elle se moqua de lui gentiment avec un rire taquin.

« Il faut le voir pour le croire, je sais.

— Tu es venue ici ? De là-bas ?

— C'est une plus longue histoire encore. J'ai bien peur de pas avoir le temps de te la raconter. »

Chaque minute avec Clementine était tellement animée, tellement libératrice, que la perspective de la voir s'en aller était insupportable.

« Et si j'étais libre ? Est-ce que tu voudrais bien me fréquenter ?

— Les hommes que je fréquente, dit-elle en roulant des yeux, tu préfères pas compter parmi eux, crois-moi. »

Pas sur son lieu de travail, ajouta-t-il. À La Nouvelle-Orléans. À Baltimore. N'importe où ailleurs ferait l'affaire.

« Ah, on s'enfuirait ! Et ma fille ? Mon Elsy ? Je pense pas que tu voudrais d'un fardeau de plus. »

C'était comme l'amorce d'un jeu entre eux. Mais il ne pouvait s'empêcher de croire au monde imaginaire que ce jeu faisait surgir. À quoi d'autre pouvait-il se raccrocher ?

« J'ai eu beaucoup de raisons d'avoir du chagrin. Ça, j'ai pas besoin de te le dire. Mais avec ma peine mon cœur a grandi. C'est ce que je me plais à croire en tout cas. Il fait de la place pour ce qui arrive. Une fille serait bienvenue. Peut-être même plus qu'une. »

Il se leurrait sans doute, mais Clementine lui semblait prendre autant de plaisir que lui à ce jeu.

« Jamais un homme m'a rien dit d'aussi gentil.

— J'en ai plein d'autres en réserve. Tu vois, j'ai jamais eu personne à qui les dire.

— Sauf à Delpha.

— On a vu comment je m'en suis tiré. »

Le visage de Clémentine s'allongea. Ses yeux se plissèrent et fouillèrent les siens.

« Tu as déjà touché une femme, Prentiss ? »

Il se redressa d'un seul coup et secoua la tête.

« Juste ma mère. Et Isabelle, pour une embrassade. »

Elle jeta un regard du côté de Hackstedde. Le shérif faisait semblant de lire le journal à quelques mètres seulement et pourtant, à cet instant, Prentiss aurait juré qu'il y avait un océan entre eux. Clementine glissa ses avant-bras entre les barreaux. Elle fit un signe de tête à Prentiss et, ourlant ses doigts, glissa ses mains dans les siennes. Jamais il n'avait touché quelque chose d'aussi doux. Jamais rien de comparable.

Elle se pencha en avant. Sa voix était si proche qu'elle résonna à l'intérieur de la tête de Prentiss.

« Je partirais avec toi », chuchota-t-elle.

Ils furent interrompus par un bruit sec de fouet frappant sa cible : c'était Hackstedde qui venait de replier son journal.

« Vos retrouvailles sont attendrissantes, dit-il. Mais les heures de visite sont terminées. Le moment est venu de se dire au revoir. »

Comme Clementine ne faisait pas mine de bouger, Hackstedde la fixa d'un regard intraitable. Finalement, elle se leva. Surpris par la vivacité de son mouvement, Prentiss se mit debout en même temps, comme s'ils étaient attachés l'un à l'autre par la même corde.

« Tu diras aux Walker que ça va. Ça va très bien.

— J'y manquerai pas, répliqua-t-elle avant de l'examiner des pieds à la tête. Perds pas espoir, tu m'entends ? Trouve ta force et la laisse pas échapper.

— Je suis debout, non ? »

Elle lui offrit un dernier sourire.

« Au revoir, Prentiss. »

Puis elle alla poser son panier de fruits sur la table à côté du shérif.

« Pour que notre accord tienne, il faut que mon cousin puisse manger quand ça lui chante.

— On sait tous les deux que ça faisait pas partie du marché.

— Eh bien, maintenant, si. »

Hackstedde croisa les doigts sur sa nuque et se renversa en arrière, amusé par la négociation.

« En échange de cette visite, j'en gagne quatre. Avec la fille de mon choix. »

Clementine jeta un dernier coup d'œil à Prentiss, pas de honte, mais comme pour lui dire : tu vois ce que je suis prête à faire pour toi.

« D'accord.

— Bon, bon, marmonna le shérif en lui montrant la porte. Rentre bien. Je suis sûr qu'il y a beaucoup de messieurs qui t'attendent. »

Elle disparut dans la nuit. Hackstedde reprit son monologue – un vrai moulin à paroles – mais Prentiss n'entendait plus. Il se sentait étrangement paisible. Il chercha le sommeil en repensant à ce qui s'était passé. Il y avait une chance, mince, très mince même, qu'il fût de nouveau réveillé par la voix de Clementine. Et si ce vœu était irréalisable, il pouvait peut-être la retrouver dans ses rêves. Sauf qu'il ferma à peine l'œil. Sans elle, la triste réalité de son malheur le rattrapa, aussi inexorablement qu'un train de marchandises qui aurait roulé au ralenti vers la prison. La personne suivante à franchir la porte fut l'adjoint du shérif.

Le shérif lui réserva l'accueil d'un père fier d'un fils qui se serait acquitté d'une mission au-delà de ses compétences. Tim, plutôt content de lui, l'informa qu'il avait amené le juge Ambrose à Selby : il logeait de l'autre côté de la rue. Le tribunal pourrait par conséquent siéger à la première heure demain.

« Eh bien, dit Hackstedde en enlevant son chapeau. Si on avait droit à des médailles dans la police de cette ville, je t'en collerais une. Tu l'as bien méritée. »

Tim le regarda avec un sourire extatique. Prentiss l'observa, ulcéré à la pensée qu'en poursuivant leurs buts minables, avec pour objectif ultime sa mise à mort, ces deux hommes, qui encore récemment ne se connaissaient même pas, communiaient à présent dans le sentiment d'accomplir une mission louable.

Hackstedde déclara qu'il avait besoin de se reposer – demain, il irait à cheval chercher Webler avec la bonne nouvelle.

« Tu restes ici, ordonna-t-il à Tim. Garde bien le prisonnier pour moi. »

Prentiss ferma de nouveau les yeux, et cette fois l'épuisement eut raison de lui. Lorsqu'il émergea, il n'y avait plus que Tim dans la prison. Il avait rapproché la chaise de la grille de sa cellule. De la bougie sur la table derrière lui ne restait plus qu'un moignon. S'étant saisi d'une pêche dans le panier de Clementine, il surveillait Prentiss avec un zèle ardent, de vrais yeux de lynx, comme s'il craignait de voir le prisonnier se volatiliser par magie. Il mordit dans le fruit, un jus épais suinta de l'entaille.

« En voilà un simplet, se dit Prentiss. Il n'a pas vu les barreaux ? Pourquoi il me regarde comme ça ? » Mais en se rappelant ce qui l'attendait, il ne trouva pas cela si bizarre. La corde était déjà autour de son cou, ou tout comme. Un homme sur le point de mourir est un spectacle en soi. Tim était juste arrivé en avance.

21

Caleb dénicha dans la cave son pistolet de l'armée, enveloppé dans une courtepointe, qui se languissait en compagnie des fusils de chasse du grand-père. La maison était plongée dans une obscurité protectrice. Ces longues heures entre la nuit et le jour, ce temps vide, Caleb ne les connaissait que trop bien. Enfant il s'était souvent réveillé dans cet entre-deux et, encore à moitié endormi, hypnotisé par les battements de son cœur qui subjuguaient ses pensées, il cédait à son angoisse : alors que le reste du monde dormait, paisiblement, lui seul était condamné à ne pas trouver le repos. Il aurait fait n'importe quoi pour éviter de sombrer dans ce puits de désespoir. Pourtant, ce soir, il l'accueillait comme un bienfait.

Il remonta de la cave et passa dans l'obscurité du dehors. Le temps que ses yeux s'habituent, la maison était déjà loin derrière lui. Ses pas n'étaient plus attachés à rien. Old Ox n'était plus chez lui. Il n'avait plus de foyer. Même la maison en rondins ne lui paraissait plus familière. Il aurait juré que sa chambre était plus petite, le couloir menant à l'escalier plus étroit. À croire que l'espace, en son absence, s'était adapté à l'usage qu'en faisaient ses parents, oubliant l'enfant qui en était parti. Pourtant, dans le tréfonds de son cœur, il savait que la maison n'avait pas rétréci. Il avait tout simplement appris combien le monde était grand. Et tout homme qui revisitait son enfance devait constater ce phénomène.

Le voilà dans le champ. Les plantations de son père n'avaient encore rien de remarquable et le fait d'avoir passé autant de temps à s'en occuper, pour un aussi piètre résultat, était en soi une leçon de perversité. Caleb enfonça ses doigts dans la terre, tâtonna sous un plant, saisit les filaments enchevêtrés des racines et tira un petit coup. Il ne cherchait pas à les arracher. C'était encore trop tôt. Il voulait juste les toucher, évaluer à quelle profondeur elles étaient et quelle distance il leur faudrait encore parcourir pour voir la lumière du jour. N'importe qui se serait aperçu qu'il n'avait pas été élevé pour devenir fermier, mais il n'en était pas moins épaté par la prouesse. Ces petits miracles insoupçonnés.

Il dégagea sa main de la terre et s'assit en remontant ses genoux contre sa poitrine. Le pistolet était dans la ceinture de son pantalon, le côté de la détente lui pinçait les côtes. En plissant les yeux et avec un effort d'imagination, il distinguait la maison. Lieu de ses terreurs nocturnes quand il était enfant. Pourquoi avait-il été obligé de traverser le gouffre noir entre sa chambre et celle de ses parents ? Pourquoi sa mère, portée par son angélique compréhension, n'était-elle pas venue à *lui* ? Pourquoi n'avait-elle pas deviné la solitude qui l'envahissait à ces heures vides ? C'était sans doute égoïste de sa part de poser la question, pourtant, de cette impression il n'avait pu se défaire. Même à présent, il espérait voir sa mère approcher dans le champ pour le reconduire à son lit. Quel genre d'homme était-il pour éprouver un sentiment pareil ? À cause de sa lâcheté, il avait laissé Landry mourir. La vérité, c'était que rien en lui ne valait la peine d'être sauvé. Un être abject, voilà ce qu'il était.

Il toucha de nouveau la terre ; quand ses trésors seraient révélés au grand jour, il ne serait pas là, et il ne verrait pas se peindre sur le visage de son père une joie subtile, décelable seulement à l'intensité du regard qu'il poserait sur les arachides, une expression rayonnante de cet amour distant qu'il dispensait avec tant de parcimonie. Après un silence, il déclarerait les cacahuètes chétives, peu susceptibles d'être achetées, avant de faire marche arrière : « Elles feront l'affaire. » C'était tellement typique de son père : faire valoir ses échecs pour mieux se prouver qu'il restait fidèle à son but. Mais cette vie, tranquille, respectable, pleine de maigres récompenses, Caleb n'en voulait pas. Non. Il était résolu à se frayer un chemin vers un ailleurs, où il espérait trouver une forme de rédemption.

Il s'en revint vers la maison. L'obscurité était presque impénétrable, pourtant il lui semblait faire corps avec elle, comme s'il marchait sans effort dans l'eau, et il se rendit compte que tout le temps passé seul, ces longues heures dans sa chambre volets tirés l'avaient préparé à ce moment. Lorsqu'il posa le pied sur le parquet, celui-ci sonna à la façon d'une touche de piano, et avec quel délice il écouta une dernière fois s'étirer ce son si familier.

Sans marquer de pause, il redescendit à la cave. Il pouvait localiser le coffre rien qu'à l'odeur de lubrifiant qui persistait même après toutes ces années, des années remontant avant sa naissance. Les fusils y étaient couchés, patients. Il en cala un sur son épaule, sans être sûr qu'il fonctionnerait. Sa témérité s'accordait à son humeur. L'important, c'était d'agir, d'obéir à l'impulsion qui l'avait réveillé et mené jusqu'ici.

Les étoiles étaient visibles, minuscules failles trouant les ténèbres, mais il n'avait pas besoin d'elles pour trouver son chemin. Stage Road n'était pas loin, il pouvait y aller les yeux fermés. Cette route lui ferait traverser Old Ox et son rond-point silencieux, désert hormis la présence de quelques vagabonds ivres, puis longer l'avenue du maire, jusqu'à la grande demeure de Wade Webler. Mais ce n'était pas là qu'il comptait terminer son voyage, c'était là qu'il comptait le commencer.

*

Il savait, sans le savoir, que les Webler avaient le sommeil lourd. Encore une de ces convictions acquises de longue date, fondées sur des bribes d'information saisies au vol, des années auparavant, à l'époque où il essayait de se figurer passant la nuit auprès d'August, sous un drap blanc et la clarté fluctuante de la lune ; son bras se dégageant de sous l'oreiller pour enlacer, comme guidé par un rêve, le torse de son ami, l'attirant contre lui, tous deux autorisant leurs corps à faire ce qu'ils voulaient jusqu'au matin.

Le cadre du rêve n'avait jamais dépassé les murs de la chambre d'August. Mais Caleb était forcé de supposer que Wade et Margaret dormaient avec la même tranquillité d'esprit que leur fils. Il s'imaginait Wade ancré de son côté du lit, indifférent à la journée écoulée et à celle du lendemain, dormant à poings fermés comme un nourrisson dans son berceau. Et peut-être était-ce le pire des fléaux, cette faculté de ceux enclins au mal à n'éprouver aucun remords au point de pouvoir dormir alors qu'une tempête faisait rage, tandis que des hommes meilleurs, des hommes travaillés par leur conscience, restaient éveillés comme si cette même tempête continuait à rugir dans les recoins les plus secrets de leur âme.

Il s'arrêta devant l'énorme maison, à quelques mètres de la haie, à l'endroit où il voyait la fenêtre d'August. La force de l'habitude. Mais cette fois, l'urgence la balaya aussi facilement que la sueur glissant sur la peau. Il dirigea ses pas vers l'allée, franchit le portail, tourna le coin du mur et se faufila au-delà de la citerne vers les écuries.

La travée était obscure. Il n'était pas entré dans cette écurie depuis des années, et le lieu faussement remémoré ne ressemblait en rien à ses rêves, où des bougies projetaient sur les murs les ombres sinistres des chevaux et des autres garçons, fantômes applaudissant à son humiliation. Par contraste avec la romance brutale, avec l'émerveillement intense qui imprégnait ces visions, il n'y avait ici rien de spécial. L'endroit était plus étriqué que dans son souvenir, et s'il présentait quelque noblesse, celle-ci était masquée par les odeurs fétides du fumier. Son imagination devait avoir été bien défectueuse pour avoir tant échafaudé à partir de si peu ! Il eut la sensation d'être libéré d'une illusion.

Les chevaux dormaient, sauf un. Il le perçut non à sa silhouette, camouflée par les ténèbres, mais à l'éclat de ses yeux, deux points incandescents. Lorsque Caleb s'approcha, le cheval s'appuya contre la porte de son box, comme s'il s'attendait à être nourri ou, mieux, qu'on lui ouvre. Caleb tendit la main et l'animal ne se déroba pas. Une part de son mystère avait disparu du fait de sa proximité et les yeux du cheval paraissaient à présent opaques plutôt que lumineux. Au grand soulagement de Caleb, il n'était pas effrayé, même s'il n'en attendait pas moins de la part d'un cheval Webler. C'était le valet de Wade qui les dressait, disait-on.

Caleb alla décrocher une selle et un harnais, auxquels il ajouta une sacoche pour la forme. Puis il entra tout doucement dans le box. Le cheval ne tenta pas de se rebiffer, il se borna à secouer la tête tranquillement, comme pour saluer. Lorsque Caleb posa la main sur sa crinière, un frisson parcourut son échine, et cette vague tremblotante qui progressa tout au long de son dos rappela à Caleb l'âne Ridley. Il laissa sa main reposer un moment, pour faciliter la prise de contact, avant de chuchoter dans ses naseaux :

« J'ai besoin d'un cheval qui va se donner du mal pour moi. Tu sais voler ? »

C'était une jument baie, magnifique, mais étaitelle assez rapide pour échapper à une meute de poursuivants ? Il n'y avait pas moyen de le savoir sans la monter. Elle était bien élevée, et il la sella sans même prendre le temps de vérifier s'il était encore seul dans l'écurie. Il était sur le point de la faire sortir quand il entendit un bruit de pas. Il scruta l'obscurité, trop effrayé pour se saisir de son pistolet. Mais c'était seulement un autre cheval qui changeait de position dans l'air moite.

« T'es prête ? » murmura-t-il.

Il devait filer sans regarder en arrière. Prendre tout de suite la bonne allure. Il s'était préparé à une catastrophe, convaincu qu'avec sa chance habituelle une bande à la solde de Webler lui tomberait sur le poil dès qu'il approcherait des écuries. Et pourtant, incroyablement, un projet qu'il avait conçu seul, sans l'aide de personne, était bel et bien en train de se réaliser. Il avait la nuit devant lui. Quand il se mit en selle, la jument souffla assez fort pour donner l'éveil aux autres chevaux. Quelques-uns réagirent, en effet, et Caleb sentit leurs yeux dans son dos alors qu'il mettait la jument au pas. Homme et bête opérèrent une sortie silencieuse, et bientôt ils galopaient sur la route.

À mi-chemin de Selby, Caleb se rendit compte qu'il ne reverrait jamais la maison des Webler. Malgré les dégâts irréparables survenus ces derniers jours, il ne pouvait s'empêcher d'imaginer – d'espérer presque – qu'August était à sa fenêtre, derrière ses rideaux tirés, et l'avait vu s'enfuir. Bien sûr son ami aurait cru à une hallucination. Il se serait passé la main dans les cheveux et serait retourné se coucher. Au réveil, la réalité de son rêve l'aurait étonné.

*

La jument allait de plus en plus vite, tous deux glissaient dans l'air, volaient... La route était déserte à cette heure indue. Ils ne tardèrent pas à atteindre Selby, une ville plus petite et plus calme qu'Old Ox. Il en connaissait la topographie pour l'avoir déjà plusieurs fois traversée, et n'eut aucun mal à localiser la prison, flanquée d'un côté par la taverne et de l'autre par un terrain vague enclos de haies : un cimetière sans pierres tombales ni croix. L'intérieur de la prison, à peine éclairé par une bougie posée sur le rebord de la fenêtre et déformée par la vitre, était rempli d'ombres, dont aucune ne bougeait. Tout était immobile. Il n'aurait su dire combien d'hommes étaient là. Un cheval solitaire était attaché devant la porte. Alors que Caleb gagnait le plancher du perron, une voix résonna.

« Shérif ? C'est vous ? »

Cédant à une pulsion, Caleb ouvrit la porte d'un coup de pied théâtral, dégagea son arme de sa ceinture et la braqua sur le premier corps qui apparut dans sa ligne de mire. C'était Tim, l'adjoint du shérif, qui faillit tomber à la renverse de stupéfaction.

« Où est Prentiss ? » s'écria Caleb.

Tim recula jusqu'à la table, l'air égaré.

« T'es le fils de George ?

— Je te donne une deuxième chance », dit Caleb qui, comme en transe, arma le chien du pistolet.

Soudain une voix derrière lui s'éleva.

« Je suis qu'à quelques mètres de toi. »

Se tournant à demi, Caleb distingua Prentiss assis en tailleur sur le sol de la cellule la plus proche, apparemment indifférent à la scène qui se déroulait sous ses yeux.

« Les clés, ordonna Caleb à Tim. Tout de suite. »

Tim porta sa main à sa taille et Caleb sut que c'était fini pour lui si l'adjoint sortait une arme à feu, car il avait beau avoir armé le pistolet, il n'aurait jamais le cœur de tirer, même en légitime défense. Son doigt mollissant sur la détente, il s'aperçut avec étonnement qu'il n'était pas contre ce dénouement. Accueillir la mort en face, dans un accès d'audace et de bravoure, eh bien, voilà qui relèverait de l'exploit méritoire. Il mourrait sans autre titre que celui de voleur de chevaux, mais au moins les autres entendraient parler de son courage et, très égoïstement, c'était assez pour assurer une paix solennelle à un moment si délicat qu'il avait failli se pisser dessus pour la deuxième fois de sa vie d'adulte.

Mais Tim avait d'autres intentions. Après s'être tapoté nerveusement autour de la taille en évitant de toucher son holster, il fouilla dans ses poches, dont il ne délogea que de l'air.

« Elles sont pas loin, je te jure », dit-il, un peu essoufflé.

Caleb comprit que, si incroyable qu'il y parût, il avait trouvé un garçon plus peureux que lui.

L'adjoint avait les yeux sortis de la tête, des gouttes de sueur perlaient à son front.

« Je t'en supplie », dit-il en levant un doigt tremblant.

Caleb jeta un coup d'œil à Prentiss, mais le visage de celui-ci exprimait une confusion analogue.

« Je crois que le shérif les a emportées, dit Tim en s'avançant d'un pas. S'il te plaît ! »

Il se tortilla en se penchant en avant tellement que, pour un peu, il s'accroupissait.

« Fais ce que tu veux, mais baisse ton pistolet, supplia-t-il. Je supporte plus les armes à feu. S'il te plaît. Je les supporte plus. Je supporte plus. »

Prentiss hocha la tête et Caleb, comme s'il venait de recevoir un ordre, remit son pistolet à sa ceinture. Il était beaucoup plus sidéré par l'effondrement de l'adjoint que par le risque de se faire descendre. Ce pauvre type, il lui faisait pitié.

« T'es peut-être pas fait pour ce métier », lui fit remarquer Caleb.

L'adjoint réussit à se ressaisir suffisamment pour se redresser.

« J'adorais ça autrefois. C'est vrai. Mais je peux plus avec les flingues. Le docteur a dit que ça reviendrait. Mais je peux toujours pas les supporter. C'est vrai. »

Les deux jeunes gens se regardèrent sans rien dire. Tim tremblait toujours. Il s'essuya le nez sur sa manche. Ils avaient à peu près le même âge, quoique Caleb supposât que les épreuves qu'il avait dû affronter dans sa vie étaient bien pâles auprès de celles rencontrées par Tim. Une fois les pistolets mis de côté, l'ambiance devint difficile à déchiffrer. Il y avait toujours de l'électricité dans l'air. Les émotions étaient à vif. Devait-il embrasser l'adjoint comme un frère ?

« La table, dit Prentiss en tendant un doigt à travers les barreaux. Les clés sont sur la table. »

Tim se tourna, se saisit des clés et les passa à Caleb, qui les refusa en indiquant la cellule d'un geste.

« Toi », dit-il.

Tim traîna les pieds jusqu'à la cellule. La lourde grille bâilla, puis s'ouvrit lentement. Prentiss sortit d'un pas tranquille.

« Le shérif va ramener Webler au lever du soleil. Ça va leur faire plaisir de voir la cellule vide.

— Tu leur diras que j'ai failli te mettre une balle dans le crâne, dit Caleb en sortant de nouveau son pistolet. Sûr et certain qu'il comprendra pourquoi tu l'as laissé partir. »

Tim dodelina de la tête, comme s'il venait

d'entendre la fin d'une histoire qui se terminait mal.

« Le shérif a un étalon capable de marcher huit heures d'affilée et de faire la nique à n'importe quel pur-sang. C'est pas pour moi que je crains. Mais pour toi. »

Prentiss trépignait sur le seuil, pressé de partir.

Caleb désigna la table avec son pistolet.

« Assieds-toi, Tim. Si tu regardes dehors, je te préviens, on sera la dernière image que tu verras dans cette vie. »

Il sortit à reculons, faisant toujours face à l'adjoint, son pistolet de nouveau braqué sur lui. Quand la porte se referma, il ne put s'empêcher d'avoir une petite moue de satisfaction à la pensée qu'il avait sans beaucoup d'effort accompli une très belle performance.

« Tu lui as fait une peur bleue, dit Prentiss.

— J'espère assez pour qu'il ne bouge pas de sa chaise. »

Une fois auprès de la jument, Caleb inspecta Prentiss des pieds à la tête, détacha le fusil de son épaule et le lui fourra dans les mains. Prentiss n'avait manifestement jamais tenu d'arme à feu. Il tourna le fusil avec autant de délicatesse que si c'était un vieux rouleau de parchemin qui risquait de tomber en poussière.

« Passe la sangle sur ton épaule, lui indiqua Caleb. Je sais bien qu'on n'a pas envie, ni l'un ni l'autre, de se servir de ces engins. Mais s'il le faut, tu tires là-dessus.

— Je sais comment ça marche », marmonna Prentiss.

Caleb se mit en selle et tendit la main à Prentiss.

« T'as déjà monté ?

— Non, répondit Prentiss en se hissant à califourchon derrière Caleb. Et ce serait bien ma chance si en sortant de prison je me rompais le cou en tombant de cheval.

— Tu peux me faire confiance », dit Caleb en prenant les rênes.

Il était sincère et, pour le prouver, il confirma :

« Tu peux, crois-moi, Prentiss. Accroche-toi bien surtout. »

D'un air peu convaincu, Prentiss passa ses bras autour de la taille de Caleb. Le cheval démarra à une allure si rapide que leurs voix se perdirent dans le vent. Au bout d'un moment, l'accoutumance aidant, Prentiss relâcha l'étreinte de ses bras, son corps s'abandonna au rythme du galop.

« Où on va ? cria-t-il.

— Au Nord. On repasse d'abord par la ferme. T'inquiète pas, on prendra par des sentiers détournés.

— Mais pour aller où ?

— Où on veut. »

Les ombres des arbres et des taillis surgissaient devant eux, aussitôt disparues dans leur sillage, aussi évanescentes que des apparitions. Le soleil commença enfin à se lever, et la route fut illuminée d'une première lueur translucide, dont l'essence résidait dans un monde féerique, comme si la terre elle-même était en voie de se dissoudre en fragments scintillants de lumière. Ils ne croisèrent personne. À la maison, il vit ses parents éclairés par une unique chandelle, assis tous les deux en chemise de nuit à la table de la salle à manger dans une pénombre crépusculaire. Caleb se plut à penser qu'ils l'attendaient.

*

Isabelle serra Prentiss dans ses bras, ne le relâchant que pour inspecter son fils, peut-être en proie au sentiment qu'ils n'étaient ni l'un ni l'autre de chair et d'os, tant elle était déconcertée par cet improbable retour.

« Je suis allé le chercher, dit Caleb, énonçant par là un fait qui malgré son évidence lui semblait important d'être mis en mots.

— J'espère que tu as une meilleure explication, observa son père. C'est le fusil de ton grand-père, dans les mains de Prentiss ? »

Caleb passa devant lui pour gagner la cuisine. Ils n'avaient pas de temps à perdre en explications, dit-il. Seul importait que son plan ait réussi. Ils avaient juste besoin de provisions, et repartiraient aussitôt.

Sa mère était sur ses talons.

« Si tu ne nous donnes pas d'explication, je ferme la porte à clé et je te jure que personne n'ira nulle part.

— Vas-y, et tout ce que tu auras obtenu c'est de me faire pendre à côté de Prentiss. »

Caleb s'arrêta devant les fruits en conserve et descendit de l'étagère les bocaux qui lui convenaient. Sa mère se tourna alors vers Prentiss dans l'espoir d'en apprendre davantage.

« Tout ce que je sais, m'dame, c'est qu'il est entré, qu'il a engueulé l'adjoint et qu'il m'a ouvert. Il dit qu'on va dans le Nord.

— C'est de la folie, intervint George. Sortir comme ça au milieu de la nuit pour une mission suicide. Ce n'est pas la première fois que tu perds la tête, mais là tu t'es surpassé. Bravo. »

Caleb dénicha un sac en toile et se mit à y fourrer ses bocaux.

« Pour tout t'avouer, je ne pensais pas que tu te réveillerais. J'avais l'intention de vous laisser une lettre. »

Son père leva les yeux au ciel.

« Comme si tu n'avais jamais sauté le mur la nuit sans qu'on s'en aperçoive. Je regrette maintenant de ne pas t'avoir couru après pour y mettre le holà. »

Devant le désarroi de ses parents, Caleb comprit qu'ils le prenaient pour un fou. Il posa son sac et désigna Prentiss du doigt.

« Et le laisser exécuter pour rien. »

Il retourna son doigt vers lui-même.

« En plus c'est ma faute. Ma faute, vous entendez ! S'il est pendu, alors qu'on me pende aussi. S'il parvient à gagner sa liberté, alors, mon Dieu, je l'accompagnerai. Me dites pas que vous n'avez jamais rêvé de tout reprendre à zéro. Je ne veux pas d'une vie gâchée par le remords. Je vous répète qu'il n'y a pas d'autre solution ! »

Les regards de ses parents se croisèrent, lourds de sous-entendus, mais ni l'un ni l'autre ne tenta d'exprimer sa pensée.

« Je dois tracer mon propre chemin, déclara Caleb. N'empêchez pas Prentiss de suivre le sien. Vous lui devez bien ça. »

Sa mère s'approcha de Caleb, trop émue pour parler, mais la fierté faisait briller ses yeux autant que les larmes. Les mains tremblantes, elle ramassa le sac posé sur le sol.

« Les pêches au sirop, tes préférées, dit-elle. Je les ai faites il y a quelques jours. Mais tu devrais aussi prendre des poires et des pommes. Dans la cave, il y a du porc salé, et j'ai des ris de veau… »

Son père, le visage de marbre, n'avait pas bougé. Qu'allait-il dire ? se demanda Caleb. Que pouvait-il se passer maintenant ?

Sa mère descendit à la cave et remonta avec un tas de victuailles dont elle entreprit, en pleurant à moitié, de bourrer à craquer le sac. Elle reniflait après chaque mot qu'elle prononçait.

Caleb tendit le sac à Prentiss et le pria de caser les provisions dans les sacoches de selle.

Prentiss hocha la tête.

« Je vais en profiter pour prendre mes affaires dans la grange. Ça te donnera un peu de temps… »

Il s'éclipsa.

Sa mère le dévisagea avec la même gravité que le jour où il était parti à la guerre. D'ailleurs, elle eut exactement le même geste : elle le prit par le menton, caressa sa barbe naissante, à la recherche sans doute de la douceur d'une peau de bébé, une douceur qui n'existait plus que dans son souvenir. Elle se rapprocha de l'oreille de son fils et chuchota :

« Tu m'écriras. Plus qu'une phrase à la fois. »

Il rit, pleura un peu.

« De vraies lettres, promit-il. Je t'expliquerai tout. Je te raconterai tout.

— Oui », opina-t-elle, sans pouvoir en dire davantage.

La mère et le fils s'écartèrent l'un de l'autre. Le père à présent se tenait auprès de Caleb, tourné vers la fenêtre, les mains croisées dans le dos, le regard dirigé vers Stage Road.

« Je suis bien obligé de prendre Ridley, dit-il comme si on lui avait demandé un service qu'il acceptait de rendre à condition que Caleb le laisse chevaucher l'âne.

— Quoi ? fit Caleb, interloqué.

— Il n'y a aucun endroit au monde où je voudrais aller sans lui.

— Qu'est-ce que tu racontes, George ? s'exclama Isabelle.

— Je sillonne la forêt de ce comté depuis que je suis gamin. Je la connais mieux que quiconque. Si vous voulez mettre toutes les chances de votre côté, vous avez intérêt à m'emmener.

— Mais tu *détestes* les voyages ! s'exclama Caleb. Quand on te voit rentrer de la ville, on croirait que tu reviens des portes de l'enfer. Tu ne veux quand même pas te joindre à nous !

— Le terme "vouloir" est déplacé, répliqua son père. Vous avez besoin de moi. Point final. »

Il posa sa main sur l'épaule de Caleb et passa devant lui.

Caleb faillit protester, mais il se doutait que c'était inutile. Son père était galvanisé par sa propre obstination. Il y avait une insouciance exaspérante dans la façon dont, à des moments pareils, ses sourcils se soulevaient et les rides de son visage se détendaient, comme en adhésion totale avec la finalité de ses convictions. Impossible de le faire changer d'avis. Caleb n'était pas sûr que son père lui-même, avec la meilleure volonté du monde, serait capable de revenir sur une décision prise.

« J'irai jusqu'à la frontière du comté. Une fois que je vous saurai en sécurité, je rentrerai.

— Pour être accusé de participation criminelle », dit Caleb.

Son père chassa cette éventualité d'un geste désinvolte avant de monter l'escalier.

« Tu sais, j'ai le droit de me promener en forêt. Qu'ils prouvent donc le contraire ! »

Caleb tenta de se rallier le soutien de sa mère, sans plus de résultat. Elle rit.

« Quand il est comme ça, il n'y a rien à faire », dit-elle, tout en essuyant les larmes sur ses joues.

Le soleil était levé. La ferme scintillait sous la voûte de feuillages jaune tendre, la peinture rouge de la grange tirait sur l'orange brûlé, le gazon était strié d'or pur. Le spectacle magique offert par le petit matin ne tarderait pas à s'évaporer. Combien il allait lui manquer !

À cet instant, Prentiss revint. Il se tourna vers Isabelle, l'air de se demander s'il était convenable de s'adresser à elle dans ces circonstances.

« Madame », dit-il simplement.

Elle le gratifia d'une nouvelle embrassade, puis s'écarta vivement pour se diriger vers l'escalier en s'exclamant :

« Vos chaussettes ! »

Une minute plus tard, les voix de ses parents bourdonnèrent derrière la porte fermée de leur chambre. Caleb se tourna vers Prentiss pour lui annoncer :

« On va être trois finalement.

— George, opina Prentiss comme s'il s'en était douté. Il s'occupe des siens, du mieux qu'il peut. »

Ses parents redescendirent. Son père était vêtu comme tous les jours : bretelles effilochées sur chemise en denim, chapeau pour se protéger du soleil. Il les pria de le retrouver devant la maison une fois qu'il aurait ramené l'âne, puis, après un dernier regard, quitta Isabelle et sortit par la porte de derrière.

La mère s'approcha d'eux. Les chaussettes

étaient aussi bleues et belles que celles de Landry. La bordure blanche était un peu irrégulière, mais ce petit défaut ne faisait que les rendre plus charmantes.

« Elles sont robustes, dit-elle. Veillez à les laver régulièrement. Ne vous baladez pas avec des chaussettes sales, Prentiss.

— Je ferai pas cette injure à une aussi jolie paire », répliqua Prentiss.

Il posa la main sur son épaule comme un homme le ferait avec un autre homme. À son tour, elle posa une main sur la sienne. Puis il s'écarta et glissa les chaussettes dans la poche arrière de son pantalon.

« Prenez soin de vous, madame.

— Vous aussi, Prentiss. »

Caleb pencha la tête vers la porte : il était temps de partir.

Ridley contourna la maison au moment où Caleb et Prentiss vérifiaient la courroie de selle de la jument. Si son père semblait aussi calme que de coutume, Caleb avait des sueurs froides à la seule pensée de ce qui les attendait. Sa mère les regardait, debout sur le perron ; sa chemise de nuit tombait en plis autour de ses pieds. Il fixa cette image dans sa mémoire en prévision de moments tels que celui-ci : lorsque la peur s'emparait de tous ses sens et que seul son souvenir avait le pouvoir d'arrêter ses palpitations.

22

Isabelle fit la sieste dans le fauteuil de George, enveloppée de son odeur. Lorsqu'il était parti avec Caleb et Prentiss quelques heures auparavant, elle était convaincue qu'elle resterait éveillée, que rien n'aurait le pouvoir de la rendormir. Pourtant, elle n'avait pas plus tôt replié ses jambes sous elle qu'elle se mit à rêver. De quoi, elle ne se le rappela pas, mais le songe l'ayant transportée ailleurs, il lui parut un agréable refuge à l'écart des brisures de sa vie. Elle regretta d'en émerger.

Il était déjà midi, le soleil chauffait la maison à une température d'ébullition lente. Elle fit assez d'œufs brouillés pour trois, moins parce qu'elle était en appétit que parce qu'elle avait l'habitude de préparer cette quantité. Même si elle avait d'abord ressenti la faim, elle en laissa plus de la moitié. Elle sortit jeter le reste dehors à la disposition du minuscule charognard qui en profiterait pour se remplir la panse.

Après le petit déjeuner, elle vit venir le moment où elle allait sombrer dans une de ces mélancolies profondes si périlleuses. Il fallait absolument qu'elle s'active. Elle songea à faire le ménage dans la chambre de Caleb, puis s'avisa que cela ne servirait à rien puisque, si tout allait comme prévu, elle ne reverrait peut-être plus jamais son fils. Cette pensée lui fit prendre conscience de la solitude encore plus grande où la plongeait l'absence de George. Ils étaient tellement proches dans le chagrin, même si la douleur empruntait chez chacun des chemins différents. Bouleversée par cette pensée, elle glissa ses mains sous elle pour les empêcher de trembler. Elle se retrouva une fois de plus dans le fauteuil de George, les cuisses pressées contre les boutons du cuir matelassé, tels des points névralgiques évocateurs de réminiscences. Son mari restait assis là, à lire pendant de si longues heures, comme s'il attendait quelque chose qui n'arrivait jamais, et sa tristesse lorsqu'il ôtait ses lunettes et éteignait sa lampe n'avait d'équivalent que sa joie lorsqu'il s'y rasseyait le lendemain soir.

C'est à cette place qu'elle l'avait trouvé à son retour de sa visite ratée à la prison. George, ses lunettes perchées au bout de son nez, avait posé son livre et lui avait demandé si elle avait réussi à convaincre Hackstedde de la laisser voir Prentiss.

Jusqu'à cet instant, elle ne savait pas qu'elle tairait sa rencontre avec Clementine, qui était revenue avec tant d'insistance sur l'innocence des visites de George qu'Isabelle avait été obligée de faire un examen de conscience pour déterminer si sa jalousie était justifiée. Qu'avait-elle à gagner, du point de vue de son mariage, à mettre le nez dans la façon singulière, et souvent mystérieuse, dont George pratiquait la charité ? Après tout, n'était-ce pas pour cette raison qu'il payait Clementine ? Pour avoir la possibilité de *donner* ? Isabelle avait donc répondu non de la tête et informé George qu'elle n'avait pas été admise auprès de Prentiss, mais qu'elle avait fait un saut chez Mildred, si bien que, en somme, elle n'avait pas perdu sa journée.

Comme le tremblement de ses mains persistait, elle s'aperçut soudain qu'il était provoqué par des vibrations extérieures. Elle regarda dehors et vit un groupe de cavaliers qui remontait l'allée au trot. Elle n'avait pas peur. En réalité, elle était soulagée, car elle se doutait qu'ils allaient venir. Elle préférait en finir.

Le vent soufflait avec une violence telle qu'elle dut se tenir à la balustrade pour ne pas trébucher. Elle les connaissait presque tous : Wade Webler, le shérif et son adjoint, Gail Cooley, de la plantation de Morton. Plus deux jeunes brutes de l'âge de Caleb qui la toisaient d'un air méprisant. Le premier était à cheval, le second avait mis pied à terre et tenait un chien de chasse en laisse.

« Une chasse à l'homme ? s'écria Isabelle. Vraiment, Wade ?

— Fouille la grange, ordonna-t-il au garçon qui avait le chien. C'est là qu'ils le font dormir. »

Puis il tourna vers Isabelle des yeux cernés de noir et s'écria rageusement :

« Où sont-ils ?

— De qui parlez-vous ? répondit-elle d'une voix calme.

— *De qui je parle*, Isabelle ? Vous feriez mieux de m'écouter. Vous ne voulez pas être mêlée au nouveau coup de votre fils. Il vaudrait mieux le ramener à bon port avant qu'il ne mette des vies, la sienne comprise, en danger.

— On sait tous les deux que la seule personne

qui met des vies en danger, c'est vous, Wade Webler. »

Voyant le garçon entrer dans la grange avec son chien, elle lui cria d'arrêter. Il y pénétra quand même.

« Je suis ici chez moi, dit-elle en se tournant vers le shérif Hackstedde. Et je n'ai pas autorisé la fouille de ma grange. »

Le shérif demeura aussi immobile qu'une statue.

« Vous êtes un représentant de la loi, lui rappela-t-elle. Faites votre devoir. »

Sur le visage du shérif se lisait la colère, absente lors de sa visite précédente.

« Vous êtes soupçonnée de recel de fugitif… de *plusieurs* fugitifs. Alors ne m'apprenez pas ce qu'est mon devoir. Allez me chercher George, cria-t-il. J'ai à lui parler de son fils.

— George est parti pour une de ses promenades en forêt, dit-elle, et je ne sais toujours pas de quoi il s'agit. Vous me devez des explications ! »

Le chien aboyait. Elle entendit la voix du garçon qui lui parlait. En fait, les cavaliers savaient déjà ce qu'ils cherchaient, ils l'interrogeaient pour la forme, sa présence à elle ne représentant à leurs yeux qu'un inconvénient mineur. Avec force aboiements, le chien reparut et entraîna le garçon en direction de la grande route.

« On dirait qu'on tient une piste ! s'écria Hackstedde qui avait soudain retrouvé son entrain.

— Madame Walker, dit Wade, votre fils a commis un acte téméraire hier soir. Il a menacé un policier avec un pistolet et aidé un détenu à s'évader. J'ai aussi des raisons de le soupçonner de m'avoir volé un cheval. J'en aurai la preuve quand je le retrouverai. Ce qui, j'ose ajouter, est l'issue inévitable de cette histoire. Il sera arrêté, en même temps que le fugitif, j'y veillerai personnellement, vu que notre shérif peine à s'en sortir seul. »

Hackstedde détourna les yeux lorsque Wade jeta un regard vers lui avant de poursuivre :

« J'ai l'intention de garder le juge à Selby. Tout sera prêt pour accueillir ces garçons quand on les amènera devant lui. »

Une nouvelle rafale de vent obligea les hommes à retenir leur chapeau. Isabelle laissa sa longue chevelure fouetter l'air autour de son visage.

« Vous vous plaignez comme si vous étiez la victime d'un crime alors que nous savons très bien tous les deux ce qu'August a fait ! hurla-t-elle. Vous me dégoûtez. Quant à vous autres, je ne sais pas comment vous pouvez dormir sur vos deux oreilles ! Comment avez-vous été assez bêtes pour le suivre dans son délire ? Je ne veux plus rien entendre ! »

Croyant bon d'intervenir, Gail s'éclaircit la gorge.

« C'est pour le bien de la ville, ma'ame Walker, dit-il. Je crois que vous changerez d'avis quand vous réfléchirez à ce que votre fils a…

— Monsieur Cooley, coupa Isabelle, depuis le temps que vous travaillez dans les champs et que j'habite cette maison, je n'ai jamais écouté un traître mot qui est tombé de votre bouche, et je ne compte pas commencer aujourd'hui. »

Gail tressaillit. Wade devint presque aussi rouge que le jour où Prentiss lui avait craché au visage. Comme les aboiements se déchaînaient un peu plus loin sur la route, Isabelle eut un instant l'espoir que les chevaux affolés allaient s'emballer et éjecter leurs cavaliers.

« Votre fils est un furoncle vivant, dit Wade, et le Nègre pire encore. C'est aussi simple que ça. Malheur aux vôtres pour ce que vous avez fait car vos agissements auront un prix. Tenez-vous-le pour dit. »

C'était tellement typique de Wade, cette grandiloquence biblique mélodramatique, qu'Isabelle ne put s'empêcher de lever les yeux au ciel.

« Je pourrais vous retourner la phrase, Wade Webler.

— Je vous accorde une dernière chance : indiquez-nous par où ils sont partis. »

Elle croisa les bras et le dévisagea dans un silence glacial.

« Très bien, dit Wade en se tournant vers le garçon au chien qui patientait près de la route. On te suit ! »

Les cavaliers firent volte-face.

« Je ne veux jamais vous revoir ici, jamais ! hurla Isabelle. J'ai un fusil à la cave. Je ne sais pas m'en servir, mais j'apprends vite ! »

Le dos tourné, Wade souleva son chapeau en guise d'adieu. George et les garçons avaient une demi-journée d'avance. Elle espérait de tout son cœur que ce délai suffirait.

*

Deux jours s'écoulèrent sans autre incident. Alors qu'elle dormait dans le fauteuil de George pour la troisième nuit consécutive, Isabelle fut réveillée en sursaut au milieu de ténèbres profondes. Le vent sifflait férocement, la maison craquait et criait si fort qu'elle semblait au bord de s'écrouler sous le poids d'une monstrueuse angoisse. Isabelle faillit appeler à l'aide, comme elle avait été plusieurs fois tentée de le faire ces derniers jours, mais qui serait venu à son secours ? Les voisins les plus proches étaient les Morton, autant dire personne ! Si cela ne tenait qu'à elle, d'ailleurs, elle ne les reverrait jamais de sa vie. Devait-elle monter dans sa chambre où elle serait plus confortablement installée ? Mais avec George, Caleb et Prentiss toujours par monts et par vaux, il n'était pas question de se laisser aller à un sommeil réparateur. Car elle était sûre et certaine qu'ils dormaient à la dure quelque part dans la forêt. Elle souhaita que ses pensées compassionnelles adoucissent leur sort…

C'était idiot, sans doute, mais les circonstances lui paraissaient une excuse naturelle à son état : était-ce l'effet de la fatigue ? Elle n'avait plus les idées très claires à cause de ces pensées aberrantes qui lui tournaient dans la tête. Où était la frontière entre l'épuisement et la folie ? L'esprit bouillonnant, elle demeurait clouée dans le fauteuil de George, captive de l'obscurité et du vent. Depuis le départ de son mari et de son fils, ses facultés auditives avaient décuplé. Le caquètement des poules lui parvenait, aussi sonore que si dehors quelqu'un cassait un bloc de glace avec un pic. Les grillons se cantonnaient à la forêt, et pourtant leur stridulation résonnait comme s'ils se pressaient à la fenêtre, réclamant qu'on leur ouvre.

Mais ce fut un autre bruit, moins familier, qui la dérangea. Au début, elle tenta de l'ignorer, puis elle se leva pour voir d'où il pouvait provenir. On aurait dit des brindilles qui se cassaient, en plus fort, assez fort pour qu'on les entende malgré les hurlements du vent. Elle sortit par la porte de derrière et tendit l'oreille. En peu de temps, elle identifia le bruit, oui, un bruit constant, semblable au crépitement de l'huile dans la poêle. Soudain, un jet de braises scintillantes éclaira une nappe de fumée opaque couvrant la forêt. C'était donc ça !

Elle se mit aussitôt à courir. Le champ en contrebas était hors de vue, mais elle redoutait ce qui l'y attendait. Elle le savait déjà tout en refusant d'y croire. La respiration laborieuse, elle toussa à la seule idée de la fumée. Arrivée au sommet de la colline, elle s'arrêta, éberluée, incapable d'accepter ce qui se déployait pourtant sous ses yeux. Le champ d'arachides était en flammes. Le vent le ceinturait avec fureur tandis que de longs bras de feu s'élançaient vers le ciel, ondulaient en lâchant de gigantesques panaches de fumée.

Deux hommes montés sur des chevaux sautillants patrouillaient dans cet enfer, torches au poing. Ils galopaient en avant comme pour mener la charge, puis tournaient bride et se rejoignaient à bonne distance du brasier. Les dégâts étaient si absolus qu'Isabelle sentit ses propres entrailles, son âme elle-même, brûler à l'unisson avec les plants d'arachides. À la fois fascinée et horrifiée, elle regarda les ombres des flammes menacer les arbres de leurs crocs noirs, prêts à tout dévorer sur leur passage. Les cavaliers avaient le visage masqué. Il semblait à Isabelle qu'ils se disputaient. Ils gesticulèrent violemment, puis, voyant le feu ramper vers eux, s'enfuirent dans la nuit.

Ses chevilles étaient poisseuses de sueur ; ses yeux larmoyaient. *Qu'avez-vous fait ?* Dans une sorte de transe, elle se répétait ces mots. *Qu'avez-vous fait ?* Bouleversée, mais sans peur, elle retourna à la maison. Oui, la récolte de son mari était anéantie, ses terres ravagées, mais elle, elle n'avait rien à craindre. Il aurait suffi à ces hommes de jeter un coup d'œil à la girouette au-dessus du toit pour repérer un vent d'ouest extrêmement puissant. Le feu ne grimperait pas la colline. Non, il allait courir dans la direction opposée sans que rien l'arrête, se nourrissant de tout ce qui se trouverait sur son chemin. *Qu'avez-vous fait ?* Il s'engouffrerait par la haute futaie jusqu'à Stage Road, dévorerait d'abord la demeure de Ted Morton, puis la maison de Henry Pershing, puis toutes les autres. Elle espérait que les cavaliers étaient partis lancer l'alerte, mais à en juger par son étendue, et par la force du vent, il n'y aurait pas moyen de stopper leur création. Depuis le porche, l'incendie ressemblait à une bousculade de lances rouges tailladant le ciel. Le brasier serait aux portes d'Old Ox au matin. Et la ville n'était pas équipée pour éviter le désastre qui s'annonçait.

23

Après avoir cheminé une journée entière, la nuit venue, George prit soin, malgré sa fatigue, de ne pas montrer qu'il souffrait. Le jour, l'épreuve avait été plus facile. Ils avaient franchi la frontière du comté bien avant le coucher du soleil, et quoique cette forêt fût similaire à la sienne, riche de la même faune, des mêmes essences d'arbres, elle lui donnait l'impression d'être inexplorée – une autre topographie à mémoriser. Chaque pas s'imprimait sur la carte qu'il dessinait dans sa tête. Plus au nord, le ruisseau s'élargissait et la flore se para d'une nuance exquise de vert, des feuilles épaisses de jungle tropicale. Il avait su que le terrain deviendrait progressivement tourbeux – il l'avait entendu dire par de nombreux voyageurs de retour au pays –, mais il n'avait jamais été témoin de la transformation. Caleb lui apprit qu'à une journée de route, le ruisseau se jetterait dans la rivière, et sûrement George n'aurait jamais rien vu d'aussi puissant que ces rapides. Il croyait d'autant plus son fils que, déjà, partout où son regard portait, se déployaient des vues incroyables, un véritable palmarès de merveilles proposées par la nature et présentées avec tant de grandeur. Il éprouva une pointe de regret à la pensée que, pour découvrir un nouveau monde d'une telle beauté, il lui aurait suffi de quitter Old Ox. Pourtant, il lui avait fallu une vie entière pour accomplir ce simple déplacement.

Quand enfin, au cœur de la nuit, ils s'arrêtèrent pour se reposer, George continua à jongler avec les images de la journée. Seule cette distraction le maintenait éveillé et lucide alors qu'il déroulait son mince couchage.

« Ils vont chercher des signes de feu de camp, dit Caleb. Il faut qu'on reste dans le noir. »

George était déjà allongé lorsque les garçons commencèrent à manger.

« George ? » l'interpella Prentiss en lui tendant un bocal de fruits au sirop.

George refusa d'un geste.

« Peut-être quand on se lèvera, dit-il. C'est seulement dans quelques heures. »

Il songea un moment à Isabelle ; l'imagina endormie à son côté. Puis il ne pensa plus à rien et s'assoupit. Il se réveilla face à un rideau d'obscurité. Il se mit debout. Ses sens percevaient seulement l'odeur fraîche de l'humus et des aiguilles de pin. Peu à peu il distingua la forme de Caleb enroulé dans sa couverture. La place de l'autre côté de Caleb était vide. George dut plisser les paupières pour discerner, incrustée dans la nuit, la silhouette de Prentiss. Il montait la garde avec la même constance scrupuleuse dont il avait fait preuve dans les champs. Il semblait, en outre, parfaitement à l'aise et éveillé, ce à quoi George aurait été bien en peine de prétendre.

Il se leva et alla demander à Prentiss s'il avait vu quelque chose.

« Rien d'aussi gros, sinon je vous aurais réveillé. »

La forêt était tranquille, le silence rompu de temps à autre par un message des ténèbres : un craquement de branche sous une patte, les piaillements stridents d'un opossum.

George réfléchit à la réponse de Prentiss.

« D'aussi gros… Attendez, vous ne voulez pas parler de la bête ?

— Elle pourrait s'aventurer jusqu'ici.

— Savez-vous que je n'y ai pas pensé depuis des jours ? Et pas une fois aujourd'hui. »

Prentiss le dévisagea dans l'obscurité.

« Je ne vous l'ai sans doute pas dit, continua George. Mais j'ai vu Ezra la semaine dernière. »

Maintenant que George montait la garde avec lui, Prentiss se détendait. Il s'assit au pied d'un arbre.

« Vous savez ce qu'il a dit ? Que je suis trop curieux. Selon lui, j'ai eu tort de traîner dans les bois le soir où je vous ai rencontrés, Landry et vous. Au contraire, je lui ai répondu, c'est le destin qui en a décidé. Je me promène tout le temps et je ne trouve jamais rien d'autre que la solitude sous toutes ses formes. N'allez pas penser que je crois à un être suprême ou une bêtise de ce genre, mais de tomber sur vous deux, ça m'a paru approprié, ça me réconciliait avec le principe de réalité, un principe qui m'est, je l'avoue, plutôt étranger. Mais revenons à ce que je vous disais. J'ai raconté à Ezra que le seul autre moment où j'avais eu cette même impression, c'était la nuit où j'avais aperçu la bête de la fenêtre de ma chambre. Je ne parle jamais de cette histoire, surtout pas avec Ezra, qui prend ce genre de chose avec des pincettes, mais je me suis laissé emporter par mes émotions et c'est sorti tout seul. »

George se sentait assez stupide, mais il tenait à ce que Prentiss entendît la suite. Ezra, donc, s'était levé et avait écouté avec attention la description de la bête, laquelle ressemblait en tout point à la version de son père : hirsute et menaçante, dressée sur deux pattes, sinistre mais gracieuse. Ezra, pris d'un fou rire, s'était plié en deux au-dessus de son bureau en signifiant « non » avec la main. George avait rétorqué qu'il n'était pas le premier à refuser de le croire.

« Ce n'est pas ça », avait dit Ezra en pouffant. Et il avait expliqué à George que son père, Benjamin, attendait qu'il fasse nuit, se déguisait en ajoutant des vêtements les uns sur les autres et jouait le pitre au bénéfice de son fils. Après ce récit jubilatoire, Benjamin lui rapportait les réactions du fils le lendemain matin : George était tellement choqué qu'il touchait à peine à son petit déjeuner.

« C'était de la bonne rigolade, avait ajouté Ezra. Il avait même déguisé cette fille de couleur, j'oublie son nom, la petite bonne. En fait elle était presque aussi grande que lui et il l'envoyait dehors quand il n'était pas d'humeur. Mon Dieu, Benjamin était un de ces comédiens ! J'ignorais que tu... (Ezra essuya une larme de rire)... que tu y croyais encore. »

George était médusé. Comment son père avait-il pu lui jouer un tour aussi pendable ? Et de penser que Taffy, sa seule amie, avait été sa complice, voilà qui était encore plus vexant. Qu'elle ait pu comploter avec son père, voilà une terrible gifle. Ce n'était pas drôle du tout. Seulement cruel.

L'air embarrassé, Prentiss regarda George avec ce qui lui sembla une certaine pitié, comme si, pour sa part, il avait deviné d'emblée qu'il s'agissait d'une plaisanterie. Mais cette impression fut aussitôt dissipée par ses paroles.

« À une époque, dit-il, après le départ de ma mère, j'avais pris l'habitude de dormir devant la porte de notre cabane pour mieux guetter son retour. À la mauvaise saison, j'ai continué. Landry était tellement inquiet, il essayait de me soulever pour me porter à l'intérieur. Je criais, je le rouais de coups de pied, je me laissais pas faire. C'était idiot, mais je pouvais pas accepter qu'elle reviendrait pas. Je connaissais sa façon de marcher, sa silhouette, j'aurais repéré entre mille le bruit de ses pas. Parfois j'aurais pu jurer que je sentais ses doigts me tirer l'oreille, comme quand elle me grondait pour avoir traîné trop longtemps dehors. »

Prentiss se tourna vers les arbres en tressaillant avant de reprendre :

« J'ai pas perdu espoir. C'est pour ça que je suis en train de fuir, non ? Même si j'ai très peu de chances de la trouver, je la cherche. Parce que, si je suis pas persuadé qu'elle est quelque part, qu'est-ce qu'il me reste ? »

Comme George n'avait aucune réponse à lui offrir, Prentiss meubla le silence à sa place.

« Ce que je dis, c'est que je vous ai cru dès le départ. Même maintenant, je vous crois. Personne a le droit de décider ce qu'il y a dans la forêt ni nulle part ailleurs. On a pas notre mot à dire sur grand-chose, mais sur nos croyances, si.

— J'y crois toujours, murmura George, plein de gratitude.

— Ça fait deux, alors. »

Une bourrasque se leva et George se mit à grelotter. Quand le vent retomba, il continua de trembler.

« Vous devriez aller vous recoucher, lui dit Prentiss.

— Arrêtez de me traiter comme un vieux fossile. Je me repose quand je veux, merci. »

Prentiss leva les mains.

« Je m'occupe de ceux qui comptent pour moi, c'est tout. Je sais que vous êtes un couche-tôt. Sûr que vous allez être de mauvais poil demain matin.

— Je suis impatient d'être débarrassé de vous, plaisanta George en retour. Ce sera un plaisir de vous dire adieu. »

Un petit sourire flotta un instant sur les lèvres de Prentiss. Un nouveau coup de vent vint les bousculer, cette fois avec un fracas épouvantable : des ténèbres s'échappa une susurration plaintive à laquelle répliquaient des cris ardents parmi les arbres : des spectres hurlaient d'une voix venue du néant. Ils furent un moment à la merci de ce cataclysme, puis, brusquement, tout s'apaisa.

« J'aimerais vous demander une faveur, dit George en se tournant vers son fils emmitouflé dans sa couverture, dormant paisiblement. Vous ne me devez rien, bien sûr. Que ce soit bien clair entre nous. Mais vous me l'accorderez peut-être quand même. »

La fatigue éraillait sa voix alors qu'il poursuivait :

« Mon fils est… fragile. La douceur n'est pas un défaut, mais le monde est un endroit hérissé de piques, si je puis dire. Je tremble parfois pour lui. Je sais qu'il a des torts, des torts impardonnables qui vous feront toujours mal quand vous y penserez, mais vous arriverez peut-être à trouver en vous assez de bonté pour veiller sur lui à ma place.

— George…

— J'ai confiance en vous, Prentiss. Si je sais que vous veillez sur lui, même de loin…

— Vous avez ma parole. Et s'il vous plaît, pas un mot de plus. »

La voix de Prentiss ne trahissait aucune émotion, mais son engagement suffit à réconforter George.

« Merci, dit-il.

— J'ai moi aussi une faveur à vous demander.

— Tout ce que vous voudrez.

— Que vous retourniez vous coucher. »

George laissa échapper un petit rire sceptique, mais obtempéra néanmoins.

« Et vous ? » dit-il en s'enroulant dans sa couverture.

Prentiss lui promit de réveiller Caleb pour qu'il assure le dernier quart. Après quoi, ils repartiraient.

George n'était pas certain de pouvoir dormir avec ce vent, mais lorsqu'il se réveilla, le ciel au-dessus des arbres était bleu et les chevaux piaffaient d'impatience. Les deux garçons s'employaient à effacer toute trace de leur passage.

Caleb le dévisagea gravement, prudemment.

« On a franchi la limite du comté. Si tu veux rentrer à la maison… »

George, qui venait à peine d'ouvrir les paupières, répliqua :

« Tiens, passe-moi donc un peu de viande séchée. J'ai faim. »

Son fils dut se contenter de cette réponse. Tant

qu'ils n'étaient pas à l'abri du danger, son père ne rebrousserait pas chemin.

*

Curieusement, à mesure que George sentait ses forces l'abandonner – sa hanche le mettait à la torture quand il chevauchait Ridley, tous ses muscles endoloris par une nuit couché à même le sol –, il pensait moins à ses propres tourments qu'à ceux de son fils. Au troisième jour, il n'avait plus conscience de vivre dans son propre corps, seulement d'être une vague autorité contrôlant ses mouvements. Lorsqu'il avait mal, il voulait savoir si son fils avait mal. Lorsqu'il s'accordait un peu de repos, il se réveillait en sursaut en espérant que le sommeil de son fils était plus paisible que le sien. Il avait la dévotion d'une mère et, en dépit du fait qu'il avait toujours trouvé irrationnel ce comportement chez Isabelle et d'autres femmes, il se sentait à présent en accord avec elles.

En tout cas, ils avaient poussé plus loin qu'il n'aurait cru possible d'aller. Le paysage continuait de le sidérer, surtout la rivière dont le spectacle abolissait toute idée préconçue sur les pouvoirs de la nature. Une rivière large comme un lac. À la hauteur des rapides, il fit stopper leur petit cortège, et cette vision qui le remplissait d'un effroi émerveillé provoqua chez lui un accès d'humilité sans précédent.

« Eh bien, ça alors, c'est… »

L'émotion laissait George sans voix. Il s'assit par terre.

Les autres s'éloignèrent un peu, pensant peut-être qu'il avait surtout besoin de se reposer. Quand, enfin, il fit mine de se lever, ils durent s'y prendre à deux pour l'aider à se mettre debout. Alors il comprit que la balade pour lui était près de se terminer. Il ne tiendrait plus longtemps.

Une nouvelle nuit s'annonçait. Le sol devenait spongieux, la chaleur moite. Les branches souples des arbres penchaient assez bas pour dispenser une pénombre plus profonde sous l'éventail de leurs feuillages. Dans le jour qui tombait hâtivement, le regard de George se fixa sur un rondin recouvert d'une quantité de fourmis telle qu'on aurait dit le courant d'une rivière d'encre, une grande houle noire roulant sans fin. Il craignait pour les jambes de leurs montures sur un terrain si instable, mais la jument aussi bien que Ridley s'en sortirent très bien, jusqu'au moment où ils arrivèrent au bord d'un large plan d'eau qu'il leur faudrait passer à gué. Une fois de plus, les deux garçons regardèrent George comme s'ils s'attendaient à ce qu'il tourne bride.

« Tu n'es pas obligé », lui dit Caleb.

George mit pied à terre.

« Tenez-les bien par les rênes, dit-il. Restez très calmes surtout. »

Il leur fallut quinze minutes pour traverser la dépression marécageuse, avec de la vase jusqu'à la taille, et sous des nuées de moucherons, mais les animaux subirent l'épreuve sans broncher, ils avaient même l'air contents de cet intermède. Une fois sur l'autre rive, ils perçurent des bruits dans leur dos. Caleb, qui était déjà remonté en selle, tourna les épaules en ajustant son fusil. De l'autre côté de la mare se profilait un étalon, dont la queue fouettait placidement l'air. Et sur cet étalon, toujours avachi, Hackstedde. Le shérif, visage bronzé, œil vif, paraissait toutefois plus fringant au milieu de la nature.

Sans un mot, il desserra les sangles de sa sacoche et en délogea une blague à tabac qu'il posa sur le pommeau de sa selle.

« Les garçons », dit-il.

Silence total. George se tenait parfaitement immobile tandis que le shérif prélevait une pincée de tabac et en détachait les brins avec une lenteur délibérée. Puis il sentit une main sur son épaule et permit à Prentiss de l'aider à enfourcher Ridley. Ils repartirent à bonne allure. L'âne ne pouvait pas maintenir le même rythme que la jument, mais Caleb veillait à ne pas prendre trop d'avance sur son père. Quand George accorda une halte à Ridley, ce n'était pas parce qu'il avait oublié que Hackstedde les suivait de près. Caleb et Prentiss mirent un certain temps à s'en apercevoir et durent revenir en arrière.

« Il faut avancer, insista Caleb. Ce marécage… le shérif et les autres vont le franchir en un rien de temps. »

Seulement la traversée à gué avait eu raison des forces de George. Alors que du ciel perlaient les dernières lueurs du couchant, il fut pris d'une furieuse envie de dormir. Les difficultés des derniers jours – de sa vie tout entière – l'avaient éreinté. Il caressa Ridley, cet animal qui s'était montré plus loyal envers lui que n'importe quel homme de sa connaissance, puis il fit à son fils un sourire lointain.

« Je suis foutu, tu vois.

— Il n'y a pas de *foutu* qui compte, répliqua Caleb. Tu as vu Hackstedde aussi bien que moi.

— Je suis fatigué, Caleb.

— Vous avez la tête embrouillée, intervint Prentiss. Votre fils a raison. On peut pas arrêter maintenant. »

George mit pied à terre.

« Ils attendront demain pour passer le gué, dit-il. Ils ne sont pas pressés. Leurs montures sont plus rapides que les nôtres.

— Tu proposes d'abandonner ? » protesta Caleb.

George prit une grande respiration, bloqua l'air, puis expira.

« Je crois savoir ce qu'il faut faire. »

Ils attendirent impatiemment la suite. L'urgence de la situation n'échappait pas à George. Pourtant, par deux fois quand il tenta de parler, sa voix resta coincée dans sa gorge. Ce qu'il avait enduré ces dernières heures était stupéfiant. Il savait ce qui lui restait à faire et pourtant quelque chose le forçait à s'y dérober. Lui qui pensait s'être depuis longtemps débarrassé de ses peurs, voilà qu'il tremblait d'appréhension, incapable de soutenir le regard de son fils, que sa décision allait soit décevoir soit soulager, l'une et l'autre réaction lui étant, à lui, George, insupportable.

Lorsqu'il parvint à articuler, ce fut dans un souffle.

« Vous allez continuer à pied. Moi, je resterai ici. »

*

Cette nuit-là, les étoiles ne se montrèrent pas. La forêt semblait l'épier : des yeux scintillaient au creux des arbres, au loin des ombres se déplaçaient par bonds prodigieux. Et chaque fois que le vent se taisait, les bruissements de la rivière et des insectes enflaient tant qu'ils se transformaient en clameur. Ayant attaché Ridley et la jument l'un à l'autre à l'aide d'une corde, George cheminait à pied en les menant par leurs brides, les souffrances infligées par la selle étant devenues intenables. Les garçons et lui n'avaient laissé que des traces de sabots, mais ayant vu avec quelle attention Hackstedde inspectait le sol au bord de l'eau, George avait compris comment il avait réussi à les pister. Dans le marais, les garçons garderaient une journée d'avance et, sans le cheval et l'âne, la vase se refermerait sur leurs pas. Quant à lui, il servirait de leurre. Aussi progressait-il infatigablement, le corps en feu, la chemise trempée de sueur.

Il s'habitua aux voix qui criaient plus fort que la nuit. Venaient-elles de l'intérieur de sa tête ou de l'extérieur ? Il ne pouvait pas savoir ni décrypter ce qu'elles tenaient tant à lui communiquer. Il choisit de croire qu'elles ne faisaient que l'encourager à aller de l'avant, un simple babillage, histoire de le distraire. Il se rappela que les Indiens parlaient aux arbres et aux esprits. Mais il s'entêtait à penser que c'était de la superstition, même si ses sens lui apportaient des preuves du contraire. Il ne sentait plus ses pieds, sa langue était gonflée par la soif. Son fils avait insisté pour lui donner son pistolet. Il fut soudain tenté de le sortir et de le braquer sur quelque danger vague échappant à toute compréhension. Une brume spectaculaire avait envahi le ciel nocturne, la lune était estampillée de rouge. Quelque chose manquait pourtant, mais quoi ? Il n'en avait aucune idée.

Il pénétra dans un labyrinthe de fougères qui déboucha sur un couloir obscur de la forêt. En dépit des réticences du cheval et de l'âne, il suivit le sentier. Il voyait à peine devant lui. Comme il cherchait son chemin à tâtons, sa main toucha une peau rugueuse qu'il identifia étrangement comme appartenant à son père. Moins par peur que sous le coup de la colère, il pila.

« Fiche-moi la paix », dit-il tout haut.

La jument s'arrêta à son tour, sans modifier la tension de sa bride. George eut l'impression qu'on le prenait doucement par l'épaule. De nouveau, il s'esquiva.

« Je vais où j'ai envie d'aller. »

Un peu plus tôt, le sentier devenant bourbeux, il s'était cru égaré et revenu vers le marécage. Prêt à renoncer, il tombait de fatigue. Il lâcha les brides et s'écroula à genoux en signe de soumission. Puis une ombre bougea. Un de ces mouvements éclair à la périphérie de la vision, qui s'évanouissent quand on cherche à les distinguer. Pourtant sans aucun doute la chose était là, proche de lui, à découvert. Il n'avait même pas la volonté de se relever, et de toute façon il ne se serait pas senti tellement plus grand. La bête, que la densité de l'obscurité n'entravait d'aucune manière, se dressa de toute sa hauteur. Elle était deux fois plus haute que lui. Sa poitrine était caparaçonnée d'une fourrure drue plus noire que la nuit et ses yeux laiteux saillaient sur son crâne comme des médaillons de lune sur la surface réfléchissante d'un étang.

George crut que son cœur allait exploser d'extase. L'énorme bête se tenait devant lui, totalement immobile. Elle l'observait, mais il n'éprouvait pas l'ombre d'une menace ni la sensation d'un péril. George sut alors sans aucun doute que ce n'était pas la première fois que la bête s'approchait ainsi de lui à son insu. Depuis des années elle veillait sur lui, et c'était seulement maintenant qu'il avait le privilège de la contempler sous son aspect naturel. Il en éprouvait une joie jubilatoire qui l'eût fait tomber à genoux s'il ne l'avait déjà été.

« Tu veux bien venir plus près ? »

Il ressentait le désir impérieux de voir la bête qui se dérobait à son regard depuis tant d'années. En sa présence, il sentit fondre ses doutes, s'affirmer ses convictions et son moral remonter. La vision galvanisante le remit sur ses pieds. Flageolant, il essuya la boue de ses vêtements, puis tenta un pas en avant, un pas prudent. La bête ne fit même pas mine de bouger. Paisible, pleine d'une grâce stoïque, sa tête commença à se dissoudre dans une brume de gypse rouge, tandis que son poitrail se confondait peu à peu avec la noirceur caverneuse de la nuit. George tendit désespérément la main pour toucher la bête avant qu'elle ne disparût complètement, mais tout ce que ses doigts, comme ses yeux, rencontrèrent, ce fut son absence. Il ne vit que ses propres mains. Il se sentit si perdu, si désorienté qu'il commença à tourner sur lui-même.

« Ridley ! s'écria-t-il d'une voix suppliante. Tu m'entends ? Au secours, Ridley ! »

L'obscurité demeura intraitable. Ridley était-il parti ? Seul accourrait le vent, impétueux à le coucher par terre mais aux murmures assez doux pour l'endormir.

*

Cette nuit-là, il rumina le cycle des événements de la journée. Plus d'une fois il se réveilla, conscient de l'endroit où il se trouvait mais paralysé par un rêve éphémère, son corps incapable de rejoindre le monde des éveillés. Replié dans un cocon intérieur, il ne parvint à secouer l'emprise du sommeil que par une soudaine et terriblement concrète envie d'uriner. Il se redressa en position assise, la respiration régulière, heureux d'accueillir le jour naissant.

Fébrile, il ôta sa chemise, puis pissa là où il était. Un coup d'œil à la ronde lui confirma qu'il était bien revenu dans les marais. L'air était d'une fraîcheur surprenante. La chaleur de la nuit s'était transformée en épaisse nappe de brume grise brouillant les distances.

Quel ne fut pas son soulagement de trouver Ridley et le cheval, toujours attachés l'un à l'autre, qui attendaient patiemment à quelques pas. La jument, jeune et excitable, avait sans aucun doute essayé de s'enfuir mais Ridley, ce cher, ce bon et loyal Ridley, l'en avait sûrement empêchée. George, gêné par la façon dont il s'était conduit pendant la nuit, s'avança vers eux, tête basse.

Le ciel était toujours voilé, le soleil rougeoyait, et il se demanda quel était cet enfer sur terre. Une fois qu'il eut retrouvé ses repères, il sortit de la sacoche de la jument un bocal de pêches au sirop. Il était mort de fatigue, livide, les traits tirés. Combien de temps encore pourrait-il tenir ? Atteindrait-il même la maison ? D'ordinaire, pendant ses déambulations en forêt, il se félicitait de sa solitude, mais à présent sa femme lui manquait terriblement, et il craignait qu'il fût arrivé malheur à Caleb et Prentiss… Et si son plan avait échoué ?

Il put à peine avaler un quartier de pêche.

« Qu'est-ce qu'on va faire ? » demanda-t-il à Ridley.

Étant donné son état, il hésitait entre continuer à balader Hackstedde et rentrer chez lui. Il n'eut pas l'occasion de tergiverser longtemps. D'abord il crut que le bruit était encore un vilain tour que lui jouait son imagination, mais lorsqu'il vit les oreilles de la jument remuer et Ridley se tourner vers l'origine du son qu'il avait entendu, il comprit qu'il ne rêvait plus.

Une onde de bonheur se répandit dans chaque fibre de son corps à la perspective qu'il allait survivre et retrouver la compagnie d'êtres humains après cette nuit de cauchemar. Son soulagement fut de courte durée quand il reconnut Wade Webler chevauchant derrière Hackstedde et Gail Cooley, avec l'adjoint au shérif et deux jeunes gens, dont un tenait un chien en laisse. Tous les six se dirigeaient vers lui sans hâte. Sa seule consolation était qu'ils n'avaient trouvé que lui, lui et seulement lui.

Un soleil sanguinolent répandait des coulures cramoisies dans le ciel derrière eux. Ils s'arrêtèrent. Wade, voyant qu'il n'y avait en face d'eux qu'un homme seul, se faufila pour se placer devant les autres cavaliers.

« George ! lui lança-t-il. J'aimerais bien savoir comment un type aussi vieux et flemmard que toi s'est débrouillé pour échouer aussi loin d'Old Ox. Avec, j'ose ajouter, un de mes meilleurs chevaux. »

George s'avança vers eux en boitant. On aurait pu croire qu'il avait perdu l'usage de la parole. Il se tenait là, mutique, comme un somnambule.

Wade, du haut de son cheval, savourait un triomphe insolent.

« Tu t'es vu ? Au bout du rouleau après seulement trois jours de voyage. "Pathétique", voilà le mot qui convient, et encore, je suis bon. »

À une époque, George l'aurait mal pris. Mais il n'était plus le même, et quelle que fût la vexation que Wade souhaitait lui infliger, il se l'était déjà infligée, et plutôt dix fois qu'une. De toute façon, ce m'as-tu-vu qui faisait son intéressant devant ses sous-fifres n'était pas le potentat qu'il croyait être. Sans doute pour la première fois, George regardait Wade sans aucune haine, le sachant sous l'emprise d'une soif de vengeance sans commune mesure avec l'insignifiance de l'offense à l'origine de cette expédition. George essaya d'écouter la suite – Wade filait une métaphore, expliquait qu'il avait pris sa journée pour chasser dans la forêt avec pour but de tirer un jeune chevreuil, et non une vieille truie comme George, et ce serait la moindre des choses si cette vieille truie lui disait par où avaient filé Prentiss et Caleb – mais George ne parvenait pas à s'enlever de la tête que Wade était devenu bien irascible. Un père de famille, un propriétaire terrien, soi-disant le notable le plus influent de la ville, capable de mettre au pas un général nordiste, quel petit garçon il faisait ! Son orgueil l'empêchait de traiter par le mépris un peu de salive reçue au visage. Il était tout simplement pitoyable. George n'avait envie ni de discuter avec lui ni d'entrer dans son jeu.

« Parlez, enfin ! intervint finalement Hackstedde qui avait l'air d'en avoir lui aussi par-dessus la tête des boniments de Wade. Dites-nous où est le garçon de couleur, et qu'on ne parle plus de cette histoire. »

George, qui n'avait pas quitté Wade des yeux, désigna le cheval d'un geste, et retrouva sa langue.

« J'ai quelque chose qui t'appartient. Que dirais-tu si je te rendais ton bien ? Tu n'aurais qu'à me le faire payer et laisser tomber Prentiss. »

Alors qu'il ne rencontrait que le silence, il reprit, cette fois comme une prière :

« *Laisse tomber, Wade*. Tu veux plus de terrain ? Je te cède officiellement le mien. Tu veux obtenir justice ? Tu n'as qu'à me condamner au gibet. Je te permets même de te dispenser de me mettre un sac sur la tête, comme ça tu assisteras à mon agonie en sachant que c'est toi qui l'as voulue. C'est ce que tu cherches, non ? En représailles ! Tu vois, tu as gagné. Alors laisse tomber. »

Les regards se tournèrent tous vers Webler, on attendait des concessions, mais l'homme se contenta de hocher la tête.

« J'ai promis à beaucoup d'honnêtes citoyens que ce Nègre pendrait, et je crois que je suis près de l'attraper. »

Ainsi Wade ne s'avouerait satisfait qu'une fois Prentiss mort. Le grand manitou d'Old Ox fantasmait quelque menace à son empire, à son peuple, qu'il attribuait à Prentiss, et à lui seul. L'homme était en proie à un délire, ce n'était même pas la peine de faire appel à sa raison. Rien de ce qu'on pourrait lui dire ne le ferait dévier de son but. George pouvait toujours gloser. Il ne fit ni une ni deux, il tira de sa ceinture le pistolet de son fils et le leva en le tenant à deux mains.

Les cavaliers protestèrent d'une seule voix, ou plutôt d'un seul cri, et dégainèrent leurs propres armes, sauf Gail, qui fit faire demi-tour à son cheval pour se planquer derrière les autres, et l'adjoint du shérif, qui demanda en hurlant que tout le monde se calme, de crainte que cela ne dégénère, avant d'imiter Gail. George avait à présent face à lui les deux jeunes inconnus, qui n'avaient pas encore prononcé un mot, flanquant Wade et le shérif.

« *Pose ton arme*, ordonna Wade en braquant sur George son propre pistolet. Tu ne sais même pas t'en servir. »

Ce n'était pas totalement faux. La dernière fois que George avait appuyé sur une détente, il était encore un enfant, à la chasse avec son père, et même alors il n'avait pas apprécié le choc brutal du recul ni la détonation du mousqueton dont la pétarade avait troublé la tranquillité de l'après-midi. N'empêche, il lui fallait coûte que coûte protéger la fuite des garçons et, si Wade s'obstinait à garder une attitude aussi intransigeante, George n'hésiterait pas à lui tirer dessus. Il n'avait, en fait, jamais été aussi sûr de lui.

« Je veux que vous m'arrêtiez, dit-il. Reprends ton cheval et emmène-moi à Selby où tu n'auras qu'à m'accuser de tous les crimes de la terre. »

Hackstedde tenait son pistolet en équilibre sur le pommeau de sa selle avec une telle nonchalance qu'on aurait pu croire qu'il n'avait pas la force de le soulever.

« Écoutez ce que vous explique Wade, dit-il. Il n'y aura pas d'autre avertissement.

— Pose ton arme, répéta Wade. J'ai promis à mon fils de ne te faire aucun mal, ni à toi ni à Caleb. Je compte tenir parole. Ne fais pas d'histoire, George. Pour une fois.

— Et si c'était August ? riposta George. Tu aurais fait pareil. C'est vrai, Wade. »

Il ne ressentait aucune peur. En esprit il s'était transporté dans un autre monde. Il était de retour à la maison, sous son porche, un verre de citronnade à la main, devant lui la grange abritait les frères endormis, et derrière lui Caleb assis à la table de la salle à manger tenait une conversation avec sa mère. Tout était de nouveau en ordre. Tout était parfait.

Une détonation déchira l'air.

Les hommes se regardèrent les uns les autres en cherchant d'où provenait le bruit, jusqu'à ce qu'un filet de fumée sorte du canon du pistolet de Hackstedde.

« Je l'ai averti, dit-il d'une voix neutre. Il n'avait qu'à obéir. »

George baissa les yeux sur son corps. Aucune douleur, il ne sentait plus rien. Finalement, au bout de quelques secondes, une chaleur brûlante se répandit lentement le long de sa jambe puis devint si ardente qu'il crut prendre feu. Il s'écroula. De la plaie commença par couler un filet de sang, qui se transforma vite en flot, et le temps que les cavaliers mettent pied à terre, il était déjà résigné à crever d'une mort lente entre les mains du corpulent shérif.

« Merde ! s'écria Wade en ôtant son chapeau dont il se servit pour flanquer des coups à Hackstedde en répétant : il n'allait pas tirer !

— Il visait comme s'il allait le faire. Vous êtes tous témoins ! »

Les autres restaient muets d'horreur.

Toujours hors de lui, seul Wade eut le cran de se ruer auprès de George.

« Maudit sois-tu aussi, George ! »

Il se courba et lui appliqua le même traitement qu'à Hackstedde, lui frappant l'épaule avec le bord de son chapeau, quoique d'une main plus légère, mû par la colère, ou la détresse, ou la frustration, ou encore un mélange des trois.

« Arrête, glapit George. Je t'en prie. »

L'homme se pencha soudain sur lui, l'effroi se lisait dans ses yeux – l'effroi se lisait dans leurs yeux à tous les deux, c'était certain. Ils avaient l'un et l'autre conscience d'un malentendu qui avait été trop loin, si loin qu'il avait atteint un point de non-retour.

« Je vais mourir, dit George.

— C'est seulement ta cuisse, dit Wade. En un rien de temps tu seras debout à raconter de nouveau n'importe quoi. »

Wade se tourna vers les autres avant d'ajouter :

« Vous autres, espèces de lâches, que l'un de vous m'apporte de quoi lui faire un garrot. Et que ça saute ! »

George avait l'impression que les tendons de sa jambe s'étaient enroulés comme une serpillière que l'on a tordue pour l'essorer. Il ne sentait plus rien d'autre que cette chaleur brûlante qui se déversait en lui par vagues – la conviction, irradiant de tout son être, que c'était la fin. La panique au seuil de la mort. Une véritable panique telle qu'il n'en avait jamais connu. Il n'avait plus aucun recours, rien à quoi se raccrocher. Seulement l'effroi.

Wade s'employait à déchirer un morceau de sa propre chemise. George se cramponna à son bras, terrifié.

« Que vas-tu dire à Isabelle ?

— George...

— Tu vas capturer les garçons ? Dis-moi que vous ne le ferez pas. Dis-moi que vous les laisserez tranquilles.

— George, je suis occupé à te sauver la vie, nom d'un chien. Ferme-la ! »

Hackstedde les surplomba de son ombre massive. Il alluma une cigarette.

« Il saigne comme un bœuf.

— Wade, dit George d'une voix mourante. Promets-le-moi. »

Sa main relâcha son étreinte sur le bras de Wade.

« Fais un effort pour rester réveillé, dit Wade. Tu peux faire ça pour moi ? George ? Réponds-moi. »

Sa tête s'enfonça dans le sol, le sol doux et frais, une sensation tellement bienvenue, car elle le ramena chez lui. Dans son propre lit, lové sous des draps propres, alors que la nuit l'enveloppait et qu'il glissait dans le sommeil.

24

Elles furent décrites à Isabelle à maintes reprises, ces premières heures où l'incendie ravagea Old Ox, si souvent même, par tant de gens différents, qu'elle put reconstituer l'événement sans avoir été présente. Une écurie s'embrasa d'abord, après quoi l'incendie traversa la grande place comme attelé aux Quatre Cavaliers de l'Apocalypse. Des brouettes se multiplièrent devant les habitations, car les familles à qui le surveillant des incendies se tuait pourtant à répéter de préparer des seaux d'eau préféraient ignorer ses instructions et sauver leurs meubles. Il y eut les cris terrifiés des enfants et des femmes, des fracas de verre brisé lorsque les vitrines explosèrent et les hurlements du bétail prisonnier qui tournoyait, affolé, laissé à crever sans merci. Les personnes âgées et les malades incapables de se sauver tout seuls subirent le même sort que les animaux : on vit des bras suspendus mollement aux fenêtres des bâtiments en feu avant que la fumée ne les dissimulât aux regards. Des courageux, seaux en cuir à la main, et des soldats armés comme pour la bataille affrontèrent les flammes. Ils étaient animés d'admirables intentions, mais eux aussi tremblaient de peur et eux aussi finirent par s'enfuir.

D'après certains, la ville tout entière aurait brûlé en l'absence de tout témoin, sans l'intervention d'un homme, Ray Bittle, qui la sillonna à cheval avec la célérité de dix coursiers, en retenant d'une main son chapeau. Hurlant pour rappeler les fuyards, il s'évertuait à encercler à grands bruits les quelques hommes encore présents.

« Lâches ! vociférait-il. Sales lâches ! Défendez vos foyers ! Défendez votre ville ! »

Jusqu'à l'incendie, on aurait eu du mal à trouver un seul individu se rappelant l'avoir jamais vu éveillé, et encore moins avoir entendu le son de sa voix. À la manière d'un geyser resté longtemps maintenu sous pression, son énergie avait jailli, et cette irruption de vitriol avait laissé médusés ceux dont la fuite fut freinée par ce déchaînement hystérique. En un rien de temps, il les galvanisa avec la même passion qu'il avait mise à leur faire honte. Ceux qui entendirent ses injonctions se résolurent à ne pas déserter ce lieu qui avait si souvent par le passé été abandonné à la proie des flammes.

Peine perdue. La chaîne des seaux d'eau se révéla tellement inutile que c'en était ridicule, et les participants eurent tôt fait de fuir, confortés par leur démonstration de bravoure (au moins ils pourraient se vanter d'avoir tout tenté). Le véritable héros, d'après beaucoup de gens, n'était pas Ray Bittle, mais le surveillant des incendies, qui sauva le dernier quartier encore debout en ordonnant la destruction de la scierie Roth et de l'abattoir du boucher Rainey afin de dégager le terrain et de créer ainsi un coupe-feu efficace. Peu après se pointèrent les escouades de Selby et Campton, en tout trois chariots équipés de tuyaux. Ils combattirent le feu pendant une heure, mais pour que cesse le chaos il fallut que le vent tombe. Alors que la nuit glissait vers le matin, le silence était si absolu que l'anéantissement de la ville paraissait total. Puis les conversations reprirent tandis qu'on ramassait les morceaux avant de retourner chez soi. Curieusement, on était soulagé par le simple constat que, quoi qu'il advînt, le soleil se lèverait à l'aube. Le monde serait toujours là et on serait là pour le faire tourner.

Le lendemain, les enfants dirigeaient la ville. Les parents plongés dans l'inventaire de ce qu'ils avaient perdu chez eux (pendant qu'un conseil élargi se déroulait dans l'église et discutait déjà de la reconstruction) ne voyaient pas comment ils pourraient en même temps s'occuper de leurs commerces. Ils envoyaient donc leur progéniture défendre leurs biens contre les pillards. Un nouveau venu en ville aurait assisté au spectacle étonnant de jeunes garçons et de filles, noirs de suie et bourrés d'énergie, tournicotant à l'intérieur des magasins en ruine et s'interpellant autour de la grande place pour se signaler les pertes avec autant d'entrain que s'il s'agissait d'une compétition.

Le général de brigade Glass organisa une équipe de nettoyage, mais personne ne permit à ses soldats de pénétrer dans les décombres calcinés des magasins. L'état des choses lui fit craindre les prémices d'une apocalypse. À mots couverts on parlait d'insurrection. Le général et ses hommes s'attendaient à ce qu'une bande de sauvages force la porte de l'école et les dépouille de leurs armes. Le général s'y retrancha, atterré par la dévastation de la ville placée sous sa garde, plongé par son échec dans une stupeur dont il ne parvenait pas à s'arracher.

Telle était la situation lorsque débarquèrent, sans fanfare ni trompette, les agents fédéraux dépêchés par le gouverneur militaire, une troupe de cavaliers noirs et blancs, tunique bleue impeccable et grosses bottes, galopant de conserve avec un rebond tranquille frôlant l'arrogance. Derrière eux chevauchait un petit homme monté sur un poney. Il avait des lunettes rondes et il était vêtu d'un costume civil quelconque, ni bon marché ni luxueux. Il mit pied à terre le premier et demanda à une fillette ce qui était arrivé et où il pouvait trouver Glass. La cavalerie dans son sillage, il fit à pied le reste du chemin jusqu'à l'école en saluant de la tête les enfants qu'il croisait, sans un instant se départir de son amabilité. Il n'était pas plus tôt entré dans l'école qu'il en ressortait déjà, tout aussi calme, pour prendre la direction de l'église. Là, lui et sa troupe furent accueillis par un silence dubitatif. Tous ceux qui étaient assis tendirent le cou pour le regarder se diriger vers le chœur, où il se présenta aux conseillers comme le secrétaire du Bureau des affranchis, envoyé pour évaluer la conformité de la ville à l'État de droit tel qu'édicté par les États-Unis d'Amérique. S'ensuivirent soupirs et grognements – n'avait-on pas déjà assez dégusté comme ça ? – mais la cavalerie, crosse de fusil à la hanche, veillait à ce que l'ambiance reste courtoise.

Les conseillers réclamèrent une aide d'urgence en ces temps de catastrophe, déplorant que Glass les eût laissés tomber : il n'avait toujours que de quoi nourrir les plus pauvres, les plus nécessiteux, un sort qui les attendait tous à la suite des ravages de l'incendie. Puis cette revendication se mua en une violente attaque contre l'Union qui, selon les personnes présentes, avait sauté une maille de son filet, une ville qui méritait mieux que de crever lentement sous l'œil d'un général incompétent. Le secrétaire écouta leurs doléances en souriant et, quand ils eurent terminé, s'avança pour prendre la parole. Les habitants, déclara-t-il, pourraient tous toucher des rations qui ne tarderaient pas à arriver. Et ils recevraient par ailleurs l'assistance dont ils auraient besoin, dans la mesure des capacités de la Patrie, bien supérieures à celles à la disposition de Glass. Tout ce qui était exigé d'eux, c'était la lecture à voix haute d'un serment d'allégeance. Chacun aurait la possibilité de prêter serment. Il suffisait de se mettre à la file et de réciter d'un bout à l'autre :

Je jure solennellement, en présence de Dieu Tout-Puissant, de respecter, protéger et défendre fidèlement la Constitution des États-Unis et l'Union des États qui en découlent, et de la même manière, de respecter et soutenir fidèlement toutes les lois et les proclamations qui ont été faites pendant la rébellion récente en référence à l'émancipation des esclaves… Par la grâce de Dieu.

Un homme lança une boulette de papier à la tête du secrétaire (mais manqua sa cible). Un autre se leva en hurlant aux traîtres et aux fripouilles avant de prendre la porte. Déjà se formait une queue, de femmes d'abord, souvent accompagnées d'enfants qu'elles tenaient par la main, suivies de leurs époux. Se présentant à tour de rôle, il ou elle articulait de façon intelligible et le secrétaire notait leur nom et leur donnait un bout de papier prouvant qu'il ou elle avait bien prêté serment. Après quoi, la foule s'attardait dehors. Le ciel était gris et sombre, l'incendie encore présent dans leur esprit ; les mots prononcés quelques instants auparavant semblaient creux, en accord avec l'étrange impression d'irréalité du moment. Qu'importait qu'ils les aient dits ? N'étaient-ils pas déjà sous la férule de l'Union ? Ce n'étaient que des mots. Des gribouillis sur une feuille. Rien. Rien du tout. Et lorsqu'ils se dispersèrent, le souvenir du serment commença à s'effacer.

*

La première avec qui elle put en parler, ce fut Mildred, qui passa la voir à cheval l'après-midi même, après avoir assisté à la réunion à l'église avec ses fils. Isabelle ne l'avait jamais vue aussi contrariée : elle était tellement rouge qu'on l'aurait crue elle-même combattante du feu. Par bonheur, sa résidence, située au-delà de la scierie, n'avait pas été menacée. Elle n'avait rien fait d'autre que de rester assise sous le porche en attendant la fin.

Isabelle rassura tout de suite son amie en lui annonçant qu'elle n'avait rien.

« Mais votre propriété a été endommagée, observa Mildred. Les dégâts auraient pu être bien pires. Quand je pense que vous étiez seule ici ! »

Elles étaient assises à la table de la salle à manger, fenêtres fermées pour ne pas laisser entrer l'air saturé de cendres, rideaux tirés pour ne pas voir le désastre dehors. Isabelle estimait qu'environ huit hectares étaient partis en fumée. Le feu, ayant pris naissance dans le champ d'arachides de George, avait longé la route, exactement comme elle l'avait prévu. Tous les arbres bordant Stage Road (dont les siens) avaient brûlé, certains étaient tombés, et les grandes demeures, plus loin en bord de route, n'avaient pas non plus été épargnées.

Les deux femmes ne touchaient pas à leur tasse de thé. Elles paraissaient avoir perdu jusqu'à la faculté de se réconforter.

« Je vais bien, Mildred. La maison n'a rien. Vous avez bien fait de rester chez vous. Je n'ose pas penser à ce qui se serait produit si vous aviez essayé de venir jusqu'ici et que cet horrible incendie vous ait happée. »

Les yeux baissés sur sa soucoupe, Mildred répliqua :

« George va rentrer, je n'ai aucun doute là-dessus. »

Isabelle opina vaguement.

« J'aimerais pouvoir faire plus. Je suis une bien piètre amie.

— Vous cherchez toujours à aider, mais parfois il n'y a rien à faire. Pas ici, en tout cas. En ville, peut-être. Vous reviendrez me raconter. Les ragots me suffiront.

— Mes fils sont en train de prêter main-forte pour déblayer et réorganiser la grande place. Je compte bien m'y mettre aussi.

— Bonne idée, approuva Isabelle. On a besoin de gens comme vous. Des gens qui ont un sens aigu de l'organisation.

— Je reviendrai vous voir plus souvent. On nettoiera ce champ ensemble, vous verrez, il renaîtra de ses cendres. On fera ce qu'il faudra. On ne vous laissera pas seule. »

Isabelle n'eut pas la force de refuser. Cette visite

amicale avait été un répit dans les inquiétudes qui la taraudaient depuis le départ de George et Caleb. Elle ne pouvait que souhaiter une autre visite de Mildred avec des nouvelles toutes fraîches.

Son amie se leva et enfila ses gants. Isabelle demeura assise.

« Pouvez-vous me rendre un petit service ? demanda-t-elle. Je vous serais tellement reconnaissante si vous vouliez bien envoyer un télégramme à mon frère. Pour lui dire que je n'ai rien. Et que je serais contente de le voir. »

Elle ne voulait pas s'avouer qu'elle avait besoin de son grand frère, ce qui n'ôtait rien à son envie de le voir.

« Je ne sais pas si vous avez compris, répondit Mildred. Le bureau de poste est un tas de cendres.

— Mais, oui, bien sûr… »

Après quelques instants de réflexion, elle ajouta :

« Alors, si vous pouviez faire autre chose pour moi… Aller voir si Clementine et sa fille vont bien ? »

L'air soupçonneux de Mildred révélait qu'elle se demandait ce que Clementine pouvait être pour Isabelle – laquelle était sûre qu'elle ne lui refuserait pas un service.

« Comme vous voudrez », dit Mildred.

Isabelle la remercia et, après avoir ouvert la porte, leva sa main en visière devant ses yeux pour ne pas être aveuglée par le soleil poussiéreux où disparut bientôt Mildred.

*

L'habitude du contact physique, de la conversation de l'autre, fait que, dès lors que l'autre disparaît, son absence se manifeste sous la forme de ce qu'Isabelle associait à une meurtrissure, une plaie qui démange, sans localisation particulière mais partout dans le corps. La visite de Mildred lui avait été bénéfique, même si son effet s'était vite estompé, comme celui d'un remède inefficace. Elle reprit sa routine solitaire, tricota machinalement, entama l'inventaire de la cave tout en sachant que cela n'avait aucune importance. Il lui arrivait de se lancer dans une frénésie d'activités, et puis tout d'un coup elle se figeait, puis s'apercevait que dix minutes s'étaient écoulées, ou une heure. Parfois elle s'asseyait et imaginait un berceau où se dressait une petite main potelée de bébé cherchant à atteindre son créateur, cherchant une consolation peut-être. Quelle différence entre elle et ce tout-petit ?

Après une deuxième nuit blanche, elle s'obligea à une sieste et à son réveil nota que le jour pressait encore contre les persiennes. On frappa à la porte. Bien sûr, c'étaient ces coups qui l'avaient tirée du sommeil. Comment n'avait-elle pas entendu les pas approcher dans l'allée ? Elle s'était permis de dormir ! Elle se leva d'un bond et défroissa sa robe avant de s'élancer. Pas le temps de s'angoisser. Dès qu'elle ouvrit, la chaleur condensée au fil de la journée la frappa comme une paume ouverte.

« Isabelle... »

Wade Webler tenait son chapeau à la main.

Lui, qu'elle n'avait jamais vu esquiver un regard, esquivait le sien. Peu de choses pouvaient obliger un homme dominateur tel que Webler à baisser les yeux devant une femme.

« Allez-y, dites-moi... »

Après avoir hésité, il déclara :

« Je ne sais pas ce qui l'a pris. Il a sorti un pistolet… »

Elle porta sa main à sa bouche, puis la posa sur son cœur, ne sachant quelle partie d'elle-même allait se briser en premier et aurait besoin qu'on la retienne pour rester en place.

Wade Webler était manifestement aussi bouleversé qu'elle. Hackstedde, dont elle avait jusqu'ici à peine remarqué la présence, s'avança en traînant des pieds. Le shérif essayait-il de gagner du temps ? Il réussit à raconter à Isabelle ce qui s'était passé avec une ferme simplicité qui tout à la fois l'exaspéra et lui fit du bien.

« Il est pas mort, lui dit Hackstedde, même s'il a cru sa mort arrivée. On le comprend. Il saignait comme un bœuf, c'est sûr, la cuisse… On s'est dépêchés de le ramener avant que ça s'aggrave. »

Isabelle était soulagée. Paradoxalement, celui qui avait failli tuer son mari, elle brûlait de le remercier de lui avoir sauvé la vie.

« On l'a déposé à l'hôpital du docteur Dover. Vous pouvez le voir quand vous voulez. »

Elle retenait son souffle.

« Et les garçons. Où sont les garçons ?

— Ah oui, répondit Hackstedde toujours du même ton prosaïque. Ces garçons dont vous aviez pas idée où ils étaient passés. Ben, certains de nous sont revenus avec Wade pour ramener George. Les autres qui avaient continué sont tombés sur un chasseur de sanglier qui leur a appris qu'Old Ox était en feu. Ils nous ont rattrapés et nous ont donné la nouvelle. Ils étaient plus pressés de s'occuper de leur maison que des fugitifs. Alors, ma foi, on a abandonné. »

Le shérif haussa les épaules. Jamais geste aussi dérisoire n'avait eu tant de poids.

« Tout ce que je peux vous dire, c'est que je sais pas où ils sont. Maintenant, si vous voulez bien m'excuser, il faut que je file en ville où on compte sur moi pour protéger la population. »

Tremblant des pieds à la tête comme si son corps était en pièces détachées, Isabelle le regarda s'éloigner. Wade Webler, pour sa part, se tenait toujours devant elle, le visage caché par l'ombre de son chapeau qu'il avait replacé sur sa tête pendant l'intervention du shérif. Il l'observait par en dessous d'un air contrit.

« Je suis désolé, dit-il. Les choses ont dérapé. Je n'ai rien pu empêcher. »

Il se tourna vers les terres brûlées. Le ciel avait la couleur de la boue au-dessus de la croûte noire du sol carbonisé.

« Et pas seulement pour George, ajouta-t-il. Je crains que ce soit la ruine. »

Il sentait l'homme qui a passé plusieurs journées à cheval sans se laver. Isabelle réprima un haut-le-cœur. Tous ses muscles se contractèrent – ses doigts se crispèrent, sa gorge se noua –, de toutes ses forces elle prenait sur elle pour ne pas lui hurler de déguerpir. Il lui fallut un moment avant de retrouver son sang-froid. Après quoi, elle lui déclara calmement :

« Allez retrouver les vôtres et ne leur cachez pas vos remords. Assumez ce que vous avez fait. En ce qui me concerne, c'est la dernière fois que nous nous parlons. »

Il s'apprêtait à ajouter quelque chose, mais elle le devança.

« Je vous ai prié de partir, Wade. »

Finalement, il obtempéra.

Elle resta debout sur le perron, drapée dans son chagrin, puis ses yeux tombèrent sur Ridley, que les hommes avaient laissé sur place sans commentaire. Pauvre Ridley, sa seule vue lui rappelait tant son mari… L'émotion lui souleva la poitrine. Elle le prit par la bride pour le conduire à l'écurie.

« On ira le voir dès que je serai habillée, dit-elle. Ne t'inquiète pas. Tu n'as qu'à manger un peu. »

Elle posa la main sur son flanc et, dans l'espace intime de l'écurie, avec l'âne pour seul témoin, elle s'effondra, anéantie à la fois par le soulagement et un immense chagrin. Assise dans la paille, la tête sur les genoux, elle laissa ses larmes couler sur sa robe. L'âne ne sembla s'apercevoir de rien. Il y avait quelque chose de réconfortant dans son indifférence, la manière dont il continuait à mastiquer comme si leur vie tout entière n'avait pas basculé. Elle ouvrait les vannes à sa douleur. Une bonne fois pour toutes. Ensuite elle irait chercher son mari.

*

Il avait déjà été amputé. Il était allongé, endormi, son corps informe sous les draps. Isabelle s'assit à côté de lui et prit sa main dans la sienne, puis elle se tourna vers le docteur Dover pour lui demander quand son mari se réveillerait.

« Dans une heure environ », répondit le médecin.

Il avait terminé l'intervention le matin, lui dit-il. La jambe s'était infectée dans la forêt. George aurait pu mourir. Le risque n'était d'ailleurs toujours pas écarté.

Dans le sommeil, le visage de George avait perdu sa dureté et s'arrondissait, un peu comme une figure de chérubin. Tant d'innocence étalée sous les yeux d'un médecin qu'ils ne connaissaient l'un et l'autre que de nom, c'était presque embarrassant.

« Il ne s'est pas laissé faire, continua Dover. Il disait qu'il préférait mourir que de perdre sa jambe. Avec les soldats, c'était pareil, que Dieu les bénisse.

— Qu'est-ce que vous lui avez dit ?

— La vie continue. »

Le médecin était jeune, svelte, manches de chemise roulées jusqu'au coude.

« Il ne tardera pas à marcher avec des béquilles. Ensuite on s'occupera de la prothèse. Je reçois tout le temps des nouvelles brochures. Il y a des modèles intéressants. »

Ayant trouvé George dans la salle commune de l'hôpital au milieu des autres malades, Isabelle avait payé un supplément pour obtenir une chambre personnelle. Privilège grâce auquel ils jouissaient d'un peu de paix et de tranquillité, du moins dans une certaine mesure. Car même les couloirs étaient pleins. Des brûlés assis par terre attendaient leur tour depuis la veille et tentaient d'attirer par leurs plaintes l'attention des infirmières pressées. En les entendant gémir, Isabelle espéra que ce n'était pas son argent qui avait incité le médecin à s'occuper d'abord de George, mais elle préféra ne pas y penser et se persuada que tous les blessés seraient soignés en temps voulu.

« Bien. Je vais vous laisser maintenant, dit le médecin. J'ai du pain sur la planche. Appelez-moi s'il se réveille. »

Elle passa la main dans les cheveux de George, regarda son ventre se soulever au rythme de sa respiration et écouta le bruit de l'expiration : exactement comme à la maison quand il dormait. Étant donné son état, ce détail, un détail si familier, la troublait autant qu'il la rassurait.

« On va s'en sortir, dit-elle au médecin. Je vous avertis dès qu'il y a du changement. »

*

Il revint à lui après deux jours de crises. Il n'était plus lui-même et se déchaînait contre le lieu étrange qu'était l'hôpital, contre le lit inconnu, le médecin inconnu, l'infirmière qui osait le mettre nu quand elle changeait son pansement.

Lorsqu'il émergea enfin, Isabelle se redressa dans le fauteuil pour assister à son réveil avec une attention ardente. Mais dans les yeux que George promena autour de la chambre, comme à la recherche de quelque chose d'invisible, elle ne décela qu'une peur panique.

Il ne put prononcer que ces quelques mots :

« Ramène-moi à la maison. Je t'en prie. »

Le médecin, jugeant le risque infectieux trop grand, ne voulut rien entendre. Aussi George resta-t-il encore la nuit, Isabelle à son chevet, à l'écoute de ses gémissements, sans pouvoir lui offrir d'autre baume que des paroles de réconfort. À une heure tardive, alors que les malades les plus bruyants dormaient, elle fut réveillée par ses pleurs. Elle lui tint la main avec une intensité, une fermeté telles qu'elle lui communiqua le courage de se calmer.

Une conduite d'eau, rouge de rouille, perchée au-dessus d'eux, descendait du plafond et lâchait des gouttes au rythme d'une par seconde. Les murs blanchis à la chaux avaient une teinte jaunâtre qui donnait aussi l'impression à Isabelle qu'un mal s'insinuait à l'intérieur du bâtiment. La nuit avait été difficile, mais il lui semblait qu'elle avait pris sa place en tant que protectrice de George. Pourtant, lorsque vint le moment de la toilette, George fulmina et, frappant des deux mains sur le lit comme un enfant, exigea qu'elle quitte la chambre.

« Mais, George, combien de fois t'ai-je vu dans ton bain ?

— Faites-la sortir ! hurla-t-il à l'aide-soignante. Elle ne me verra pas comme ça ! »

Elle sortit. À son retour, il se remit à la supplier de le ramener à la maison.

« Je ne t'ai jamais demandé grand-chose », disait-il. Ce qui était faux, bien sûr, mais qui l'aurait contredit en ces circonstances ? « Tout ce que je veux, c'est être chez moi. Dans mon lit. »

Ce qu'il voulait, en vérité, c'était préserver sa dignité, et ce souhait-là, elle ne pouvait pas le satisfaire. Pour la même raison, il ne voulait pas être vu dans son état. Il avait refusé de recevoir Ezra, et Mildred avait eu droit au même traitement.

Le comble survint à l'heure du déjeuner. Comme il refusait de manger, ils tentèrent de lui donner sa bouillie à la petite cuillère, sous le prétexte qu'il avait l'estomac fragile. Mais après avoir accepté une bouchée, il la recracha. Si le plus gros coula sur son menton, le reste éclaboussa la couverture. L'aide-soignante recula avec une grimace tandis qu'Isabelle, au contraire, se penchait pour nettoyer.

« Et maintenant, ils me font avaler du gruau ! C'est intolérable !

— George, je t'en prie.

— Arrête. Je préfère crever ici et maintenant que de me soumettre à ce supplice. Je vais en finir moi-même. »

Elle était stupéfaite de voir combien il y avait de colère en lui. Il n'était plus son mari, mais un être possédé. Lorsqu'il menaça l'aide-soignante du doigt en lui ordonnant de goûter ce qu'elle lui servait et en l'accusant de ne pas savoir saler correctement, Isabelle n'y tint plus.

« S'il vous plaît, laissez-nous », dit-elle à la jeune apprentie qui ne méritait pas d'être traitée ainsi, et qui fut bien contente de pouvoir s'éclipser en fermant la porte derrière elle.

« George. »

Il tourna vers Isabelle des yeux de dément.

« Il faut que je rentre.

— George.

— Je ne supporte pas ces gens, l'odeur de désinfectant et les cris des enfants. Je suis tellement fatigué, Isabelle…

— C'est un hôpital, seulement un hôpital. Il faut tenir.

— Un enfer, oui ! Devrais-je en sortir en rampant, j'en sortirai ! Je n'ai besoin que de la force de mes bras. »

Elle était épuisée, courbatue après être restée assise sur une chaise toute la nuit, et elle avait à peine mangé depuis plusieurs jours. Elle prit ses mains dans les siennes. Maintenant qu'il était de nouveau propre, elle retrouvait avec plaisir la douceur de sa peau qui la rassurait un peu, même s'il se conduisait d'une manière abominable.

« Tu te laisserais faire, lui demanda-t-elle, si j'engageais une infirmière ?

— Pourquoi donc ? Tu t'es toujours parfaitement débrouillée seule.

— Et si je dois refaire ton pansement, George ? Te donner tes médicaments et changer ta position dans le lit ? »

Il la fixa d'un air de défi.

« Je veux manger ce que je veux et dormir dans mon lit. Si je m'assois, je verrai les noyers de ma fenêtre et la nuit tu m'apporteras mes livres. N'est-ce pas ? »

Elle posa sa tête sur sa poitrine. Elle venait de comprendre que son plus cher désir, c'était d'être entouré de tout ce qui lui était familier pendant les jours qui, du moins dans son esprit, étaient ses derniers.

« Entendu, dit-elle. Si c'est ce que tu désires.

— Oui. C'est tout ce que je désire. »

Elle lui promit de revenir le lendemain pour le ramener à la maison.

25

Les bureaux d'Ezra n'ayant pas réchappé à l'incendie, Isabelle le trouva à son domicile. Sa femme et lui habitaient toujours la maison à deux étages où ils avaient élevé leurs fils, et où ils vivaient seuls à présent. La bâtisse répondait aux normes du quartier, mais sans rien d'ostentatoire. En optant pour une façade peinte d'un brun terne et une allée trop étroite pour laisser le passage à une voiture, le couple paraissait chercher à se fondre dans le paysage.

Elle frappa à la porte. Alice, l'épouse d'Ezra, lui ouvrit. Elles s'étaient tout au plus parlé deux fois et pourtant Alice sembla non seulement la connaître, mais aussi s'être attendue à sa visite.

« Venez, venez donc. Loin de toute cette fumée. »

Elle proposa du thé et, comme Isabelle déclina, ajouta vivement :

« Un biscuit, alors ? »

Isabelle allait encore une fois refuser, mais sa faim prit le dessus. Elle accepta.

« Il est dans son bureau, dit Alice en s'éloignant vers la cuisine.

— Il tient le coup ?

— On a traversé tant d'épreuves. Un incendie ? Ce n'est rien, une peccadille. »

Elle revint avec le thé dont Isabelle n'avait pas voulu, et le biscuit. Elle invita la visiteuse à prendre place sur le canapé. Le salon ne ressemblait pas au sien, d'abord parce que son état de propreté ne devait rien à un entretien assidu, mais au fait qu'il était inutilisé. Le coussin sur lequel elle s'assit s'affaissa à peine sous son poids, et le compotier de fruits mûrs posé sur la table avait l'air d'une nature morte.

« Et vous ? demanda Alice. Je n'arrive pas à imaginer ce que vous endurez. »

Alice avait un visage aux traits solides où affleurait quelque chose de rustique : une peau tannée comme du cuir et dessous, caché mais permanent, un fantastique bouillonnement d'énergie.

« C'est difficile pour moi d'en parler, dit Isabelle.

— Pas besoin. Et si j'allais avertir Ezra que vous êtes enfin arrivée ?

— *Enfin* ? Il attend ma visite ? »

Mais Alice était déjà dans le couloir, sa longue jupe balayant le sol. Elle revint dans la minute en annonçant :

« Il va vous recevoir. »

Le bureau d'Ezra était plus petit que celui de George, et présentait moins de traces d'occupation. Pas de papier peint, et au mur un seul tableau : une carte nautique d'une cité antique – aux antipodes des goûts d'Ezra, devina Isabelle. Un assistant s'employait à empiler dans des caisses des documents dont il cochait la liste. Ezra, de son fauteuil à côté de la fenêtre, surveillait le jeune homme d'un air concentré. Dès qu'il aperçut Isabelle, il proposa à l'assistant de faire une pause et de revenir plus tard.

« Asseyez-vous. »

Isabelle n'avait été que vingt-quatre heures au chevet de George, mais le souvenir de ses plaintes constantes et de sa colère lui donna presque un frisson.

« J'ai été assise trop longtemps. Je préfère rester debout.

— Comme il vous plaira. »

La pièce embaumait un parfum sucré. Voyant Isabelle plisser le nez, Ezra expliqua :

« Le parfum de ma femme. Comme je ne supportais pas la puanteur de la fumée, j'ai cru bon d'inonder la pièce d'une autre odeur. Maintenant je regrette un peu, car elle est tenace. »

Elle distingua une note de lavande, sûrement appliquée à petite dose, pleine de finesse.

« Si votre bureau sentait comme celui de George, il ne peut que bénéficier de ce traitement.

— C'est possible. Je vous le confirmerai à mon retour.

— Où allez-vous, si je ne suis pas indiscrète ? »

Elle désigna d'un coup d'œil les caisses à moitié remplies.

Il partait en tournée, lui expliqua-t-il. Pas un voyage facile pour un homme de son âge. Mais il devait inspecter les affaires de ses fils et vérifier s'ils maintenaient le même niveau d'exigence que leur père. Comme il attendait la reconstruction de ses bureaux, le moment paraissait propice. En outre, il devait refaire des copies de leurs registres.

« S'il y a une chose que nous a rappelée cet incendie, dit-il, c'est avec quelle rapidité les archives peuvent disparaître. Avec quelle rapidité *tout* peut disparaître. »

Un silence s'établit. Isabelle nota sur la table d'Ezra, à demi dissimulé, le daguerréotype, encadré, d'un portrait de famille. Aucun des personnages ne semblait heureux, les fils montraient des visages de marbre, et leur mère une expression encore plus fermée.

« Mais vous le savez mieux que moi, reprit Ezra. Comment va-t-il ?

— On le calme à coups de morphine et d'inhalations. La nuit, il pleure. Moi, tout ce que je peux faire, c'est l'écouter et lui tenir la main. »

Ezra fit une grimace, tira de sa poche un mouchoir et s'épongea le front.

« Il a de la chance de vous avoir. Et n'oublions pas son héroïsme dans cette histoire. Vous formez une sacrée paire.

— Il s'est fait tirer dessus, Ezra.

— C'est vrai. Au moins, les garçons sont libres, non ? Hackstedde et consorts peuvent dire ce qu'ils veulent, mais votre fils a sorti ce jeune homme de prison et il s'en est tiré vivant. Quant à George, il a risqué sa vie pour mener à bien leur équipée. »

Elle ne contesta ni n'accepta son point de vue. Peu lui importait que l'homme prostré à l'hôpital fût un martyr, c'était avant tout son mari : frêle, flétri, beau à sa manière. Qu'il fût un héros aux yeux des autres, soit, mais il ne le serait jamais aux siens ; ce type de sentiment était étranger à leurs relations.

« Il veut rentrer à la maison. Je ne crois pas qu'il se rende compte de son état. Mais c'est sa volonté et j'ai l'intention de m'y tenir. »

Ezra se redressa dans son siège et à cet instant

elle eut l'intuition – sans en avoir cherché le moindre indice – que George avait pris toutes les dispositions nécessaires auprès de lui concernant l'avenir de ses affaires. Ses volontés étaient gravées dans la roche. Tout lui reviendrait à elle, à coup sûr.

« Je préfère ne pas en parler, dit-elle.

— Et pourtant c'est mon devoir de le faire.

— Eh bien, n'en dites pas plus. La raison de ma visite est simple, je n'ai pas pu encore la formuler. J'ai besoin d'un transport pour George. Il faut le ramener chez nous. »

Soudain, Ezra parut retrouver son élan. Elle supposa qu'il passait mentalement en revue ses différents contacts, pour chercher qui lui devait une faveur et décider de laquelle se prévaloir. Le problème n'était pas de trouver une carriole ou une calèche, poursuivit-elle, mais George devait être transporté en position allongée et elle craignait que l'hôpital, sous le prétexte qu'il sortait contre l'avis médical, lui refusât le prêt d'une ambulance.

« Oui, oui, marmonna Ezra. Bien. Je suis en train de faire l'acquisition d'un certain nombre de marchandises parmi lesquelles il y aura forcément un chariot ou deux. Comme le vendeur est pressé, je me fais fort d'obtenir le droit de lui en emprunter un avant de signer. »

Ezra se tamponna de nouveau le front avant d'ajouter :

« Il n'y a qu'une source potentielle de contrariété qui, je l'espère, vous laissera de glace. Le vendeur n'est autre que Wade Webler. »

Elle haussa un sourcil, sans commentaire.

« Comme vous pouvez vous en douter, il est soumis à pas mal de… contraintes financières.

L'incendie a surtout touché ses terres et ses biens immobiliers. Je crains qu'il n'ait jamais imaginé une ruine aussi complète. Et puis il y a August. Vous saviez que sa femme, qu'il a épousée il y a moins d'une semaine, compte parmi les victimes ? Natasha Beddenfeld. Pauvre petite, si jeune ! August est sorti tout de suite. Vous pensez qu'il aurait daigné risquer sa vie pour la sauver ? Certains l'ont vu devant la maison en flammes, à crier son nom, sans bouger, les bras ballants. Quelle honte pour un homme dont, en plus, on vante le courage ! J'ai entendu dire qu'il déménage à Savannah, histoire de changer d'air. Un nouveau départ. »

Il se tut, dans l'attente d'une manifestation d'hostilité à l'égard de cette famille qui avait causé le malheur des proches d'Isabelle. Mais elle ne trouvait rien à dire. Ni reproches ni paroles rageuses. Elle avait vu l'expression de Wade Webler. Sa douleur n'était pas feinte, ni moindre que celle qui la tourmentait elle-même. Telle une plaie à l'âme, celle de Wade n'en finirait jamais de suppurer, tandis qu'elle parviendrait à cicatriser la sienne.

« Le chariot, dit-elle, vous pouvez l'avoir aujourd'hui ?

— J'envoie immédiatement mon assistant chez Webler. »

Ezra s'adressa au jeune homme d'un ton si autoritaire qu'Isabelle en tressaillit. Dès qu'il fut parti, Ezra indiqua à Isabelle qu'il était temps de reprendre Ridley et de retourner à l'hôpital, comme si le transport était chose acquise.

« Le chariot viendra le chercher, promit-il. Celui-là ou un autre. Vous avez ma parole. »

*

Isabelle put constater qu'on avait drainé les suintements de la plaie de George. Il hurlait toujours et n'arrêta qu'à l'instant où il fut couché dans le chariot, à l'abri des doigts investigateurs du médecin. Les fils de Mildred, à la demande de leur mère, étaient venus prêter main-forte. Ils chargèrent George sur le plancher du véhicule et restèrent assis à côté de lui pendant qu'Isabelle les conduisait à travers la ville. Les gens s'arrêtaient pour la regarder passer, pressentant quelque mystère. Même Ray Bittle, sachant peut-être qui était allongé à l'arrière, la salua de la tête quand elle passa devant les décombres de sa maison.

Une fois George dans son lit, elle renvoya chez eux les fils de Mildred. Après avoir veillé au confort de son mari, elle se prépara à suivre les prescriptions du médecin. Elle comprit tout de suite pourquoi ils lui avaient interdit la vue de la plaie. C'était affreux. Il lui fallut rassembler tout son sang-froid pour ne pas défaillir. Du moignon suintait une substance épaisse dont la pestilence supplantait l'odeur piquante de l'alcool. Mais elle demeura muette et adressa à George – encore sonné, les yeux au plafond – un pâle sourire avant de procéder au pansement avec une compresse propre. Puis elle resta debout à son chevet. Avait-il besoin de quelque chose ? En réponse, il continua à contempler le plafond en silence. Sur l'oreiller, ses quelques rares cheveux dessinaient des motifs abstraits.

Elle dormit dans la chambre de Caleb. Au matin, George, sa lucidité retrouvée, l'accueillit avec un bon regard. Elle l'aida à s'asseoir dans le lit.

« Tu as eu de la fièvre », dit-elle.

Il la dévisagea paisiblement, comme s'il avait perdu jusqu'au souvenir des épreuves traversées ces derniers jours.

« J'avais seulement besoin de rentrer chez moi. Je me sens beaucoup mieux. »

Pourtant, elle était inquiète. Il réclama à peine le bassin, refusa toute nourriture et but juste un peu d'eau. Des heures durant, il l'écouta lui lire à haute voix les classiques de sa bibliothèque (Shakespeare et Plutarque, la correspondance de Voltaire). L'observant à la dérobée, elle s'efforçait de déchiffrer ses pensées et se demandait qui était là : George ou l'inconnu qu'elle avait découvert à l'hôpital ?

Plus d'une fois, il s'agrippa au bord du lit, les doigts blanchis par l'effort. Alors elle posait doucement le livre sur ses genoux. Ces moments étaient extrêmement pénibles. Il refusait tout remède et elle acceptait d'en être tenue responsable à la suite d'une erreur de sa part – un ton de voix réprobateur qu'elle aurait eu malgré elle, ou peut-être l'insinuation qu'un homme devait être bien faible pour recevoir un soulagement de la main de sa femme. Elle cherchait seulement à lui proposer de la morphine d'une façon si neutre, si discrète, qu'il en prendrait. Mais il ne put pas être persuadé.

« Je veux garder les idées claires. S'il te plaît, continue de lire » : telle était sa seule réponse.

La lecture se poursuivait donc indéfiniment. Lorsqu'il s'endormait, elle restait assise, le regard dans le vide, attendant qu'il se réveille. Si le sommeil se prolongeait, elle descendait s'occuper du ménage, ou donner à manger aux poules ou à Ridley ou à elle-même, puis elle remontait dans la chambre, morte d'ennui, mais refusant l'idée de passer plus de temps que le strict nécessaire loin de George. Le deuxième soir, elle prépara un bouillon de bœuf, comme l'avait conseillé le médecin, dont George ne voulut même pas une cuillerée. Il lui prit le bol des mains et le posa sur sa table de chevet.

« Il faut que tu manges.

— C'est la beauté de ma situation, dit-il. Rien ni personne ne peut plus m'obliger à faire ce que je n'ai pas envie de faire.

— Mais, George, tu ne peux pas dire des choses pareilles. Je ne le permettrai pas. »

Le soleil obliquait vers l'horizon et il était toujours assis dans son lit, le regard fixé sur le mur en face de lui. Elle n'était pas sûre qu'il l'eût entendue. Comment savoir ? Elle ne comptait plus le nombre de fois où il lui répondait alors qu'elle lui croyait l'esprit ailleurs, ou ignorait ses paroles alors qu'il avait paru l'écouter avec attention.

« Je les ai vus partir, dit-il. Je les ai regardés partir en courant et je suis convaincu, absolument convaincu, qu'ils ont réussi. » Consciente que seul son silence l'encouragerait à poursuivre, elle ne bougea pas. Elle avait la sensation de se confondre avec la pénombre crépusculaire.

« Il a pris ma main. Je n'ai jamais été aussi sûr qu'à cet instant qu'il était mon fils. À l'hôpital, quand tu m'as tenu la main, j'étais sûr que c'était la sienne. Même maintenant… oui. Même maintenant, je la sens encore. J'entends encore sa voix me murmurant à l'oreille. “Dis-lui que j'écrirai. De longues lettres cette fois.” Et le temps que je trouve mes mots pour dire au revoir, ils avaient déjà disparu dans la nuit. Il ne s'est pas vraiment exprimé, mais je l'ai senti, l'amour qu'il a pour moi. »

Il posa sa main sur celle de sa femme en chuchotant :

« Et toi ? »

Concentrée sur ce qu'il lui disait, elle ne s'était pas rendu compte que, tout en parlant, George, sans le moindre signe, avait mouillé le lit. L'odeur sure de l'urine lui chatouillant les narines, il lui suffit de poser le bout des doigts sur le drap pour palper le liquide chaud qui se répandait sous lui.

« On va te changer, dit-elle, et après on se reposera un peu. »

*

Attablée devant le bouillon que George avait refusé de consommer, elle vit par la fenêtre, dans le jour déclinant, une masse de cheveux blonds, le buste d'un cavalier, et reconnut son frère. Elle déposa vite le bol dans l'évier et courut dehors accueillir Silas. Le ciel était voilé par une pellicule de poussière, vestige de l'incendie dont le goût âcre lui restait au fond de la gorge.

« Isabelle…

— Tu es venu. »

Il semblait le regretter, du moins c'est ce qu'elle crut sur le moment, avant de comprendre qu'il était en réalité consterné par l'allure débraillée de sa sœur.

« Tu n'as pas l'air bien », dit-il.

Il y avait des jours qu'elle ne s'était pas regardée dans la glace.

« Quand tu sauras, tu ne trouveras plus rien à redire. »

Elle invita Silas à entrer. Il alla se chercher un verre d'eau à la cuisine avant de la rejoindre au salon.

« Comment tu as su… ?

— Ton amie m'a envoyé un mot.

— Mildred. Pourtant elle m'avait dit que le bureau de poste avait brûlé. Qu'on ne pouvait plus envoyer de télégramme.

— Elle a envoyé un messager. À mon avis, elle a dû le payer un bon prix. Il a galopé d'une traite. J'ai bien cru qu'il allait tomber de son cheval… J'aurais bien voulu venir avant, mais avec le travail… »

Après lui avoir assuré qu'il n'avait pas à se sentir coupable, elle lui raconta toute l'histoire, sans rien laisser de côté. Dès qu'elle lui parla de l'amputation, Silas se leva avec la claire intention de monter voir George. Elle l'arrêta.

« N'y pense même pas. Il ne veut voir personne. De toute façon, il dort. Le repos, c'est ce qu'il y a de mieux pour lui. »

Silas se laissa retomber sur le canapé.

« Au moins laisse-moi rester un peu. T'aider dans la maison pendant que tu t'occupes de lui.

— En faisant quoi, mon Dieu ?

— Ce qu'il y aura à faire. J'ai déjà prévenu Lillian qu'elle n'attende pas mon retour pour tout de suite. Elle m'a garanti que je pouvais dormir tranquille, elle se charge des enfants et de la maison. Ne crois pas que je te fais une faveur. C'est moi qui tiens à rester. »

Elle tenta de le décourager, mais il refusa de plier. D'ailleurs, elle ne pouvait nier que l'aide de son frère lui serait précieuse. Toutefois, sa présence continua à la troubler, elle lui rappelait la dernière fois qu'il était venu, après avoir appris la mort supposée de Caleb. Mais peut-être était-ce là le rôle d'un frère ou d'une sœur : être le témoin de vos tragédies et vous entourer de sa sympathie alors que tout est perdu. Quoique reconnaissante, elle n'en était pas moins révoltée, vexée même. Aussi le maltraita-t-elle en l'envoyant nettoyer l'écurie, ou laver les draps de George. De son côté, Silas pas une fois ne manifesta le caractère de cochon qu'elle lui avait connu pendant leur enfance. Il était content d'absorber sa colère, en tout cas il faisait semblant de l'être. Il acceptait docilement les tâches les plus dégradantes qu'elle lui imposait. Dans ses moments de liberté, il prenait des initiatives. C'est ainsi qu'un jour il entreprit de dresser un inventaire des terres brûlées. Le soir, à table, il cita des chiffres, énuméra toutes les choses qu'il faudrait faire. Distraction bienvenue, même si Isabelle n'en montra rien.

Pendant ce temps, George s'étiolait. Des taches rouges grimpèrent sur sa cuisse, telle une flèche dirigée de sa plaie à sa taille, et la fièvre persistait malgré tous les efforts qu'Isabelle faisait pour le rafraîchir. Dans ses accès de délire il prononçait des paroles dont elle ne parvenait pas à saisir le sens.

« Je l'ai vue, chuchota-t-il d'une voix rauque, un sourire malicieux sur les lèvres, un sourire si enfantin qu'elle se retint de rire. C'est vrai, je te le jure.

— C'est ça, dit-elle, encourageante, en épongeant son front. Oui, sûrement. »

Ainsi conversèrent-ils, sans rien savoir de ce que pensait l'autre, échangeant des paroles absurdes, et, bercée par ses divagations, elle ne tarda pas à s'endormir. Elle fut réveillée non par la voix de George, mais par le bruit d'une conversation entre deux personnes. Elle sursauta.

Puis elle vit Silas debout, les mains dans les poches, sa chemise en denim à moitié boutonnée, qui regardait George avec un sourire dans les yeux.

« C'est juste moi, dit-il à Isabelle. Tu dormais quand j'ai entrouvert la porte. George m'a invité à rester.

— Pas trop longtemps, dit George. Je ne le supporte qu'à petites doses. »

George paraissait tellement alerte qu'elle en fut presque agacée. La fièvre avait baissé, mais elle refusait de se leurrer et de croire que son état s'améliorait pour de bon.

« Merci d'être venu donner un coup de main, dit George à Silas. Je ne suis un cadeau pour personne.

— Ça me fait plaisir. Je dois avouer maintenant que tu es enfermé dans cette chambre, qu'on ne s'est jamais aussi bien entendus, tous les deux.

— Incroyable, acquiesça Isabelle. Vous bavardez comme deux vieux amis…

— Ne t'avance pas trop. J'ai demandé à Silas d'aller chercher Ezra. Je sais qu'il veut me parler. »

Stupéfaite qu'il se souvienne de la visite avortée d'Ezra à l'hôpital, dans l'état de délire fébrile où il était alors, elle bégaya :

« Quelle bonne idée !

— J'y vais », déclara Silas en posant la main sur l'épaule de George pour lui dire au revoir.

La fumée avait enfin disparu, le ciel était clair, la température clémente : une petite brise froissait les rideaux de la fenêtre ouverte.

George lui demanda s'il était possible de rapprocher le lit de la croisée.

« J'aimerais voir dehors. Ça compte beaucoup pour moi. »

Elle ne savait pas quoi lui répondre. Pour la première fois depuis qu'elle l'avait retrouvé à l'hôpital, il était vraiment présent, complètement avec elle. Leur vie à deux étant peut-être sur le point de se terminer, il semblait important à Isabelle de discuter de certaines choses. Mais comme les désirs de George passaient avant les siens, elle ravala ses paroles.

« Je n'ai qu'à glisser des coussins sous les pieds du lit, cela me permettra de le pousser plus facilement.

— Essaye toujours, on va bien voir. »

Elle savait ce qu'il allait découvrir à la fenêtre, mais elle était résolue à respecter son souhait. Il avait le droit de voir de ses propres yeux ce qu'il était advenu de ses terres, et puis il y avait une certaine beauté dans cette destruction, la forêt audelà de la route encore intacte, et le ciel qu'il avait observé pendant tant d'années depuis le porche.

« Attends ici.

— Isabelle, tu crois que je vais aller loin ? »

Une fois le lit poussé contre la fenêtre, George fixa son regard dehors sans un mot. Elle devinait que ses pensées l'entraînaient dans le temps passé. Elle aussi pouvait convoquer des souvenirs à partir de récits qu'elle avait maintes fois entendus, et elle imaginait le petit monde que George reconstituait dans sa tête : sa mère refaisait le lit dans la chambre d'amis, son père, dehors, appelait son fils pour qu'ils aillent se promener dans les bois, ces mêmes bois où George emmènerait ensuite son propre fils, les mêmes bois où il ferait la rencontre de Prentiss et Landry.

L'oisiveté lui fut soudain intolérable, elle ne supportait pas de rester passive devant le spectacle de leurs arbres réduits en cendres. Même si le champ n'était pas visible de la maison, elle était sûre qu'il pouvait deviner ce qui était arrivé à ses plantations.

« C'était terrible, George ! s'exclama-t-elle soudain. Je suis désolée. J'aurais pu te mentir, sauf que je ne te ferai jamais une chose pareille. Mais, tu verras, ça repoussera. Je te le promets. Je ferai tout mon possible pour reconstituer le champ. »

Il battit des cils et la dévisagea d'un air serein et détaché.

« La terre d'ici est tenace. Quelques saisons suffiront avec ton aide, dit-il en hochant philosophiquement la tête. Ce sera encore mieux que ce que j'aurais obtenu moi-même. »

Cette terre qu'il avait cultivée avec tant de soin pouvait-elle se réduire à quelque chose d'aussi insignifiant que le suggérait le calme de son attitude ? Maintenant qu'un poids venait de lui tomber des épaules ou, plutôt, que la bulle de chagrin venait d'éclater en elle, Isabelle avait envie d'y croire.

Elle eut l'impression fugitive qu'il allait lui adresser un large sourire.

« Tu peux me laisser seul quelques minutes ?

— Bien sûr.

— Inutile de renvoyer les visiteurs. Quand Ezra arrivera, fais-le monter. Aussi, je mangerais volontiers un morceau. Un peu de ragoût de poulet, peut-être ? Tu sais combien j'aime le ragoût.

— Ton estomac ?

— Ça va mieux.

— Bon, alors, d'accord. »

*

L'après-midi tirait à sa fin lorsque Ezra arriva à la ferme. La marmite frémissait déjà, les légumes étaient alignés sur la planche à découper. Isabelle demanda à son frère de le recevoir et de l'accompagner auprès de George pour lui éviter d'avoir à se rendre présentable. Rien ne devait la déconcentrer. La recette était une des préférées de George, et la préparation, quoique sans difficulté particulière, exigeait toute son attention.

Quand Ezra, après une visite qui ne dura que quelques minutes, redescendit l'escalier, quelque chose de sombre s'introduisit dans l'atmosphère. Isabelle perçut une aura de noirceur autour de lui lorsqu'il s'avança vers elle en consultant sa montre de gousset : un mauvais sort s'attachait à sa présence. Malgré le couloir à peine éclairé, son ombre paraissait la dominer d'une grande hauteur.

« Il... ne va pas bien du tout, dit Ezra. Je vais retarder mon voyage le temps qu'il soit tiré d'affaire. Vous pouvez m'appeler à n'importe quelle heure. N'oubliez pas.

— Vous n'êtes jamais loin, n'est-ce pas, Ezra ?

— Pas quand on a besoin de moi. »

Voyant combien le vieil homme était fatigué, elle lui donna le bras jusqu'à la porte. Silas se leva du canapé, prêt à le raccompagner chez lui.

« Bon appétit, dit Ezra. Ça sent délicieusement bon.

— Passez aussi une bonne soirée. Silas, prends bien soin de lui surtout. »

Elle pensait qu'après le départ des deux hommes, George et elle seraient tranquilles, tout seuls à la maison. Mais, alors qu'elle allait servir le ragoût, des bruits de sabots résonnèrent de nouveau dans l'allée. Elle fut obligée de se laver les mains et de retourner ouvrir. Le visiteur marchait d'un pas égal, patient, plus petit de taille qu'elle ne l'avait cru en le voyant à cheval. Elle ne l'aurait en fait pas reconnu sans sa tunique bleue et sa moustache hirsute, sur laquelle George avait déliré pendant ses violents monologues qui seuls semblaient avoir le pouvoir de l'apaiser.

« Vous êtes le général Glass.

— Et vous devez être Isabelle. »

Après sa course à cheval, le général avait les joues roses et les lèvres sèches. Elle l'invita à entrer et lui proposa un verre d'eau. Il avait croisé un peu plus tôt Ezra qui lui avait appris que George était très mal. Il avait alors laissé à Ezra le temps de visiter son ami avant de se rendre lui-même chez les Walker.

« Je ne vois pas pourquoi, dit Isabelle. D'après ce que j'avais compris, vous n'étiez pas le plus grand admirateur de mon mari. »

Glass passa la main dans sa chevelure dégarnie avant de répondre. Il devait être plus impressionnant entouré de ses soldats quoique, même seul, il présentât une figure pleine de dignité.

« Je termine mon service à Old Ox pétri de regrets, et non des moindres, sur la manière dont j'ai traité votre époux. »

Elle n'avait aucune intention de le rassurer, et se tut. Mieux valait le laisser finir.

« J'étais tellement obnubilé par mon travail… Je n'ai pas accordé à la requête de George l'attention qu'elle méritait. Wade Webler m'avait juré que le problème serait réglé en toute justice, sans nuire à l'ordre public… »

Il s'accorda une pause, pendant laquelle il regarda par la fenêtre le paysage que George, à l'étage, était justement en train de contempler.

« Il a trahi ma confiance, exactement comme l'avait prévu George. Je paye cette erreur de jugement au prix fort. »

Un sourire s'étala sur son visage, un sourire faux, qui se transforma en grimace exprimant la profondeur de son humilité. Il était muté à l'Ouest, annonça-t-il à Isabelle, à la tête d'une brigade diminuée de moitié.

« Ce n'est pas la peine de me demander pourquoi. Mes agissements ont été indignes de mon rang. George, voyez-vous, mérite que je lui présente mes excuses avant mon départ. »

Isabelle ne trouvait absolument rien à dire à cet homme dont les errements l'avaient dépouillée de toutes les certitudes qui avaient jusqu'alors donné un sens à sa vie. Elle se borna à le précéder au bas de l'escalier.

« Ne soyez pas long, lui recommanda-t-elle. Il a besoin de se reposer. »

Glass ne resta qu'une dizaine de minutes. Dans l'escalier, il cueillit un cheveu sur sa tunique et soupira en retrouvant Isabelle en bas des marches.

« Vous avez été bien reçu ? lui lança-t-elle.

— Il est vif et alerte, c'est certain. Il m'a écouté attentivement. Mais il ne m'a rien dit du tout. C'est étrange. Juste tapoté le bras. Comme si j'étais un enfant… Puis il a déclaré que nous devions tous aller de l'avant. Et il m'a souhaité bonne chance.

— C'est étrange, en effet », admit-elle, étonnée de l'humour exprimé par son mari manifestant un peu de compassion à cet homme dont, certainement, il avait hâte de se débarrasser. Heureusement, Glass avait l'air de l'avoir bien pris. « J'espère, dit-elle, que vous garderez ses paroles dans votre cœur au cours de votre expédition à l'Ouest. »

Glass contempla la cuisine comme si elle pouvait lui donner accès à la vérité, puis il salua de la tête et se dirigea vers la sortie.

« Bonne chance, général Glass. »

Il posa sa main sur son cœur.

« À vous de même, à vous et aux vôtres. »

*

La nuit était tombée lorsque le général remonta sur son cheval. Isabelle alla servir le ragoût et monta avec le plateau. En ouvrant la porte de la chambre, elle fut assaillie par une odeur de viande pourrie. L'air de la pièce était lourd et fétide. Elle tira une chaise au chevet de George. Son front était de nouveau luisant de sueur, et sa main tremblait. Tout ce qu'elle désirait, c'était une heure de plus avec lui avant que la fièvre ne le lui enlève encore une fois.

« Où étais-tu ?

— Je faisais ton dîner. »

Il plissa le front en voyant le plateau et fit un signe de tête.

« Un bon ragoût, quelle meilleure façon de terminer une journée ? »

Elle s'aperçut qu'elle tremblait autant que lui. Elle avait tellement envie qu'il apprécie sa création. Sa nervosité l'empêchait de voir combien la masse noire de la forêt intacte, vue par la fenêtre, était paisible. Elle porta une cuillerée à la bouche de George et le regarda déglutir avec fascination.

Il ne fit aucun commentaire. Repoussant de toutes ses forces la pensée que son plat n'était pas à son goût, elle lui présenta une deuxième cuillerée. Cette fois, il détourna le visage.

« George, il faut manger. »

Il secoua vivement la tête.

« Mon estomac… je ne peux pas…

— C'est toi qui me l'as demandé.

— Et maintenant je te dis que je n'en veux pas ! »

Il leva un bras et donna un grand coup contre le côté du lit.

« N'insiste pas ! »

Elle n'avait pas le courage de le regarder. De temps à autre, il gémissait. La sueur de son front gouttait à présent sur l'oreiller. Elle oscillait entre la tristesse et la colère. D'un côté, elle lui en voulait d'avoir réservé son peu d'énergie à des visiteurs plutôt qu'à elle, et de ne lui manifester à présent qu'une rancœur vindicative. D'un autre côté, elle voyait bien qu'il souffrait atrocement et souhaitait de tout son cœur que la douleur lui accorde un peu de répit.

Lorsqu'elle reprit la parole, les vapeurs du ragoût s'étaient envolées dans la nuit et le bol avait refroidi sur ses genoux.

« Je suis désolée, dit-elle. Je suis désolée de ne pas savoir te cuisiner des choses qui te plaisent. Je suis désolée d'avoir été parfois cruelle avec toi. J'étais contrariée alors qu'en fait tu ne faisais qu'agir naturellement. Je t'ai insulté quand j'étais déprimée parce que tu te montrais tellement froid et refusais de voir que j'avais mal. Je t'ai fui alors que tu avais seulement besoin que je sois près de toi. Et j'ai tout fait retomber sur toi. Mon Dieu ! Je t'ai reproché tant de choses qui n'avaient rien à voir avec toi. Il n'y a que toi qui pouvais me supporter. Tu es peut-être une sorte d'ange. Je suis tellement reconnaissante de t'avoir. Je suis désolée, désolée. »

Son visage, déjà si pâle, était devenu livide, et il fut bientôt absolument immobile. Il avança la main et se saisit du bol, agrippa la cuillère et porta un peu de ragoût à sa bouche. Puis il prit une nouvelle cuillerée.

« George, tu n'as pas besoin de…

— C'est délicieux. »

Chaque bouchée lui coûtait des efforts inouïs. Sa gorge était saisie de spasmes à chaque déglutition.

« Vraiment succulent. Excellent. Divin. »

Ses paupières papillonnèrent. La cuillère lui échappa et glissa à terre. Le bol se renversa sur sa poitrine : une convulsion agita sa jambe, prise de soubresauts comme si elle revendiquait son indépendance et cherchait à se détacher de son corps. Ses poings se serrèrent, ses bras se dressèrent en se pliant à des angles insolites puis, brusquement, tout lâcha.

Isabelle se précipita pour aller chercher des serviettes. Elle le lava avec soin, lentement, revenant plusieurs fois sur les mêmes parties de son corps, égoïste dans sa volonté de bien faire car, même si son pouls était encore perceptible, elle savait déjà que son mari n'était plus.

*

Il respira encore une nuit entière. Ce fut Silas qui, au matin, tira le drap sur lui. Il posa tendrement ses mains sur les épaules d'Isabelle pour la rassurer : il resterait auprès d'elle le temps qu'il lui faudrait pour faire son deuil.

Elle se rebiffa.

« J'ai vécu dans ma vie assez de pertes pour deux femmes. Je ne veux plus entendre parler de deuil. »

Elle se lança aussitôt dans une frénésie d'activités. Elle remonta un seau de la cave, fonça à la salle de bains, trouva la brosse de George, sa boîte de brillantine et toutes ses affaires. Son odeur était omniprésente, cet arôme musqué de sueur qu'elle n'était pas sûre d'aimer ou de détester, une odeur qui était tout simplement George, aussi familière que l'homme lui-même. Une fois son corps enlevé et la maison débarrassée de toute trace de lui, elle pourrait sans doute vivre sans entendre le bruit de ses pas dans l'escalier, ses ronflements étrangement paisibles, sans voir son merveilleux sourire au retour de ses déambulations dans la forêt. Peut-être cesserait-elle même de penser à son fils, qui continuerait à ignorer le décès de son père, perdu quelque part dans le vaste monde, hors d'atteinte de sa mère.

Silas se planta dans l'embrasure de la salle de bains et lui demanda ce qu'elle fabriquait.

Elle désigna les serviettes étendues à côté de la baignoire.

« Prends-les, s'il te plaît. Elles me rappellent trop George quand il revenait de son bain, enveloppé dans une de ces serviettes. Encore trempé. Il mouillait toujours le parquet. Je ne veux plus les voir. J'en achèterai des nouvelles.

— Izzy, je t'en prie. Tu ne sais plus ce que tu fais. »

Il ne l'avait pas appelée par son diminutif depuis leur enfance. Voulait-il lui faire comprendre qu'elle n'agissait pas en adulte ? Voyant qu'il ne ramassait pas les serviettes, elle les jeta elle-même dans le seau.

« Si tu refuses de m'aider, tu peux aller à la cuisine t'occuper des casseroles et des poêles. Les poignées portent toutes l'empreinte de sa main. Je ne vois que lui penché sur sa poêle pour humer ce qu'il prépare. Je ne veux pas de ça. J'achèterai aussi de nouvelles casseroles demain. »

Au moment où elle sortit de la salle de bains, Silas la prit dans ses bras et la serra contre lui. Elle lâcha le seau.

« Isabelle, chuchota-t-il à son oreille, accorde-toi une journée. Pour l'amour du ciel. Jeter sa poêle préférée ne va rien arranger. »

Il la mena au canapé. Ils s'y assirent tous les deux en silence. Il n'y avait rien d'autre à faire dans la maison et au bout d'un moment la réalité la rattrapa. Silas lui confia qu'il aimerait se rouler une cigarette et lui demanda s'il pouvait la laisser seule quelques minutes.

« J'ai envie d'aller dehors moi aussi, dit-elle.

— Ce n'est pas moi qui t'en empêcherai. »

Dehors. C'est là qu'elle passa la fin de la journée et, quand vint la nuit, elle contempla les étoiles, réchauffée par une couverture enroulée autour de ses genoux. Elle espérait apercevoir là-haut, dans les constellations, un signe de son mari. Mais le ciel n'était pas différent des autres nuits. Silas refusa de monter se coucher, mais il resta à l'écart. De temps à autre, il venait lui demander si elle était prête à aller dormir. Pour finir, comme elle le voyait bâiller, elle le pria d'aller dormir lui-même et de la laisser tranquille.

« On ne te fera donc pas changer d'avis, dit-il.

— Tu ne peux pas me couver. Je vais bien. Je voudrais juste attendre cette nuit.

— Attendre quoi ?

— Le matin.

— Et ensuite ?

— Ensuite je vais enterrer mon mari. Je veux juste que ce moment n'arrive pas trop vite. »

Silas restait debout sur le pas de la porte. Manifestement, il ne comprenait pas qu'il en faisait trop, qu'il devait lui accorder cette parenthèse de temps pour lui permettre de se ressourcer dans l'immensité du paysage et de vivre une dernière nuit dans un monde indifférent qui ignorait que son mari l'avait quittée, elle, pour toujours.

« Va dormir », dit-elle.

Elle ne prit pas la peine de se lever pour lui souhaiter bonne nuit, mais un peu plus tard, quand elle se retourna, les bougies à l'intérieur étaient soufflées et la maison en rondins plongée dans les ténèbres.

26

C'était Caleb qui insistait pour qu'ils restent dans les bois, sous prétexte que Hackstedde et Webler étaient peut-être toujours à leurs trousses, une crainte que partageait d'ailleurs Prentiss. Ils s'étaient arrêtés, une semaine après leur départ, à l'abord d'une ville dont Caleb n'avait jamais entendu parler, où il allait s'approvisionner en nourriture. Il revenait avec du pain et de la viande en conserve. Après avoir mangé, en attendant le lever du jour ils dormaient au milieu d'un océan de silence. Chaque soir, Caleb, chargé à bloc, débordant d'une énergie dont il semblait posséder des réserves inépuisables, annonçait qu'une journée de plus était passée, d'une voix vibrante de fierté, comme s'ils avaient accompli une noble action. « Huitième jour », disait-il. Le lendemain soir, ce fut le neuvième. Et chaque jour menait au suivant, pareil au précédent, jusqu'à compter plusieurs semaines. Prentiss en avait pardessus la tête de coucher par terre dans les bois : il avait assez dormi à la belle étoile pour une vie entière.

Un matin, dissimulés dans l'ombre des arbres, ils observèrent la route menant à la fameuse ville :

Convent. Caleb l'avait renseigné au retour de sa première course. La bourgade s'appelait Convent. Prentiss cependant n'avait pas encore prononcé ce nom. Il n'osait pas tenter le sort en l'évoquant comme une réalité, comme leur prochaine étape. Il se figurait Hackstedde se glissant jusqu'à eux, une corde à la main, prêt à briser les rêves de liberté que Prentiss entretenait avec tant de vigueur. Mais presque un mois était passé maintenant, et le gros shérif était toujours invisible. Il paraissait de plus en plus probable que les choses en resteraient là.

« Je parie qu'ils ont des lits à Convent, se décida-t-il à prononcer. Je ne suis quand même pas le seul qui serait content de poser la tête sur un vrai oreiller. Et plus de piqûres d'insectes, non plus. On n'aura plus à se gratter le dos mutuellement toute la journée. Imagine ! »

Caleb lui jeta un regard évasif.

Prentiss essaya alors l'attaque frontale.

« Je préfère prendre le risque plutôt que de continuer comme ça. Je ne vois pas l'intérêt de courir après la liberté si on ne la saisit pas quand elle se présente juste sous votre nez.

— Moi, je me plais bien ici, souffla Caleb d'une voix gênée. Même si je comprends pas vraiment pourquoi. »

Mais Prentiss, lui, comprenait parfaitement. Ici, seul avec ses remords, Caleb n'avait aucun risque de décevoir qui que ce fût. Il n'y avait personne pour dénoncer sa fausse confiance en soi comme le cas s'était si souvent produit, du moins d'après les histoires qu'il avait racontées à Prentiss – à propos de garçons prédateurs, de garçons qui hantaient ses cauchemars. Prentiss se retrouvait un peu en Caleb, car Landry et lui s'étaient cachés sur les terres de George pour des raisons analogues. Être seuls, enfin, avait été pour eux un tel réconfort, une bénédiction qui valait amplement mille piqûres d'insectes.

Dans la pénombre, au bord de la route, Prentiss observait les premiers bâtiments à l'orée de la ville à travers le panache de fumée d'une cheminée, ou un nuage qui passait. Déjà son imagination avait meublé la topographie : le quartier agréable autour du magasin général où Caleb faisait leurs courses, le clocher de l'église où la population se rassemblait le dimanche. Il connaissait même les maisons de ces familles qu'il avait inventées, jusqu'à leur attribuer des passe-temps favoris, des métiers, des passions et des secrets.

Pourtant Convent n'était pas l'idée qu'il se faisait de sa destination finale. Aucun lieu aussi proche d'Old Ox ne ferait l'affaire. Rien que d'entendre ce nom, il sentait ses lèvres trembler, ses pieds se paralyser. Et tous ces souvenirs, le Palais de Sa Majesté, le visage d'enfant de Landry, le sourire éclatant de sa mère (seulement les bons jours, quand un lapin tournait sur la broche, lorsqu'ils avaient terminé de bonne heure les corvées et que sa mère ébouriffait les cheveux de Landry dont le rire joyeux se réverbérait sur les murs de la cabane), tout ce passé le pénétrait comme la lame d'un couteau, pour être remplacé aussitôt par le vide laissé par sa mère quand elle avait été vendue, par la figure en bouillie de son frère dans son cercueil. Avec le temps, peut-être, certaines images sombreraient dans l'oubli, une fois leur emprise sur lui déboulonnée, mais d'autres échapperaient à l'anéantissement et resteraient vivaces parmi les décombres. Des monuments à la mémoire des êtres chers désormais perdus.

« C'est pas moi qui vais t'en empêcher, dit Caleb. Si tu veux partir. »

Il faisait sauter entre ses mains le dernier bocal de pêches au sirop de sa mère. Il se refusait à l'ouvrir, ce dernier lien avec celle qu'il adorait. Apparemment il était prêt à camper dans ces bois toute sa vie, retranché de la société pendant que le monde continuait à tourner.

Le vent, d'une violence extrême, semblait capable d'entailler la chair comme un fouet. Après une accalmie, les rafales redoublèrent en direction de la ville. Prentiss plissa les yeux pour mieux voir les toits, les fragments de briques et de bois, qui opéraient sur lui la séduction propre à ce qui nous est inconnu.

Malgré l'envie qui le démangeait de tenter sa chance en ville, il ne put empêcher son cœur de s'emballer lorsque parut un fardier, dont le conducteur paraissait assoupi, le menton sur la poitrine. Il se cacha derrière un arbre, alors que Caleb, indifférent, sans cesser de jouer avec son bocal, détournait la tête dans l'autre sens. Se réprimandant intérieurement, Prentiss épousseta les éclats sur sa chemise, ce qui lui rappela combien il avait envie d'un bain. Mais ce n'était pas seulement à cause de l'homme du chariot – quelque chose dans la lumière du jour le menaçait directement : un battement régulier de plus en plus sonore, qui se rapprochait, comme le cheval de Gail dans les champs de coton ou celui de Hackstedde dans la forêt, et bien que ce bruit ne fût pas aussi réel que Caleb semblait le croire, il n'en était pas moins lancinant et tangible dès que quelqu'un se profilait devant eux sur la route. À sa grande honte, Prentiss avait peur.

« Qu'est-ce que c'est ? » demanda Caleb.

Rien, répondit Prentiss. Il ne voulait surtout pas inquiéter son compagnon, déjà très angoissé pour son père. L'expédition à travers les marais avait été une épreuve majeure. La nuit, Caleb croyait percevoir au loin des froissements signalant l'arrivée imminente de George venu les rejoindre. Caleb, qui était rentré à la maison indemne de la guerre, ne semblait pas se rendre compte que la plupart du temps ces histoires ne se terminent pas bien. Sans retrouvailles. Sans dénouement heureux. L'étincelle de vie qui vous reliait à l'être cher pâlissait, puis s'éteignait pour toujours. Le présent continuait son vacarme tandis que le passé restait une plaie ouverte que personne ne pouvait recoudre et qui ne se refermerait jamais.

« On devrait tous les deux s'arrêter un peu dans cette ville, dit Prentiss. Trouver quelque chose à faire. Travailler si possible. Vivre normalement… même si c'est seulement temporaire. »

Le temps, avait-il constaté, ne s'écoulait pas de la même façon dans les bois. Sans la présence de quelqu'un comme Gail – ou de plus doux, comme George – pour lui rappeler l'heure, il avait appris à la deviner en observant les humeurs du soleil : sa fureur qui le faisait virer à l'orange l'après-midi, son relâchement parfois lorsqu'il laissait le vent souffler et rafraîchir l'ambiance, son clin d'œil violet le soir, quand il tirait sa révérence avant de disparaître en laissant malicieusement en suspens ce qu'il vous réservait pour le lendemain. Il pouvait tout aussi bien, et d'un instant à l'autre, allumer votre passion qu'éteindre votre espoir. Aussi

Prentiss ne fut pas étonné de voir Caleb dans une sorte de transe. Il se demanda depuis combien de temps il était là, debout, en silence, et, depuis qu'il l'avait vu passer, quelle distance avait pu parcourir dans sa charrette l'homme au menton tombé sur sa poitrine.

Que donnerait-il pour posséder cette insouciance ! Ne pas surveiller ses arrières. Rater un poteau indicateur et se retrouver deux villes plus loin à boire de la bière sous le porche d'un inconnu qui lui raconterait la dernière fois qu'un étranger avait commis la même erreur. Il aurait voulu s'écarter tranquillement du droit chemin. C'est ce que ni George, ni Caleb, ni personne n'avait compris. Ils sous-estimaient tous sa rage de vivre. Ô la liberté de pouvoir regarder une femme qui lui rappellerait Delpha, ou Clémentine, de pouvoir lui glisser un mot gentil alors que son homme serait au travail, car une femme n'appartenait à personne, elles étaient toutes libres au même titre que lui-même était un homme libre.

Et que dire de la liberté d'apprendre ? Il y avait tant de connaissances que Prentiss voulait acquérir dans les années à venir, tant de sujets qu'il souhaitait découvrir. Ce n'était d'ailleurs plus tout à fait un rêve. Ils avaient connu tellement de temps morts que Caleb avait commencé à lui enseigner l'alphabet. Ils passaient parfois une matinée entière à réviser des mots, poussant petit à petit la barre plus haut. Prentiss se réjouissait de voir le sourire de Caleb quand il avait su éviter un piège tendu par son instructeur.

Ses progrès paraissaient avoir sur lui un effet positif. Il confia à Prentiss qu'il ne voulait plus jamais de sa vie cultiver la terre, qu'il y avait tellement d'autres choses à faire dans un monde aussi vaste. L'imprimerie lui plairait, lui dit-il, et même si Prentiss n'y connaissait rien ou presque, la description de ce métier lui plut. Il lui faudrait aussi apprendre à calculer, pour négocier avec les clients et dresser les inventaires. Caleb lui assura que ce n'était pas un problème. Au Nord, il y avait des enseignants qui ne demandaient qu'à instruire les affranchis. S'il disait vrai, la frontière entre le possible et l'impossible n'était pas aussi définie qu'on pouvait le supposer. Un beau métier, grâce à un peu d'instruction... Prentiss ne serait dès lors pas différent d'un Blanc. Il arpenterait les rues de la ville d'une démarche aussi fière que celle de soldats en chemin pour le champ de bataille.

Les pensées de Prentiss retournaient sans cesse à Clementine. À sa mère, aussi. S'il parvenait à épeler leurs noms et s'il avait les moyens de payer un intermédiaire, son monde imaginaire deviendrait soudain *vrai*. Il serait possible de les retrouver, bien sûr. Il fallait être bien ignorant pour penser le contraire et dénigrer les immenses avantages que lui procurerait l'instruction en lui ouvrant les portes d'une autre vie. Il se voyait déjà quittant de bonne heure son lieu de travail pour rentrer à la maison. Sa mère jouerait avec Elsy pendant que Clementine, enceinte, cuisinerait d'après une recette que sa mère aurait transmise à sa nouvelle fille.

De l'argent. Une famille. Une maison à lui. Il n'y avait pas que la liberté, se dit-il pour la première fois. Il pouvait envisager d'être *heureux*.

27

Une main. Elle n'avait touché que sa main après son décès. Son poignet avait la douceur de la cire, si froide, si différente, qu'elle se convainquit que ce corps n'était pas celui de son mari. Ils l'enterrèrent le lendemain de sa mort, dans un cercueil en noyer identique à celui de Landry. Isabelle et Silas, seuls. Elle refusa la présence de qui que ce fût d'autre. Sa mort lui appartenait, elle la revendiquait. Les autres pourraient le pleurer à un autre moment.

Après l'enterrement, Silas l'invita chez lui. La place ne manquait pas à Chambersville. Elle se rapprocherait de ses neveux.

Ils étaient devant la maison. Silas avait déjà sorti son cheval de l'écurie. Il était prêt à partir, sa sacoche de selle bourrée de linge sale, son chapeau sur la tête, sa main sur le flanc du cheval dont il s'efforçait de calmer les piaffements.

« Amène-moi plutôt tes garçons ici. J'aimerais les connaître mieux. Mais je ne quitte pas Old Ox. »

Il lui prit la main et y déposa un petit baiser avant de la relâcher.

« N'oublie pas ce que je t'ai dit, déclara Isabelle

en laissant retomber son bras. Un jour, j'aurai peut-être besoin de ton aide. C'est vrai.

— Tu crois que je ne vais pas revenir voir comment tu t'en sors ? Et puis je parie que tu ne tarderas pas à m'appeler pour que je t'aide à déménager.

— Jamais ! »

Il sauta en selle et lui fit un clin d'œil.

« Attends un peu que mes garçons viennent jeter la pagaille sous ton toit ! »

Il tendit le bras en arrière pour tapoter amicalement la croupe de son cheval, puis il donna un bon coup de talon dans ses flancs. Un nuage de poussière s'éleva comme une fine fumée. Silas avait disparu avant que le nuage eût le temps de se dissiper.

*

Seule à présent, elle n'avait plus de comptes à rendre à personne d'autre qu'à elle-même. Bien décidée à accomplir les dernières volontés de George, le lendemain matin elle se rendit en ville à pied. La reconstruction avait déjà démarré. C'était un bien curieux spectacle que celui offert par ces hommes et ces chevaux piétinant le sol couleur de cendres de ce qui avait été la scierie et l'abattoir, rasés si peu de temps auparavant. Le spectacle avait un côté irréel, comme si elle s'était introduite dans le rêve d'une autre. Toutefois Isabelle s'interdit de laisser ses émotions l'écarter de son but. Un puissant courant d'énergie la soutenait dans sa résolution. Elle transportait les écriteaux qu'elle avait rédigés dans le bureau de George : dix en tout. Elle les afficha fièrement aux quatre coins de la ville : un écriteau contre le dépôt de meubles, un autre sur un poteau devant l'école. Peu lui importait où, du moment que le plus de monde possible pût voir les grandes lettres tracées d'une main ferme.

LA FERME WALKER EMBAUCHE.
TOUTES RACES, RELIGIONS ET COULEURS DE PEAU.
SALAIRE ÉGAL ET ÉQUITABLE.

Lorsqu'elle eut épuisé son stock, les mains vides, les pieds moulus, elle rentra chez elle. Maintenant il ne lui restait plus qu'à attendre.

*

Quelques jours plus tard, le premier candidat se matérialisa comme une émanation de la lumière du matin. Une silhouette râblée, affligée d'une claudication, pas tellement différente de celle de George. Le voyant remonter l'allée, de la fenêtre de la chambre, Isabelle s'habilla et se dépêcha de descendre.

Elle ouvrit à un homme de couleur vêtu d'une chemise en coton au col froissé sous une veste de costume bleue. Une petite fleur jaune, déjà fanée mais encore brillante, pendait de la poche poitrine de la veste. Il était plus vieux qu'elle, dans les soixante ans, et garda un air méfiant même après qu'elle l'eut salué. Au bout d'un moment il finit par surmonter ses réticences.

« Bonjour. Je cherche le propriétaire de la ferme Walker. »

Elle se présenta.

« Y a pas de monsieur ?

— Plus, il n'y en a plus. »

En dépit de ses hésitations, il n'eut pas peur de la regarder dans les yeux. Les siens étaient à moitié enfouis dans des rides profondes, mais, dès qu'il parlait, émergeaient deux prunelles d'ambre liquide, et cette soudaine apparition sous ses sourcils froncés prêtait à son expression une extraordinaire gravité.

« J'ai vu un écriteau en ville, expliqua-t-il. Si vous embauchez toujours... »

Elle le rejoignit sous le porche et, appuyée à la balustrade, se tourna vers la terre brûlée et, au-delà, vers le bas de la colline. Toujours sur ses gardes, il se rapprocha un peu. Elle lui raconta ce qui s'était passé. Puis elle lui demanda s'il avait déjà labouré un champ.

En guise de réponse, il lui montra ses paumes de main, si calleuses, si tannées par des années de dur labeur, qu'Isabelle y discerna à peine sa ligne de vie.

« Dites-moi votre nom.

— Elliot.

— Elliot, je possède de nombreux hectares en plus de ceux ravagés par le feu. Je ne peux pas les cultiver seule. Et je n'ai pas l'intention de vendre la moindre parcelle. Donc voilà ce que je vous propose. Je vous donne le droit de cultiver un vrai terrain. Je ne vous réclamerai rien, ni une part de votre récolte ni argent. La terre est entièrement à vous pour un an, peut-être deux... Et quand vous aurez réussi, je donnerai sa chance à quelqu'un d'autre. Mais en échange, je voudrais que vous m'aidiez à remettre en état le champ qui se trouve en bas de cette colline, le champ que mon mari a défriché et labouré. Cela représente plusieurs jours de travail par semaine. Je m'y mettrai aussi, et ensemble on le rendra de nouveau non seulement magnifique, mais aussi productif. »

Elliot, silencieux et pensif, passa une main dans la grande toison de sa chevelure.

« Vous allez me donner une terre à cultiver et tout ce que vous voulez, c'est de l'aide. Rien d'autre ?

— Non, rien d'autre.

— Mais pourquoi ? »

Elle fit face à Elliot et lui répondit franchement.

« Je veux faire comme mon mari. Et aussi un peu le venger. Remettre sa ferme en état. »

Elle regarda ses rosiers, les fleurs aux pétales flétris qu'il lui faudrait couper, et se figura leur splendeur future si elle se donnait le mal nécessaire.

« Au fait, c'est une bien jolie fleur que vous avez là, dit-elle en désignant du menton la poche de sa veste. Où l'avez-vous trouvée ?

— C'est ma femme. Elle a dit que je devais mettre mes habits du dimanche.

— Vous êtes très élégant. »

Il joignit les mains, les doigts croisés, et s'éclaircit la gorge.

« C'est pas pour dire, et arrêtez-moi si je vais trop loin, parce que j'ai que du respect pour vous, madame. Mais il y a un tas de gars en ville qui ont vu votre affiche, et ils ont trop peur de venir vous voir. On sait ce qu'est arrivé aux frères. On sait ce qu'est arrivé au grand. Personne cherche les ennuis, voilà ce que je dis. »

À ces mots, Isabelle fut saisie d'une sueur froide.

« Il s'appelait Landry, murmura-t-elle en indiquant d'un geste la forêt. Il est enterré là-bas, à côté de mon mari.

— Madame, je…

— Laissez-moi terminer. Je les ai perdus. Tout ce que j'ai perdu, c'est inimaginable ! C'est ce qui m'a poussée à vous faire venir, et je ferai venir le plus de gens possible. Je veux faire de cette terre la plus belle et la plus fertile du pays. Ce n'est pas sans risque, c'est vrai, mais nous avons maintenant en ville un plus grand nombre de soldats de l'Union, des hommes qui vous ressemblent, et qui sont là pour défendre vos intérêts. Le Bureau des affranchis a ordonné une inspection par semaine pour s'assurer que vous n'avez rien à craindre. Et pourtant, me direz-vous, tout peut arriver. C'est exact. Et je comprendrais si la prudence vous empêchait d'accepter mon offre. »

Devant son visage impassible, elle songea à ce qu'il pourrait être à d'autres moments. Elle l'imaginait ouvrant tout grands ses yeux et riant à une plaisanterie, ou en train de danser avec sa femme. Sous d'heureux auspices, en effet, un homme s'épanouit.

« Je prends la terre, dit-il finalement. Combien ?

— Deux hectares.

— C'est d'accord, dit-il d'une voix où perçait la stupéfaction.

— Et vous m'aiderez pour le champ en bas de la colline ?

— Je vous en donne ma parole. »

Ils n'échangèrent pas de poignée de main. Il se borna à acquiescer avant de descendre l'escalier du perron.

« Je reviens la semaine prochaine.

— À bientôt, Elliot. »

Il s'éloigna d'un pas pressé. Elle lui cria de passer

le mot aux autres. Tous auraient droit au même traitement. L'espace était limité – elle n'avait pas un nombre infini d'hectares –, mais tous étaient les bienvenus, comme elle le précisait sur son écriteau.

28

Ce fut un automne rutilant. Le soleil s'adoucit comme une caresse et les noyers se couronnèrent d'un jaune d'or qui les fit ressembler à de gigantesques fleurs de pissenlit. D'autres arbres revêtirent une intense couleur orange citrouille. Dans cette splendeur, Isabelle faisait sa ronde le matin à cheval sur Ridley. Elle avait l'œil sur la poignée d'hommes arrivés au cours de ces derniers mois à la suite d'Elliot. Ils étaient encore nombreux à vivre dans les camps de l'autre côté de la ville, mais certains s'étaient installés à la ferme ; ils s'y étaient fabriqué des huttes sur le coin de la propriété dont ils avaient l'usage.

Le domaine était si vaste qu'Isabelle aurait pu le chevaucher sans croiser aucun d'eux, mais elle aimait les voir piocher, sachant que leurs plans prenaient forme, que le but était proche. Ils étaient tous des affranchis, et en général faisaient venir leur famille pour les assister. Il était souvent arrivé à Isabelle de buter contre leurs regards sceptiques, comme si elle n'était qu'une nouvelle incarnation du surveillant, mais petit à petit, la routine aidant, ainsi que les questions sur les techniques agricoles et le fait qu'elle travaillait souvent au coude à coude avec eux dans le champ de George, ils s'habituèrent à sa présence. Elle bénéficiait de l'aide d'au moins l'un d'entre eux chaque jour, et déjà les efforts de réensemencement – à l'aide de simples houes et de fumier qu'ils répandaient pour assurer une croissance saine – avaient commencé à réparer les dégâts causés par le feu. Il y avait peu de chances d'obtenir une récolte abondante cette première saison, lui disait-on. Il faudrait au moins une année avant que la terre se remît tout à fait. Mais cet horizon d'un an ne lui semblait pas si lointain.

Après une journée dans les champs, elle se retirait toujours dans la forêt. D'abord auprès de la tombe de Landry : le bleu de la chaussette sur la croix avait l'éclat d'un phare dans la lumière crépusculaire. Elle s'asseyait entre sa tombe et celle de George. Elle leur parlait comme s'ils étaient là, avec elle. Elle les informait de l'avancée de son labeur et leur promettait de revenir avec des roses dès qu'elles seraient écloses. George ne les avait jamais aimées, mais, s'il les avait tolérées dans la vie, il pourrait bien les supporter dans la mort. Et Landry adorait tout ce qui était beau, tout ce que la beauté revêtait d'un aspect sacré. Il serait content de recevoir un bouquet.

Parfois, elle essayait de parler à haute voix à Caleb, de lui raconter sa vie comme elle le faisait avec George, mais ce n'était pas pareil. Parler à Caleb avait quelque chose d'irrévocable qui la troublait. Presque personne ne prononçait plus son nom en ville, ayant eu vent de ce qui s'était passé, mais quand par hasard quelqu'un l'évoquait devant elle, elle se contentait de répondre par un sourire glacial, de lui souhaiter une bonne journée et de s'esquiver poliment. Les souvenirs de son fils et de Prentiss, elle les réservait à des moments plus précieux que ces banales conversations : une prière tard le soir lorsque la solitude la gagnait. Alors elle repliait les genoux contre sa poitrine et demandait à Dieu de les protéger où qu'ils fussent. Quelquefois, elle pensait à eux le matin, quand elle avait besoin de se motiver pour se lever, s'habiller, avancer, avec cet orgueil qu'elle cultivait soigneusement ; pour sortir retrouver celui de ses protégés qui l'attendait ce jour-là dans le champ. Les garçons auraient sûrement souhaité qu'elle continuât à vivre, se disait-elle. Aussi s'efforçait-elle de tenir le cap.

Un soir, après une journée sans incident, elle rentra chez elle, épuisée, pour trouver Mildred en tenue de cheval, pantalon noir et gants blancs faisant les cent pas sous son porche. Son agitation extrême tranchait sur la tranquillité qu'Isabelle venait de goûter dans la forêt.

« Vous êtes bien sale.

— J'ai dû réparer la pompe ce matin. J'ai passé le reste de la journée dans les champs.

— Alors, forcément. Au fait, un type est passé vous déposer des navets. »

Isabelle gravit l'escalier et Mildred l'embrassa sur la joue. Elle sentit l'odeur de sa sueur et pensa que Mildred devait percevoir sur elle celle de la terre, mais ni l'une ni l'autre n'ébaucha le moindre mouvement de recul. Les navets en question attendaient à côté de la porte. Isabelle les ramassa.

« Ce doit être Matthew. Rien n'est encore prêt à être récolté chez lui, mais il m'avait promis de m'apporter des légumes du potager de sa mère à

Campton. Ils donnent une idée de ce qu'il produira sur son terrain. Mais entrez donc ! Je n'ai pas grand-chose à vous offrir d'autre que ma compagnie, à moins que vous ne vouliez des navets, bien sûr. »

Mildred la suivit dans la maison.

« Il faut prendre soin de vous, dit-elle. Vous avez maigri.

— Sans George, je me contente de ce que je fais pousser au potager et de quelques œufs de temps à autre. »

Au salon, sur la table placée devant le canapé, étaient étalés les livres de George traitant d'agriculture. Sur un grand parchemin qu'elle avait déroulé à même le plancher, Isabelle avait tracé une carte de la ferme et placé les noms correspondant aux terrains confiés à chaque personne qui avait accepté le marché qu'elle proposait.

« Mon Dieu, Isabelle, ce désordre, c'est de pire en pire ! s'exclama Mildred en frissonnant ostensiblement. Il va falloir vous trouver une bonne.

— Il vaut mieux pas que je vous montre ma chambre, dans ce cas.

— Vous pouvez toujours plaisanter, mais on verra le jour où vous viendrez crier au secours parce que la vermine s'y sera installée. »

Isabelle alluma une bougie sur la table de la salle à manger, puis elle alla ôter son chapeau de paille, se laver les mains et se débarbouiller la figure. Revenue auprès de Mildred, elle s'assit et délaça ses bottines. Mildred s'installa sur une chaise. Depuis la mort de George, elle lui avait rendu plusieurs visites qui, chaque fois, s'étaient prolongées tard dans la soirée en conversations alimentées par leurs réflexions personnelles alors que ni l'une ni l'autre n'avait d'obligation le lendemain matin. Récemment, Mildred avait annoncé les fiançailles de son fils Charlie. C'était une surprise, une bonne surprise, quoique Mildred semblât sous-entendre qu'elle se sentait abandonnée. Aussi Isabelle ne l'avait-elle pas interrogée davantage à ce sujet.

« Tout marche bien ? demanda Mildred en enlevant ses gants.

— J'ai l'impression, oui. Ils n'ont pas besoin de moi et je suis contente de ne pas être toute seule. Elliot est un ami. Je pense qu'on s'entend bien. Il m'a présenté sa femme et ses enfants. Je suis aussi en relation amicale avec Matthew.

— Pourtant vous êtes seule dans cette maison, à des kilomètres de la ville. Cela ne me plaît pas. Et si quelqu'un avait l'intention de vous nuire ? Vous ne fermez même pas votre porte à clé. »

Isabelle faillit lui rire au nez.

« Je vous en prie. Je dors comme un bébé.

— Mieux qu'avec George ?

— Oh, George est ici, soupira Isabelle. Il est partout. Dans les champs, dans la forêt. Je ne peux pas me débarrasser de lui. Mais j'ai beau lui en vouloir, je suis impatiente de le retrouver chaque jour. Rien de changé par rapport à l'époque où il était en vie. »

Mildred se leva et se remit à marcher de long en large.

« Vous n'êtes plus obligée de le chouchouter, vous savez. Vous pourriez quitter cet endroit. Nous ferions bien de partir pour l'Europe toutes les deux. Nous commencerions une nouvelle vie. Une idée que j'ai eue. L'Italie nous accueillerait à bras ouverts, n'est-ce pas ?

— Deux veuves américaines.

— Vous voyez ! Notre surnom est tout trouvé. »

Le coude sur la table, Isabelle posa son menton sur son poing tandis que Mildred passait au salon.

« J'ai la vie que je veux, dit-elle à Mildred. Je fais ce que je fais parce que cela me rend heureuse. Si nous pouvions trouver ce qui vous apporte le bonheur, nous serions toutes les deux nanties. »

La bougie éclairait le coin du salon où Mildred se tenait bien droite à côté du canapé, le regard baissé vers la table encombrée de livres.

« Vous devriez au moins me laisser vous dessiner une carte correcte, dit-elle. Ce serait honteux si à cause de vos piètres talents de cartographe, vous alliez embrouiller vos lopins de terre. Un de vos gars pourrait prendre une parcelle, un autre revendiquer la même, et Dieu sait quelle salade on obtiendrait ! Et votre cuisine… »

Mildred fit demi-tour pour foncer vers l'évier.

« C'est tout simplement répugnant, Isabelle. Je vais vous nettoyer tout ça. Si le ménage était fait et que vous aviez un intérieur douillet et reposant, alors, oui, je serais moins désolée de vous voir vivre en ermite.

— Mildred ! s'exclama Isabelle en désignant la chaise où était assise un peu plus tôt son amie. Il faut vous détendre. Asseyez-vous. »

Mildred respira avec plus de calme et son ample col en dentelles retomba doucement sur sa gorge. Elle se rassit.

« C'est juste que… je pense à l'avenir. Vous continuez à tracer un chemin tandis que je ne fais rien d'autre que radoter sur mon ménage…

— *Mildred* », prononça Isabelle avec fermeté.

Son amie leva les yeux et à la flamme vacillante

de la bougie, Isabelle vit que sa mâchoire tremblait. Elle ajouta :

« J'aimerais accepter votre aide. Plus que celle de n'importe qui d'autre. Vous me deviendriez indispensable. Vous l'êtes déjà. »

À la stupéfaction d'Isabelle, cette déclaration sembla apporter un immense soulagement à Mildred, comme si elle n'attendait que ces mots. D'un seul coup, son expression devint sereine. Isabelle posa une main sur son épaule.

« Quoi que j'entreprenne, vous faites partie de ma vie. Nous pouvons commencer demain. J'adorerais que vous redessiniez cette carte. Si vous êtes disponible, bien sûr. »

Mildred exhala un long soupir et ses yeux se remirent à pétiller.

« Je suis disponible demain », dit-elle comme si c'était la chose la plus naturelle du monde.

Isabelle ne se doutait pas encore que demain deviendrait tous les jours.

*

La carte de Mildred recensa les noms de tous les affranchis résidant sur le domaine des Walker. À l'abord de l'hiver, il y avait sept lots et, si l'on exceptait la forêt, plus un seul mètre carré de terrain cultivable. Deux femmes, Clarinda et Jane, s'installèrent sur une petite parcelle à côté de celle de Matthew. Elles se disaient sœurs mais ne se ressemblaient d'aucune manière. Clarinda, bâtie en force, avait une voix si grave qu'elle semblait parfois sur le point d'entonner l'hymne le plus sombre. Jane avait la souplesse d'une liane, la moitié de la taille de Clarinda et parlait d'une voix aiguë qui faisait souvent grincer des dents Isabelle. Elles étaient toutes les deux habillées à l'identique, d'une robe à grosses fleurs colorées et d'un bonnet blanc. Aussi bavardes l'une que l'autre, elles arrêtaient Isabelle pour lui raconter leurs histoires de famille – les cousines et cousins vivant dans d'autres États plus ou moins lointains et qu'elles n'avaient jamais rencontrés, les anciens esclaves de la plantation, des amis aussi proches que s'ils étaient de la famille, partis dans un autre comté. Isabelle était curieuse de savoir à quels moments les deux bavardes trouvaient le temps de jardiner. Au demeurant, leur potager était bien tenu et promettait une jolie récolte printanière de carottes et d'oignons. Une visite à l'improviste à leur parcelle, un après-midi, ne l'éclaira pas davantage : les sœurs brillaient par leur absence. Un soir, alors qu'Isabelle revenait de la tombe de George, elle les rencontra devant la maison. Elles lui apprirent qu'elles étaient employées dans une filature et qu'il ne leur était pas toujours possible de se libérer avant le crépuscule. Ce qu'elles pourraient tirer de leurs légumes serait un appoint bienvenu à leurs salaires. Et leur permettrait le moment venu de s'investir dans la recherche de leur parentèle.

D'autres, comme Godfrey, ne lui avaient pas adressé la parole depuis leur installation. Elle lui avait alloué le terrain le plus à l'est de la propriété et, à aucune des visites d'Isabelle, il n'avait desserré les dents. Il s'était sûrement passé quelque chose. Il ne cultivait qu'un petit bout de son terrain, juste assez pour produire de quoi se nourrir. Isabelle ne fut pas étonnée d'apprendre par les autres qu'il ne faisait pas beaucoup plus d'effort pour leur parler, et ne quittait presque pas la ferme.

Une fois, il se trouva harcelé par quelques adolescents de la ville qui lui cherchaient noise. Ils ne le rouèrent pas de coups, mais le tirèrent du lit et le bousculèrent un peu. Après que Mildred et Isabelle en eurent été informées, cette dernière eut la surprise, la semaine suivante, de trouver un bouquet de fleurs sur son perron, de la part de l'un des agresseurs. En fait, Mildred avait parlé de l'incident à ses fils, lesquels avaient joué les redresseurs de torts. Isabelle déclara à Mildred que la prochaine fois elles avertiraient les autorités. En réalité ni l'une ni l'autre n'était vraiment mécontente de la façon dont l'affaire avait été réglée.

Isabelle apporta le bouquet au terrain de Godfrey, celui-ci n'était nulle part en vue. Lors de sa visite suivante, elle constata que sa tente avait été démontée et retirée, que ses outils avaient eux aussi disparu. Elle comprit qu'il avait déserté. Au bout de quelque temps, un autre affranchi s'y installa. Néanmoins, un message avait été envoyé : avec la réputation des fils Foster, la menace de la loi fédérale et les retombées de l'incendie, peu de gens osèrent ensuite remettre les pieds à la ferme Walker sans invitation. D'ordinaire, Mildred arrivait de bonne heure pour le petit déjeuner et, pendant qu'Isabelle effectuait sa tournée, elle lessivait et s'occupait de l'intendance, ce qui consistait, entre autres choses, à noter le nom de tous ceux qui venaient réclamer un terrain ou de l'aide sur leur parcelle. Les écriteaux en ville avaient beau avoir été enlevés, il arrivait encore des candidats attirés par les rumeurs. La place étant limitée, et toutes les parcelles déjà prises, il fallait bien les refouler, une tâche qui rebutait moins Mildred qu'Isabelle. Mais il arrivait aussi que quelques affranchis, comme Elliot, soient contents de bénéficier, au cœur de l'hiver, d'un coup de main et de partager le produit de leur récolte.

Le soir, Isabelle et Mildred dînaient ensemble et discutaient de leur journée, de leur vie, de ce que l'avenir leur réservait. Elles s'installaient ensuite sur le canapé pour lire ou tricoter, ou même continuer la conversation commencée à table. Elles étaient, à leur manière, inséparables, et Isabelle n'hésitait pas à tenir la main de Mildred et à poser sa tête au creux de l'épaule de son amie quand elle était fatiguée. Pourtant, elles ne dormaient pas dans le même lit. Le lien qui les unissait n'était pas physique, c'était une symbiose d'ordre spirituel transcendant toute passion charnelle. Il leur suffisait de se voir le matin et le soir, et quand Mildred rentrait chez elle retrouver ses fils, la distance ne faisait que rendre plus agréables leurs retrouvailles du lendemain. Lorsque la porte d'entrée s'ouvrait, Isabelle disait à peine bonjour, mais elle savourait cette nouvelle routine et la présence de son amie comme elle l'aurait fait d'une friandise.

Parfois elles se disputaient. Isabelle était convaincue que ceux qui travaillaient sa terre devaient avoir un endroit où loger. Déjà bon nombre d'entre eux campaient là et elle ne voyait aucune raison de ne pas leur permettre de construire des abris plus confortables. Des abris qui n'auraient rien de permanent : les travailleurs partiraient une fois leur objectif atteint et leurs poches suffisamment garnies. Mildred, pour sa part, était d'avis qu'une famille n'abandonnerait jamais un logis où elle se trouvait bien. Ce point de désaccord nourrit maintes discussions pendant pas mal de temps.

Le dimanche, elles se reposaient, leurs sujets de conversation étaient moins sérieux. C'était à présent la dernière semaine de décembre, juste après Noël, le premier d'Isabelle sans George. Elles étaient assises sous le porche, une tasse de thé à la main, enveloppées chacune dans un plaid. Un oiseau se posa soudain sur la balustrade, pencha la tête de côté, puis s'envola. Le thé les réchauffait un peu mais ses bienfaits se dissipaient rapidement dans la matinée froide. Elles ne tardaient pas à rentrer, mais au moins une fois par jour elles tenaient à prendre l'air, avec pour récompense un bon feu de cheminée.

Mildred, d'humeur persuasive, essayait de convaincre Isabelle qu'elle devait se mettre à l'équitation. Il y aurait bientôt une vente aux enchères de chevaux et Mildred savait qu'une pouliche présentée par un éleveur non répertorié serait proposée à un prix intéressant. Elle la dresserait, après quoi toutes les deux s'en iraient parcourir ensemble la région, nez au vent.

Isabelle cessa d'écouter lorsqu'un véhicule fit son apparition au bout de l'allée. Le landau, dont la capote en toile était pleine de trous, était tiré par un seul cheval et, comme il approchait, Isabelle vit des caisses empilées à l'intérieur. L'identité de la personne qui tenait les rênes, dissimulée par une lourde couverture, restait un mystère pour Isabelle jusqu'au moment où elle remarqua une petite silhouette à côté d'elle : une fillette bien emmitouflée blottie contre sa mère.

Isabelle posa sa tasse et attrapa son manteau en laine sur le dossier de sa chaise.

« C'est vous ? cria-t-elle en descendant l'escalier tandis que la voiture s'immobilisait.

— Le peu de moi qui a tenu le coup malgré le froid ! » répondit Clementine.

Elle descendit du siège, sa fille dans les bras.

Elles avaient échappé à l'incendie, mais leur maison avait brûlé, comme l'avait rapporté Mildred à Isabelle. Depuis, Clementine était déjà venue dîner une fois à la ferme et se recueillir sur la tombe de George après le repas, mais d'après l'aspect de la voiture, chargé de toutes ces caisses, il était peu probable qu'une telle visite se reproduisît.

La chevelure d'Elsy était aussi abondante que celle de Clementine dont le visage était caché par ses boucles.

« Je veux dire bonjour au cheval ! Je veux le cheval ! » réclama l'enfant.

Clementine la posa à terre, tout en la tenant fermement par la main.

« Le cheval va te prendre avec ses dents et te jeter au sol comme une poupée de chiffon. C'est ce que tu veux ? »

La fillette rit en approuvant de la tête.

« Ah, bon ? dit Clementine. On verra ce que tu feras quand tu auras le nez dans la boue.

— J'aime la boue ! »

À cette déclaration, sa mère ne trouva pas de réponse. Elle se contenta de la retenir près d'elle tandis qu'Isabelle marchait à leur rencontre. Clementine portait une robe en laine sous un manteau assez long pour convenir à un homme. Une élégante écharpe rouge était nouée à son cou. Sa beauté rayonnait malgré les couches de vêtements qui gommaient ses formes. Isabelle l'embrassa et salua Elsy, puis elle inspecta la voiture.

« Elle est en piteux état, je sais, soupira Clementine. Je crains le pire. Mais j'avais pas le choix. Il y avait rien d'autre à mon prix.

— Vous êtes bien arrivée jusqu'ici, dit Isabelle. Il ne faut pas se fier aux apparences, n'est-ce pas ? »

Clementine inspectait la voiture d'un œil méfiant.

« Puis-je me permettre de vous demander ce que vous comptez faire ? s'enquit Isabelle.

— Eh bien, j'ai pas le choix. Il faut que j'aille voir ailleurs. Je ne peux plus loger à l'hôtel. On se plaint qu'Elsy fait trop de bruit et que je rentre tard. Ça va pas du tout.

— Où allez-vous donc ? »

À cet instant une main froide se posa sur l'épaule d'Isabelle qui tressaillit. Mildred, qui s'était jointe à elles, se pencha vers Elsy.

« Et si j'emmenais cette petite fille rendre visite aux poules ? proposa-t-elle. Elles seront ravies de recevoir quelques graines, si mademoiselle est assez courageuse pour leur donner à manger.

— Je suis courageuse ! s'empressa d'affirmer Elsy.

— On va voir ça », dit Mildred en consultant du regard Clementine, laquelle se borna à acquiescer de la tête, apparemment contente de profiter d'un interlude sans enfant.

Mildred et Elsy s'éloignèrent en direction du poulailler.

« Dès qu'elle est réveillée de sa sieste, elle déborde d'énergie, expliqua Clementine.

— Il y a bien longtemps que je ne l'ai pas vue, dit Isabelle, mais je me rappelle. »

Elle se tourna vers Clémentine.

« Venez sous le porche. Vous prendrez bien une tasse de thé. »

Clementine s'assit sur le siège de Mildred et Isabelle lui versa du thé.

« Vous savez où vous allez ? reprit-elle.

— Pas précisément. Je cherche seulement un endroit où je pourrais mener une vie tranquille. Un climat plus clément pour mon métier. Les hommes ici sont trop occupés à reconstruire pour fréquenter des femmes dans mon genre. Les porte-monnaie ne s'ouvrent plus aussi facilement.

— Je vois…

— J'ai toujours fait ce qu'il fallait pour survivre, dit Clementine. Même si j'ai eu des années correctes ici, ce sera forcément mieux au Nord. Le public sera sûrement plus accueillant. Peut-être plus riche aussi.

— Je suis sûre que vous réussirez tout ce que vous entreprendrez. Mais… et Elsy ?

— Je veux la mettre à l'école, très vite. Je reculerai devant rien.

— C'est un sacré programme que vous avez là ! Je crains que de nombreuses épreuves vous attendent.

— C'est ce que je pense aussi. J'avoue que je suis terrifiée, mais il vaut mieux faire le changement maintenant alors qu'elle est encore petite. En tout cas, c'est ce que je me dis. »

Une brise glaciale souleva un peu de poussière du sol et les deux femmes burent une gorgée de thé pour se défendre du froid.

« Je me demande, dit Clementine en baissant la voix, si vous avez eu de leurs nouvelles. »

Isabelle prit une deuxième gorgée pour gagner du temps. Peut-être était-ce l'effet du flegme avec lequel Clementine avait posé sa question, ou l'absence de sous-entendu derrière ses paroles, mais pour la première fois elle se sentit capable d'y répondre.

« Non, dit-elle. Pas encore.

— Oh, Isabelle !

— Ah, ne commencez pas ! Je n'ai pas besoin de votre sympathie. Je suis sûre qu'ils vont bien tous les deux. Caleb n'écrit pas, voilà tout. »

Clementine déroula son écharpe et dévisagea Isabelle sans cacher son inquiétude. Elle attendait la suite avec impatience, peut-être la même impatience qui tourmentait nuit après nuit le cœur d'Isabelle. Mais Isabelle n'avait rien d'autre à dire. Rien de concret.

« Il viendra une lettre, affirma-t-elle d'un ton reflétant l'optimisme forcené qu'elle s'efforçait de pratiquer. Je m'imagine souvent en train de l'ouvrir. La rondeur enfantine de son écriture, les lignes qui penchent de plus en plus sur la feuille. Sa paresse avec les mots… »

Elle porta son regard vers l'allée, concentrée sur les images d'un scénario souvent réécrit aux heures les plus noires. Le contenu d'une lettre qui n'existait pas.

« Il en dira tellement plus que dans ses petits mots envoyés durant la guerre. Il me dira qu'ils vont bien. Ils sont à Philadelphie ou à New York, je n'ai pas encore décidé. Ils sont employés dans un hôtel. Un grand hôtel. Fréquenté par la bonne société. Caleb sert à table, des rôtis à la sauce champagne, des rognons au vin rouge, dans une ambiance joyeuse entretenue par un orchestre de musique classique. Prentiss, eh bien, il travaille au fumoir. Il y a de la fumée qui flotte dans l'air, bien sûr, et on entend les billes de billard se caramboler. On y rencontre les plus éminents savants de passage dans la ville, qui devisent des inventions du futur. Après des mois de solitude dans les bois, Prentiss est ravi de se frotter à ces cerveaux. Il enregistre tout pour s'en servir plus tard. Les garçons dorment dans le même genre de lit que les clients. Des matelas à ressorts. À New York, le personnel mérite mieux qu'une paillasse. On leur permet de finir les restes des dîners extravagants. Plus tard, quand tout le monde dort, il leur arrive de se glisser au fumoir grâce à la clé de Prentiss et de jouer une partie de billard…

« Je ne sais pas, Clementine. Ce sont les choses qui me viennent à l'esprit. J'aimerais qu'on me raconte la suite. Mon imagination est sans doute limitée, mais quand on a un tel tableau dans la tête, a-t-on besoin de lui mettre un cadre de mots pour le rendre vrai ? »

Clementine se trémoussa un peu et frappa son siège du plat de la main comme pour applaudir.

« C'est magnifique ! Je suis sûre que ça se passe comme ça. Une mère sent ces choses-là, et ces garçons sont assez déterminés et malins pour que ça devienne vrai.

— Merci, dit Isabelle. On est deux alors.

— Je parie que Landry serait ravi pour son frère. Que Prentiss aille si loin dans le monde… »

Au nom de Landry, Isabelle tressaillit, tous ses muscles soudain contractés. Elles avaient déjà parlé de lui, une seule fois, devant les tombes, le jour où Clementine était venue dîner ; mais au même titre que Caleb, c'était un sujet qu'elle n'abordait pas avec Mildred, de sorte que le nom de Landry n'avait pas résonné à son oreille depuis ce soir-là.

« Pardon, dit Isabelle. Je ne m'attendais pas à entendre son nom. »

Clementine se pencha vers elle, si près qu'Isabelle sentit l'odeur froide et humide de son manteau.

« Je ne voulais pas vous faire de la peine, dit Clémentine. C'est juste que, d'après ce que m'a dit Prentiss, il était très lié à son frère. Je peux que supposer que Landry aurait été heureux de le savoir loin d'ici, de tout cet énorme gâchis.

— Prentiss vous a parlé de Landry ?

— En prison. Je vous envie de l'avoir connu. Comme il devait être intéressant ! Prentiss m'a raconté sa fascination pour l'eau. »

Isabelle tombait des nues. Aucun des frères n'avait jamais évoqué cette fascination. Elle fit part de son ignorance à Clementine qui lui résuma ce que lui avait raconté Prentiss. Landry profitait de toutes les occasions pour contempler la fontaine du Palais de Sa Majesté. Comme Prentiss l'avait décrit, il semblait faire partie de la fontaine, à la fois de sa beauté et de son fonctionnement interne. Combien elle était belle et mystérieuse, cette force souterraine qui faisait jaillir l'eau, encore et encore, à l'image de la vie.

Avait-elle perçu la souffrance sur les traits d'Isabelle, le signe d'une intimité dont elle, Clementine, était exclue ? Toujours est-il qu'elle mit une sourdine à son enthousiasme.

« Bien sûr, je ne connais que le peu que m'a confié Prentiss. Entre son histoire et vos impressions, j'ai sûrement fait de son frère un personnage de légende. »

Le vent se leva de nouveau, une bise aigre et pénétrante. Malgré son manteau, Isabelle regretta de ne pas avoir pris son châle. Elle aurait du mal à se réchauffer.

« Je ne sais pas quoi vous dire.

— Alors ne dites rien, conclut Clementine. J'ai déjà assez abusé de votre temps. Si je pouvais remettre la main sur mon petit cabri. »

À point nommé, un cri de joie s'échappa de derrière la maison. Isabelle appela Mildred et, presque aussitôt, on entendit la porte du poulailler se refermer avec son claquement caractéristique.

Clementine était déjà debout. Ses cheveux gonflés par le vent se balançaient comme les feuillages d'un arbre dans la tempête. Après avoir embrassé Isabelle, elle descendit les marches du perron.

« Un jour peut-être, dans pas longtemps, quelque part sur mon parcours, je tomberai sur nos deux jeunes gens descendant une rue côte à côte, dans leurs beaux uniformes du grand hôtel. Leur journée de travail terminée, ils auraient dénoué leur cravate, peut-être. Le chapeau à la main, ils se prépareraient à passer une bonne soirée. »

Isabelle sourit, le cœur gonflé.

« Il y a eu des coïncidences plus inouïes.

— Je vous promets de leur faire savoir qu'il y a une personne ici qui attend de pied ferme de leurs nouvelles. Je leur dirai qu'ils doivent se dépêcher de vous écrire. Et de vous donner une adresse.

— Ce serait un don du ciel. »

C'est fou, songea Isabelle, la gorge nouée par l'émotion, comme toute allusion à ce sujet, même sur un ton de badinage, la bouleversait profondément.

« Vous leur direz que je vais bien. Que je m'en sors. Et rappelez à mon fils qu'il doit non seulement m'écrire, mais me donner tous les détails ! Des lettres longues. Il me l'a promis. »

Clementine allait répondre, quand Elsy bondit à côté d'elle en hurlant qu'elle avait vu les poules. Le moment était passé. Mildred monta l'escalier et soudain un gouffre se creusa entre les deux paires. Clementine et Elsy devant la voiture, leurs vêtements malmenés par le vent tandis qu'elles se tenaient enlacées. Mildred et Isabelle debout à côté de leurs fauteuils respectifs, à deux mètres à peine de la porte qui ne tarderait pas à leur donner accès au coin d'un bon feu de bois.

« Bon voyage ! » cria Isabelle.

Mildred fit au revoir de la main. Clementine, le visage à moitié caché par son écharpe, lui rendit son salut. Elsy tendit le bras vers le cheval. Clementine prononça le nom de sa fille et prit son poignet pour l'agiter en guise d'au revoir aux deux femmes. Lorsqu'elles grimpèrent à l'avant de la voiture, Isabelle ne bougea pas, comme s'il y avait encore quelque chose à dire – un dernier adieu. Mais le cheval fit demi-tour devant la maison et Clementine disparut aussi brusquement qu'elle était apparue.

29

Il y avait un homme trapu habillé avec élégance qui, à l'aube, traversait à pied la ville paisible de Convent en sonnant une cloche. Il y avait des matins d'hiver où le soleil n'avait pas encore percé l'obscurité de la nuit précédente, et en ces occasions, dans son autre main, il portait une lanterne qui attirait à lui les hommes de la même manière que la lumière attire les insectes alentour. Les portes des maisons s'ouvraient et se fermaient sans bruit, des pas feutrés résonnaient et bientôt le porteur de la lanterne avait formé autour de lui une troupe silencieuse. Ils avançaient tous ensemble, comme un seul homme, sans jamais s'arrêter, la troupe augmentant à mesure qu'ils progressaient. Meute de fantômes flottant doucement vers le brouillard et les bois au-delà.

« Prentiss », appela Caleb dans l'obscurité de leur chambre en regardant les hommes qui passaient. Il avait l'habitude de ne recevoir aucune réponse au petit matin, mais il ne se découragea pas. « Prentiss, ils sont en bas. »

Il ne savait pas depuis combien de temps ils vivaient à Convent. Assez longtemps pour en perdre la notion. Quatre mois ? Cinq ? La ville était la première qu'ils rencontraient après avoir cessé de fuir aveuglément, l'auberge la première qui avait accepté de les loger. La gérante, qui avait ses idées sur l'hospitalité, ressemblait à sa mère, tenant avant tout à maintenir une ambiance harmonieuse sous son toit. Si jamais la porte entre la cuisine et le salon venait à être laissée entrouverte, Madame Benson ne s'en montrait pas incommodée, mais l'instant d'après, on la trouvait bien refermée. Dès qu'elle entendait un bruit à l'étage, elle demandait si quelqu'un avait un problème, une façon comme une autre d'imposer le silence. La tranquillité avant toute chose.

Elle les avait casés dans un grenier envahi de toiles d'araignée, deux lits étroits séparés par la largeur des combles, et malgré les grosses araignées plus animales qu'insectes, en dépit de l'humidité qui donnait au plancher un aspect de dent pourrie, Caleb trouvait que c'était une chance inespérée d'avoir un endroit à eux.

Caleb répéta le nom de Prentiss, et le corps de l'autre côté de la pièce commença à bouger. Depuis qu'ils étaient là, Prentiss ne s'était pas une fois levé avant Caleb. Chaque matin, à croire qu'il était cloué à son lit par le froid, Prentiss donnait l'impression de renoncer une bonne fois pour toutes et d'hiberner jusqu'au printemps. Mais il se réveillait brusquement, motivé non par Caleb (car Caleb reconnaissait qu'il avait peu d'influence sur Prentiss, ce garçon silencieux, qui paraissait vivre dans un monde à part), mais apparemment par une nécessité intérieure exigeant de lui qu'il se mît au travail et menât à bien sa tâche avec un perfectionnisme si passionné qu'aucun employeur ne pourrait jamais exprimer le moindre grief à son endroit. C'était bien le travail qui les tirait du lit. Un travail qui les occupait tout le jour, chaque jour que Dieu faisait.

« Allons-y », dit Prentiss d'une voix encore ensommeillée.

Il était habillé en un quart de seconde et Caleb ne s'attendait jamais à voir si vite sa silhouette s'avancer dans la pénombre.

*

La matinée était encore froide, les hommes serraient leur manteau autour de leur corps. Ils avaient tous un lourd passé. L'un d'eux parlait souvent d'une femme à qui il envoyait son salaire : elle ne répondait jamais à ses lettres et d'ailleurs n'était peut-être plus sa femme, mais en tant que forçat en cavale, le retour à la maison qui lui aurait permis de vérifier l'état de son mariage se serait terminé par sa pendaison. Aussi cet homme avait-il appris à supporter le mystère. Les autres se montraient plus taciturnes, bien que dans les coups d'œil qu'ils jetaient à la dérobée et leur effroi face à un cheval affolé ou à un corbeau croassant, il était évident que les ombres de leur vie antérieure ressurgissaient à tout moment et leur signifiaient que le seul moyen de conjurer le sort, c'était la fuite.

L'homme à la lanterne cessa de sonner sa cloche à la sortie de la ville, quand le sol sous leurs pieds devint marécageux. Ils croisèrent quelques fermes, ici et là, construites au bord des nappes d'eau sinueuses. Devant chacune, un réverbère jetait une faible lueur, petite étoile dans l'obscurité. Aux yeux de Caleb, ces réverbères étaient semblables à des poteaux indicateurs, mais qui indiquaient quelle direction ? C'était d'autant moins clair que le groupe quittait toujours la route avant de s'être rapproché assez pour lui permettre de déchiffrer leur message.

« Monsieur Whitney veut ses gars habituels », déclara l'homme à la lanterne.

Certains planteurs employaient les mêmes ouvriers, jour après jour, ceux qui leur convenaient. Dès leurs premiers temps à Convent, Caleb et Prentiss avaient été sélectionnés par Monsieur Whitney et jamais embauchés ailleurs. Ils s'avancèrent d'un pas avec les autres, huit en tout, et l'homme à la lanterne leur ordonna de se dépêcher.

La route menait à une sucrerie, une simple ossature en bois, sans toit ni murs solides. Whitney commença par leur distribuer à chacun une unique tranche de pain frit. Ils faisaient tellement de bruit en mastiquant qu'on n'entendait plus la rivière en contrebas.

« Cinq minutes », dit Whitney.

Dans le froid glacial, les hommes se blottissaient les uns contre les autres, affamés comme des loups. La température ne monterait qu'à partir du moment où les chaudières se mettraient à bouillir.

« J'ai passé la matinée à couper du bois, leur dit Whitney comme pour leur signifier que la journée était déjà bien entamée alors qu'elle n'avait même pas démarré. Vous allez tous les trois pouvoir prendre le relais. Les autres, vous serez aux chaudières comme hier. Caleb, tu te charges des tonneaux. »

Il connaissait le nom de Caleb parce qu'il était le

seul Blanc de l'équipe, composée d'Indiens et de Nègres, et donc souvent désigné pour les tâches les moins pénibles. Il avait essayé un jour d'échanger son poste avec un autre : une des seules fois où il s'était attiré la colère de Prentiss. Ce dernier s'était écarté de sa chaudière pour s'approcher de lui, le visage ruisselant de sueur.

« Tu vas remplir ces tonneaux, lui avait soufflé Prentiss. Écoute ce que t'a dit ce type. Tu fais le con parce qu'il t'a refilé le moins dur. Tu es exactement comme ton père, tiens. »

Caleb se le tint pour dit.

La routine variait rarement et ce jour-là n'était pas différent des autres. Les hommes qui n'étaient pas en train de couper du bois allumèrent les feux sous les chaudières. Il y en avait quatre en tout, alignées en batterie. Lorsque la première était en ébullition, le jus de canne était transféré au moyen de cuillères dans la grande marmite suivante, et ainsi de suite jusqu'à ce que le sirop réduit fût arrivé jusqu'à Caleb, qui surveillait son déversement dans le tonneau. Lorsque celui-ci était plein, il fixait dessus un plateau, le déplaçait dans un coin pour le laisser refroidir et le remplaçait par un tonneau vide.

La chaleur s'accumulait irrésistiblement et ils toussaient sans arrêt, une toux pareille à de longs aboiements qui trahissait la pénibilité de leur labeur. À la fin de la journée, afin de délasser leurs corps après avoir touillé sans fin debout pendant des heures, ils se ruaient à la rivière et se laissaient flotter sans bouger dans ses eaux glacées.

Caleb se rappelait que pendant sa première semaine, un garçon pas plus vieux que lui avait par inadvertance lâché sa cuillère. Le sirop avait coulé comme de la lave, et ils avaient assisté à son supplice muet : ses yeux qui lui sortaient de la tête, ses poings qui se serraient comme des boules de douleur. Un spectacle si fascinant que personne n'avait bougé : la vue du sirop dégoulinant à l'intérieur de sa botte et la perspective d'avoir à l'enlever, alors que le cuir avait déjà adhéré à sa peau. Plus tard, le garçon leur avait décrit la douleur quand le médecin s'y était appliqué : comme si on lui avait arraché la langue. Caleb n'avait pas oublié. Il aurait été étonné qu'un seul d'entre eux eût oublié.

Il était méticuleux au travail, et observait souvent Prentiss. Il portait une barbe maintenant. Il l'avait fait pousser alors qu'il avait encore peur d'être traqué et se préparait à un éventuel déguisement. Il ne s'était jamais rasé et même si le résultat se résumait à une touffe sur le menton et une moitié de moustache, il avait l'air plus vieux. Caleb savait que sous la barbe, un jeune Prentiss attendait toujours le moment propice pour réapparaître. En tout cas c'est ce qu'il espérait.

Monsieur Whitney avait soixante-dix ans et très peu de dents. Il se promenait parmi eux, une main dans le pantalon, l'autre tenant un chronographe. Le jus de canne bouillait à intervalles précis, c'était un fait, mais on s'étonnait qu'il se sentît obligé de chronométrer les opérations, étant donné ses discours récurrents sur son instinct infaillible pour repérer la fin de la cuisson rien qu'à la vue. Avec le temps, ses gestes – le tripotage de son entrejambe, les déclics perpétuels de sa montre – leur parurent relever de la manie pure et simple : c'était son truc pour se calmer les nerfs.

À midi, Whitney appela à la pause. Les hommes

sortirent en file indienne. Un seau d'eau les attendait au pied d'un arbre, à côté de l'usine. Ils burent chacun une rasade et s'assirent entre eux, en nage dans le froid, personne ne pipant mot. Whitney les gratifia de son laïus rituel sur son intention d'acheter un évaporateur, qui lui permettrait de se passer de leurs bras, puisque l'épuration se ferait mécaniquement, mais la menace avait été prononcée trop de fois pour être prise au sérieux.

Prentiss se tenait seul à l'écart, sa chemise nouée autour de sa taille. Il se frottait le front avec une feuille, le regard perdu dans les bois.

« Où es-tu aujourd'hui ? lui demanda Caleb en s'approchant de lui.

— Nulle part ailleurs qu'ici. »

Personne n'était aussi acharné au travail que Prentiss, personne ne buvait si peu d'eau, se plaignait si peu, transpirait autant. Il se punissait lui-même, c'est tout ce que savait Caleb. Pour des mauvaises actions qu'il n'avait jamais commises. Pour des pertes qu'il ne pourrait jamais rattraper. Et en dépit de tout ce qu'il avait dit au début, à savoir que Convent n'était pas assez loin d'Old Ox pour qu'il songeât à s'y installer, c'était lui, Prentiss, qui avait souhaité s'y arrêter. Ils n'avaient dépensé que peu d'argent, et il leur restait de quoi reprendre la route. Mais voilà, le travail leur convenait et Prentiss se sentait bien dans cet endroit où nul ne le connaissait et nul ne lui posait de questions. Un endroit où il pouvait penser à autre chose en touillant indéfiniment le sirop de canne, les yeux pleins d'un tourment qui se doublait de plaisir, la chaleur brûlante expurgeant les démons qui le tourmentaient.

« Madame Benson a dit qu'on mangera les restes du lapin ce soir, dit Caleb.

— Tu crois qu'il y aura encore du lait ? répliqua Prentiss.

— Tu parles du lait de chèvre ?

— C'est onctueux. Mille fois meilleur que le lait de vache.

— Si jamais il n'y en a plus, on n'aura qu'à aller en traire une nous-mêmes.

— Ah, je touche pas à la mamelle d'une chèvre ! Faut pas exagérer, quand même.

— Moi, ça me gênerait pas, dit Caleb. Ce serait même un honneur. Je suis sûr qu'il y a des hommes de par le monde qui ne se couchent contents que s'ils ont trait leur chèvre. »

Il cueillit une feuille, en tamponna son front et la laissa tomber sur le sol. Il ne regarda pas du côté de son ami, sachant que, si jamais il le surprenait à sourire, Prentiss ferait la tête. Ils attendirent donc ensemble jusqu'à la fin de la pause, gelés par l'évaporation de leur sueur.

Ce soir-là, il n'y eut ni lapin, ni lait de chèvre. Une fois terminée la cuisson du sucre, Whitney les envoya cercler les tonneaux pour le lendemain. À leur retour, Madame Benson était couchée. Il faisait tellement noir à l'intérieur qu'ils durent monter l'escalier à tâtons. Ils mangèrent une pomme chacun, Caleb s'efforçait de croquer doucement pour ne pas réveiller leur logeuse. Un bout de jambon acheté la veille leur tint lieu de dessert. Certains soirs où ils avaient du temps libre, Prentiss taillait un morceau de bois avec un rasoir, fabriquant quelque chose, ou rien peut-être. Caleb n'aurait su le dire et de toute façon n'aurait pas osé l'interrompre. Mais ce soir-là, Prentiss fut vite au lit, et Caleb resta seul avec les pensées qui l'empêchaient de dormir, chaque nuit : sa mère, son père, son ancienne chambre. L'âne Ridley. Des images tournaient dans sa tête, nourries par ses remords, d'abord celui d'avoir failli à ses devoirs filiaux. À force, ces images s'enchaînaient et racontaient une histoire, un rêve, si bien que le monde des songes qu'il habitait pendant les heures nocturnes était animé des visages et des drames qu'il s'était donné tant de mal à fuir.

Au réveil d'un de ces cauchemars, il crut à une hallucination : par la fenêtre il vit un personnage de son passé, comme si cet homme attendait que Caleb remarque sa silhouette dans le noir. Debout à côté d'une carriole, l'homme observait la façade de l'auberge. Il ôta ses gants d'un geste vif et précis.

Caleb bondit hors de son lit. L'aube ne pointait pas encore, mais, peut-être à cause d'un craquement inhabituel, Prentiss souleva la tête de son oreiller.

« Qu'est-ce que tu fiches ? marmonna-t-il.

— C'est lui ! »

Ses tempes battaient, à croire que le cauchemar s'était matérialisé en une douleur physique. Caleb passa la main sous son lit sur les planches de bois froides et ses doigts rencontrèrent son rasoir à barbe posé contre l'un des pieds du sommier.

« Comment ça, *lui* ? demanda Prentiss qui s'était hissé sur un coude.

— Tu sais bien. Je vais le tuer ! »

Caleb déplia le rasoir et dévala quatre à quatre l'escalier.

« Caleb ! » cria Prentiss.

Une fois dehors, il n'y avait plus rien entre Caleb

et August qu'un peu d'air froid et un silence de plomb. Qu'August prononce un seul mot, que sa voix familière résonne à ses oreilles, et Caleb savait que sa main hésiterait à lui obéir, telle était l'emprise que son ami exerçait sur lui. Il ne fallait pas lui accorder une seule seconde ! Caleb fonça en brandissant son rasoir et l'espace d'un fragment de temps évanescent, il lui sembla que cauchemar et réalité s'enchevêtraient. Tuer son ami, c'était abolir les souffrances du passé et libérer ses pensées. La vengeance lui permettrait de dormir tranquille, peu lui importait si c'était en prison, ou même la veille de son exécution.

Mais lorsque l'homme alluma un cigare, Caleb vacilla et lâcha le rasoir qui en heurtant le sol émit un tintement sonore dans la rue déserte.

« Bonsoir ! » lui lança l'inconnu. C'était moins un salut qu'une mise en garde.

De haute taille, maigre, il avait des cheveux auburn, et non blonds. Il avait aussi la bouche entrouverte sur des dents en avant qui semblaient empêcher ses lèvres de se rejoindre.

« Désolé, dit Caleb cloué sur place. Je vous ai pris pour… un maraudeur.

— Un maraudeur ! s'exclama l'inconnu en suçant son cigare comme un bébé sa tétine. Pour un peu, je sortais mon pistolet. Sauf que je ne le sors pas si je n'ai pas à tirer et je ne tire pas à moins d'avoir à tuer. Vous avez eu de la chance. »

Caleb se mit à claquer des dents, l'air glacial s'attaquant à sa personne qui, un instant plus tôt seulement, brûlait de rage et du désir impérieux d'infliger au coupable un châtiment mérité.

« Puis-je savoir à qui j'ai l'honneur ? » demanda l'inconnu.

Caleb déclina son nom et indiqua qu'il logeait à l'auberge.

« Je suis Arthur Benson. Ma tante est la propriétaire de cette maison. J'ignorais qu'elle avait pris des hôtes payants. Il est avec vous ? »

Arthur montrait la maison du doigt.

Caleb se retourna. Prentiss, les bras croisés, grelottait sur le seuil.

« On est tous les deux.

— Je vois, dit Arthur en se penchant pour éteindre son cigare à peine entamé contre la tige de sa botte avant de chasser les cendres de ses vêtements.

— Désolé de vous avoir fait peur, dit Caleb. D'habitude je ne suis pas aussi nerveux.

— Oh, mais j'ai pas eu peur du tout. Ma tante ! Ma tante ! »

Madame Benson, en chemise de nuit sur laquelle elle avait enfilé une redingote trop grande pour elle, poussa sans ménagement Prentiss pour sortir.

« J'ai reçu ton télégramme hier ! Mais je t'attendais pas si tard. Entre vite au chaud ! »

Caleb n'avait jamais vu leur logeuse se déplacer avec autant de célérité. Il s'écarta pour la laisser embrasser le nouveau venu. Il se sentait gêné, mais pouvait-il sans avoir l'air impoli remonter tout de suite dans sa chambre ?

« Tu as des locataires, constata Arthur.

— Ils ont payé jusqu'à la fin du mois, expliqua-t-elle. Mais il y a toujours de la place pour toi, Arthur. Toujours de la place pour la famille. »

*

Une heure plus tard, ils étaient de retour dans leur grenier, muets mais incapables de se rendormir. Caleb écouta un moment la respiration rapide de Prentiss qui se tournait et se retournait dans son lit.

« J'étais sûr et certain que c'était lui, finit par murmurer Caleb. Il faut que tu me croies.

— Repose-toi.

— Tu me prends pour un fou ?

— J'ai pas dit ça. Repose-toi.

— Je sais, mais…

— Caleb !

— Écoute…

— Quoi ? Tu crois que j'ai pas des visions, moi ? »

Caleb eut un mouvement de recul, comme si un serpent avait sifflé au pied de son lit.

« Qu'est-ce que tu crois que je regarde toute la sainte journée, dans les bois ? Je vois mon frère partout. Ses bleus horribles, la bouillie de chair de son visage, tout ce sang… Et ma mère. Depuis le jour où elle a été vendue, je la vois. Je vois aussi Madame Etty debout à côté de moi comme quand on était aux champs, comme si elle ne s'était jamais échappée. Quand tu me réveilles, la moitié du temps, je pense que c'est Gail qui me secoue parce que je paresse un jour de travail. Ton August, mon vieux, il va rester en bas de ta fenêtre jusqu'à la fin de ta vie. C'est ainsi qu'ils font, ces démons. Ces fantômes, ils te suivent comme ton ombre. Tu peux être fier, tu lui as fait face sans hésiter. Tout le monde est pas aussi courageux. Mais sache que ça changera rien. Tu seras toujours obligé de te lever le matin. Et de te coucher le soir. Alors si tu veux pas te reposer, ça te regarde, mais laisse-moi dormir. »

Une sorte de bruissement monta du rez-de-chaussée, un bruit accueilli par un profond silence.

« Pardon, Prentiss.

— Ne t'excuse pas, dors. »

*

Vus de loin, les ouvriers, devant les grandes marmites, avaient des allures de sorciers touillant leurs chaudrons, des sorciers accomplissant leurs rituels au fin fond d'une forêt où nul homme n'est censé s'aventurer. Voilà les réflexions que se faisait Caleb en se soulageant contre un arbre à l'écart de la sucrerie. La journée était sur le point de se terminer. À chaque coup de hache, les bras de ceux qui coupaient du bois retombaient plus mollement. Le touillage des employés postés aux chaudières avait acquis un rythme régulier. La dernière heure allait passer vite après cette brève pause dans le froid. C'est alors que Whitney fit signe à Caleb de le suivre. Caleb tapa sur l'épaule de Prentiss. Tous les trois descendirent dans une clairière qui faisait face à la maison de Whitney. À l'arrière, s'étendaient les champs de canne à sucre.

Les eaux vives de la rivière les séparaient de la maison. Whitney la désigna du doigt en signalant à Caleb qu'il commençait à subir des inondations. La digue qu'il avait construite dix ans auparavant avait besoin d'être renforcée. Il fallait creuser des fossés afin de faciliter l'écoulement, ce qui représentait quelques mois de travail, une fois le sucre vendu.

« Je demande qu'à employer un gars dans ton genre, dit-il. Je suppose que tu sais lire et écrire. Et compter ! Un gars comme toi me serait utile. »

Fourrant ses mains dans ses poches, Caleb examina le bord de la rivière avec méfiance, ne sachant pas ce que la proposition lui apporterait en termes d'ennuis ou de fortune. Il pouvait choisir la facilité en acquiesçant au désir du planteur, ou bien viser un but situé au-delà de la ligne d'horizon, les racines d'un avenir inconnu et intangible, la possibilité de tracer son propre chemin, ainsi qu'il l'avait fait quand il avait libéré Prentiss, avec un résultat bon ou mauvais, mais de toute façon irrévocable. Lorsqu'il se tourna pour consulter Prentiss du regard, celui-ci se grattait la barbe, les yeux baissés, pour s'abstenir de peser sur sa décision.

« Vous vous trompez de bonhomme, dit Caleb plus timidement qu'il ne l'aurait voulu. Vous me connaissez mal. Je suis pas du genre meneur. Je l'ai jamais été. »

Whitney passa la langue sur ses gencives nues et ses vieux chicots.

« Ça s'apprend, mon p'tit gars. De toute façon t'auras à diriger personne. Je serai là, mon pantalon roulé jusqu'aux genoux, tout comme toi, et ils auront intérêt à filer doux. J'ai juste besoin d'un assistant qui ait de la jugeote. »

Caleb imagina : chaque matin le froid au réveil dans le grenier, et dehors la lanterne dont le halo flottait dans le brouillard. Puis les berges boueuses de la rivière, les fossés à creuser. Enfin la chaleur torride de la sucrerie une fois la saison revenue.

« Je vais partir, déclara-t-il et cette fois la fermeté de sa voix le surprit lui-même. Je changerai peut-être d'idée demain, qui sait ? Je suis pas quelqu'un de très décidé, c'est comme ça. Je voudrais trouver ma place quelque part. Et j'aimerais que celui qui est derrière moi, là, m'accompagne, mais je suis pas certain qu'il le fera. Il paraît satisfait de sa situation, et je peux pas lui reprocher de chercher un peu de satisfaction. S'il reste ici, je vous le recommande chaudement. Il abat deux fois plus de boulot que moi, et il est deux fois plus futé. Bien, faut que je rentre maintenant. Mais merci quand même pour votre proposition. »

De la tête, Caleb salua respectueusement Whitney, qui ne lui rendit pas son salut.

« Il y en aura d'autres comme toi. Je m'arrangerai.

— J'en doute pas », dit Caleb.

Prentiss décroisa les bras et ils s'en furent tous les deux, les oreilles bourdonnantes du chant de la rivière.

« Je te parie qu'elle a préparé un dessert à son cher neveu.

— Tu penses à quoi ? dit Caleb.

— Un gâteau au chocolat. C'est sûr.

— On peut faire mieux. Je vois plusieurs couches superposées. Du chocolat qui alterne avec de la vanille.

— J'en ai l'eau à la bouche. Tu crois qu'elle nous gardera une part ?

— Son neveu est un gringalet trop fier pour s'empiffrer des sucreries. Il trouve que c'est bon pour les enfants.

— Alors on va se régaler, dit Prentiss.

— Tu peux le dire, opina Caleb en se frottant les mains. On va se goinfrer jusqu'à point d'heure.

— Jusqu'à ce qu'on s'éclate la panse. »

Chaque muscle de Caleb était courbatu, mais l'air glacial, en criblant sa peau de piqûres d'aiguille, l'anesthésiait. Bientôt de retour à Convent, ils dormiraient jusqu'à l'heure du dîner. Ils achèteraient de la viande au magasin général, mangeraient dans le grenier avant de se rendormir. Puis, à l'aube, Caleb serait réveillé par la cloche. Par la lanterne brillant de l'autre côté de la fenêtre.

*

Un bruit de métaux entrechoqués, pareil à un coup de gong, réveilla Caleb au milieu de la nuit. Ce n'était pas la cloche rituelle. Par la fenêtre, on ne voyait que la nuit. Mais au milieu de la pièce, il distingua, à travers des strates de pénombre, Prentiss assis torse nu sur la seule chaise du grenier. Penché en avant, il avait son rasoir à la main et le bol à savon à ses pieds.

« Prentiss ? »

Prentiss se baissa jusqu'au plancher, se redressa et se leva. Il se mit à plier une couverture de manière à la réduire de la dimension d'une serviette, puis ouvrit la fenêtre. Le froid s'engouffra dans la pièce.

« Qu'est-ce que tu fiches ? »

Il déplia la couverture, la secoua, referma la fenêtre et se tourna vers le lit de Caleb. Même dans le noir, Caleb distinguait son visage nu. Retour à la chaise. Au bol par terre.

« C'est un peu tard pour se raser », plaisanta Caleb.

Prentiss s'approcha de lui à pas feutrés et Caleb se dressa sur son séant. Le dominant de toute sa taille, étonnamment grand sous la voûte de la charpente, Prentiss lui tendit la main.

« Qu'est-ce que tu dirais… qu'est-ce que tu dirais si on s'en allait d'ici ? »

Dans la seconde, Caleb n'eut plus du tout sommeil. Il n'avait pas besoin de répondre pour se faire comprendre de Prentiss. Il attrapa ses affaires sous le lit. Il n'y avait pas grand-chose à emballer. Son propre rasoir. La chemise de rechange achetée au magasin général et quelques autres frusques. Le dernier bocal de pêches au sirop de sa mère, qu'il n'avait toujours pas ouvert, pour ne pas détruire son dernier souvenir d'elle.

« T'as jamais aimé marcher de nuit dans la forêt, rappela Caleb à Prentiss. Ça peut attendre demain matin.

— Je veux plus jamais entendre le son de cette cloche. Plus jamais de ma vie ! Je m'en vais. »

Les vêtements de Prentiss étaient étalés sur son lit. Il était déjà prêt, se dit Caleb. Déjà depuis quelque temps.

« De toute façon, rien nous oblige à prendre par les bois, dit Prentiss. Personne nous poursuit. On suivra la route. Au lever du soleil, on sera déjà à deux villes d'ici.

— On n'a qu'à sauter dans un train. On sera dans le Nord en un rien de temps. »

Sous le lit, à côté des pêches au sirop, Caleb avait conservé, plié en quatre, un vieux parchemin dont Madame Benson lui avait fait cadeau. Il avait eu l'intention de s'en servir, mais ne l'avait jamais fait au cours de tous ces mois, s'étant convaincu que sa vie actuelle – le travail harassant, le grenier glacé – ne correspondait pas à ce que sa mère avait envie d'entendre. Pourtant il l'avait gardé sous son lit en prévision du jour où il se déciderait à lui écrire. Il faudrait que toutes les conditions fussent réunies.

Cela ne faisait plus aucun doute dans son esprit. Il l'écrirait, assis à son secrétaire, son propre secrétaire, dans une maison lumineuse, un lieu qui n'appartiendrait à personne d'autre que lui. Un lieu qui serait un havre de beauté et de paix. Un lieu où il se sentirait libéré. Un lieu d'où cela vaudrait le coup d'écrire. Il y serait bientôt, c'était évident. Loin de Convent. Et surtout loin, vraiment très loin d'Old Ox.

30

Le sol était presque gelé sous les semelles d'Isabelle qui descendait Stage Road enveloppée d'une brume lugubre. De bonne heure ce matin, elle avait prêté l'âne à Elliot. Elle n'en avait pas besoin à la ferme en ce milieu d'hiver et elle n'était pas d'humeur à proposer son aide aux autres. Pas aujourd'hui.

Tous ces mois après l'incendie, les arbres étaient toujours dépouillés de leurs branchages et il s'ouvrait dans le paysage des perspectives d'une clarté saisissante, la grandeur et le mystère de la forêt ayant été trahis par cette nudité nouvelle. Inutile de chercher des traces de lapin ou de renard. Il régnait un silence sans fin. Ce qui pendant un bon bout de temps encore serait la meilleure chose pour le pays, pensa-t-elle, en attendant la saison nouvelle.

Le domaine de Ted Morton s'en était moins bien sorti que celui des Walker. Isabelle hésita avant d'en franchir l'entrée. Au bord de la route, la fontaine était indemne. En revanche, elle ne fonctionnait plus et la vasque inférieure était tapissée de rouille. Les petits Amours décorant celle du dessus continuaient de tirer leurs flèches en se visant les uns les autres avec de mièvres regards d'adoration. Au sommet du piédestal une figure de nymphe svelte quoique musclée tenait un vase dont aurait dû sortir le jet d'eau. Maintenant qu'elle n'avait que le ciel à contempler, elle le regardait avec un étonnement triste. Peut-être priait-elle désespérément pour le retour du jet.

Les terres de Morton avaient été ravagées au point qu'il ne restait pour ainsi dire pas un seul buisson. De la belle demeure, l'incendie n'avait laissé qu'un squelette. Même les colonnes de pierre n'avaient pas tenu : la chaleur les ayant fissurées, la chute de l'une d'elles avait entraîné celle de la véranda, de sorte qu'une montagne de pierres et de gravats bouchait l'entrée principale. Les Morton s'étaient toutefois débrouillés pour survivre, même si la totalité de leur mobilier, sans parler des plantations, était partie en fumée. Seules les fondations avaient résisté. Quelques mois auparavant, en passant devant chez eux pour la première fois après l'incendie, Isabelle avait été parcourue de frissons. À présent, une équipe de Nègres était à l'ouvrage et un étage avait déjà été reconstruit avec la visible intention de se calquer sur la conception d'origine. On apercevait d'énormes tas de poutres en bois. Des hommes passèrent à côté d'elle en poussant des brouettes chargées de pierres. Des femmes, pieds nus dans la boue, transportaient des petits paquets de briques qu'elles entassaient un peu plus loin.

Isabelle localisa finalement Ted au bord du chemin, à l'arrière de sa propriété. Son jeune fils auprès de lui, il lisait des papiers en fumant la pipe.

À son approche, il abaissa lentement les documents, puis les confia au garçon.

« Va trouver Gail et dis-lui de quoi on a discuté, commanda Ted. S'il doit retourner une dernière fois à la filature, qu'il y aille. »

Apparemment content de se voir confier une mission, le garçon partit en courant. Ted regarda l'arrivante d'un air soupçonneux en tirant sur sa pipe tant et si bien que ses joues se creusèrent et que de la fumée s'échappa du coin de sa bouche. Les bretelles de sa salopette pendouillaient sur ses hanches. De la poussière noircissait les plis de son visage autour de son menton, les rides de son front, comme si on avait secoué sous son nez un vieux tapis remisé depuis des lustres.

« Bonjour, Ted.

— Je vois que vous faites comme chez vous.

— Je ne veux pas vous déranger.

— Une fois que vous m'aurez fait part de ce qui vous amène, j'en jugerai moi-même. »

La main de son fils avait laissé une marque sur son pantalon là où il se cramponnait à lui quelques secondes plus tôt. Elle se tourna vers la petite silhouette qui s'éloignait rapidement, puis de nouveau vers Ted.

« Je suis venue en amie, dit-elle. J'ai une proposition à vous faire. Si vous voulez bien venir marcher un peu avec moi ? Ce ne sera pas long.

— Je sais pas ce que mon épouse pensera si je me mets à me promener avec une femme.

— Elle est ici ? s'étonna Isabelle en regardant autour d'elle. Ou vous avez peur qu'elle vous voie de loin ? »

Ted avala pensivement la fumée à travers la fine

plume d'oie qui servait de bec à sa pipe. Il répondit en soufflant :

« Vu l'opinion que j'ai de vous autres les Walker, ça m'étonnerait qu'elle se fasse du mauvais sang.

— Raison de plus. »

Isabelle se mit à marcher sur le chemin en direction de Stage Road et Ted lui emboîta le pas.

« Elle va bien, j'espère ?

— Elle est à Savannah chez sa sœur en attendant qu'on termine la maison.

— Ce ne doit pas être facile.

— Elle est pas le genre à se plaindre. De toute façon, pas mal de gens sont partis là-bas après l'incendie. Ils forment une petite communauté qui se tient les coudes. Vous savez, le fils Webler a des immeubles à Savannah. Paraît qu'il loue à un prix intéressant. »

Isabelle opta pour une absence de commentaire.

« D'après ce que j'ai entendu, reprit Ted, il vit en reclus depuis qu'il est arrivé. Il fait profil bas et ne sort que pour ramasser ses chèques. Il desserre à peine les dents. Lui qui était un des jeunes gens les plus appréciés d'Old Ox ! Personne a jamais dit de mal de lui, c'est vrai. Perdre sa jeune épouse de cette manière. Et après tout ce que lui a fait endurer votre fils... Bon, je souhaite que Dieu lui accorde la paix. »

Autrefois une remarque de ce style l'aurait profondément blessée mais, à force de croiser les regards des gens en ville et de deviner ce qu'ils murmuraient dans son dos, elle avait développé une sorte d'immunité. Quelque part en elle, un trou noir avalait ces méchancetés et elle les laissait s'asphyxier avant de les relâcher dans les airs et de les mettre en orbite pour l'éternité. Ce trou, elle le sentait là, près de son cœur, au centre de son être – sa main se posa sur l'endroit et s'y attarda quelques instants, le temps que sa colère tombe au fond et qu'elle referme la trappe sur la cruauté de ses paroles.

« Je ne vous aurais pas cru sensible aux potins, Ted. Il vaut mieux les réserver aux mauvaises langues qui vont bon train dans les salons, non ? Tenons-nous-en aux choses sérieuses. »

Ted haussa un sourcil, laissa passer la remontrance et demanda :

« Et de quelle chose sérieuse vous êtes venue m'entretenir ? »

Arrivée à la hauteur de la fontaine, elle s'arrêta et posa la main sur la vasque.

« Votre fontaine. J'aimerais vous l'acheter. »

Il ne sembla pas trouver son offre bizarre, mais refusa tout net.

« Je l'ai fait construire pour ma femme.

— Je suis sûre que cet argent pourrait vous être utile dans les moments difficiles que nous traversons.

— Elle marche plus depuis déjà pas mal de temps.

— Eh bien, ce sera un souci de moins pour vous.

— Mais pourquoi est-ce que vous voudriez de notre fontaine ? s'exclama-t-il en levant des bras exaspérés, bretelles ballottantes. J'avais entendu dire que depuis cet incendie vous étiez devenue plus folle que George, et mon Dieu, je vois que c'est pas faux. Se donner tout ce mal pour une fontaine en panne ! Elle est pas à vendre, je vous répète. Si elle l'était, c'est pas chez vous que je sonnerais. »

Elle regarda Ted, puis derrière lui. Elle se demanda comment Landry faisait pour voir la fontaine depuis les rangées de plants de coton. À cette distance, c'était apparemment impossible de l'apercevoir, d'autant que la maison bouchait la vue… Même si Landry y était parvenu, la fontaine qu'il avait dans la tête, cette fontaine-là, il l'avait conçue au cours de ses longues heures de travail et en avait conservé l'image précieusement : un trésor rien qu'à lui. Dans ce cas celle de Ted n'était qu'un pis-aller. Un pis-aller de mauvais goût, en plus.

« Puis-je me permettre de vous demander qui l'a construite ? »

Ted parut oublier sa colère.

« Oh ! ça c'est toute une histoire ! J'envoie ce Nègre en ville pour qu'il apprenne à tailler la pierre et qu'est-ce qu'il fait ? Il en profite pour foutre le camp. Bon, alors je trouve un maçon qui vaut pas tripette comparé à mon garçon, mais lui il réclame le double d'un salaire normal et en fiche pas une rame… Pas croyable, hein ? Je devrais pas discuter affaires avec une femme mais je suis pas encore revenu de ce qu'a fait ce garçon.

— Très bien, Ted. »

Plus aucune braise ne rougeoyait dans le fourneau de la pipe. Ted la renversa, laissa tomber le tabac puis d'une pichenette sur le dos du fourneau expulsa le reste. Son expression était devenue songeuse. Il lui fallut un petit moment pour trouver ses mots.

« Vous savez, dit-il doucement, j'ai rien à voir avec l'incendie. Gail non plus. C'était le mot d'ordre de Webler, mais on n'a pas bougé, on n'a rien fait. C'est pas nous, vous pouvez me croire. »

Elle avait traversé cette nuit une fois. Il n'était pas question pour elle de revivre l'horreur.

« Ce qui est fait est fait, on ne reviendra pas en arrière.

— C'est sûr. Je savais que ça changerait rien. C'était stupide, voilà tout. Les choses vont continuer comme avant. Ces Yankees avec leurs petits uniformes et leurs épées, ils sont pas là pour toujours. Ils retourneront d'où ils viennent. Et ces Nègres, ils continueront à se plier à ce qu'on veut. Le ramdam que vous faites vers chez vous, eh bien, les gens d'ici y mettront aussi le holà. Ça a toujours été ainsi. Parce qu'on est comme ça dans le pays. Et ce qui est comme ça restera comme ça. »

Elle regarda une fois encore sa figure marquée par le temps et la griffe indélébile des éléments.

« Ted, dit-elle en délogeant une saleté de son ongle. N'en parlons plus. »

Il renifla et parut opiner de la tête alors qu'en réalité il tendait le cou comme pour mieux déterminer quel spécimen d'humanité se tenait devant lui. Cet être… Cette femme…

« Je rentre, déclara-t-il.

— Moi aussi. Vous transmettrez mes respects à votre épouse. »

*

Sur la route du retour, de nouveau, elle ne croisa pas âme qui vive. Et curieusement ses pensées volèrent vers Ezra et la dernière visite qu'elle lui avait faite avant son départ pour la tournée au cours de laquelle il rendrait visite à ses fils. « Un beau gâchis. Un démantèlement radical. » C'étaient les termes qu'il avait employés pour qualifier son projet. Elle s'était fixé comme but la mise en culture de la propriété, lui avait-elle déclaré, et que sa vie se prolonge ou amorce son déclin vers l'inévitable issue, elle était fière à la perspective que les terres de George, les siennes désormais, continueraient à prospérer après sa mort. D'autres pourraient reprendre le flambeau. Et elle était convaincue qu'en dépit de ses rodomontades, ce crétin de Ted Morton ne pourrait jamais les en empêcher.

Dans l'allée, la façade en rondins lui apparut, à moitié cachée par les brumes hivernales, le V inversé du toit semblable à un gage d'hospitalité. La voiture de Mildred était garée devant le perron. De la cheminée s'élevait une mince volute de fumée qui, s'abandonnant à la brume, était noyée aussitôt dans ses vapeurs. Un homme voûté sortit de l'écurie, le chapeau tout de travers, ses bottes foulant le sol sans bruit : Elliot ! Elliot qui avait ramené Ridley. Il avait peut-être frappé à la porte de la maison et Mildred lui aurait dit qu'Isabelle était absente, ou peut-être n'avait-il pas voulu la déranger. Son corps se balançait à chaque pas, et Isabelle se disait qu'il ressemblait tellement à George, articulation contre os, os contre articulation, avec cette même dignité solennelle sous laquelle il dissimulait sa lassitude. Quelqu'un comme Elliot avait dans sa vie fait des milliers de pas qu'elle ne ferait jamais. Si à chaque personne était octroyé un nombre déterminé de pas à la naissance, il arriverait au bout des siens beaucoup plus rapidement qu'elle. Juste ou injuste ? C'était comme ça. Il ne tarda pas à s'évaporer dans la brume, pour rejoindre sa famille, son champ, tout ce qui faisait son existence.

Elle pensa à Caleb. Combien son absence était cruelle. Quand il était plus jeune, les jours où le brouillard s'installait, par un accord tacite, ils se blottissaient tous les deux dans le canapé et reportaient tout ce qu'ils avaient compté faire ce jour-là pour rester ensemble. On ne tarderait pas à préparer du café, et la température dans la maison grimpait comme si la chaleur était générée par leurs rires et les paroles échangées. Ainsi, ils ne voyaient pas passer les heures. Et maintenant il était loin, elle ne savait où, un fils unique perdu pour sa mère. Il lui était impossible de s'en remettre. Quelles que fussent les raisons de vivre que le monde avait encore en réserve pour elle, cela resterait dans son esprit l'ultime échec.

Une seule grande grâce lui avait été accordée et elle était parvenue sous la forme d'une lettre ! Sa lettre, enfin ! Arrivée avec des mois de retard, et, bien sûr, beaucoup trop courte. Mais il avait tenu sa promesse. Il avait pris le temps d'écrire à sa mère. Elle n'aurait pu concevoir plus beau cadeau. Elle l'avait relue si souvent, l'avait inspectée de si près, qu'elle craignait que le parchemin ne se réduisît en miettes. Car malgré la lecture la plus attentive de chaque phrase, de chaque mot, elle n'avait pas trouvé l'information la plus précieuse. Il n'avait pas nommé la ville du Nord où ils avaient abouti, de crainte que les autorités eussent vent de l'endroit où Prentiss et lui avaient trouvé refuge (comme c'était typique de Caleb de se figurer que le shérif intercepterait son courrier afin de le châtier pour un crime en réalité tombé dans l'oubli !). Il n'évoquait pas ce qu'il ressentait. Elle ne pouvait pas dire s'il était heureux ou malheureux. Mais il était occupé, avait-il écrit, et sa vie quotidienne lui apportait une certaine satisfaction. Ils avaient de quoi se nourrir et se vêtir.

Les quelques détails qu'il livrait donnaient seulement envie à Isabelle d'en savoir davantage. Prentiss puait le poisson quand il rentrait des docks où il était employé à charger des cargos (quels docks ? des cargos transportant quoi ?), et plusieurs soirs par semaine il apprenait à lire, à écrire, dans une église locale qui aidait aussi de nombreux autres affranchis désireux d'acquérir le plus vite possible une instruction après une vie qui les en avait sciemment privés. Quant à lui, Caleb, il ne voyait personne, mais avait trouvé un emploi qui lui convenait parfaitement. Le soir il passait un temps fou à se laver, car les taches d'encre de l'atelier étaient presque indélébiles. (De quel atelier s'agissait-il ? Était-il bon dans ce qu'il faisait ?) Sans autre information, elle se mettait à penser à George, aux taches de sève de noyer que ses mains imprimaient sur sa robe quand il revenait d'une de ses déambulations dans la forêt. Que n'aurait-elle pas donné pour sentir les bras de son fils autour d'elle, pour pouvoir lui parler du courage dont avait fait preuve son père et lui dire qu'il n'était plus là. Tant de questions restaient en suspens, tant de choses tues. Jusqu'à sa prochaine lettre, elle continuerait à se ronger même si son inquiétude de mère était atténuée à la pensée qu'il était quelque part dans le Nord, sain et sauf, et qu'il se débrouillait.

Tout compte fait, ce qu'il lui fallait, c'était de la distraction, même si ses effets bénéfiques étaient forcément temporaires. Elle passa la main sur les aspérités du mur de la grange puis se dirigea vers la maison. Mais bien sûr ! C'était là qu'il fallait l'installer, songea-t-elle. Devant la grange ! Elle allait embaucher quelqu'un en ville. Un affranchi.

Un vrai maçon capable de construire une fontaine. Quelque chose de plus noble mais de moins extravagant que celle de Ted. Ni petits amours ni nymphe. Une inscription commémorative gravée sur son fronton pour honorer la mémoire d'un homme qui avait en son temps mérité d'avoir une fontaine toute à lui. Il l'aurait… enfin.

« Où étais-tu passée ? » lui demanda Mildred debout dans l'encadrement de la porte, les joues rougies par le bon feu de cheminée.

Isabelle préférait se taire, sinon, inévitablement, elle lui déballerait toute l'histoire, lui parlerait de son projet de fontaine et, en trahissant son excitation, s'exposerait aux critiques de Mildred, lesquelles porteraient sur sa tendance à avoir autant d'idées que de difficultés à les exécuter. Pour le moment, elle ne désirait rien d'autre que la tranquillité d'esprit que lui apportaient son imagination, la vision d'un possible.

« Mildred, demanda Isabelle d'une voix hésitante. Ce qu'on a, c'est une vie, n'est-ce pas ? »

Mildred la regarda, déconcertée, et agrippa le battant de la porte comme si elle pouvait en extraire la réponse que cherchait Isabelle.

« Je suppose que oui, dit-elle finalement. Si cette réponse peut t'aider.

— Ça m'aide, oui.

— Tu ne veux pas entrer ?

— Bientôt, dit Isabelle. Pour l'instant, je suis bien ici. »

Mildred semblait sur le point de sortir pour l'entraîner de force à l'intérieur. Mais elle se retint.

« Ne reste pas trop longtemps », se borna-t-elle à dire avant de refermer la porte.

Isabelle retourna à ses pensées. La place de la

fontaine, naturellement, serait au milieu du cercle de terre battue devant la maison, à l'endroit où tous ceux qui remonteraient l'allée la verraient en premier, avant la façade en rondins, avant les murs rouges de la grange. Aucune panne ne serait tolérée. Elle fonctionnerait sans cesse par tous les temps, en toutes saisons. Sous le charme de ce rêve éveillé, elle fut étonnée de voir que la lumière du jour s'éteignait. Plus tard, une fois son amie rentrée chez elle, sa rêverie se prolongea. Assise à la salle à manger, elle contempla par la fenêtre les ténèbres et ses pensées s'envolèrent vers la forêt, son imagination se déploya dans des espaces incommensurables.

Elle fut tentée par un verre de brandy, une gâterie qu'elle se permettait rarement. Elle but lentement en songeant à George. Ne disait-il pas toujours que la forêt était un lieu magique peuplé d'animaux fantastiques et de grands mystères ? Elle eut la vision d'un monde derrière les apparences, d'ombres glissant à travers un paysage, devenant peu à peu plus sensibles. George lui-même et Landry – leur image s'entremêlant aux formes de la nature environnante, se dissimulant dans le feuillage effilé des noyers tutélaires, la douceur de leur haleine perceptible dans le souffle du vent qui secouait parfois la maison en rondins pendant de longues nuits.

Ou peut-être serait-ce Caleb et Prentiss qui surgiraient des profondeurs secrètes de la forêt, deux silhouettes se matérialisant à la lisière des arbres, comme venus de nulle part, de retour d'un voyage qui, la boucle bouclée, les avait ramenés à la maison. Elle ne se lassait pas de penser à ce qu'ils découvriraient alors, tous ces champs cultivés débordant de vie et puis… et puis ils s'arrêteraient devant la fontaine, sidérés qu'un objet si beau eût pu être installé pendant leur absence, ce jet d'eau qui s'élançait pour l'éternité vers le ciel et des sphères inconnues.

Ce n'était qu'un rêve, bien sûr, et elle savait bien que rien ne lui était promis. Elle aurait pu espérer mieux mais, avec le temps, elle avait appris à se contenter de ce que la vie lui offrait. Et pourtant parfois – parfois seulement – l'espoir suffisait.

Remerciements

À ceux et à celles que je suis profondément reconnaissant d'avoir de mon côté :

Emily ; Ben ; Lena ; Bret ; Elizabeth ; Jason ; Mason ; Jony ; Stevie ; Sara ; Sarah B. C. ; Jane ; Billy et Holly ; le Michener Center ; Evan et Michael ; tout le monde de chez Little, Brown ; Susan ; Aaron ; Adam ; et Jacob.

Maman et Papa. Pour tout.

DU MÊME AUTEUR

Aux Éditions Philippe Rey

LA DOUCEUR DE L'EAU, 2022 (Folio n° 7346)

COLLECTION FOLIO

Dernières parutions

7003.	Collectif	*À nous la Terre !*
7004.	Dave Eggers	*Le moine de Moka*
7005.	Alain Finkielkraut	*À la première personne*
7007.	C. E. Morgan	*Tous les vivants*
7008.	Jean d'Ormesson	*Un hosanna sans fin*
7009.	Amos Oz	*Connaître une femme*
7010.	Olivia Rosenthal	*Éloge des bâtards*
7011.	Collectif	*Écrire Marseille.* 15 grands auteurs célèbrent la cité phocéenne
7012.	Fédor Dostoïevski	*Les Nuits blanches*
7013.	Marguerite Abouet et Clément Oubrerie	*Aya de Yopougon 5*
7014.	Marguerite Abouet et Clément Oubrerie	*Aya de Yopougon 6*
7015.	Élisa Shua Dusapin	*Vladivostok Circus*
7016.	David Foenkinos	*La famille Martin*
7017.	Pierre Jourde	*Pays perdu*
7018.	Patrick Lapeyre	*Paula ou personne*
7019.	Albane Linÿer	*J'ai des idées pour détruire ton ego*
7020.	Marie Nimier	*Le Palais des Orties*
7021.	Daniel Pennac	*La loi du rêveur*
7022.	Philip Pullman	*La Communauté des esprits. La trilogie de la Poussière II*
7023.	Robert Seethaler	*Le Champ*
7024.	Jón Kalman Stefánsson	*Lumière d'été, puis vient la nuit*
7025.	Gabrielle Filteau-Chiba	*Encabanée*
7026.	George Orwell	*Pourquoi j'écris* et autres textes politiques

7027.	Ivan Tourguéniev	*Le Journal d'un homme de trop*
7028.	Henry Céard	*Une belle journée*
7029.	Mohammed Aïssaoui	*Les funambules*
7030.	Julian Barnes	*L'homme en rouge*
7031.	Gaëlle Bélem	*Un monstre est là, derrière la porte*
7032.	Olivier Chantraine	*De beaux restes*
7033.	Elena Ferrante	*La vie mensongère des adultes*
7034.	Marie-Hélène Lafon	*Histoire du fils*
7035.	Marie-Hélène Lafon	*Mo*
7036.	Carole Martinez	*Les roses fauves*
7037.	Laurine Roux	*Le Sanctuaire*
7038.	Dai Sijie	*Les caves du Potala*
7039.	Adèle Van Reeth	*La vie ordinaire*
7040.	Antoine Wauters	*Nos mères*
7041.	Alain	*Connais-toi* et autres fragments
7042.	Françoise de Graffigny	*Lettres d'une Péruvienne*
7043.	Antoine de Saint-Exupéry	*Lettres à l'inconnue* suivi de *Choix de lettres dessinées*
7044.	Pauline Baer de Perignon	*La collection disparue*
7045.	Collectif	*Le Cantique des cantiques. L'Ecclésiaste*
7046.	Jessie Burton	*Les secrets de ma mère*
7047.	Stéphanie Coste	*Le passeur*
7048.	Carole Fives	*Térébenthine*
7049.	Luc-Michel Fouassier	*Les pantoufles*
7050.	Franz-Olivier Giesbert	*Dernier été*
7051.	Julia Kerninon	*Liv Maria*
7052.	Bruno Le Maire	*L'ange et la bête. Mémoires provisoires*
7053.	Philippe Sollers	*Légende*
7054.	Mamen Sánchez	*La gitane aux yeux bleus*
7055.	Jean-Marie Rouart	*La construction d'un coupable.* À paraître

7056. Laurence Sterne — *Voyage sentimental en France et en Italie*
7057. Nicolas de Condorcet — *Conseils à sa fille* et autres textes
7058. Jack Kerouac — *La grande traversée de l'Ouest en bus* et autres textes beat
7059. Albert Camus — *« Cher Monsieur Germain,... »* Lettres et extraits
7060. Philippe Sollers — *Agent secret*
7061. Jacky Durand — *Marguerite*
7062. Gianfranco Calligarich — *Le dernier été en ville*
7063. Iliana Holguín Teodorescu — *Aller avec la chance*
7064. Tommaso Melilli — *L'écume des pâtes*
7065. John Muir — *Un été dans la Sierra*
7066. Patrice Jean — *La poursuite de l'idéal*
7067. Laura Kasischke — *Un oiseau blanc dans le blizzard*
7068. Scholastique Mukasonga — *Kibogo est monté au ciel*
7069. Éric Reinhardt — *Comédies françaises*
7070. Jean Rolin — *Le pont de Bezons*
7071. Jean-Christophe Rufin — *Le flambeur de la Caspienne. Les énigmes d'Aurel le Consul*
7072. Agathe Saint-Maur — *De sel et de fumée*
7073. Leïla Slimani — *Le parfum des fleurs la nuit*
7074. Bénédicte Belpois — *Saint Jacques*
7075. Jean-Philippe Blondel — *Un si petit monde*
7076. Caterina Bonvicini — *Les femmes de*
7077. Olivier Bourdeaut — *Florida*
7078. Anna Burns — *Milkman*
7079. Fabrice Caro — *Broadway*
7080. Cecil Scott Forester — *Le seigneur de la mer. Capitaine Hornblower*
7081. Cecil Scott Forester — *Lord Hornblower. Capitaine Hornblower*
7082. Camille Laurens — *Fille*

7083. Étienne de Montety — *La grande épreuve*
7084. Thomas Snégaroff — *Putzi. Le pianiste d'Hitler*
7085. Gilbert Sinoué — *L'île du Couchant*
7086. Federico García Lorca — *Aube d'été* et autres impressions et paysages
7087. Franz Kafka — *Blumfeld, un célibataire plus très jeune* et autres textes
7088. Georges Navel — *En faisant les foins* et autres travaux
7089. Robert Louis Stevenson — *Voyage avec un âne dans les Cévennes*
7090. H. G. Wells — *L'Homme invisible*
7091. Simone de Beauvoir — *La longue marche*
7092. Tahar Ben Jelloun — *Le miel et l'amertume*
7093. Shane Haddad — *Toni tout court*
7094. Jean Hatzfeld — *Là où tout se tait*
7095. Nathalie Kuperman — *On était des poissons*
7096. Hervé Le Tellier — *L'anomalie*
7097. Pascal Quignard — *L'homme aux trois lettres*
7098. Marie Sizun — *La maison de Bretagne*
7099. Bruno de Stabenrath — *L'ami impossible. Une jeunesse avec Xavier Dupont de Ligonnès*
7100. Pajtim Statovci — *La traversée*
7101. Graham Swift — *Le grand jeu*
7102. Charles Dickens — *L'Ami commun*
7103. Pierric Bailly — *Le roman de Jim*
7104. François Bégaudeau — *Un enlèvement*
7105. Rachel Cusk — *Contour. Contour – Transit – Kudos*
7106. Éric Fottorino — *Marina A*
7107. Roy Jacobsen — *Les yeux du Rigel*
7108. Maria Pourchet — *Avancer*
7109. Sylvain Prudhomme — *Les orages*
7110. Ruta Sepetys — *Hôtel Castellana*
7111. Delphine de Vigan — *Les enfants sont rois*
7112. Ocean Vuong — *Un bref instant de splendeur*
7113. Huysmans — *À Rebours*

7114. Abigail Assor — *Aussi riche que le roi*
7115. Aurélien Bellanger — *Téléréalité*
7116. Emmanuel Carrère — *Yoga*
7117. Thierry Laget — *Proust, prix Goncourt. Une émeute littéraire*
7118. Marie NDiaye — *La vengeance m'appartient*
7119. Pierre Nora — *Jeunesse*
7120. Julie Otsuka — *Certaines n'avaient jamais vu la mer*
7121. Yasmina Reza — *Serge*
7122. Zadie Smith — *Grand Union*
7123. Chantal Thomas — *De sable et de neige*
7124. Pef — *Petit éloge de l'aéroplane*
7125. Grégoire Polet — *Petit éloge de la Belgique*
7126. Collectif — *Proust-Monde. Quand les écrivains étrangers lisent Proust*
7127. Victor Hugo — *Carnets d'amour à Juliette Drouet*
7128. Blaise Cendrars — *Trop c'est trop*
7129. Jonathan Coe — *Mr Wilder et moi*
7130. Jean-Paul Didierlaurent — *Malamute*
7131. Shilpi Somaya Gowda — *« La famille »*
7132. Elizabeth Jane Howard — *À rude épreuve. La saga des Cazalet II*
7133. Hédi Kaddour — *La nuit des orateurs*
7134. Jean-Marie Laclavetine — *La vie des morts*
7135. Camille Laurens — *La trilogie des mots*
7136. J.M.G. Le Clézio — *Le flot de la poésie continuera de couler*
7137. Ryoko Sekiguchi — *961 heures à Beyrouth (et 321 plats qui les accompagnent)*
7138. Patti Smith — *L'année du singe*
7139. George R. Stewart — *La Terre demeure*
7140. Mario Vargas Llosa — *L'appel de la tribu*
7141. Louis Guilloux — *O.K., Joe !*
7142. Virginia Woolf — *Flush*
7143. Sénèque — *Tragédies complètes*

7144.	François Garde	*Roi par effraction*
7145.	Dominique Bona	*Divine Jacqueline*
7146.	Collectif	*SOS Méditerranée*
7147.	Régis Debray	*D'un siècle l'autre*
7148.	Erri De Luca	*Impossible*
7149.	Philippe Labro	*J'irais nager dans plus de rivières*
7150.	Mathieu Lindon	*Hervelino*
7151.	Amos Oz	*Les terres du chacal*
7152.	Philip Roth	*Les faits. Autobiographie d'un romancier*
7153.	Roberto Saviano	*Le contraire de la mort*
7154.	Kerwin Spire	*Monsieur Romain Gary. Consul général de France*
7155.	Graham Swift	*La dernière tournée*
7156.	Ferdinand von Schirach	*Sanction*
7157.	Sempé	*Garder le cap*
7158.	Rabindranath Tagore	*Par les nuées de Shrâvana* et autres poèmes
7159.	Urabe Kenkô et Kamo no Chômei	*Cahiers de l'ermitage*
7160.	David Foenkinos	*Numéro deux*
7161.	Geneviève Damas	*Bluebird*
7162.	Josephine Hart	*Dangereuse*
7163.	Lilia Hassaine	*Soleil amer*
7164.	Hervé Le Tellier	*Moi et François Mitterrand*
7165.	Ludmila Oulitskaïa	*Ce n'était que la peste*
7166.	Daniel Pennac	*Le cas Malaussène I Ils m'ont menti*
7167.	Giuseppe Santoliquido	*L'été sans retour*
7168.	Isabelle Sorente	*La femme et l'oiseau*
7169.	Jón Kalman Stefánsson	*Ton absence n'est que ténèbres*
7170.	Delphine de Vigan	*Jours sans faim*
7171.	Ralph Waldo Emerson	*La Nature*
7172.	Henry David Thoreau	*Sept jours sur le fleuve*
7173.	Honoré de Balzac	*Pierrette*
7174.	Karen Blixen	*Ehrengarde*
7175.	Paul Éluard	*L'amour la poésie*
7176.	Franz Kafka	*Lettre au père*

7177.	Jules Verne	*Le Rayon vert*
7178.	George Eliot	*Silas Marner. Le tisserand de Raveloe*
7179.	Gerbrand Bakker	*Parce que les fleurs sont blanches*
7180.	Christophe Boltanski	*Les vies de Jacob*
7181.	Benoît Duteurtre	*Ma vie extraordinaire*
7182.	Akwaeke Emezi	*Eau douce*
7183.	Kazuo Ishiguro	*Klara et le Soleil*
7184.	Nadeije Laneyrie-Dagen	*L'étoile brisée*
7185.	Karine Tuil	*La décision*
7186.	Bernhard Schlink	*Couleurs de l'adieu*
7187.	Gabrielle Filteau-Chiba	*Sauvagines*
7188.	Antoine Wauters	*Mahmoud ou la montée des eaux*
7189.	Guillaume Aubin	*L'arbre de colère*
7190.	Isabelle Aupy	*L'homme qui n'aimait plus les chats*
7191.	Jean-Baptiste Del Amo	*Le fils de l'homme*
7192.	Astrid Eliard	*Les bourgeoises*
7193.	Camille Goudeau	*Les chats éraflés*
7194.	Alexis Jenni	*La beauté dure toujours*
7195.	Edgar Morin	*Réveillons-nous !*
7196.	Marie Richeux	*Sages femmes*
7197.	Kawai Strong Washburn	*Au temps des requins et des sauveurs*
7198.	Christèle Wurmser	*Même les anges*
7199.	Alix de Saint-André	*57 rue de Babylone, Paris 7e*
7200.	Nathacha Appanah	*Rien ne t'appartient*
7201.	Anne Guglielmetti	*Deux femmes et un jardin*
7202.	Lawrence Hill	*Aminata*
7203.	Tristan Garcia	*Âmes. Histoire de la souffrance I*
7204.	Elsa Morante	*Mensonge et sortilège*
7205.	Claire de Duras	*Œuvres romanesques*
7206.	Alexandre Dumas	*Les Trois Mousquetaires. D'Artagnan*
7207.	François-Henri Désérable	*Mon maître et mon vainqueur*
7208.	Léo Henry	*Hildegarde*

7209.	Elizabeth Jane Howard	*Confusion. La saga des Cazalet III*
7210.	Arthur Larrue	*La diagonale Alekhine*
7211.	Hervé Le Tellier	*Inukshuk, l'homme debout*
7212.	Jean-Christophe Rufin	*La princesse au petit moi. Les énigmes d'Aurel le Consul*
7213.	Yannick Bestaven	*Mon tour du monde en 80 jours*
7214.	Hisham Matar	*Un mois à Sienne*
7215.	Paolo Rumiz	*Appia*
7216.	Victor Hugo	*Préface de* Cromwell
7217.	François-René de Chateaubriand	*Atala* suivi de *René*
7218.	Victor Hugo	*Le Rhin*
7219.	Platon	*Apologie de Socrate*
7220.	Maurice Merleau-Ponty	*Le doute de Cézanne*
7221.	Anne Delaflotte Mehdevi	*Le livre des heures*
7222.	Milena Busquets	*Gema*
7223.	Michel Butor	*Petite histoire de la littérature française*
7224.	Marie Darrieussecq	*Pas dormir*
7225.	Jacky Durand	*Plus on est de fous plus on s'aime*
7226.	Cecil Scott Forester	*Hornblower aux Antilles. Capitaine Hornblower*
7227.	Mia Kankimäki	*Ces héroïnes qui peuplent mes nuits*
7228.	François Noudelmann	*Les enfants de Cadillac*
7229.	Laurine Roux	*L'autre moitié du monde*
7230.	Robert Seethaler	*Le dernier mouvement*
7231.	Gilbert Sinoué	*Le Bec de Canard*
7232.	Leïla Slimani	*Regardez-nous danser. Le pays des autres, 2*
7233.	Jack London	*Le Loup des mers*
7234.	Tonino Benacquista	*Porca miseria*
7235.	Daniel Cordier	*La victoire en pleurant. Alias Caracalla 1943-1946*
7236.	Catherine Cusset	*La définition du bonheur*

7237.	Kamel Daoud	*Meursault, contre-enquête*
7238.	Marc Dugain	*La volonté*
7239.	Alain Finkielkraut	*L'après littérature*
7240.	Raphaël Haroche	*Une éclipse*
7241.	Laura Kasischke	*À Suspicious River*
7242.	Étienne Kern	*Les envolés*
7243.	Alexandre Labruffe	*Wonder Landes*
7244.	Virginie Ollagnier	*Ils ont tué Oppenheimer*
7245.	John Steinbeck	*Des souris et des hommes*
7246.	Collectif	*La poésie à vivre. Paroles de poètes*
7247.	Gisèle Halimi	*Plaidoirie pour l'avortement*
7248.	Gustave Flaubert	*Récits de jeunesse*
7249.	Santiago H. Amigorena	*Le premier exil*
7250.	Fabrice Caro	*Samouraï*
7251.	Raphaël Confiant	*La muse ténébreuse de Charles Baudelaire*
7252.	Annie Ernaux	*L'autre fille*
7253.	Margaret Kennedy	*Le festin*
7254.	Zoé Oldenbourg	*Argile et cendres*
7255.	Julie Otsuka	*Quand l'empereur était un dieu*
7256.	Pascal Quignard	*L'amour la mer*
7257.	Salman Rushdie	*Grimus*
7258.	Antoine Wauters	*Le musée des contradictions*
7259.	Nathalie Azoulai	*La fille parfaite*
7260.	Claire Castillon	*Son empire*
7261.	Sophie Chauveau	*Journal intime de la Vierge Marie*
7262.	Éric Fottorino	*Mohican*
7263.	Abdulrazak Gurnah	*Paradis*
7264.	Anna Hope	*Le Rocher blanc*
7265.	Maylis de Kerangal	*Canoës*
7266.	Anaïs LLobet	*Au café de la ville perdue*
7267.	Akira Mizubayashi	*Reine de cœur*
7268.	Ron Rash	*Une terre d'ombre*
7269.	Yasmina Reza	*Théâtre II*
7270.	Emmanuelle Salasc	*Hors gel*

Tous les papiers utilisés pour les ouvrages des collections Folio sont certifiés et proviennent de forêts gérées durablement.

Composition IGS-CP à L'Isle-d'Espagnac (16)
Impression Novoprint
à Barcelone, le 8 mars 2024
Dépôt légal : mars 2024

ISBN 978-2-07-299630-6 / Imprimé en Espagne

546603